# ALMTOD
## Ein Postalmkrimi
## Band 1

Karel van Keulen

Für meine Frau.
Für all die liebenswerten
Leute auf der Alm.
Für Prinz.

## Über den Autor

Karel van Keulen, Jahrgang 1962, wechselte nach dem Verkauf seiner Internetfirma vom hektischen Leben in den Niederlanden zu einem friedlichen in den österreichischen Bergen. Land und Leute im Salzburger Land haben es ihm angetan.

In der Serie Postalmkrimi sind bisher 8 Bücher erschienen. Das 9. Buch ist für den Herbst 2021 geplant.

2016 – Almtod – Ein Postalmkrimi, Teil 1
2017 – Almgold – Ein Postalmkrimi, Teil 2
2017 – Almgras – Ein Postalmkrimi, Teil 3
2017 – Almnacht – Ein Postalmkrimi, Teil 4
2018 – Alm UFO – Ein Postalmkrimi, Teil 5
2018 – Almkind – Ein Postalmkrimi, Teil 6
2019 – Almnacht 2 – Ein Postalmkrimi, Teil 7
2020 – Almgeist – Ein Postalmkrimi, Teil 8

# Inhalt

Almtod ist eine Geschichte zur Unterhaltung. Die meisten
Figuren im Buch sind frei erfunden, einige
wenige basieren auf realen Personen.
Da sie alle Elemente eines fiktiven Szenarios sind,
gehören ihre Charaktere zur künstlerischen Freiheit, die
ich mir für das Schreiben genommen habe.


Karel van Keulen

# Kapitel 1

*Das war einfach*, dachte der Mann mit dem Jagdgewehr, *nicht anders als bei dem Bock, den ich heute Mittag abgeknallt habe.* Er grinste. Soeben hatte er zum ersten Mal auf einen Menschen gezielt, einen großen, schweren Mann. *Wie ein Zwanzigender*, war ihm in den Sinn gekommen. Der Fatzke hatte sich aufgespielt, wollte ihn bei der Gemeindeverwaltung melden.

»Ich habe Sie gesehen, Sie schießen in der Schonzeit auf Hirsche! Das muss und werde ich melden!« Der Mann hob einen Zeigefinger drohend in die Luft.

*So hat es mein Klassenlehrer immer getan*, dachte der Wilderer und spottete: »Es war ein Reh, du Dummkopf!« Er drückte dem Weißhaarigen das Gewehr auf die Stirn, zwang ihn, sich breitbeinig längs auf die Bank vor der Almhütte zu setzen. Der Mann rutschte, so weit er konnte, nach hinten.

»Wohl doch Schiss, was?«, fragte der Wilderer.

»Ich habe keine Angst vor Ihnen«, entgegnete der Mann. »Ich bin in meinem Leben schon oft bedroht worden, überall auf der Welt. Von Kerlen, die mit blutverschmierten Macheten morden oder anderen, die dafür nur eine Plastiktüte oder Wäscheleine brauchen. Dagegen sind Sie mit Ihrer Kinderflinte bloß ein kleiner Wichtigtuer.«

»Sie sind ein dummer Mensch.« Der Wilderer lächelte. »Sie können nicht einmal eine Büchse von einer Flinte unterscheiden.«

Der Schuss war überraschend leise gewesen. Dumpf, eher wie der Knall einer aufgeblasenen Papiertüte, die von klatschenden Kinderhänden zerdrückt wird.

Der Schütze trat einen Schritt zurück, begutachtete sein Werk. Eine kleine rote Perle bildete sich am Rand der

Eintrittswunde. Er neigte den Kopf zur Seite und wartete, bis der Tropfen größer wurde und sich vom Einschussloch löste.

»Ich denke … links«, tippte er. Sein Blick folgte dem Rinnsal von der Stirn zwischen den Brauen hindurch und entlang der Nase, bis es sich am linken Nasenloch erneut in einem Tropfen sammelte. »Gewonnen! Ein guter Tag«, freute er sich.

Seine Weihrauch HW60J hing wieder über der linken Schulter, als er hinter der Hütte Schritte hörte.

»Herr Vogel, haben Sie das gehört? Was war das?«, ertönte eine weibliche Stimme, die sich rasch näherte. Sowie die Frau um die Ecke bog und ihn bemerkte, erstarrte sie in ihrer Bewegung.

Sie war etwa fünfundzwanzig, hatte ein Allerweltsgesicht auf einem zu dünnen, fast mageren Rumpf in grauer Geschäftskleidung. Ihre kurzen braunen Haare zierte eine helle Strähne auf der linken Seite.

Ohne den Blick von ihr abzuwenden, nahm der Wilderer seine Waffe in die Hand, zog den Verschluss nach hinten, lud eine Patrone in den Lauf. Es war Routine für ihn. *Das Wild nicht aus den Augen lassen, fixieren, zielen, abdrücken.*

Augenblicklich erfasste die Frau die Situation. Sie drehte sich blitzschnell um und rannte den Weg zurück hinter die Hütte.

Gelassen folgte ihr der Schütze, fand sie, hockend neben einem schwarzen Mercedes Geländewagen. Als sie ihn erblickte, zuckte sie zusammen. Fieberhaft überlegend, wie sie entkommen könnte, stand sie langsam mit erhobenen Händen auf.

Er registrierte, wie sie fast unmerklich ihr Gewicht auf das linke Bein verlagerte. *Gleich wird sie losrennen, versuchen, den Wald hinter ihr zu erreichen. Fichten bieten einen guten Schutz,* dachte er. Er war ein geübter Beobachter. *Das Muskelspiel des Wildes verrät, wann es flüchten will.*

Die Frau sprang los, bereit, um ihr Leben zu laufen. Er

ging nicht einmal in Anschlag, zog lustlos den Abzugshahn durch, schoss einfach so aus der Hüfte. Irgendwie war es keine große Sache mehr – nach dem ersten Mord.

Der Schuss traf die Frau in den Rücken. Blattschuss, sie fiel. Mit dem Gesicht nach unten lag sie auf dem Schotter der Parkbucht.

Der Wilderer überlegte, ob er sich eine Trophäe mitnehmen sollte. *Eine Haarsträhne, ein Finger oder ein Ohr, irgendwas. Wild ist Wild.* Sein Jagdmesser in der Hand kniete er sich neben sie, hielt inne. Plötzlich griff er ihr hart in den Schritt, krallte sich fest, fühlte die Wärme durch ihre Hose hindurch.

»Na, gefällt dir das, du Nutte? Ja? Willst du nochmal richtig gefickt werden? Von einem echten Mann, nicht von so einem alten Knacker wie dem da?«, fragte er und deutete mit einem Kopfnicken in Richtung des toten Mannes.

Die rechte Hand zwischen ihren Beinen, öffnete er mit der linken sein Koppel. Der Anblick der wehrlosen Frau erregte ihn mehr als alles, was er bisher erlebt hatte. Mit seinem Gürtel fesselte er ihre leblosen Hände auf dem Rücken. Er riss ihr brutal den Kopf hoch, drehte ihn zur Seite. Das Genick brach mit einem lauten Knacken.

»Macht es dich auch so geil wie mich? Hast du deshalb deine Augen geöffnet? Du willst zusehen, nicht wahr?«, keuchte er. »Entspann dich, mein Schatz, es wird dir gefallen.« Er küsste sie grob auf ihre dunkelrot geschminkten Lippen.

Mühsam, zitternd vor Erregung, öffnete er seine Hose.

Minuten später holte ein lautes Motorengeräusch den Wilderer in die Realität zurück. Er sah zur Straße hinauf. Es war der Linienbus Richtung Strobl.

*Verdammt,* schoss es ihm durch den Kopf, *die können mich ja sehen!* Er löste seinen Gürtel von ihren Händen, brachte seine Kleidung hastig in Ordnung. Ein letztes Mal betrachtete er die Frau. *Gefesselt hast du mir eindeutig besser gefallen.*

Er überlegte. Der Mercedes musste schnell verschwinden. Das Gelände rund um die Hütte war gut einsehbar, sowohl von der Mautstraße als auch von dem unterhalb verlaufenden Forstweg aus. Das SUV würde auffallen.

Die beiden Toten waren ihm egal. Niemand würde sich hierher verirren, die Nachsaison war die ruhigste Zeit. Und wenn das Wetteramt recht behalten würde, wäre schon morgen alles eingeschneit. Den Alten und seine beträchtlich jüngere Freundin würde man für eine ganze Weile nicht finden.

Der Schütze durchsuchte erst die Frau, dann den Mann nach den Autoschlüsseln. Sobald er sie gefunden hatte, lief er zum Wagen der beiden, verstaute seine Waffe hinter dem Fahrersitz und stieg ein. Der kräftige Achtzylindermotor erwachte beim ersten Druck auf den Startknopf.

Vorsichtig fuhr er den Feldweg hinauf, rechts am Jagdhaus vorbei bis zur Ausfahrt auf die Postalmstraße. Nachdem er ungesehen abgebogen war, durchflutete ihn ein euphorisches Gefühl.

*Konzentriere dich*, ermahnte er sich. *Du musst dich für ein oder zwei Stunden irgendwo verstecken.*

Um die Postalm unbemerkt verlassen zu können, war er gezwungen zu warten. Nach achtzehn Uhr war die Mautkasse in Strobl unbesetzt. Im Schutz der Dunkelheit würde er die offene Schranke passieren und zum Mondsee fahren, in dem er den Wagen im Wasser versenken konnte. Und niemand würde ihn bemerken.

Er entschied sich für den im Wald verborgenen Parkplatz der Strobler Hütte oberhalb der Postalm. Bis Anfang Mai war dieses Restaurant geschlossen, mit Wanderern brauchte er dort also nicht zu rechnen. Er parkte dicht am Waldrand, betätigte die automatische Verstellung der Rückenlehne, um bequemer zu liegen, und schlief sofort ein.

Es war dunkel, als der Wilderer erwachte. Die analoge Uhr in dem mit schwarzem Leder bezogenen Armaturenbrett zeigte einundzwanzig Uhr zehn. Er hatte beinahe fünf Stunden geschlafen.

Panik ergriff ihn. *Hat mich jemand beobachtet oder sogar erkannt? Was jetzt?* Hastig startete er den Motor, zog am Wahlhebel, trat das Gaspedal durch bis zum Bodenblech.

Mit ohrenbetäubendem Gebrüll gab der 6,3 Liter Motor seinen 517 Pferden die Sporen und wäre um ein Haar rückwärts gegen eine Fichte gekracht. Als das SUV endlich stoppte, stand der Schütze mit beiden Füßen auf dem Bremspedal. Arme und Beine hatten sich verkrampft, sie schmerzten. Adrenalin raste durch seinen Körper, er hörte das Blut in den Ohren rauschen.

Scheiße, Scheiße, Scheiße!«, brüllte er.

Er legte die Stirn auf das Lenkrad, atmete tief durch. Sein Herz schien eine Ewigkeit zu brauchen, bis es sich beruhigt hatte. Behutsam berührte er den Schalthebel, legte ihn auf D um. *Vorsichtig Gas geben und nur noch weg hier*, dachte er.

Nachdem der Wilderer die Serpentinenstraße nach Strobl und das leere Kassenhäuschen hinter sich gelassen hatte, fuhr er mit mäßiger Geschwindigkeit über Sankt Gilgen in Richtung Mondsee. Zwanzig Minuten später erreichte er Scharfling. Er folgte der Bundesstraße 754 nach Plomberg, bog wenige hundert Meter hinter dem Ortsausgang in einen Waldweg zum See ein.

Akribisch wischte er mit einem Taschentuch alles, was er angefasst hatte, ab. Er nahm sein Jagdgewehr, legte einen Gang ein. Während das Auto langsam vorrollte, sprang er heraus. Drei Minuten später war der Mercedes für lange Zeit im Wasser verschwunden.

Nun musste er noch seine Waffe loswerden. Das Risiko, mit geschultertem Gewehr gesehen zu werden, wollte er nicht eingehen. Er sah sich um und fand ein sicheres

Versteck unter einem Gebüsch in Ufernähe. Mit einem letzten Blick auf den See machte er sich auf den Heimweg.

Spät in der Nacht kam der Wilderer zu Hause an. Den größten Teil des Weges war er zu Fuß gegangen, hatte sich nur ein Mal per Anhalter mitnehmen lassen. Ohne sich auszuziehen, legte er sich auf sein Bett. Er hatte es geschafft. Lächelnd fiel er in einen tiefen Schlaf.

Seit Mitternacht tobte ein Schneesturm auf der Postalm.

# Kapitel 2

Die Mittagssonne brannte so heiß, als wäre es Sommer. Dabei war es erst Anfang April und schon der vierte schöne Tag in Folge. In der warmen Luft des Südföhns schmolz der Schnee zusehends dahin. Überall wurden grüne Flecken sichtbar, war der Verlauf der Wanderwege zu erahnen. Die ersten Blumen fanden ans Tageslicht. Kein Zweifel, der Frühling war da und würde die Alm für dieses Jahr nicht mehr loslassen.

Lukas und Sepp saßen auf der Holzbank vor dem Jagdhaus, genossen das schöne Wetter. Die beiden Freunde waren ein ungleiches Paar.

Lukas, der Berufsjäger, war vierundzwanzig Jahre alt, eins fünfundachtzig groß. Ein attraktiver Naturbursche mit kräftiger Statur, sonnengebräunter Haut, kurzem blonden Haar und strahlend blauen Augen in einem kantigen Gesicht.

Sepp, der Holzknecht, war über zehn Zentimeter kleiner. Von seiner ansonsten schmächtigen Figur hob sich ein Bierbauch ab, obwohl er erst zweiundzwanzig war. Seine dunkelbraunen Haare standen wild in alle Richtungen. Sein rundes Gesicht zeigte keine Spuren von Bartwuchs, wirkte unbekümmert und kindlich.

Die jungen Männer waren seit fünf Uhr in der Früh unterwegs gewesen, um nach dem Wild zu schauen und die Schäden zu inspizieren, die der harte Winter in ihren Revieren hinterlassen hatte.

»Sieh mal dort vor der Hütte von der Josi, sitzt da jemand?«, fragte Sepp seinen Freund.

»Jo. Der sitzt seit heute Morgen auf der Bank. Ich glaube, er meditiert«, antwortete Lukas.

»Respekt!« Sepp nahm einen ordentlichen Schluck Bier zu sich. »Wie lange kann man so was machen?«

»Ich weiß nicht. Ich habe mal gelesen, dass es in Indien

Leute gibt, die sechs oder acht Wochen am Stück meditieren können. Manche sogar noch länger.«

»Respekt! Wenn der da unten fertig ist, haben wir Hauptsaison. Und alle drei Minuten latscht ein Tourist vorbei und sagt: ›Hallo!‹. Da könnte ich mich nicht konzentrieren.«

Lukas schmunzelte. »Noch ein Bier?«

»Nein, danke, ich muss noch fahren«, wehrte Sepp ab.

»Es ist alkoholfrei, das kannst du ruhig trinken.«

»Was, da legts dich nieder! Gibt der mir so eine Limonade und sagt nicht mal was! Ein schöner Freund bist du. Willst du mich vergiften?«

»Einen Dreck will ich!«, erwiderte Lukas ungehalten. »Ich möchte bloß keinen Alkohol mehr trinken nach letzter Woche. Es war so schlimm, dass ich null Ahnung habe, wie ich nach Hause gekommen bin.« Gedankenverloren blickte er vor sich hin. »Ich hatte gar nicht so viel getrunken. Wahrscheinlich hat mir jemand was ins Glas getan im Tanzstadl. Ich war total hinüber.«

»Oh ja, das ist mir auch schon mal passiert«, plapperte Sepp los. »Letzten Monat habe ich die Kati in der Go-Go Hütte oben auf dem Horn besucht. Es war früh am Mittag, so um drei. Ich hatte kaum zehn Bier und zehn Obstler eingeworfen, da machte es zack! Hatte ich einen Filmriss! Die netten Leute von der Go-Go haben mich wohl in eine Skigondel gesetzt. Später hat mir jemand erzählt, dass mich an der Talstation Touristen rausgeholt und in einen Bus verfrachtet haben.«

Lukas schüttelte den Kopf. »Da hast du dich ganz schön blamiert!«

Bevor Sepp widersprechen konnte, bellte der Hund. Sie hörten Schritte neben dem Jagdhaus. »Aus, Prinz! Sitz!«, befahl der Jäger.

Ein untersetzter Mann Mitte fünfzig mit kurzen weißen Haaren lugte freundlich um die Ecke.

»Grüß Gott, die Herren«, sagte er mit piepsiger Stimme in perfektem Hochdeutsch. »Darf ich Sie eben stören?«

»Griaß di! Jo, passt scho«, antworteten sie.

Der Fremde machte einen Schritt nach vorn, stand in ganzer Pracht vor ihnen. Gebügelte blaue Knickerbocker aus Jeansstoff, rote Kniestrümpfe und eine beigefarbene Jacke – eindeutig von Bogner – klassifizierten ihn als waschechten Touristen. Mit knapp eins siebzig war er für sein Gewicht mindestens dreißig Zentimeter zu kurz. Kleine hellbraune Augen leuchteten aus einem halslosen runden Kopf. Der Besucher lüpfte den grünen Trachtenhut und gab die Sicht auf einen Haarkranz mit glänzendem Zentrum frei.

»Von Zirbelwitz, Eduard von Zirbelwitz ist mein Name. Direktor der Zirbelwitz Werke KG, hier meine Karte«, sprudelte es aus ihm heraus. Er reichte den beiden je eine goldfarbene Visitenkarte aus Plastik. »Zeit- und Bewegungsmessungen aller Art für Industrie und Haushalt. In der vierten Generation. Wir haben sicher auch etwas für Sie.«

»Wie bitte?«, fragte Lukas. »Was?«, tönte Sepp. Prinz drehte seinen Kopf zur Seite.

»Bewegungsverfolgung mit moderner GPS-Technik, zum Beispiel für Ihre Hirsche«, referierte von Zirbelwitz, wobei er die Fersen ständig anhob und senkte. Er sah aus, als ob er vor Freude hüpfen würde. »Stellen Sie sich einmal vor, Sie wüssten immer, wo sich das Wild gerade aufhält. Das könnte die Jagd wahrlich revolutionieren, nicht wahr? Sie bräuchten lediglich irgendwo auf einen Hochstand zu sitzen, die App in Ihrem Smartphone zu starten und zu warten, bis sie Alarm gibt und ein kapitaler Bursche aufkreuzt. So könnten Sie Ihre Zeit für sinnvollere Arbeiten nutzen. Zum Beispiel, um die Börsenkurse im Auge zu behalten. Na, ist das was?«

»Interessant«, bemerkte Lukas höflich. »Wir schlagen das dem Jagdherrn vor. Oder was meinst du, Sepp?«

»Ich weiß nicht. Sie müssen wissen, er ist der Jäger. Ich bin Holzknecht.« Auf einmal blitzten seine Augen auf. Mit ernster Miene fragte er: »Kann man so einen

Bewegungsmelder auch an einen Baum nageln? Dann könnte ich nämlich von meinem Computer aus zuschauen, wie der wächst. Und der Förster könnte die Adressen der Leute rausfinden, die einen geklauten Weihnachtsbaum zu Hause haben. Oder gibts für Baumdiebstahl schon eine App?« Sepp grinste seinen Freund an.

Von Zirbelwitz legte bedeutungsvoll die Stirn in Falten, ohne das Hüpfen zu unterbrechen. »Das klingt wie eine neue, vielversprechende Idee. Ich werde darüber nachdenken, meine Herren. Ja, das werde ich. Kann ich Sie irgendwie erreichen?«

»Ja, hier«, antwortete Lukas ruhig.

»Haben Sie eine Visitenkarte?«, fragte von Zirbelwitz.

»Nein. Und Telefone gibt es im Wald auch nicht. Die würden das Wild verscheuchen.«

»Aha, ich verstehe«, von Zirbelwitz konnte seine Enttäuschung nicht verbergen. »Ich schicke einen Außendienstmitarbeiter bei Ihnen vorbei, wenn wir ein Angebot für Sie haben.« Er wandte sich zum Gehen um.

»Oh ja, eins noch. Können Sie mir sagen, wo es zur Alpbauer Hütte geht? Wir haben dieses Wochenende ein Seminar für ›Die zehn goldenen Regeln zur perfekten Seelenwanderung‹ gebucht.«

»Ja sicher.« Sepp nickte. »Die Esoteren sind immer da unten in der mittleren Hütte. Nehmen Sie einfach den Weg dort links, den der Lukas«, er zeigte auf den Jäger, »mit der Pistenraupe planiert hat. An der Steinleit Hütte vorbei – das ist die mit dem meditierenden Inder auf der Bank –, den Berg runterrutschen und schon sind Sie da. Es sind keine zweihundert Meter.«

»Besten Dank, junger Mann.« Von Zirbelwitz schlug die Hacken aneinander, dass der Schnee nur so spritzte. »Skiheil oder Weidmanns Dank, wie man hier sagt.« Er hob nochmals seinen Hut und verschwand in die Richtung, aus der er gekommen war.

Sepp sah Lukas mit hochgezogenen Brauen an: »Was hat der denn nicht verstanden, dass er wieder weggeht?«

Als der Jäger antworten wollte, hörten sie von Zirbelwitz rufen: »Auf, auf! Keine Müdigkeit vorschützen! Wir haben das Ziel des Lebens fast erreicht«, wobei er ›fast‹ besonders betonte.

Wie an einer Schnur gezogen trotteten acht weitere Seminarteilnehmer – fünf Männer und drei Frauen – hinter von Zirbelwitz her. Im Vorbeigehen nickten die Damen freundlich, die Herren lüpften artig ihre Hüte. Es war zwölf Uhr einundfünfzig. Der Herr Direktor trällerte: »Im Frühtau zu Berge wir gehn, vallera.« Das sichere Ziel im Blick schritt er seiner Gefolgschaft voraus.

Bewaffnet mit Nordic-Walkingstöcken in signalrot, Bergstiefeln der Marke Orange Scarpa Phantom Ultra und farblich dazu abgestimmten Infinity-Tourenrucksäcken mit der Aufschrift: VON ZIRBELWITZ – ZEIT IST GELD, folgten sie ihrem Sherpa den geräumten Weg hinunter ins Basislager.

»Leute gibts.« Lukas nippte an seinem alkoholfreien Bier. »Eigentlich sind Touristen gar nicht so übel. Wir hätten sonst viel weniger zu lachen.«

»Jo. Das ist wie im Kino, nur live, in der ersten Reihe«, stimmte Sepp ihm zu.

Lukas stand auf und bereitete sein Schneemobil vor. Er musste in den Wald zu den Tieren. »Ich bin in einer Stunde wieder hier, wenn du warten willst. Echtes Bier ist auch im Kühlschrank, ganz hinten«, rief er Sepp zu, startete den Motorschlitten. Als Prinz aufgesprungen war, brausten beide in den Wald davon.

Nach seiner Rückkehr parkte Lukas sein Gefährt zum Schutz vor Dachlawinen unter dem Vordach. Die Haustür war weit geöffnet. An der hölzernen Bank stand eine halb volle Flasche alkoholfreies Bier. Er ging ins Haus, suchte seinen Freund, konnte ihn aber nicht finden. Er wollte gerade nach Sepp rufen, da sah er ihn neben dem Mann vor der Steinleit Hütte sitzen.

Der Holzknecht schien sich gut zu unterhalten. *Er kann*

*sich wirklich nicht einmal eine Stunde hinhocken, ohne zu quasseln,* stellte Lukas kopfschüttelnd fest. *Was macht so einer beruflich im Wald?*

Durch Sepps heftiges Winken wurde er aus seinen Gedanken gerissen. »Komm mal zu uns runter!«, hörte Lukas ihn rufen.

»Gleich«, antwortete er, hielt seine Hand mit gespreizten Fingern in die Höhe, »fünf Minuten.«

Nachdem der Motorschlitten für den morgigen Tag vorbereitet war, schloss Lukas das Jagdhaus ab, ließ seinen Hund auf die Rückbank des Land Cruisers klettern. Er setzte zehn Meter zurück, fuhr links am Haus vorbei den planierten Weg hinunter.

*Wenn Sepp sich einbildet, ich würde durch den Schnee laufen, hat er sich getäuscht.* Gekonnt wendete der Jäger und parkte neben der Almhütte. Er drückte auf den Knopf für den automatischen Fensterheber.

Ehe Lukas fragen konnte, was denn so dringend war, überschüttete Sepp ihn mit einem Wortschwall: »Das ist ein Wahnsinn, wie der sich unter Kontrolle hat! Du glaubst gar nicht, was ich ihn alles gefragt habe. Trotzdem meditiert der immer weiter. Als ob der einen Rekord aufstellen will!«

Mit einem Mal schnellte Prinz hoch, versuchte, aus dem Auto zu springen. Er knurrte und bellte unentwegt. Der Jäger hatte seine Mühe, ihn zu bändigen. »Aus, Prinz, gib endlich Ruhe!«, befahl er mit fester Stimme. Aber der Hund wurde immer unruhiger.

Währenddessen konnte Sepp sich nicht bremsen: »Hast du gewusst, dass die mit offenen Augen meditieren? Es muss richtig weh tun, wenn die Augen austrocknen bei der Sonne! Und wusstest du, dass die nicht reden, wenn die so dasitzen? Die essen und trinken auch nichts, hier stehn weder Bier noch eine Brotzeit. Der hat sogar Schnee auf dem Kopf, was ihn überhaupt nicht stört. Das ist echt der Wahnsinn! Und der hat so einen Punkt auf der Stirn, ›Bindi‹ heißt das. Gibts in ganz verschiedenen Farben. Soll

Glück bringen oder beschützen. Ich hab darüber mal was im Fernsehen gesehen.« Er überlegte. »Und warum heißt das eigentlich ›Kastenzeichen‹, wenn es rund ist?«

Lukas hatte nicht zugehört. *Irgendetwas stimmt nicht,* grübelte er.

Bevor er das Fenster hochfahren konnte, schoss sein Hund an ihm vorbei aus dem Wagen, baute sich, mal bellend, mal knurrend, vor dem fremden Mann auf. Dann sprang Prinz ihn völlig unerwartet an. Langsam, wie in Zeitlupe, neigte sich der Fremde zur Seite, lehnte nun schräg nach links gegen den Tisch.

»Das ist ja der Wahnsinn, wie der sich konzentrieren kann«, lachte der Holzknecht. »Den bringt ja gar nichts aus der Ruhe. Wo lernt man so was? In Indien? Da will ich hin, das ist ja voll cool!« Sepp schwärmte weiterhin lautstark von der Selbstbeherrschung des Mannes.

Unterdessen stieg Lukas langsam aus dem Toyota. Er wusste, dass Prinz sich nur so verhielt, wenn er erlegtes oder verendetes Wild aufgespürt hatte.

»Aus, Prinz. Platz!« Der Jäger stapfte durch den kniehohen Schnee hin zu dem schief sitzenden Mann. Knurrend legte sich der Hund neben seinen Herrn, beobachtete, wie der ›seine Beute‹ untersuchte.

Tonlos sagte Lukas: »Der Mann ist hin. Er ist sowas von tot, sag ich dir.«

»Mach keinen Scheiß, Lukas! Ich habe mich die ganze Zeit mit ihm unterhalten, das hätte ich bestimmt gemerkt! Hat der so lange rumgesessen, bis er sich tot meditiert hat?«

»Du redest einen Schmarrn, Sepp! Du hast wahrscheinlich die ganze Zeit gequasselt und gedacht, er würde dir zuhören.« Er musterte den Mann aufmerksam. »Dabei ist er mausetot. Das Ding auf seiner Stirn ist ein Loch und kein Bindi. Außerdem fehlt ihm ein großer Teil des Hinterkopfes. Er ist erschossen worden.«

»Da legts dich nieder, ein Mord auf unserer schönen Postalm!«, rief Sepp aus. Dann übergab er sich.

# Kapitel 3

Es roch erbärmlich an der Stelle, an der Sepp sich übergeben hatte. Keine drei Meter neben der Leiche hatte der warme Mageninhalt ein Loch in den Schnee geschmolzen, aus dem stinkende Dampfschwaden aufstiegen.

»Bist du denn total närrisch, hier hinzukotzen!«, fuhr der Jäger seinen Freund an. »Du versaust den ganzen Tatort!«

»Ja, denkst du denn, dass ich das gern gemacht habe?«, brummte Sepp und wischte sich den Mund mit seinem Ärmel ab. »Ich glaube, ich vertrage keinen Antialkohol. Das ist nicht gut für meinen Blutzucker.«

»Du bist echt verrückt!« Lukas zog sein Handy aus der Hosentasche, um die Polizei zu rufen. »Wiedermal kein Empfang. Wie siehts bei dir aus?«

Sepp schaute auf sein Nokia. Er schüttelte mit dem Kopf. »Ich habe null von fünf Strichen. Wenn es die Spiele-Apps nicht gäbe, würde ich das Ding gar nicht mehr mit in den Wald nehmen.«

»Lauf schnell hoch ins Jagdhaus und ruf die Polizei an!«, beauftragte ihn Lukas. »Und sag ihnen gleich, dass wir eine Leiche haben, ermordet. Kannst du dir das merken?«

»Klar, ich bin doch nicht dämlich!«, knurrte Sepp und marschierte durch den Schnee. »Als ob ich nicht alle Tassen im Schrank hätte«, grummelte er vor sich hin. »Dieser Lackaffe! Ich weiß genau, was ich tun muss. Polizei, Mord, herkommen. Bier aus dem Kühlschrank, das von ganz hinten.«

Prinz hatte sich beruhigt, saß im Auto auf der Rückbank. Er hatte seinen Job erledigt und erwartete eine Belohnung, vielleicht ein paar Innereien wie üblich. Sein Herrchen war allerdings mit anderen Dingen beschäftigt.

Lukas sah sich den Toten genauer an, ohne ihn zu berühren. »Ein kleines Kaliber, vielleicht ein

Zweiundzwanziger«, sprach er zu sich selbst. »Kein richtiges Jagdgewehr. Die Wunde sieht fast aus wie aufgesetzt.«

Die Kleidung des Mannes war von vorn sauber und trocken, von hinten jedoch feucht. Die Schneehaube war vom Kopf des Toten gerutscht und hatte auf dem Tisch eine kleine Pfütze gebildet.

*Er sieht nicht aus, als ob er erst seit heute Morgen vor der Hütte sitzen würde*, überlegte Lukas. *Er war bestimmt unterm Schnee begraben. Wenn die Polizei zu lange braucht, hat sie ein Problem. Dann ist der Schnee getaut und alle Spuren sind weg.*

Er blickte hinauf zum Jagdhaus, sah Sepp auf der Bank vor der Tür sitzen, mit einer Flasche Bier in der Hand.

»Hast du die Schantinger erreicht?«, rief er ihm zu. Keine Reaktion. »Hast du die Polizei angerufen?« Dieses Mal hatte Lukas mit beiden Händen einen Trichter vor seinem Mund geformt.

Der Holzknecht hatte ihn verstanden. »Ja, die kommen gleich«, antwortete er, stand auf und verschwand im Hauseingang.

»Ja, ja, die Bullen anrufen«, murmelte Sepp und griff zum Telefon. »Hab ich glatt vergessen. Das liegt alles an diesem Neppbier. Was haben die gleich für eine Nummer? 911? Nein. Oder 123? Nein, das ist auch verkehrt.« Er fasste sich auf die Stirn, rubbelte über seine Haare. »Genau, 140!« Erleichtert wählte er.

»Bergrettung Salzburg. Guten Tag, ich heiße Bettina Schwank-Oberdorfer. Was kann ich für Sie tun?«, meldete sich eine freundliche Telefonstimme.

»Ja, hallo. Sie sind meine letzte Rettung! Hier spricht Josef Berg. Ich habe einen Notfall zu melden. Ich suche ganz verzweifelt nach der Telefonnummer von der Polizeiinspektion Abtenau und kann sie nicht finden.« Er nahm einen kräftigen Schluck. Das Bier hatte 4,9 % Alkohol und schmeckte ihm.

Die freundliche Stimme schwieg. Nach einer Weile

fragte er vorsichtig: »Hallo, sind Sie noch da, Fräulein?«

»Ja, ich bin am Apparat«, antwortete Frau Schwank-Oberdorfer. »Ich kann bloß nicht glauben, dass das gerade passiert. Sind Sie betrunken?«

»Nein, überhaupt nicht, ich hatte den ganzen Tag über Limo. Das ist mein erstes Bier, ich schwörs!« Sepp hielt seine Flasche hoch, als ob er sie der Frau zeigen könnte.

Ihre Stimme wurde lauter. »Sie sind wohl einer von den Witzbolden, die gern telefonieren, weil Sie einsam sind? Oder haben Sie für die Sex-Hotline kein Geld?« Ihre Beherrschung schwand. »Sie sind bei der Bergrettung und nicht bei der Auskunft. Rufen Sie bei uns an, weil die Nummer gratis ist oder was soll der Unsinn?«

»Nein, keineswegs, gnädige Frau. Wir haben auf der Postalm einen Mord, und ich kenne die Telefonnummer von den Schantingern in Abtenau nicht. Was soll ich machen? Die Feuerwehr brauchen wir nicht, es hat ja nicht gebrannt. Also habe ich die Nummer gewählt, die ich kenne. Ich dachte mir: Besser mit Ihnen sprechen als meine Mutter anrufen. Die kennt zwar die Nummern alle auswendig, fällt aber sofort in Ohnmacht, wenn sie das von dem Mord hört. Und wie ich dann das Krankenhaus erreichen kann, weiß ich auch nicht.«

Erneut trat Stille ein. Er wartete auf ihre Antwort. »Fräulein?«

»Ja«, erwiderte Frau Schwank-Oberdorfer. »Das, was Sie sagen, ist unglaublich. Sind Sie von Radio Salzburger Land?«

»Nein, nein, nein! Ich bin der Josef Berg, der Sepp. Ich bin Holzknecht auf der Postalm, und wir haben hier einen toten Inder vor einer Hütte sitzen, direkt unterhalb vom Jagdhaus. Ich kriege gleich mächtigen Ärger mit Lukas, wenn ich nicht die Kriminalen anrufe. Der ist nämlich viel stärker als ich. Sie könnten meine Rettung sein.«

»Sie sind tatsächlich verrückt.« Die Frau klang ein wenig freundlicher. »Rufen Sie 059 133 an. So haben Sie die richtige Polizeiinspektion am Telefon. Ich habe einen letzten Tipp für Sie: Wenn ich herausbekomme, dass das ein Telefonscherz war, mache ich Ihnen die Hölle heiß! Verstanden?«

»Jawohl! Vielen Dank, Fräulein. Für den da unten kommt jede Hilfe zu spät, aber mich haben Sie gerettet.«

Frau Schwank-Oberdorfer konnte ihn nicht mehr hören, sie hatte das Gespräch beendet.

Sepp wählte die Nummer der Polizei.

Der Holzknecht hatte gerade aufgelegt, als Lukas plötzlich hinter ihm stand. Erschrocken zuckte er zusammen.

»Hast du erst jetzt mit der Polizei telefoniert?«, wollte der Jäger wissen.

»Nein, wie kommst du denn da drauf?«, fragte Sepp gedehnt.

»Ich habe dich doch mit denen telefonieren hören. Nun sag schon.«

»Nein, ich habe nur nochmal nachgefragt, warum das so lange dauert. Ich muss ja heute Abend zum Trachtenverein. Und ich weiß nicht, ob ich die ganze Zeit hierbleiben kann.« Schnell ging Sepp zum Kühlschrank, ehe es Lukas auffiel, dass er rot wurde.

Aus der Küche heraus sprach er weiter: »Die Nummer von den Schantingern musst du dir mal irgendwo aufschreiben. Das ist die 059 133, falls du die öfter brauchst. Ich hatte keine andere Wahl, musste meine Bergrettungsmasche abziehen. Das hat meinen Teil der Arbeit nicht wirklich leicht gemacht.«

»Du bist ein echter Gauner, Sepp.« Lukas musste lachen. »Und für die Zukunft: Alle Notfallnummern hängen über dem Telefon an der Pinnwand.«

Sie gingen vor die Tür, setzten sich auf die Bank, die Steinleit Hütte gut im Blick, und tranken ein letztes Bier. Der Jäger ohne, der Holzknecht mit Alkohol.

Lukas warf einen Blick auf seine Armbanduhr. »Es ist jetzt Viertel nach drei. Du hast vor ungefähr fünfzehn

Minuten angerufen. Die Polizei braucht eine halbe Stunde bis zu uns. Das heißt, es dauert nicht mehr lange, bis es vorbei ist mit der Ruhe. Lass uns eine rauchen und den Rest der Sonne genießen.«

»Passt.« Sepp trank die Hälfte seines Biers, ohne abzusetzen.

»Und, wie war es dieses Mal mit der Bergrettung? Hat es lange gedauert?«, fragte ihn Lukas.

»Nein, heute gings ganz schnell.« Der Holzknecht grinste. »Die Telefonistin hat nur ein einziges Mal fast geschrien. Das ist ein Rekord. Ich glaube, die machen jetzt so Trainings, damit sie nicht ausflippen, wenn so ein Idiot wie ich anruft. Endlich mal was, das die richtig machen mit unseren Steuergeldern.«

»Du hattest Glück, dass du keine erwischt hast, die deinen Trick schon kennt.«

»Ja, wenn ich merke, dass die direkt von null auf hundert ist, leg ich sofort auf und probiers nach ein paar Minuten nochmal.«

Lukas beobachtete, wie sich am Himmel einige Raben sammelten und verdächtig tief über Josis Hütte kreisten. »Wenn sich die Polizei nicht beeilt, wird der Mann ein Opfer der Natur«, überlegte er laut. »Sind die Raben erstmal da, haben sich die Insekten längst über ihn hergemacht. Das wird eine echte Schweinerei bei der Autopsie.«

»Jo«, stimmte Sepp zu. »Und in vier Stunden wird es dunkel. Dann haben die null Sicht, es gibt ja keine andere Beleuchtung. Das bisschen Mond kannst du vergessen, und die Hütte von der Josi hat bloß Solarstrom. Der hält nicht lange.«

Lukas nickte. Ihm ging der Tote nicht aus dem Sinn. Irgendwoher kannte er das Gesicht. Vielleicht waren sie sich in einer der Restauranthütten, der Blonden oder der Strobler Hütte, begegnet. Jedenfalls war er sich sicher, er hatte den Mann schon einmal gesehen.

Er stand auf, lief ins Jagdhaus und durchforstete alle

Fotos der letzten Monate, auf denen die Jäger und die meisten Jagdgäste abgelichtet waren. Keiner von ihnen war dem Opfer ähnlich.

Draußen hockte er sich wieder auf die Bank und grübelte weiter: *Die Kleidung des Toten ist unauffällig. Gutes Material, nicht billig. Er trägt weder Hut noch Handschuhe. Seine leichte, windfeste Jacke ist von Schöffel, die Schuhe gutes Goretex-Material. Nichts Besonderes und zum Glück kein Jäger-Outfit. Das würde dem Jagdherrn sicher missfallen.*

Sepp hielt es nicht länger aus: »Du bist so schweigsam. Worüber zerbrichst du dir den Kopf?«

»Ich weiß nicht, der Tote kommt mir bekannt vor. Ich nahm an, von einer Feier. Aber er ist auf keinem einzigen Foto zu finden.«

»Lass die Schantinger ihre Arbeit tun, wir schauen von hier aus zu. Das wird wie bei den Salzburger Festspielen, nur besser. Keine Zuschauer außer uns und zu trinken gibt es Bier statt Sekt. Toll, was?« Sepp leerte seine Flasche in einem Zug.

# Kapitel 4

Der erste Polizeiwagen, ein VW-Passat Kombi, traf um sechzehn Uhr bei der Jagdhütte ein und stoppte hinter dem Toyota.

Als die zwei Uniformierten um die Ecke kamen, konnten sich die beiden Freunde ein Grinsen nicht verkneifen. Die Polizisten waren von oben bis unten nass.

»Hören Sie sofort auf zu lachen!«, dröhnte die Stimme des Beamten, der auf der Beifahrerseite gesessen hatte. »Das ist ein Befehl!«

Lukas fing sich sogleich. Sepp hingegen konnte bei diesem Anblick nicht an sich halten. Er nahm die rechte Hand zum Kopf, grüßte: »Jawohl, Herr Polizeipräsident!«, und ließ sich vor Lachen seitlich auf die Bank fallen.

Als Amtsperson musste der Jäger die Situation retten. *Das kann unter quasi Kollegen richtig ins Auge gehen*, dachte er und stand auf, um die Beamten zu begrüßen.

»Verzeihen Sie, Herr Kontrollinspektor.« Ihm waren die Schulterklappen des Beifahrers aufgefallen. »Das ist der Schock. Herr Josef Berg, von Beruf Holzknecht«, er deutete auf Sepp, »hat nie zuvor einen Toten gesehen. Das hat ihn mächtig umgehauen.«

»Ja, das hat mich tatsächlich umgehaun«, lachte Sepp, noch stets auf der Bank liegend.

»Ich bin Lukas Graf, der Jäger in diesem Revier. Herr Berg und ich haben heute Mittag so gegen halb drei die Leiche gefunden.« Er wies mit der linken Hand zur Steinleit Hütte. »Genauer gesagt, es war Prinz, mein Jagdhund. Darf ich fragen, was Ihnen passiert ist?«

»Nein«, entgegnete der Kontrollinspektor mit Nachdruck. »Sagen Sie mir nur, wo ich mich frisch machen kann.«

»Zum Bad geht es den Flur entlang, die dritte Tür links.« Der zweite Polizist stellte sich freundlich als

Bezirksinspektor Franz Krispler vor.

»Was ist euch denn zugestoßen?«, fragte ihn Lukas. »Ihr seht aus, als ob ihr den Berg zu Fuß heraufgekommen wärt.«

»Ach, frag nicht!«, winkte Krispler ab. »Wir haben seit Kurzem eine Neue in der Inspektion. Sie fuhr vor uns die Mautstraße rauf. Aus heiterem Himmel hat sie sich mit ihrem Wagen verbremst, ist beim Dachsteinblick in einen Schneehaufen geschlittert. Das Auto steckte bis zur Windschutzscheibe fest. Wir haben zehn Minuten schaufeln müssen. Als wir sie rausschieben wollten, hat sie so viel Gas gegeben, dass es uns alle vollgespritzt hat.

Der Chef und ich sind glimpflich davongekommen. Wie der Kollege aussieht, der bei ihr im Auto sitzt, willst du nicht wissen. Er hat ihr um Haaresbreite eine Watschen verpasst. Der Dreck ist ihm regelrecht um die Ohren geflogen.« Krispler schmunzelte. »Aber er muss den Mund halten, weil er gerade mal drei Monate länger als sie bei uns ist. Obendrein ist sie die Tochter vom Landespolizeidirektor Tanzberger aus Salzburg.«

»Aha!« Sepp hatte die ganze Geschichte mit angehört. »Karriere machen auf den Schultern vom Papa. Respekt! Sie ist bestimmt hässlich wie die Nacht. Braucht Beziehungen, damit sie was Vernünftiges werden kann.«

»Nein, ich hatte keine Beziehungen nötig, um die Eignungsprüfung der Polizei mit achtundneunzig von hundert Punkten zu bestehen. Und noch einmal nein, ich bin nicht hässlich wie die Nacht«, widersprach die Frau, die unvermittelt vor den Männern stand. Ihr folgte jemand, der schwerlich als Polizist durchging, der vierte Kollege. Keiner hatte die Ankunft des zweiten Einsatzfahrzeuges bemerkt.

Die junge Polizistin war eins achtzig groß, sehr schlank mit bemerkenswerter Oberweite. Die Uniform passte wie angegossen. Ihr freundliches ovales Gesicht wurde von langem blonden Haar umrahmt, das bis zur Mitte ihres Rückens reichte.

»Da legts dich nieder!«, rief Sepp aus. »Miss Juni!«

»Miss Juni?«, echoten die anderen gleichzeitig.

»Ja, lest ihr denn den Player nicht? Das ist ›Miss Juni 2012‹. Ihr seid allesamt Kulturbanausen. Keine Ahnung von Kunst.« Er war total aus dem Häuschen. »Ich werd nicht mehr! Das glaubt mir zu Hause keiner!«

»Was glaubt Ihnen keiner, Herr Berg?«, ertönte der Bass des Kontrollinspektors, der soeben aus dem Haus trat. Ohne eine Antwort abzuwarten, fuhr er fort: »Ist sowieso egal. Ich bin Kontrollinspektor Stefan Mannbarth, Kommandant der Abtenauer Polizeiinspektion. Alles, was hier gesagt und getan wird, unterliegt bis zur vollständigen Klärung des Falles der strikten Geheimhaltung. Kein Wort an die Medien, absolute Verschwiegenheit gegenüber Dritten, inklusive der Familie. Das gilt für jeden von Ihnen.« Er machte eine würdevolle Kreisbewegung mit seiner Hand. »Alle Anwesenden sind hiermit vergattert.« Er nickte zufrieden. »So, und nun will ich den angeblich Ermordeten in Augenschein nehmen. Wo befindet er sich?«

Der harsche Befehlston und seine stämmige Erscheinung – er musste über ein Meter neunzig groß sein – sorgten dafür, dass alle schwiegen. Seine schwarzen Haare, eben noch zerzaust, waren nun glatt nach hinten gekämmt. Sein ernstes Gesicht zeugte davon, dass er gewohnt war, Befehle zu erteilen und durchzusetzen. Obwohl Mannbarth kurz vor der Pensionierung stehen musste, hatte er nicht an Biss verloren. Sogar Sepp hütete sich, den Mund aufzumachen, und zeigte wortlos auf Josis Hütte.

»Dort sitzt er nach wie vor«, antwortete Lukas. »So, wie wir ihn vor zwei Stunden vorgefunden haben. Angefasst haben wir nichts, wir wollten den Tatort keinesfalls verunreinigen. Der Mann hat sich freilich ein wenig zum Tisch hingeneigt, nachdem mein Jagdhund an ihm hochgesprungen war.«

»Ihr Hund war was?«

»Prinz hat ihn mit den Vorderpfoten angesprungen, ungefähr in Kniehöhe«, erklärte Lukas, tippte sich an die entsprechende Stelle seines Beines. »Sonst hätten wir gar nicht festgestellt, dass der Mann tot ist.«

»Gut, das werden Sie zu Protokoll geben müssen. Ich werde mir die Leiche jetzt selbst anschauen. Falls es sich wirklich um einen Mord handelt, holen wir die Kripo aus Salzburg. Die Kollegen werden Sie und Ihren Freund befragen. Krispler, Sie kommen mit, alle anderen bleiben.«

»Möchten Sie den Schneescooter nehmen?«, fragte Lukas.

Mannbarth wehrte ab: »Nein, danke. Wir sind fit bei der Polizei.«

Unverzüglich setzten sich die beiden Beamten in Bewegung. Sie nahmen den direkten Weg über die große Wiese, die stellenweise mit hüfthohem, verharschten Schnee bedeckt war.

Der Kontrollinspektor musterte den Kopf des Mannes aus nächster Nähe und stellte fest: »Der sieht wirklich tot aus. Ein Kopfschuss.«

»Ja, das ist eindeutig keine natürliche Todesursache. Könnte es Selbstmord sein?«, fragte Krispler.

»Nein, denke ich nicht. Der Mann ist unfreiwillig gestorben.«

»Chef, ich glaube, er liegt schon ein paar Tage hier. Riechen Sie das? Es ist richtig ekelhaft.«

»Ja, schlimm. Ich konnte das noch nie vertragen. Wir werden in Salzburg anrufen müssen. Spurensicherung, Rechtsmedizin, das volle Programm. Geht Ihr Handy?«

»Leider nein, Chef.« Einen Moment lang waren beide still.

»Wie hat uns denn der Jäger erreicht, wenn man hier keinen Empfang hat?«, fragte Krispler.

»Weiß ich nicht«, sagte Mannbarth nachdenklich. »Wahrscheinlich gibt es im Jagdhaus einen Festnetzanschluss. Gehen wir hinauf und fragen.« Er machte eine höfliche Handbewegung, deutete seinem Untergebenen an, vorzugehen. »Und bitte, denselben Weg nehmen. Dieselbe Spur, verstehen Sie? Keine weitere Kontaminierung, wenns geht, Herr Kollege!«

Oben angekommen, waren beide außer Atem. Krispler verschwand im Auto, Mannbarth setzte sich wortlos auf die Holzbank. Er holte mehrmals tief Luft, hob abwehrend die Hand und keuchte: »Warten Sie, mir gehts gleich besser.«

In der nächsten Sekunde rutschte eine Dachlawine mit lautem Krachen über die gesamte Breite der Steinleit Hütte ab. Sie begrub den Toten und sämtliche Spuren unter zentnerweise Schnee.

»Muss ich wieder schaufeln?«, fragte der junge Inspektor ängstlich, der die ganze Zeit hinter Miss Juni gestanden hatte.

»Nein, keiner braucht Schnee zu räumen. Wir melden es dem LKA. Frau Inspektorin Tanzberger, Sie rufen in Salzburg an«, ordnete Mannbarth an und winkte den Bezirksinspektor zu sich. »Sie, Herr Krispler, nehmen sich den Neuen, fahren auf die Inspektion und richten im oberen Zimmer ein provisorisches Büro für die Kollegen ein.«

Alle Beamten machten sich an die Arbeit. Lukas ging mit dem Kontrollinspektor in die Küche, berichtete, wie der Leichenfund abgelaufen war, während er eine Kanne Kaffee aufsetzte.

Sepp stand in der Eingangstür, starrte der schönen Polizistin, die gerade telefonierte, auf ihr Hinterteil. Sie gab alle wichtigen Daten durch, bestätigte, dass man warten würde, bis die Spurensicherung, der Rechtsmediziner und die Kollegen von der Kriminalpolizei eintreffen würden.

»Ja, selbstverständlich, wir werden das Gebiet ausreichend sichern. Ach ja, bringen Sie Schaufeln mit. Der Tote liegt seit ein paar Minuten unter einem großen

Schneehaufen. Ja, ... Ja, ... Gut, ich sage es dem Chef. Bis später.« Sie legte den Hörer auf und drehte sich um.

»Was?«, blaffte sie Sepp an.

»Krieg ich ein Autogramm?« Er grinste.

»Nein.«

»Ach, bitte.«

»Nein!«

»Nur ein kleines, fürs Poesiealbum.«

»Nein.«

»Auf meinen Hintern, mit nem Edding. Bitte!«

Sie zögerte. »OK, das habe ich noch nie gemacht. Wo ist der Stift?«

Ohne zu antworten, rannte Sepp zu seinem Suzuki und griff ins Handschuhfach. »Mist, ein Permanent-Marker!« Andererseits wartete Miss Juni auf ihn. Diese Chance wollte er sich nicht entgehen lassen.

Er lief zu ihr, löste die Knöpfe vom Latz seiner Lederhose. »Bitte schreiben Sie: In Liebe für Sepp«, drängelte er, wobei er seinen Allerwertesten entblößte.

Anna Tanzberger nahm ihm den Stift ab, entfernte die Schutzkappe und schrieb mit geschwungener Schönschrift auf seine linke Pobacke: Sepp, der Depp.

»Danke!« Er war überglücklich. »Und bitte einen Kuss, wo wir schon so intim sind.«

»Nein!«, raunzte sie, ließ ihn stehen und ging zu ihrem Chef ins Jagdhaus.

Sepp zog sich an, war im Geiste längst bei seiner Trachtengruppe, bei der er mit seinem Autogramm mächtig angeben wollte.

Die Inspektorin machte ordnungsgemäß Meldung. Sie berichtete Mannbarth, dass die Salzburger schätzungsweise in einer Stunde zu erwarten wären.

»Ich soll Ihnen ausrichten, dass wir das Gebiet, in dem der Tote liegt, weiträumig absperren sollen. Sie bringen ihren Rechtsmediziner, einen gewissen Professor Unterkircher, mit.«

»Ja, gut, Frau Tanzberger, sichern Sie den Fundort. Ich komme gleich nach.«

Lukas, der zugehört hatte, stand auf und fragte die junge Beamtin: »Darf ich Sie zur Hütte fahren? Der Weg ist offensichtlich sehr beschwerlich. Darüber hinaus haben Sie einiges an Ausrüstung zu tragen.« Er sprach ihren Vorgesetzten an: »Wenn Sie mich bitte entschuldigen würden, Herr Kontrollinspektor.«

Sie schaute dem Jäger tief in seine blauen Augen. *Ein fescher Mann,* dachte sie. »Das nehme ich gern an, Herr …«

»Graf, für Sie Lukas.« Er lächelte sie an.

*Sein Lächeln könnte selbst eisige Frauenherzen zum Schmelzen bringen, gefährlich.* Sie trat zur Seite, machte ihm den Weg frei.

»Es wird nicht lange dauern«, sagte Lukas zu Mannbarth und ging hinaus.


Das Rotax V800 Schneemobil startete mit einem lauten Knattern vor der Tür. Der Jäger rief: »Kommen Sie, Frau Tanzberger?«

»Ich bin gleich so weit, Lukas«, trällerte sie ihm zu. »Ich hole nur den Koffer mit dem Absperrzeug.«

»Das war ja wieder mal klar«, maulte Sepp, während die Polizistin die Heckklappe des VW-Passats öffnete. »Ich bin schon so gut wie mit ihr zusammen. Da kommt der feine Herr daher und es ist Schluss, noch bevor ich meine Chancen richtig ausgespielt habe.« Er schüttelte heftig seinen Kopf. »Ein schöner Freund bist du!«

Anna Tanzberger legte den Kunststoffkoffer in die Korbablage hinter dem Doppelsitz, saß auf und schlang beide Arme um die Brust des Jägers. »So gut?«

Er nickte, drehte den Gasgriff und beschleunigte das Gefährt.


Lukas parkte neben der Fahrspur, die er mittags mit seinem Toyota hinterlassen hatte, keine zehn Meter von dem Schneehaufen entfernt, unter dem sich der Tote befand.

Sepp beobachtete, wie Miss Juni abstieg und Lukas sie einwies.

Er äffte den Jäger nach: »Hier haben wir den Toten gefunden, Frau Tanzberger. Hier habe ich mit meinem Auto geparkt, Frau Tanzberger, und das sind die frischen Spuren vom Sepp, Frau Tanzberger. Der Trottel ist zu Fuß hierher gegangen, Frau Tanzberger. Sollen wir in die Hütte gehen und schnackseln, Frau Tanzberger?«

»Geht es Ihnen gut, Herr Berg?« Mannbarth stand direkt neben Sepp.

Der schnellte hoch. »Äh …, ja danke, Herr Kommandant. Das ist bestimmt der Schock. Möchten Sie ein Bier? Wir haben echtes und welches ohne Umdrehungen.«

»Ohne Alkohol? Wenn das so ist, gern.«

»Ich seh mal nach, ich find bestimmt noch eins für Sie. Im Finden bin ich gut. Den Toten hab ich auch zuerst gefunden.« Er lief zum Haus. »Ich hab gedacht, der würde meditieren. Aber dann ist er umgefallen«, rief er.

Mit einer Flasche Stiegl Freibier in der einen und einem Stiegl Goldbräu in der anderen Hand kehrte er zurück. »Brauchen Sie ein Glas?«

Mannbarth verneinte.

Sepp setzte sich und erzählte weiter: »Ich hab ja angenommen, der ist von den Esoteren, die immer hierherkommen und nackt ums Feuer tanzen.«

»Den was?«, prustete der Kontrollinspektor.

»Den Esoteren, die das ganze Jahr über Hütten mieten. Die machen lauter solche Sachen, wie nachts um elf Jodeln üben oder Gedenksteinhaufen aus großen Kieselsteinen bauen. Die Haufen stoße ich hinterher um«, lachte er. »Da sind oft kleine Zettel drunter, mit Wünschen drauf geschrieben wie: ›Ich will einen neuen Porsche‹ oder ›Gesundheit für meine Tante Tilli‹. Die sind wirklich verrückt, wenn Sie mich fragen. Ja, und manchmal tanzen sie nackt ums Feuer. Das habe ich von ganz unten«, Sepp zeigte zum Tal hin, »mal zufällig mit meinem Nachtsichtgerät beobachtet. Dagegen war der vor Josis Hütte auf der Bank ganz friedlich und hat nur so dagesessen. Wie ein echter indischer Yogi.«

Während Sepp unentwegt auf Mannbarth einredete, stellten Lukas und die Polizistin die Absperrung auf.

»Wir sollten zwanzig mal zwanzig Meter eingrenzen«, sagte sie. »Falls jemand an der Hütte vorbeikommt, nimmt er den kleinen Weg dort. Oder er läuft direkt vom Jagdhaus quer über die Wiese. Auf diese Weise ist es leicht, jemanden aufzuhalten. Was denken Sie, Lukas?«

Er nickte.

Sie trat ganz dicht an ihn heran. »Ich bin Anna, zumindest so lange, wie mein Boss nicht in der Nähe ist.«

Er nickte lächelnd.

Irritiert blickte sie hinauf zu Mannbarth und dem wild gestikulierenden Sepp. »Ist dein Freund krank oder sollte ich bei ihm mal einen Drogentest machen?«, lenkte sie ab.

»Nein, nein, er ist harmlos, Anna. Er hat wahrscheinlich ADHS oder so. Wenn er mal still sitzt, fühle ich sofort seinen Puls.«

»Er ist so …, ich weiß nicht, nervtötend.«

»Ja, starke Nerven muss man bei ihm schon haben. Dennoch ist er ein echter Freund. Er würde dich kilometerweit durch den Wald tragen, wenn du verletzt wärest.« Nach einer Pause fügte er hinzu: »Und wenn er Kraft genug hätte.«

Nun mussten beide lachen.

»Komm, lass uns das zu Ende bringen«, sagte Lukas. »Wenn die Sonne untergeht, wirds hier ziemlich frisch. Du kannst dir mit deiner leichten Uniform schnell eine Erkältung oder Schlimmeres einfangen.«

Sie wickelte den Anfang des Absperrbandes um die Regentonne am hinteren Giebel der Hütte. »Das sagst du mir? Du hast kurze Lederhosen an und ein einfaches

Hemd mit Weste. Ich habe einen warmen Parka im Auto, aber du?«

»Bei diesem Wetter brauche ich keine lange Kleidung, ich bin die Temperaturen gewohnt. Doch wenn ich um vier Uhr morgens bewegungslos auf einem Ansitz hocke, auf einen Hirsch oder Auerhahn warte, ziehe ich mich warm an. Und was deine Jacke betrifft, die ist – glaube ich – eben mit dem anderen Auto nach Abtenau gefahren.«

»Mist, du hast recht«, seufzte sie. »Lass uns weitermachen. Wenn wir fertig sind, könnten wir vielleicht im Jagdhaus auf die Kollegen aus Salzburg warten.«

»Passt.«

Sie knotete das andere Ende des reflektierenden Bandes mit der Aufschrift ›Polizeiabsperrung‹ am Pfosten des Vordachs fest. So war die überdachte Terrasse vor der Hütte für die Kollegen der Spurensicherung frei zugänglich. Anna war zufrieden.

Am Jagdhaus schlug Lukas vor: »Wenn Sie etwas Warmes trinken möchten, kann ich noch einmal einen Kaffee aufsetzen. Oder einen Tee, wenn Ihnen das lieber ist. Eine dicke Jacke, die Ihnen passen könnte, habe ich sicherlich auch, Frau Tanzberger.«

Wie selbstverständlich hatte er Anna nicht bei ihrem Vornamen genannt. *Ein echter Gentleman*, dachte sie lächelnd. »Tee wäre toll, falls es Ihnen nicht zu viel Mühe bereitet.«

»Ist schon recht.«

Jetzt erst fiel ihnen auf, dass Sepp nicht aufgehört hatte, auf Mannbarth einzureden.

»... und einmal haben die sogar ein Huhn geschlachtet. Keine zwei Tage später ist die Lissi von der Luisenalm in Flachau ganz krank geworden. Das war Voodoo! Die sollten Sie mal gründlich unter die Lupe nehmen. Aber seien Sie auf der Hut«, er reckte den Zeigefinger seiner rechten Hand beschwörend in die Höhe, »mit den Voodoo-Leuten ist nicht zu spaßen! Das kam mal auf

Arte. Die haben alle irregemacht.«

Der Kontrollinspektor stand auf, stellte sich vor seine Kollegin und verdrehte die Augen. Er neigte sich zu ihr und sprach ganz leise, sodass niemand mithören konnte: »Ein Glück, dass Sie wieder da sind. Der Kerl ist vollkommen verrückt! Es fehlte nicht mehr viel und ich hätte von meiner Dienstwaffe Gebrauch gemacht. So sehr kann er nerven.« Mitleid heischend ließ Mannbarth den Kopf hängen. Dann sah er Anna an, wechselte das Thema: »Ich werde gleich mit dem Auto zum Essen nach Hause fahren. Meine letzte Mahlzeit hatte ich mittags. Seit halb fünf wartet meine Frau mit dem Gulasch auf mich. Sie dreht mir den Kopf ab, wenn ich nicht bald erscheine.

Sie, Frau Tanzberger, lasse ich abholen, sobald die Kollegen das Büro hergerichtet haben. Sorgen Sie dafür, dass alles nach Wunsch ist für die Kripo und Professor Unterkircher. Er ist eigenwillig, Sie werden sehen.« Der Kontrollinspektor schaute sie mit ernster Miene an. »Kann wichtig sein für Ihre Karriere.«

»Jawohl, Chef!« Anna nahm eine stramme Haltung an. »Ich werde Sie informieren, wenn das Gelände von der Spurensicherung freigegeben wurde.«

»Gutes Kind«, murmelte Mannbarth. »Aber rufen Sie in der Dienststelle an, ich habe nun Wochenende.« Er verabschiedete sich mit Handschlag von Lukas und schritt, ohne Sepp eines Blickes zu würdigen, zu seinem Dienstfahrzeug.

»Ein richtig toller Polizist ist das«, sagte der Holzknecht in die entstandene Stille hinein. »Ich hab ihm die ganze Zeit Tipps gegeben, wer als Mörder in Frage kommt. Er musste sich nicht einmal Notizen machen. So ein Gedächtnis hätte ich auch gern. Noch jemand ein Bier?«

»Nein, kein Bier. Du solltest nach Hause fahren. Du hast nämlich genug getrunken«, erwiderte Lukas ruhig.

»Na ja, ich muss sowieso weg. Hast du mich heute Abend noch nötig?«, wandte sich Sepp an Anna. »Willst du meine Aussage jetzt aufnehmen oder können wir das später machen?«

Sie überlegte. »Kommen Sie morgen auf die Inspektion, Herr Berg. Hier habe ich weder Formular noch Computer. Sagen wir vierzehn Uhr?«

Sepp schüttelte den Kopf. »Geht nicht, ich kann erst um drei. Ich muss unbedingt noch bei einer Freundin vorbei, die braucht meine Hilfe. Passt das?«

»Na gut, von mir aus fünfzehn Uhr, aber nicht später. Geben Sie mir bitte einstweilen Ihren Personalausweis. So kann ich mir Ihre persönlichen Daten aufschreiben. Außerdem brauche ich Ihre Adresse. Wie kann ich Sie erreichen?«

»Ich bin nur zum Schlafen daheim«, antwortete er, reichte ihr den Ausweis. »Wenn du mich brauchst, findest du mich im Wald oder hier, sechs Tage die Woche. Lukas weiß immer, wo ich gerade unterwegs bin.«

Die Inspektorin notierte sich alle Daten einschließlich der Telefonnummer seines Handys. In dem Moment, in dem sie ihm den Ausweis zurückgeben wollte, fiel ihr auf der Rückseite ein Detail auf. »Sie sind einhundertzweiundachtzig Zentimeter groß?«, fragte sie ungläubig.

Sepp senkte den Blick, bekam rote Flecken im Gesicht. Er stotterte: »Eigentlich … eins vierundsiebzig. Ich hab schwere Komplexe, weil ich so klein bin. Und weil ich die Frau auf dem Amt sehr gut kenne, hat sie mir den Gefallen getan.« Kurz schien es, als ob er sich wirklich schämen würde. Da hellte sich sein Gesicht auf, seine Augen funkelten. »Wenn ich den da unten mitzähle, dann …«

»Will ich nicht wissen«, unterbrach ihn Anna hastig.

»Bitte!«, fügte Lukas hinzu. »Du solltest schnell verschwinden, bevor die Frau Inspektorin es sich anders überlegt und dich einsperrt. In einer halben Stunde beginnt dein Trachtentanz. Du willst doch nicht zu spät kommen, oder?«

»Schon verstanden, Herr Weidmann. Du willst allein sein mit Miss Juni. Da bin ich das fünfte Rad am Wagen.

Ich habs kapiert«, sagte Sepp geknickt. Plötzlich fiel ihm sein Autogramm ein. Er klopfte sich hinten auf die Hose, grinste Lukas breit an. »Heute Abend werde ich der Star der Tanzgruppe sein!« Er lachte, rief ein: »Pfiat enk!«, und verschwand hinter dem Haus.

Das Röhren des kaputten Auspuffs von Sepps Auto war verstummt.

»Ich liebe die Ruhe.« Lukas betrachtete den Labenberg, dessen Spitze im Sonnenuntergang golden leuchtete. »Nirgends sonst fühle ich mich zu Hause.«

»Ja, es ist bezaubernd schön«, schwärmte Anna.

# Kapitel 5

Das Bellen des Hundes kündigte das Eintreffen der Einsatzfahrzeuge an.

»Aus, Prinz. Platz!«, befahl der Jäger.

»Los gehts.« Anna stand auf, verließ vor Lukas das Jagdhaus.

Sieben Beamte in Zivilkleidung betraten die Terrasse.

»Doktor Georg Brenninger, guten Abend«, grüßte ein blonder Mann, der als Erster auf sie zuschritt. Er war Ende dreißig, eins fünfundsiebzig groß mit der Figur eines Ausdauersportlers. Seine auffällig große Nase schien seinem Selbstbewusstsein keinen Abbruch zu tun. »Ich bin der Leiter der KPU, sozusagen CSI Salzburg. Und wer, bitte schön, sind Sie?«

Die Polizistin grüßte zackig: »Anna Tanzberger, Inspektorin bei der Dienststelle Abtenau. Meine Aufgabe ist es, Ihnen alle nötigen Auskünfte zu geben und den Fundort gegen Schaulustige abzuschirmen.«

Brenninger sah sie lange an. Seine wachen, hellgrauen Augen röntgten sie förmlich. Die Lachfalten um seine Augenwinkel und seine Grübchen sagten ihr jedoch: Keine Angst, ich beiße nicht. »Frau Inspektorin Tanzberger ... ja, ich erinnere mich. Ich kenne Ihren Vater gut. Und Sie sind?« Er blickte den Jäger an.

»Lukas Graf, ich bin der Revierjäger. Herr Doktor Brenninger, habe die Ehre.« Sie gaben sich die Hände. »Gemeinsam mit dem Holzknecht Josef Berg habe ich heute Mittag den Toten gefunden. Wir haben auf der Stelle die Polizei gerufen. Außer den Abtenauer Inspektoren ist niemand in seine Nähe gekommen.«

»Danke.« Brenninger überließ seinen Kollegen das Feld.

»Ich bin Professor Doktor Doktor Anton Unterkircher, Rechtsmediziner und zudem ein namhafter Spezialist für Eisleichen. Sie haben sicher schon von mir gehört«, sprach ein langer, schlaksiger Mann in den Fünfzigern, an dem kein Zeichen von Humor zu entdecken war. Er trug einen grauen Anzug, dazu eine bunte Fliege mit Tartanmuster. Seine Glatze hatte er mühevoll mit den wenigen, von rechts nach links gelegten Haaren bedeckt.

»Gustl Krainer, ich bin der Tatortfotograf.« Er musterte Anna. »Sie kenne ich irgendwo her.«

Zu guter Letzt zückten die beiden Beamten der Kriminalpolizei ihre Visitenkarten und reichten sie Lukas.

»Leutnant Willi Linz, LKA Salzburg. Das ist mein Kollege, Abteilungsinspektor Hans Brandhasl. Wir sollten uns am besten sofort unterhalten, Herr Graf. Frau Inspektorin«, sprach er Anna an, »Sie geleiten die Kollegen zum Fundort und beziehen dort Ihren Posten.«

Linz war ein attraktiver Mann, der die Dreißig noch nicht erreicht hatte. Schlank, circa eins achtzig, äußerst gepflegt und elegant gekleidet. Das helle Grün seiner Augen stand im Kontrast zu seinen schwarzen, modisch geschnittenen Haaren. Der Abteilungsinspektor dagegen war ein uriger, untersetzter Typ mit grauem Haar und freundlichen braunen Augen, der auf die Fünfzig zuging.

Als er den Namen Brandhasl hörte, war Lukas froh, dass Sepp nicht mehr anwesend war. *Du hättest dich mit deinen Kommentaren wiedermal um Kopf und Kragen geredet.* Laut sagte er: »Danke, Herr Leutnant, Herr Abteilungsinspektor. Einen Moment, bitte«, und wandte sich an den Leiter der KPU, »Herr Doktor Brenninger, wenn Sie rechtsherum fahren und der Spur meines Toyotas folgen, können Sie mit Ihren Geländewagen direkt bis zur Steinleit Hütte gelangen. So brauchen Sie Ihre Ausrüstung nicht durch den Schnee zu tragen.«

Brenninger nickte zum Dank, gab seinen Mitarbeitern eine knappe Einweisung. Schnell waren alle hinter dem Haus verschwunden.

»Können wir?«, fragte Brandhasl.

»Sicher.« Der Jäger ging voran ins Haus. »Möchten die

Herren einen Kaffee oder Tee?«, fragte er, als sie vor der Küche standen.

»Ja gern, Kaffee«, sagte Brandhasl. Linz verneinte.

*Pflichtbewusst,* dachte Lukas. *Keine Gefälligkeiten annehmen von jemandem, der verdächtig sein könnte.* Nachdem er Wasser in die Kaffeemaschine gefüllt hatte, setzte er sich zu den Ermittlern an den Küchentisch.

»Herr Graf, erzählen Sie uns, wie Sie den Toten gefunden haben«, forderte ihn Linz auf.

»Ziemlich genau um fünf Uhr in der Früh bin ich mit meinem Hund am Jagdhaus angekommen.« Lukas zeigte unter die Küchenbank, unter der sich Prinz verkrochen hatte. »Ich habe meinen Toyota neben dem Eingang abgestellt und wie jeden Morgen das Jagdgewehr aus dem Stahlschrank geholt, hinten aus der fensterlosen Kammer neben meinem Schlafzimmer. Dazu habe ich sechs Patronen aus dem Tresor genommen.«

»Was machen Sie morgens um fünf, mitten in der Schonzeit mit einem geladenen Gewehr?«, unterbrach ihn Linz.

»Die Waffe habe ich dabei, falls sich Wild schwer verletzt hat. Das passiert ab und zu. Dann gebe ich dem Tier den Gnadenschuss.

Im Allgemeinen besteht meine Arbeit in dieser Jahreszeit im Reparieren von Hochsitzen, Futterstellen und Wildgattern, die im Winter unter dem Schnee gelitten haben. Außerdem muss ich den Wildbestand, das heißt, Rotwild, Rehe und Auerwild, für die Statistik zählen. Das Ergebnis lege ich meinem Jagdherrn jedes Jahr in den ersten Aprilwochen vor.« Lukas sah, wie sich der Leutnant in einem kleinen Spiralblock Notizen machte. »Gegen acht Uhr habe ich in der Küche gefrühstückt. Das ist meine Zeit, immer gleich. Ich wollte gerade mit dem Auto zur Fütterung der Hirsche fahren, da ist mir der Mann vor Josis Hütte zum ersten Mal aufgefallen. Sie müssen wissen, ich parke mein Auto meistens so wie jetzt mit dem Blick nach unten.«

»Wer bitte ist Josi?«, wollte Linz wissen.

»Josefine Stein. Sie ist die Besitzerin der Hütte. Ich habe sie noch nicht verständigt. Ich habe gedacht, Sie wollten die Ersten sein, die sich drinnen umsehen, bevor jemand eventuelle Spuren verwischt.«

»Sehr umsichtig, Herr Graf. Das war korrekt.« Linz ließ ihn erzählen, während er schrieb.

»Ich habe mir keine Gedanken über den Mann gemacht, außer dass er früh dran ist. Viele Besucher sind zeitig auf den Beinen, um den Sonnenaufgang zu bewundern oder zu einer Bergbesteigung aufzubrechen. Ich bin zum Ruhegebiet gefahren und habe meine Arbeit fortgesetzt.« Lukas goss zwei Becher Kaffee ein, für Brandhasl und für sich. »Das Beifüttern der Hirsche beginnt zwischen halb neun und neun. Ich bin jeden Tag um diese Zeit im Gehege, so auch heute. Die Tiere sind an mich gewöhnt und warten im Wald auf das Motorengeräusch meines Autos.

Viertel vor zwölf war ich zurück und habe zuallererst Waffe und Munition weggeschlossen. Ungefähr zehn Minuten später kam Josef Berg. Er ist, genau wie ich, täglich zur selben Zeit beim Jagdhaus. Für gewöhnlich machen wir gemeinsam Mittagspause. Wir haben vor der Tür auf der Holzbank gesessen und uns bei einem alkoholfreien Bier darüber unterhalten, wie man so lange meditieren kann.«

Ohne seinen Blick zu heben, fragte Linz: »Dieser Josef Berg, wer ist er und wo ist er?«

»Sepp ist Holzknecht im Revier. Er ist Ihnen höchstwahrscheinlich auf der Postalmstraße begegnet. Er fährt einen froschgrünen Suzuki Samurai. Sie haben ihn um fünf Minuten verpasst. Sepp hat heute Abend eine Verpflichtung. Wenn ich mich recht erinnere, hat er morgen um drei Uhr bei Inspektorin Tanzberger in Abtenau einen Termin für seine Aussage. Herr Berg hat sich ordnungsgemäß bei ihr abgemeldet.«

Unvermittelt warf Linz den Spiralblock auf den Tisch,

knallte den Stift daneben. »Begegnet ist gut! Dieser Hornochse hätte uns beinahe alle in den Abgrund geschickt! Er kam mit Vollgas und Fernlicht um die Kurve gebrettert und besaß die Frechheit, uns auch noch anzuhupen!« Er nahm sein Schreibzeug auf, machte einen neuen Eintrag und sagte mehr zu sich selbst als zu den anderen: »Auf diese Vernehmung freue ich mich schon jetzt.«

Lukas fuhr fort: »Gegen eins bin ich für eine Stunde mit dem Schneescooter weggefahren, Salz für das Wild auslegen und kontrollieren, ob alle Gatter geschlossen sind. Nachdem ich den Motorschlitten draußen unter dem Vordach abgestellt hatte, habe ich entdeckt, wie Sepp drei Meter von dem Mann entfernt auf der kleinen Holzbank rechts neben dem Eingang saß.«

Diesmal unterbrach ihn Brandhasl: »Er war alleine bei dem Opfer? Könnte er nicht …?«

»Nein, das glaube ich nicht«, fiel ihm der Jäger ins Wort. »Der Tote sitzt sicher einige Tage, wenn nicht Wochen vor der Hütte. Er ist bloß niemandem aufgefallen, weil der Schnee so hoch lag und erst in den letzten Tagen abgetaut ist. Sepp ist zwar verrückt, kann einen manchmal um den Verstand bringen. Trotz allem kann er keiner Fliege etwas zu Leide tun.«

»Das habe ich schon oft gehört«, murmelte Linz und machte sich einen neuen Vermerk.

Das Verhör dauerte eine ganze Stunde. Lukas erklärte den Kriminalbeamten in allen Einzelheiten, was bis zur Ankunft der Polizisten aus Abtenau vorgefallen war.

Um halb acht trat der Jäger mit den beiden Beamten ins Freie. Josis Hütte lag im gleißenden Licht der Halogenscheinwerfer von der Spurensicherung. Ein Stromaggregat summte leise. Die Leiche war weitgehend von Schnee und Eis befreit. Alle paar Sekunden leuchtete der Kamerablitz des Fotografen auf.

Lukas sah Anna auf der linken Seite der Hütte im

Windschatten der Fahrzeuge stehen. Die Temperatur war auf null gesunken. Obwohl sie die Jacke trug, die er ihr gegeben hatte, hatte sie ihre Arme fest um den Oberkörper geschlungen. Sie stampfte unentwegt mit den Füßen auf.

»Vielleicht sollten Sie Ihre Kollegin ins Jagdhaus schicken«, schlug er Linz vor und zeigte auf Anna. »Sie trägt leichtes Schuhwerk und eine dünne Uniform. Wenn sie noch länger draußen bleibt, holt sie sich den Tod.« Weil der Leutnant nicht reagierte, fügte er hinzu: »Sollte überhaupt noch jemand Wache stehen? Zu dieser Jahreszeit ist die Alm nach sechs Uhr abends menschenleer. Einzig die Leute, die sich in der Alpbauer Hütte eingemietet haben, könnten sich für das ungewöhnlich helle Licht interessieren. Die Seminarteilnehmer, von denen ich berichtet habe. Möglicherweise gehören noch ein oder zwei Trainer zu der Gruppe.«

»Hans, hol die Inspektorin her«, wies Linz seinen Partner an. »Herr Graf hat recht, eine Leiche ist genug für die Postalm.«

Brandhasl rief nach Anna, die sich sogleich in Bewegung setzte.

»Und Sie meinen, diese – nennen wir sie einmal Esoteriker – haben mit der Angelegenheit nichts zu tun?«, nahm Linz die Unterhaltung auf.

»Ich halte das für sehr unwahrscheinlich, weil sich der tote Mann schon länger dort befinden muss. Das letzte Mal, dass es auf der Postalm so wenig Schnee gab, um draußen vor der Hütte sitzen zu können, ist mindestens vier bis fünf Wochen her. Und Herr …, Moment, ich habe irgendwo seine Karte …« Lukas kramte in seiner Hosentasche, fischte die goldene Plastikkarte heraus und reichte sie dem Leutnant. »Herr von Zirbelwitz nebst Mitarbeitern ist um halb eins eingetroffen, wie ich Ihnen mitgeteilt habe. Weil er Herrn Berg und mich nach dem Weg gefragt hat, nehme ich an, dass er und seine Leute zum ersten Mal in der Gegend sind. Aber ich bin kein

Polizist, und ich habe nur fünf Minuten mit ihm gesprochen.«

»Ich habe die Autos gesehen.« Linz nickte. »Ein Mercedes Kleinbus und ein Audi A4 Avant, beide mit deutschem Kennzeichen, Berlin, glaube ich. Die Fahrzeuge stehen oben an der Straße auf dem kleinen Parkplatz neben Ihrer Einfahrt.«

»Ja, alle Besucher der Alpbauer und der Steinleit Hütte werden gebeten, ihn zu benutzen, um die Einfahrt nicht zu blockieren und den Parkplatz des Jagdhauses freizuhalten«, erläuterte Lukas. »Das möchte mein Chef gern so, es ist immerhin sein Privatgrundstück.«

Mittlerweile war Anna angekommen. Sie verschwand mit einem dankbaren Lächeln im Inneren des Hauses.

»Hinten rechts ist die Wohnstube. Am Kaminofen ist es warm«, rief ihr der Jäger nach.

»Eine schöne Frau«, meinte Brandhasl, »irgendwoher kenne ich sie.« Grübelnd sah er zu Josis Hütte hinunter.

Die Fundstelle war taghell erleuchtet. Um störende Schatten zu vermeiden, hatten Brenningers Leute die sechs Halogenstrahler im gleichen Abstand zueinander rund um die Leiche positioniert.

Die Kriminaltechniker verrichteten konzentriert ihr Handwerk. Hier und da hoben sie Beweismittel auf, verpackten sie in Plastiktüten und verstauten sie in einen großen Transportkoffer aus Aluminium, der auf dem Tisch unter dem Vordach lag. Professor Unterkircher sprach wiederholt mit dem Chef der KPU. Sie beugten sich über die Leiche und nickten sich bestätigend zu.

Die Truppe war ein eingespieltes Team, arbeitete routiniert und professionell. Das konnte man selbst aus dieser Entfernung erkennen.

Die Dunkelheit hatte sich über den Mondsee gelegt.

»Hallo, meine Süße«, sagte der Wilderer und holte sein Gewehr aus dem Versteck hervor. »Ich habe dich vermisst.« Er wischte den Lauf, der durch die Witterung gelitten hatte, liebevoll sauber. »Jetzt werde ich dich erst einmal richtig pflegen. Und morgen werden wir wissen, ob es dir gut geht. Ich werde dir was Schönes aussuchen.«

Er lief zu seinem Fahrzeug, legte die Waffe sanft auf den Boden hinter dem Fahrersitz. Er war glücklich, fühlte sich zum ersten Mal seit Wochen komplett. Lange hatte er dem Wunsch nach ihr widerstehen können. Heute schließlich hatte es ihn übermannt. Wie elektrisiert bestieg er sein Auto, fuhr die gesamte Strecke singend und pfeifend in weniger als einer halben Stunde. *Endlich habe ich sie wieder*, freute er sich.

Vier Stunden waren vergangen, als Unterkircher die beiden Kripobeamten von seinem Kollegen zum Fundort holen ließ.

»Und Doc, was haben Sie für uns?«, fragte Linz den Professor.

Unterkircher blickte ihn lange über den Rand seiner Brille hinweg an. Langsam holte er einen Teleskopstab aus der Tasche seines Schutzanzuges, zog ihn ruhig zu seiner vollen Länge auseinander und tippte Linz damit mehrmals im Rhythmus seiner Worte auf die Brust.

»Ich bin Professor Doktor Doktor Anton Unterkircher. Ich habe zehn Jahre studiert, habe drei Bücher geschrieben zu Themen, deren Titel Sie nicht einmal begreifen würden. Ich war zur Forschung ein Jahr lang in der Atacamawüste und ebenso lange in der sibirischen Tundra. Ich habe zwei Ehrendoktortitel, einen von der Universität Yale und einen aus Oxford. Dank meines Zutuns wurden die wichtigsten Fragen zur Gletschermumie aus dem Ötztal beantwortet.

Um all das zu erreichen, habe ich ein halbes Leben gebraucht. Sie, Herr Leutnant, sollten sich daher nicht anmaßen, mich mit ›Doc‹ anzusprechen. Wir sind hier nicht in der amerikanischen Provinz. Oder sind Sie anderer Meinung?«

Linz brauchte einen Augenblick, um die Standpauke zu verdauen. »Natürlich nicht, Herr Professor. Bitte verzeihen

Sie.«

»Also gut«, fuhr Unterkircher fort, »erst das Offensichtliche. Der Tote ist sechzig bis fünfundsechzig Jahre alt geworden. Exitus vermutlich durch einen aufgesetzten Schuss. Das erkenne ich an der ausgefransten Eintrittswunde. Mit absoluter Gewissheit kann ich sagen, dass er vor mehreren Tagen verstorben ist. Genaueres weiß ich nach der Autopsie. Und um Ihrer nächsten Frage, ob es Selbsttötung oder Mord war, zuvorzukommen, ich habe keinerlei Schmauchspuren an den Händen des Opfers feststellen können.« Er hatte sein Statement abgeschlossen, drehte sich zur Leiche um und ließ die Ermittler einfach stehen. Er hatte gesagt, was er zu sagen hatte. Mehr war für den jetzigen Zeitpunkt von ihm nicht zu erwarten.

Brandhasl verdrehte die Augen. »Was nun?«, fragte er Linz. »Rüber zu Georg?«

»Ja, der ist umgänglicher. Bei ihm habe ich nicht das Gefühl, mich andauernd verbeugen zu müssen.«

»Müssen Sie bei mir ebenso wenig, Herr Leutnant«, bemerkte Unterkircher, ohne vom Opfer aufzuschauen. »Ich erwarte lediglich Respekt, sowohl mir als auch dem Toten gegenüber.«

Die Ermittler gingen schweigend zu Brenninger, der unter dem Vordach saß und sich Notizen machte. Sie setzten sich zu ihm.

»Grüß dich, Georg. Ist ihm eine Laus über die Leber gelaufen?«, fragte Linz und nickte in Richtung Unterkircher.

»Nein, so ist er nun mal, ein hochspezialisierter Rechtsmediziner mit Hang zur Megalomanie. Fachlich ist er der Beste, den wir je hatten und ausgesprochen korrekt.«

»Gut, was habt ihr bisher herausbekommen? Gibt es irgendwelche Anhaltspunkte, die wir verwenden können?« Linz hatte vermieden, nach der Bedeutung des Fremdwortes zu fragen, genau wie sein Partner.

»Ja, so einige. Es gibt weder Schmauchspuren noch eine

Waffe. Ergo würde ich Selbstmord ausschließen. Zudem konnten wir keine offensichtlichen Anhaltspunkte für einen Kampf finden. Unterkircher wird dir nach der Obduktion alle Details nennen können. Außerdem bin ich mir ziemlich sicher, dass der Tote genau dort gestorben ist, wo man ihn gefunden hat. Wir haben Gehirn- und Schädelfragmente im Holzstapel hinter ihm gefunden.« Um seine Aussage zu untermauern, griff Brenninger den durchsichtigen Beutel mit Gewebe- und Knochenresten und hielt ihn hoch.

Brandhasl drehte sich angewidert zur Seite.

»Im Holzstapel hinter dem Toten steckten Splitter des vermutlichen Projektils fest, ich schätze ein Kleinkaliber. Um das mit Bestimmtheit zu sagen, ist es noch zu früh. Das legt den Schluss nahe, dass der Tote tatsächlich auf der Bank sitzend erschossen und danach nicht mehr bewegt wurde.« Er ließ das Gesagte wirken. »Was wir schnellstens brauchen, ist der Schlüssel zu dieser Hütte. Wer weiß, was wir noch alles sicherstellen können. Könntest du den besorgen, Willi?«

»Ja, ich rede mit dem Jäger. Er kennt die Eigentümerin gut. Ich weiß allerdings nicht, wo sie wohnt oder wie lange es dauert, bis sie hier sein kann. Ich informiere dich umgehend. Bis gleich.« Linz erhob sich.

»Moment«, hielt ihn Brenninger auf. »Ich bin nicht so spezialisiert wie Unterkircher. Doch ich vermute, der Tote sitzt schon seit einer Weile vor der Hütte.«

»Danke dir, Georg. Du kannst hierbleiben, Hans, ich komme sofort wieder.« Linz stiefelte hinauf zur Jagdhütte.

Lukas war ins Haus gegangen, schaute nach Anna. Sie lag zusammengekauert auf der kleinen Ofenbank und zitterte, obwohl in dem großen, mit dunklem Holz vertäfelten Wohnzimmer über 20 °C waren. Auf dem Parkettboden vor dem Esstisch standen ihre Schuhe. Die geliehene Jacke hing innen am Türgriff der mit Bleiglas verzierten Tür.

»Warum hast du dir keine Decke genommen, Anna? Da drüben liegen sogar zwei oder drei schottische Plaids, Geschenke eines Jagdgastes aus Edinburgh. Die sind richtig warm.« Er holte ein rot-grün-weiß kariertes aus dem Lehnstuhl, deckte sie damit zu. »Das ist Alpakawolle. Es wird dir gleich besser gehen. Möchtest du deinen Tee?«

»Ja, gern«, sagte sie leise. »Das wäre lieb.«

Er ging aus dem Wohnzimmer, schloss die Tür behutsam.

In der Küche setzte Lukas Wasser für den Tee und Kaffee für sich auf. Es quälte ihn, dass ihm nicht einfiel, woher er den Toten kannte oder zumindest, wo er ihn schon einmal gesehen hatte. Während der Tee in der Kanne durchzog und das Blubbern der Kaffeemaschine seinen frischen Mokka ankündigte, spielte er in Gedanken die letzten Wochen auf der Alm durch. *Wo bin ich gewesen? Wo habe ich gegessen? Wann war ich auf dem Amt? Und wann bei der Post?* Er versuchte, sich an Wanderer zu erinnern. Aber auch von ihnen hatte keiner Ähnlichkeit mit dem Toten. Frustriert nahm er seinen Becher Kaffee, das Glas Kräutertee und kehrte in die Wohnstube zurück.

Anna schlief. Die Stunden im Schnee bei diesen Temperaturen waren für die zierliche Frau zu viel gewesen. Der Jäger berührte sie sanft an der Schulter.

»Aufwachen, dein Tee.« Er hielt ihr das duftende Getränk unter die Nase. »Du solltest lieber nicht schlafen. Wenn deine Kollegen hereinkommen, könnte es Ärger geben. Du bist noch im Dienst.«

»Wie lange war ich denn weg?« Sie setzte sich auf, nahm den Tee entgegen.

»Fünf oder zehn Minuten. Keine Angst, außer mir hat es niemand bemerkt. Linz und Brandhasl sind zu Josis Hütte gegangen.«

»Was ist mit dir, Lukas? Bist du nicht müde? Seit wann bist du denn auf?«

»Na ja, ich habe zu Hause in Rußbach geschlafen. Das heißt, ich bin seit vier Uhr auf den Beinen.« Bei dem Gedanken ließ er sich schwer in einen alten Ohrensessel fallen. Er schaute auf seine Uhr. »Es ist spät. Ich denke, ich übernachte am besten hier. Ich werde den Leutnant fragen, ob er mich noch braucht und mich ansonsten mit meinem Papierkram beschäftigen. Ich muss die Zahlen von heute eintragen. Dafür hatte ich bislang keine Zeit. Und du, Anna, wirst du abgeholt?«

»Ja, wenn alles getan ist, soll ich auf der Wache anrufen. Franz oder der Neue wird mich abholen.«

»Wieso ist dein junger Kollege der Neue? Ist er nicht länger dabei als du?«

Sie schmunzelte. »Bis vor ein paar Tagen wusste ich das selbst nicht. Ich habe ihn wie alle Kollegen ›der Neue‹ genannt. Es schien, als ob er sich in sein Schicksal ergeben hätte. Doch am Montag, während unseres gemeinsamen Einsatzes bei dem Verkehrsunfall zwischen Scheffau und Abtenau, trug er zum ersten Mal seinen Dienstparka. Du wirst es nicht glauben, auf seinem Namensschild stand ›Thomas Neue‹.« Sie tippte mit ihrer linken Hand auf die Stelle, an der sich der Aufnäher gewöhnlich befindet. »Bis zu diesem Zeitpunkt glaubte ich, die Inspektoren behandeln alle neuen Kollegen so, und ich würde die Nächste sein. Zum Glück habe ich die beiden.« Sie zeigte lachend auf ihre Brüste. »Die meisten Männer haben einen Heidenrespekt vor ihnen. Manchmal nennen sie mich hinter meinem Rücken ›Miss Juni‹, doch damit kann ich gut leben.«

Der Jäger lächelte. *Eine tolle Frau.*

Er hatte seinen Kaffeebecher schnell geleert. Sie nippte noch an ihrem Tee, der die Stube mit dem Duft von Zitronenminze und Himbeeren erfüllte. Ganze fünf Minuten saßen sie so beieinander, ließen die Ruhe wirken. In Gedanken waren sie beim Mordopfer. Lukas versuchte, sich zu erinnern. Anna dachte daran, dass die Postalm wohl ihren Frieden verloren hatte. Ein Mord war für viele

Menschen eine Sensation. Sie war sich sicher, dass es bald vor Presseleuten und Schaulustigen nur so wimmeln würde. Für den Jäger musste das ein Alptraumszenario sein. Von draußen rief der Leutnant nach ihnen.

»Wir müssen.« Er reichte ihr die Hand, half ihr auf.

Als Anna und Lukas aus dem Wohnzimmer kamen, stand Linz im Korridor und wartete.

»Frau Inspektorin, rufen Sie bitte diese Frau …«, er blickte in seinen roten Notizblock, »Stein an, wir brauchen unbedingt den Schlüssel zu ihrer Hütte. Sie soll ihn schnellstmöglich herbringen. Weisen Sie sie darauf hin, dass sie nicht weiter als bis zum Jagdhaus fahren soll. Niemand darf zum Fundort, solange die Spurensicherung mit ihm beschäftigt ist. Herr Graf gibt Ihnen sicherlich die Telefonnummer.«

»Selbstverständlich«, bestätigte Lukas, »die Nummer ist in meinem Büro.« Er zeigte auf die letzte Tür am Ende des Ganges. »Josi braucht ungefähr dreißig Minuten. Sie können sich diese Zeit aber auch sparen. Ich habe einen Zweitschlüssel, der im Tresor in einem versiegelten Briefumschlag liegt. Sie hat ihn mir vor Jahren gegeben, für den Fall, dass ein Gast den Originalschlüssel verliert oder ein Notfall eintritt. Allerdings habe ich ihn noch nie gebraucht.«

»Das ist gut«, meinte Linz. »Das ist sogar perfekt. Je weniger Leute im Wege stehen umso besser.« Er überlegte. »Frau Inspektorin, lassen Sie sich von Herrn Graf die Adresse, Telefonnummer et cetera von der Frau geben. Spätestens morgen früh um sieben fahren Sie zu ihr. Es ist denkbar, dass sie Informationen über den Toten hat. Eventuell war er im Februar oder März ihr Gast. Ich schicke noch heute Nacht ein Foto per E-Mail an Ihre Dienststelle und informiere Ihren Vorgesetzten. Doch nun gehen Sie hinunter zu meinem Kollegen. Fragen Sie, wo Sie sich postieren sollen. Ich denke, am besten unterhalb der Hütte. Oder von mir aus unter dem Vordach, wenn die

Spurensicherung mit diesem Bereich fertig ist. Dort werden Sie nicht so schnell frieren.«

»Und wir«, er sah Lukas in die Augen, »holen den hoffentlich ungeöffneten Umschlag mit dem Schlüssel aus Ihrem Safe.«

Dem Jäger wurde bei dieser Bemerkung unwohl. Er ging jedoch ohne zu zögern in das fensterlose Zimmer, in dem der Tresor in die Wand eingelassen war. Er holte den Schlüssel aus seiner Hosentasche und sperrte ihn auf, während Linz ihm über die Schulter schaute.

Im Inneren des Safes war es sehr ordentlich. Im unteren Teil reihte sich die Munition der verschiedenen Kaliber aneinander. Obenauf lag das Schießbuch, in dem jeder Schuss – getroffen oder nicht –, jede verbrauchte Patrone aufgelistet war. Im oberen Fach konnte der Leutnant einen Stapel Papiere sowie eine kleine Schachtel sehen, in der er private Wertsachen vermutete.

Lukas griff unter die Papiere, brachte das Kuvert zum Vorschein. »Hier bitte, vollkommen unversehrt. Es steht selbst das Datum drauf, 22. Jänner 2009.« Er reichte Linz den Umschlag.

»Darf ich?« Der Leutnant zeigte auf den Tresor, schob den Jäger zur Seite, ohne seine Antwort abzuwarten. »Es ist zu Ihrer eigenen Sicherheit. Welche Munition verwenden Sie, Herr Graf?«

»Da, die 243 Winchester Patronen sind für die normale Jagd. Und diese hier sind für Füchse. Die dort«, Lukas deutete auf eine Reihe von 300 Winchester Magnum Patronen, »benutze ich, wenn sich Schwarzwild ins Revier verirrt hat. Wildschweine müssen sofort abgeschossen werden, weil sie den Wald nachhaltig schädigen.«

Fürs Erste war Linz zufrieden. Brenninger hatte ihm gesagt, dass es sich vermutlich um ein kleines Kaliber handeln musste. Keine typische Munition für einen Weidmann, eher die eines Sportschützen. Eine solche Patrone befand sich nicht im Tresor.

Der Leutnant hielt den Umschlag an einer Ecke hoch.

»Den behalte ich. Ich reiche ihn an die Spurensicherung weiter.«

»Ist schon recht.« Lukas zog einen Stift aus seiner Hemdtasche. »Wenn Sie mir das bitte auf dem Kuvert quittieren, geht es in Ordnung.«

Überrascht schaute Linz ihn an, unterschrieb dennoch mit Namen, Dienstgrad und Datum. »Danke. Ich finde selbst hinaus. Wenn ich Ihre Hilfe brauche, melde ich mich.«

Lukas hatte sich draußen auf der Bank niedergelassen, auf der alles begonnen hatte. Er sah, wie vier Leute in weißen Schutzanzügen den Toten in einen Leichensack legten und ihn anschließend auf einer Bahre den Fahrweg hinauftrugen. Der Weg war länger, aber sicherer und weniger steil. Er vermutete, dass der Wagen der Rechtsmedizin hinter dem Haus auf dem Parkplatz wartete. *Diesen Fahrzeugtyp gibt es wohl nicht mit Allrad.*

In der Steinleit Hütte bewegten sich die Lichtkegel mehrerer Taschenlampen und strichen ab und zu über das Glas der Fenster. Gustl Krainer wartete mit seiner Kameraausrüstung vor dem Eingang auf ein Zeichen seines Chefs.

Anna hielt indessen vor dem Vordach einige Schaulustige an einer zusätzlich angebrachten Absperrung auf. Die Teilnehmer des Esoteriklehrgangs hatten sicher den grellen Schein bemerkt. Die Polizistin machte ihre Sache gut, verhinderte jedes Durchkommen.

Brenninger trat vor die Hütte, gab dem Fotografen ein Zeichen. Der ging hinein, das Licht wurde eingeschaltet.

Eben wollte Lukas in sein Büro gehen, da blitzte links, schätzungsweise hundert Meter neben der Steinleit Hütte, am Waldrand ein heller Funken auf. Erst glaubte er, er hätte sich geirrt. Dann sah er das Leuchten noch einmal. *Eine Reflexion, vielleicht von einem Feldstecher?* Er hastete zum Auto, holte sein Steiner-Nighthunter-Fernglas aus dem

Handschuhfach. Noch im Laufen begann er, den Fleck abzusuchen. Umsonst, er konnte nichts entdecken.

Also sah er dem Treiben vor Josis Hütte noch eine Weile zu, bevor er, von Prinz gefolgt, ins Haus ging, um den Papierkram zu erledigen.

Den Jäger plagte das schlechte Gewissen, weil er seinen Chef noch nicht informiert hatte. Obwohl er sich an die Bitte des Leutnants gehalten hatte, niemanden zu kontaktieren, war dies nicht seine übliche Vorgehensweise. Er nahm sich vor, gleich morgen in der Früh anzurufen. Hundert Meter vom Jagdhaus entfernt war jemand erschossen worden. Darüber musste er den Jagdpächter in Kenntnis setzen.

Er setzte sich an den Schreibtisch, breitete die Statistiken vor sich aus und trug die Zahlen von heute ein.

Lukas schaute von den Papieren auf, fühlte, dass er nicht nur todmüde, sondern auch sehr hungrig war. Er schaltete die Tischlampe aus und verließ das Büro. Als er am Fenster vorbeilief, fiel ihm auf, dass die Steinleit Hütte im Dunkeln lag.

»Die Halogenscheinwerfer sind schon abgebaut.«, sagte er zu sich selbst. Das erste der beiden Fahrzeuge der Spurensicherung hatte die Alm verlassen. Nur noch Doktor Brenninger, Linz, Brandhasl, jemand, der die letzten Kisten in den Tuareg hob, und die Inspektorin standen vor der Hütte. Sie verabschiedeten sich.

Die beiden Ermittler betraten zugleich mit Anna das Jagdhaus. Während Lukas Kaffee und Tee kochte, unterhielten sich die Polizisten in der Wohnstube.

»Der Doc sagte«, ergriff Linz das Wort, »dass er zurzeit keine Fingerabdrücke nehmen kann. Die Sonne hat den Toten teilweise aufgeweicht. Deshalb funktioniert der mobile Scanner nicht. Die Todesursache ist für mich eindeutig, aber Professor Unterkircher will die Autopsie abwarten.«

Anna fragte: »Weiß man denn, ob der Fundort auch der Tatort ist? Oder wurde der Mann in der Hütte ermordet, und der Mörder hat ihn später auf der Bank platziert?«

»Es ist definitiv vor dem Haus passiert. Die Kriminaltechniker haben eine Menge Schnee, vermischt mit Blut, eingesammelt«, antwortete Brandhasl. »Überdies haben sie Reste vom Gehirn zwischen den Holzscheiten hinter der Leiche sichergestellt. Sah echt nicht schön aus. Ich schätze, dass die Kollegen einen Festmeter Feuerholz mitgenommen haben. Brenninger vermutet, dass sie Fragmente des Projektils darin finden werden.«

»Was geschieht nun weiter? Müssen wir von der Inspektion Abtenau außer Frau Stein noch andere Leute befragen? Gibt es darüber hinaus Informationen, die ich an Kontrollinspektor Mannbarth weiterleiten sollte, Herr Leutnant?«

»Ich denke, dass die Vernehmung von Frau …«, Linz kramte nach seinem Notizblock.

»Stein, Josefine«, half ihm Anna.

»Ja. Wenn Sie die Frau befragen und ihr ein Foto des Toten zeigen würden, hätten wir einen wichtigen Teil der Arbeit erledigt. Aber bitte, keine Einzelheiten weitergeben.«

Mit einem Tablett voller Getränke betrat Lukas die Stube und stellte es auf den Tisch, an dem die drei Beamten Platz genommen hatten. Er hockte sich vor den Kamin, um einzuheizen, zerknüllte einige alte Zeitungen, legte sie in die Feuerstelle.

Plötzlich hielt er in seiner Bewegung inne. Er fischte die letzte Zeitungsseite heraus, machte sie auf seinem Knie glatt und rief aus: »Jetzt weiß ich, woher ich den Toten kenne.« Er hielt die Titelseite des ›Express‹ vom 1. März hoch. »Millionenschwerer Berliner Investor besucht die Postalm«, las er vor. Er zeigte den anderen das Titelbild, auf dem der Mann würdevoll die Hand des Bürgermeisters schüttelte.

»Verdammt!«, entfuhr es Linz. »Nun geht der Ärger richtig los.«

Die Ermittler waren zum Telefonieren mit ihrem Vorgesetzten in den Flur gegangen. Linz informierte ihn über die Identität des Opfers, den Fundort sowie die vorläufige Todesursache. »Professor Unterkircher macht eine komplette Untersuchung, Tox-Screening und so weiter. Höchstwahrscheinlich hat der Kopfschuss zum Tode geführt. Er zieht den Fall vor. Auch die beiden Kriminaltechniker machen die Nacht durch. Gegen sieben Uhr – nach der Autopsie – werden wir in der Rechtsmedizin sein und einen ersten Bericht bekommen. Brenninger informiert uns, sobald er Ergebnisse hat. Ja ... Ich werde Sie selbstverständlich auf dem Laufenden halten. Jawohl ... gut ..., acht Uhr in Ihrem Büro. Gute Nacht, Herr Major.« Als das Gespräch beendet war, begaben sie sich ins Wohnzimmer und setzten sich.

Brandhasl fragte: »Was jetzt?«, und setzte eine abwartende Miene auf.

Linz reagierte nicht. Er war in Gedanken versunken. Der schwerreiche Investor aus dem Ausland hatte den Mord zu einer Angelegenheit mit oberster Priorität gemacht. Er malte sich aus, wie sich die Presse darauf stürzen würde, sich die höchsten Beamten einmischen würden, wie er und seine Kollegen ständig an die Chefetagen berichten müssten. Alles war mit einem Schlag kompliziert geworden.

Die Stille im Raum war bedrückend. Keiner wagte, den Leutnant in seinen Überlegungen zu unterbrechen. Die Anspannung war ihm anzusehen.

»Hans«, er schaute seinen Kollegen an, »es wird eine kurze Nacht für uns. Wir müssen Berichte schreiben, haben um sieben einen Termin beim Professor und um acht beim Chef. Zwischendurch gehen wir zu Georg. Frau Inspektorin«, er drehte sich zu Anna, »wir nehmen Sie mit nach Abtenau. Sie brauchen niemanden aus dem Bett zu holen. Ach ja, vergessen Sie nicht die Befragung der Frau …«

»Stein«, warf Lukas ein, bevor Linz seinen Block aufgeschlagen hatte.

»Ja, Frau Stein. Warum kann ich diesen Namen nicht im Kopf behalten? Ach, was solls. Zeigen Sie ihr das Foto aus der Zeitung und finden Sie heraus, was sie über den Mann weiß. Wenn wir Glück haben, war er ihr Mieter und konnte noch nicht bezahlen. Somit wüssten wir, in welchem Zeitraum er ermordet wurde. Das könnte die Ermittlungen um einiges verkürzen.«

Zum Schluss sprach er den Jäger an: »Herr Graf, Sie informieren uns über ungewöhnliche Vorfälle. Sie wissen schon: Neugierige, die schnell verschwinden, Leute, die Fragen stellen. Alles, was Ihnen auffällt.«

»Jawohl, Herr Leutnant«, antwortete Lukas pflichtbewusst. Er sah Anna an: »Haben Sie eine Karte für mich, Frau Tanzberger? Für den Fall, dass ich Sie kontaktieren muss. Sie sind, denke ich, schneller vor Ort als Ihre Kollegen aus Salzburg.«

»Natürlich.« Sie holte ein kleines silbernes Etui aus der Jackentasche, reichte ihm ihre Visitenkarte. »Und wie bekommen wir Sie ans Telefon, Herr Graf?«

»Ich habe leider keine«, er hielt die Karte hoch. »Aber wenn Sie sich meine Nummern aufschreiben oder in Ihre Handys eintragen möchten?« Er wartete, bis alle drei bereit waren, nannte ihnen die Rufnummer des Jagdhauses und seine Mobilnummer. »Das Handy habe ich im Wald meistens ausgeschaltet. Das Wild mag es nicht, wenn es klingelt. Sprechen Sie einfach eine Nachricht auf die Mailbox. Ich setze mich dann so schnell wie möglich mit Ihnen in Verbindung.«

»Danke.« Linz stand auf. »Wir haben eine lange Fahrt vor uns. Herr Graf, wir dürfen die Zeitung mitnehmen? Sie wollen bestimmt schlafen gehen. Wann müssen Sie aufstehen?«

»Halb vier«, antwortete der Jäger.

»Es ist jetzt Samstagmorgen, null Uhr einundfünfzig. Wir sollten los.«

# Kapitel 6

Linz und Brandhasl fuhren auf den Parkplatz vor dem Institut für Gerichtliche Medizin auf der Ignaz-Harrer-Straße 79. Sie waren früh dran. Der Professor würde Pünktlichkeit erwarten. Nach der kleinen Auseinandersetzung vom Vorabend wollten sie ihm keinen Grund für eine weitere Rüge geben.

Die letzte Karte der Klappzahlenuhr im Flur der Gerichtsmedizin war mit einem »Klack« umgeschlagen. Sie zeigte 6:56 Uhr.

Linz hielt Brandhasl zurück, der an der Tür zu Unterkirchers Büro klopfen wollte. »Wir warten noch vier Minuten. Pünktlichkeit ist die Höflichkeit der Könige, sagt man.«

Brandhasl zog seine Hand weg. »Du bist der Boss, Willi.«

Als die Wanduhr auf 7:00 sprang, klopfte Linz zwei Mal an die Tür. Sofort ertönte ein kräftiges: »Herein!«

Sie traten ein, schlossen leise die Tür hinter sich und wünschten dem Professor einen guten Morgen.

»Schön, dass Sie so pünktlich sind, meine Herren«, begrüßte sie Unterkircher. »Ich habe meinen Bericht vor einer Minute fertiggestellt.«

Linz setzte ein gewinnendes Lächeln auf, das Brandhasl nicht entging.

»Ich denke, wir gehen hinunter in den Sektionssaal. Sie sollten sich anschauen, was ich in Erfahrung gebracht habe.« Unterkircher erhob sich. Er erwartete keine Antwort, ging vorneweg die Treppe hinab in die komplett gefliese Etage. Im Korridor standen einige Liegen, die Leichensäcke darauf waren leer.

Der Professor zog sich einen weißen Kittel an, reichte den Ermittlern je einen grünen Einmalkleidungsschutz. Er ging zu dem einzigen Tisch, auf dem ein mit einem Tuch bedeckter Körper lag, und deckte das Laken mit einem geübten Ruck bis zum Becken des Toten ab. Aus Gründen der Pietät ließ er stets die Genitalien der Leiche bedeckt, es sei denn, es gab unterhalb der Hüfte Verletzungen oder Spuren.

Der Tote sah grauenhaft aus. Der Brustkorb war mit einem Y-Schnitt eröffnet, das Brustbein entfernt, die Bauchhöhle freigelegt. Leber, Nieren, Magen und Herz waren entnommen. Die Schädeldecke fehlte. Das Gehirn befand sich in einer Waagschale neben dem Tisch.

Brandhasl wurde blass, kleine Schweißperlen bedeckten sein Gesicht. Ihm war schlecht.

»Also, meine Herren. Nach Ihrem Anruf heute Nacht habe ich unverzüglich mit der Obduktion begonnen. Ich habe weder Einstiche noch Würge- oder Abwehrmale festgestellt. An seinen gepflegten Händen befanden sich ebenfalls keine Spuren.

Der Tote hat zu Lebzeiten keine körperlich schwere Arbeit verrichtet. Er ist 184 Zentimeter groß und 103 Kilogramm schwer, Konfektionsgröße 58.

Es gab keine auffälligen Partikel an der Kleidung, die sich derzeit bei der KPU befindet. Die Blutuntersuchung ist negativ ausgefallen. Eine vorherige Vergiftung oder Betäubung kann ich zu hundert Prozent ausschließen.

Leber und Nieren sind durch übermäßigen Alkoholgenuss in Mitleidenschaft gezogen. In seinem Magen befand sich ein Magengeschwür von der Größe einer Walnuss. Der Mann hatte leichte Kost zu sich genommen, Eier, Toast und zu viel Kaffee. Er konnte es wohl nicht lassen. Sein Herz war auch nicht das Beste. Er hatte zwei Bypässe und hätte in Kürze einen weiteren benötigt.

Außerdem können wir davon ausgehen, dass er dort, wo er gefunden wurde, ermordet wurde. Der Körper wurde mit an Sicherheit grenzender Wahrscheinlichkeit nicht bewegt. Die hellroten Leichenflecke an Gesäß und

Beinen«, Unterkircher hob den unteren Teil des Lakens an, »zeugen von Kälte-Reoxygenierung des Hämoglobins. Das hat der Frost, dem unser Mordopfer auf der Alm ausgesetzt war, verursacht. Normale Leichenflecke sind dunkler, wie Sie wissen.

Den Todeszeitpunkt«, er zögerte, »kann ich im Augenblick nicht genauer bestimmen. Dafür brauche ich Zeit. So viel vorab: Der Exitus trat vor über drei Wochen ein.«

»Vor drei Wochen schon?«, wunderte sich Brandhasl.

»Ja. Ich habe mir die Wetterdaten angesehen. Vom sechsten März an hat es auf der Postalm beinahe täglich geschneit. Das heißt, dass es seitdem vor dieser Hütte nicht mehr schneefrei gewesen sein kann. Und ich habe keine Schnee- oder Eiskristalle auf der Außenseite der Sitzfläche seiner Beinkleider finden können. Ich hoffe, das hilft Ihnen weiter.«

Der Professor drehte sich zur Seite, holte das Gehirn aus der Waagschale. »Das Hirn des Toten ist durchschnittlich schwer, 1410 Gramm. Es sieht – abgesehen vom Schusskanal – gesund aus. Die Waffe wurde aufgesetzt abgefeuert. Das erkennen Sie hier.« Er zeigte auf das Einschussloch und legte das Organ in die Schale zurück.

Als Unterkircher seinen Teleskopstab aus der Brusttasche zog, zuckte Linz kaum merklich zurück.

»Zwischen Kopfhaut und Schädeldecke fanden sich Schmauchspuren. Wie auch an der kleinen, sternförmigen Eintrittswunde auf der Haut.« Er deutete auf die Stirn des Toten. »Sie ist typisch für einen aufgesetzten Schuss.«

Nun ging der Professor zu einem Regal, das sich hinter ihm befand. Er nahm ein Modell des menschlichen Gehirns heraus, anhand dessen er den Ermittlern mit dem Zeigestock den Verlauf des Projektils beschrieb: »Das Geschoss hat genau hier die Regio frontalis durchschlagen.« Dabei tippte er auf die Stelle, die mit dem Loch auf der Stirn des Toten übereinstimmte, mittig zwei

Zentimeter über den Brauen. »Auf seinem weiteren Weg perforierte es erst den präfrontalen Cortex, drang durch Gyrus cinguli und Corpus callosum bis zum Thalamus vor. Hier hat sich das Projektil in kleine Teile aufgelöst. Nachdem es schwere Schäden im Cerebrum hinterlassen hatte, trat es mit einer nicht unerheblichen Menge des Cortex cerebri und der Regio occipitalis aus dem Kopf des Opfers aus. Der Exitus trat unmittelbar ein.«

Nachdem Unterkircher das Modell zu seinem Platz im Regal gebracht hatte, drehte er sich zu den beiden Ermittlern um. »Das alles ist in meinem Bericht vermerkt, den ich Ihnen nur noch auszudrucken brauche. Ansonsten bin ich fertig.«

Linz hob die Augenbrauen, sah den Rechtsmediziner fragend an. »Entschuldigen Sie, Herr Professor, mit allem Respekt. Könnten Sie uns das bitte noch einmal so erklären, dass wir einfachen Kriminalbeamten in der Lage sind, es zu verstehen?«

Unterkircher brauchte ein Weilchen, um die Frage zu begreifen. Er war Mediziner. Und als solcher wurde er für sein Fachwissen geschätzt, nicht für umgangssprachliche Äußerungen. Einen Moment lang dachte er daran, die beiden hinauszubitten, entschied sich jedoch anders.

»Vereinfacht ausgedrückt«, er griff sich erst auf die Stirn und dann an seinen Hinterkopf, »hier rein und da raus. Das Geschoss ist zersplittert, hat große Stücken der Großhirnrinde und Schädeldecke mitgenommen. Ist das einfach genug?«, fragte er mit sichtlichem Unwillen.

»Ja. Vielen Dank, Herr Professor Unterkircher. Sie haben uns sehr geholfen. Könnten wir den Bericht direkt mitnehmen? Wir sind gleich mit Doktor Brenninger verabredet.«

»Selbstverständlich.«

Die Tür zum kriminaltechnischen Labor war angelehnt. Trotzdem klopfte Brandhasl an. Brenninger stand vor einem Mikroskop, drehte an der Justierung.

»Kommt rein, ich habe euch erwartet.« Er blickte nicht auf. »Wir haben allerhand zu besprechen. Wann seid ihr beim Alten?«

»Grüß dich, Georg«, antwortete Linz. »Wir müssen um acht beim Major sein. Was hast du für uns?«

Brenninger drehte sich um, gab beiden die Hand. Er sah sehr müde aus. Sein blondes Haar war verstrubbelt, an seinem Kinn wuchsen Bartstoppel.

»Du meine Güte, ihr zwei seht aus wie Zombies!«

»Ich habe wenig und dazu unruhig geschlafen. Und du hast sicher durchgemacht?«, fragte Linz.

»Ja, das bringt der Beruf so mit sich. Gott sei Dank habe ich seit der Scheidung viel Zeit. Außerdem ist der klägliche Rest unseres Hausrates es nicht wert, nach Hause zu fahren. Die wichtigen Dinge hat sie mitgenommen. Was noch da ist, kann eigentlich in den Sperrmüll. Ich bin ehrlich froh, dass wir einen Ruheraum haben.«

»Hast du Kinder?«, fragte Brandhasl.

»Nein, Hans, zum Glück nicht. Wir hatten das für 2016 oder 17 geplant.«

»Ich wollte auch erst später Kinder«, pflichtete ihm Brandhasl bei. »Nun habe ich zwei Töchter. Sie sind bei meiner Frau, die wegen angeblich besserer Arbeitsbedingungen nach Wien gezogen ist. Ich zahle mich dumm und dämlich und sehe die Mädchen nur selten.«

»Das tut mir leid.« Brenningers Stimme klang aufrichtig. »Wie John Lennon sagte: Life is what happens to you while you are busy making other plans. Doch genug mit dem Small Talk, gehen wir in mein Büro.«

Der Raum war sachlich eingerichtet. Die weißen Möbel standen auf einem gräulichen Fliesenboden, moderne Neonbeleuchtung strahlte ein schattenfreies Licht aus. Auf der Fensterbank stand eine kleine Kakteenzucht.

Brenninger händigte jedem eine Abschrift seines vorläufigen Berichtes aus. »Beginnen wir bei der Munition. Der Professor hat neun, zum Teil winzige Fragmente aus dem Schädel entfernt. Aus dem Holz, das hinter der Leiche gestapelt war, haben wir acht weitere Geschosssplitter geborgen. Das Kaliber ist bisher nicht einwandfrei zu bestimmen. Das Gesamtgewicht aller Bruchstücke ergibt in etwa eine Kleinkalibermunition. Ich schätze, es ist eine Zweiundzwanziger. Sie würde zum Einschussloch passen. In Unterkirchers Bericht steht, dass das Loch einen Durchmesser von 5,7 Millimeter hat. Ein .22 Projektil hat 5,6. Warum es sich aufgelöst hat, ist mir ein Rätsel. Bei aufgesetzten Schüssen passiert das normalerweise nicht.«

»Ist es aber.« Brandhasl hob sogleich beide Hände zur Entschuldigung. »Tut mir leid, ich wollte dich nicht unterbrechen, Georg.«

»Gut. Der Hersteller der Munition ist uns bislang unbekannt. Das wird die Spektralanalyse klären, die noch zehn Minuten dauert. Meine Laboranten sind eben erst zum Dienst erschienen.« Brenninger nahm einen Ausdruck zur Hand.

»Der Tote hatte ein Magengeschwür. Im Magen waren Reste von Toast und Eiern vorhanden. Allerdings haben wir drei Meter neben der Leiche Erbrochenes sichergestellt, das so gar nicht zu einem peptischen Geschwür passt. Es bestand aus Pizzaresten, einem Stück Salami, Käse und Unmengen alkoholfreien Bieres. Ich glaube, dass es nicht vom Opfer stammt. Ich habe einen Gentest veranlasst. Wie ihr wisst, dauert der ein paar Tage.

Der Professor konnte in der Zwischenzeit die Fingerabdrücke des Toten scannen. Er hat sie mir vor zwei Stunden geschickt. Es gibt keinerlei Übereinstimmungen mit den Abdrücken aus der Hütte und von der überdachten Terrasse am Eingang. Auch sonst scheint dieser Mann keine Spuren hinterlassen zu haben. Das verleitet mich zu dem Schluss, dass er rein zufällig zur falschen Zeit am falschen Ort war.«

»Dumm gelaufen«, unterbrach ihn Brandhasl erneut. »Aber irgendwie muss er ja dorthin gekommen sein. Habt ihr kein Fahrzeug gefunden?«

»Damit kann ich euch leider nicht dienen. Ihr müsst schon selbst herausfinden, ob er ein Auto hatte. Und falls ja, was damit passiert ist. Zurück zu den Fingerabdrücken. Wir haben in der Hütte mehrere saubere und vollständige Abdrücke sicherstellen können. Einige davon konnten wir zwei Leuten zuordnen, die euch interessieren werden.«

Brenninger verließ sein Büro und kehrte mit seinem iPad zurück. Er schaltete es ein, gab sein Passwort ein und legte es auf den Tisch.

»Das ist Xaver Lechinger, sechsundvierzig Jahre alt. Er ist wegen gefährlicher Körperverletzung und versuchten Totschlags vorbestraft. Er soll vier Jugendliche vor einer Eisbar nahezu totgeprügelt haben. Hat sechs Jahre in der Strafvollzugsanstalt Graz-Karlau in der Steiermark gesessen und ist seit einem Jahr auf Bewährung draußen. Er wohnt zurzeit in Grasdorf bei Wien. Seit er entlassen wurde, ist er nicht mehr einschlägig auffällig geworden.«

Brenninger schob das Bild mit zwei Fingern zur Seite. »Der Zweite ist erkennungsdienstlich bekannt als Rudolf-Heinrich Platzek, einundfünfzig, alias Rudi die Ratte. Ein Deutscher aus Düsseldorf mit derart vielen Vorstrafen, dass der Datenspeicher meines iPads nicht ausreichen würde. Er hat ebenfalls in Graz gesessen. Platzek ist dafür bekannt, sich an sehr jungen Frauen zu vergreifen. Hat fünfzehn Jahre bekommen. Er hat seine Frau getötet, als sie ihn mit seiner eigenen elfjährigen Tochter erwischt hatte. Er ist auf Bewährung draußen, muss sich jede Woche bei seiner Bewährungshelferin in Wien melden.«

Linz betrachtete die Gesichter auf den Fotos eingehend. Er schob die Bilder hin und her. »Was zum Teufel machen diese Typen auf einer Alm? Der eine ist ein Schläger und der andere ein Pädophiler. Wie passen die zu einem kaltblütigen Mord?«

»Kann ich dir nicht sagen, Willi. Wir haben Abdrücke mehrerer Finger eindeutig zuordnen können. Nahezu alle Flächen waren gereinigt. Die Vermieterin gibt sich große

Mühe, die Hütte sauber zu halten. Bei den üblicherweise seltener geputzten Stellen, wie der obere Balken des Türrahmens oder die Unterseite vom Deckel des WC-Papierhalters, hatten wir hingegen Glück. Lechingers Fingerabdrücke haben wir außerdem von einer großen Axt abnehmen können. Blutspuren gab es nicht.«

Es klopfte an die Tür. Eine hübsche junge Frau mit einer dunkelbraunen Kurzhaarfrisur betrat das Büro. Sie war eine dieser Frauen, der die Männer bei der ersten Begegnung vor allem anderen auf den Ausschnitt schauen. Sie war schlank mit Rundungen an der richtigen Stelle, eins siebzig groß, salopp mit Jeans und einem roten Sweatshirt gekleidet. Eine Spur von Make-up betonte ihre großen grünen Augen.

Sie sagte mit weicher Stimme: »Guten Morgen, die Herren«, legte eine Liste und einige Grafiken auf den Tisch.

»Danke, Mónika«, sagte Brenninger.

Brandhasl war verzaubert. Kaum hatte sie den Raum verlassen, fragte er: »Wer war das denn? Die war ja noch nie hier!«

»Sie ist seit Ende Januar bei uns. Du kannst dich beruhigen. Das geht jedem so, der sie zum ersten Mal sieht«, antwortete Brenninger belustigt. »Zu Beginn haben die männlichen Kollegen so oft zu ihr geschaut, dass die Produktivität im Labor gelitten hat. Nun hat sie ein eigenes Büro. Wahrscheinlich bist du ihr deshalb bis heute nicht begegnet. Sie ist gut, sehr gut sogar. Von allen in der Abteilung, mich eingeschlossen, hatte sie die besten Zeugnisse. Und sie schreibt an ihrer Dissertation. Ich werde demzufolge nicht der Einzige mit einem Doktortitel bleiben.«

»Eine Doktorarbeit? Sie ist doch erst achtzehn oder neunzehn«, mischte sich Linz ein.

»Da irrst du dich gewaltig, Willi. Mónika ist vierundzwanzig Jahre alt. Sie hat einen Master in Metallurgie. Das Thema ihrer Doktorarbeit ist ›Die

Entwicklung der Projektilmunition vom vierzehnten Jahrhundert bis zur Gegenwart«. Meiner Meinung nach ist das ein Mammutwerk. Aber sie wird es zweifellos schaffen.«

Brenninger bemerkte, dass Brandhasl die Stelle fixierte, an der die Traumfrau erschienen war. »Sie ist überzeugte Single, hat nur Zeit für ihre Arbeit«, klärte er ihn auf. »Zudem bist du noch verheiratet, Hans. Ich sollte dich nicht daran erinnern müssen.«

Brandhasl kehrte in die Wirklichkeit zurück. Mit säuerlicher Miene entgegnete er: »Schon klar, Georg. Danke für dein Mitgefühl. Ich stehe sowieso auf einen anderen Typ. Ihr fehlt das Mütterliche. Wenn sie mich abends bekochen würde, müsste ich bestimmt vegetarisch essen. Nein, danke.« Bei diesem Gedanken schüttelte er sich. »Und überhaupt – ich habe eh keine Zeit für deine Assistentin, selbst wenn sie flehend vor mir stünde. Was hat sie denn nun rausgekriegt?«

Brenninger grinste ihn bloß an. Er hob die Unterlagen vom Tisch, musterte die Diagramme. »Ich lag richtig mit meiner Annahme. Es ist ein Zweiundzwanziger Kleinkaliber. Mónika hat den Hersteller gleich mit ausfindig gemacht, die Firma Federal Ammunitions aus den USA. Die genaue Bezeichnung der Munition ist«, er fuhr mit dem Finger über das Blatt Papier, »American Eagle .22lfB HV aus der Serie Gold Medal, von vor 1990. Die Projektilmasse beträgt 2,59 Gramm. Das entspricht so ziemlich der Menge, die wir sichergestellt haben.« Er sah in seinen eigenen Bericht. »Genau, wir haben 2,54 Gramm zusammengetragen. Oh ja, sehr wichtig! Mónika schreibt: Die American Eagle .22lfB HV ist die L.R. Version.«

Er legte das Dossier auf den Tisch, sah Linz und Brandhasl abwechselnd an. »Euch ist nicht klar, was das bedeutet? Unser Mörder hat ein Gewehr benutzt. Eine Handfeuerwaffe schließt sie aus. Gut, das Mädchen, nicht wahr?«

»Ja«, erwiderte Linz. »Das grenzt die Suche allerdings

auf dreihunderttausend Kleinkalibergewehre in Österreich ein. Ein erster Erfolg«, fügte er sarkastisch hinzu.

Die beiden Ermittler bedankten sich bei Brenninger für den ausführlichen Bericht und verabschiedeten sich. Ihnen blieben zehn Minuten bis zur Besprechung mit ihrem Chef, dessen Büro sich eine Etage höher befand.

»Lass uns einen Kaffee holen«, schlug Linz vor. »Ich will vor dem Termin nicht in unser Büro. Dort lauert ein Berg Arbeit auf uns. Ich muss den Kopf für den Boss freihalten.«

Sie gingen zum Kaffeeautomaten im Atrium. Brandhasl kramte eine Handvoll Münzen aus seiner Hosentasche hervor. »Was willst du trinken?«

Beide entschieden sich für Kaffee mit extra Milch ohne Zucker. Sie setzten sich auf eine Besucherbank.

»Darf ich dich was fragen, Willi?« Brandhasl blickte in seinen halb vollen Becher. »Wie fandest du diese Mónika? Denkst du, ich hätte eine Chance?«

»Es hat dich wohl erwischt?« Linz schmunzelte.

»War das so deutlich?«

»Oh ja! Um ein Haar hättest du gesabbert.«

»Na gut. Sie ist eine sehr schöne Frau. Ich habe jemanden wie sie in der KPU nicht erwartet. Laborantinnen sind oft unscheinbar, graue Mäuse eben. Aber Mónika? Sie hat mich fast umgehauen! Hat sie dir nicht gefallen?«

»Sie sieht gut aus, ist bloß nichts für mich.«

»Ich versteh dich nicht, Willi. Das ist eine Hammerfrau. Die grünen Augen, einfach Wahnsinn! Und die Kurven! Ich war echt geplättet. Meine Frau ist ja jetzt weg, da dachte ich …«

»Versuchs doch, Hans. Es wäre möglich, dass sie auf Vaterfiguren steht.«

Brandhasl zögerte. »Ich muss dir was sagen. Die ganze Abteilung denkt, dass du, na ja, vom anderen Ufer bist.«

Linz schluckte den Kaffee hinunter, hielt seinen Blick

auf den Boden gesenkt. »Hm, ... gut zu wissen.«

»Ich fände es in Ordnung, solange du nicht versuchst, mich anzumachen. Bei meinem Traumbody! Aber mal ohne Quatsch, was soll man denn über dich denken? Wir haben dich noch nie mit einer Frau gesehen. Selbst als die süße Rensinger von der Revision auf dem Weihnachtsball versucht hat, dich anzubaggern, hast du müde abgewinkt. Seitdem glauben die Kollegen, du wärst andersrum. Entschuldige, dass ich so direkt bin.«

»Ich verstehe. Mach dir keine Sorgen. Wenn ich dir mal das Händchen halten muss, ist das rein dienstlich.« Linz lächelte. »Und was deinen Body betrifft: Sollte ich jemals von ihm träumen, verspreche ich dir, dass ich mich versetzen lasse.«

Sie tranken schweigend den Kaffee aus und machten sich auf den Weg zu ihrer nächsten Verabredung.

Brandhasl klopfte an die Tür mit der Aufschrift: Leiter des Ermittlungsbereiches Leib/Leben Major Tuchler.

Eine tiefe Stimme erklang: »Herein!«

Sie betraten das kleine Vorzimmer ihres Chefs. Nina, seine Sekretärin, war nicht an ihrem Platz. Sein Büro stand offen.

»Kommen Sie herein und schließen Sie bitte die Tür«, forderte Tuchler sie auf.

In dem Raum war es duster, die Gardinen waren zugezogen. Lediglich eine kleine Stehlampe in der hinteren linken Ecke brannte. Durch die dunklen Eichenmöbel wirkte das Zimmer beinahe gespenstisch.

»Bitte entschuldigen Sie, meine Herren.« Entgegen seiner Gewohnheit erhob sich Tuchler nicht aus seinem lederbezogenen Bürosessel, um ihnen die Hand zu geben. »Ich habe furchtbare Migräne. Licht tut mir nicht gut. Bitte setzen Sie sich.«

»Guten Morgen, Herr Major«, grüßten beide. Sie nahmen auf zwei bereitgestellten Stühlen vor seinem Schreibtisch Platz.

»Böse Sache, heute Nacht. Was haben wir seither in Erfahrung bringen können?«

Linz informierte ihn über alle Einzelheiten des gestrigen Abends. Er legte ihm die Ergebnisse der Rechtsmedizin und der KPU vor. Gemeinsam gingen sie die Akte durch, die die beiden Ermittler in der Nacht aus den Informationen im Internet zusammengestellt hatten. Sie zeigten Tuchler den Zeitungsartikel, aus dem sie den Namen des Toten, Peter Vogel, erfahren hatten. Vierzig Minuten später war die Unterredung beendet. Sie hatten sich auf die folgende Vorgehensweise verständigt:

- Alle Personen, die sich gestern am Tatort aufgehalten hatten, befragen.
- Die Verdächtigen, insbesondere Lechinger und Platzek, vernehmen.
- Die übrigen Beteiligten auf Vorstrafen überprüfen.
- Ein Amtshilfeersuchen an die deutsche Polizei in Berlin verschicken. Die Frau des Opfers musste befragt werden. Dabei sollte das Augenmerk auf den oder die Aufenthalte von Peter Vogel, seine Aktivitäten in Österreich, sein Fahrzeug und mögliche Kontakte gelegt werden.
- Feststellen, wo Vogel gewohnt hatte, während er die Postalm besuchte.
- Eine Pressekonferenz für Montag zehn Uhr vorbereiten.

Im Büro angekommen schaltete Brandhasl seinen Computer ein. Nachdem er sich eingeloggt hatte, vertiefte er sich in die Akten von Platzek und Lechinger. Er versuchte, die Bewährungshelferin der zwei telefonisch zu erreichen. Ohne Erfolg, es war Samstag. Auf den Anrufbeantworter wollte er nicht sprechen.

Linz informierte sich im Intranet über das Amtshilfegesuch an die deutsche Polizei. »Diese Sprache!«, regte er sich auf, »Hör dir das mal an: ›Die ... Amtshilfe ...

ist die wechselseitige Hilfeleistung bei der Aufgabenerfüllung und die Zusammenarbeit zu gemeinsamer Aufgabenerfüllung. Sie erfolgt zwischen Sicherheitsbehörden einerseits und Sicherheitsorganisationen oder ausländischen Sicherheitsbehörden andererseits.‹.« (Anmerkung des Autors: Quelle: Polizeikooperationsgesetz, Fassung vom 13.08.2015)

»Ich verstehe nicht, warum du dir das antust, Willi. Das Ersuchen geht erst mal zum Chef, weiter zum Direktor und … Oh nein! Ich weiß, woher ich die Inspektorin kenne, die wir auf der Postalm getroffen haben. Sie ist die Tochter vom Tanzberger, und sie war sogar mal im Player. Die Ausgabe liegt bei mir zu Hause. So ein Mist, ich habe sie nicht erkannt!« Brandhasl schüttelte ungläubig den Kopf.

»Egal. Anschließend schicken sie den Wisch zum Innenministerium, das wiederum sendet ihn zum deutschen Ministerium des Inneren und so weiter und so fort. Wenn du Glück hast, wird Frau Vogel noch in diesem Jahr befragt. Warum rufst du nicht einen von den deutschen Kollegen an, die mit uns an der Einweisung von Interpol in Wien teilgenommen haben? Wenn ich mich recht erinnere, waren Beamte des LKA Berlin dabei. Ich habe sicher irgendwo eine Visitenkarte im Schreibtisch.« Er kramte in seinen Schubladen herum.

Linz reagierte nicht.

»Hab eine! Nicht von dem Berliner Kollegen, aber immerhin.« Brandhasl nahm den Telefonhörer ab, wählte eine lange Nummer.

»Ja, Göbel hier«, meldete sich ein Mann am anderen Ende der Leitung.

»Grüß dich, Bernd. Hier ist Brandhasl, der Hans aus Salzburg. Störe ich?«

»Mensch Hans, was für eine Überraschung! Wie lange ist das her, drei, vier Monate? Nein, du störst überhaupt nicht. Ich passe seit halb sieben auf die Kinder auf. Meine

Frau hat Weibertag. Gäbe es die Flimmerkiste nicht, wüsste ich nicht, wie ich den Tag überstehen sollte. Wie gehts dir? Wieder nüchtern?« Göbel lachte bei dem Gedanken. »Das waren ein paar tolle Tage bei euch. Und was macht dein Kollege?«

»Hier ist alles paletti. Wie geht es Jochen und – wie hieß sie noch – Anita, glaube ich? Alles im grünen Bereich?«

»Na klar, es läuft gut. Jede Menge zu tun und schlecht bezahlt, aber keiner beschwert sich. Man beißt die Zähne zusammen und meldet sich für irgendeinen Lehrgang an, um mal ausschlafen zu können. Außer wenn es zu euch geht. Da hatte ich weniger Schlaf als in der Hochsaison.«

Nachdem sie ausgiebig in Erinnerungen geschwelgt hatten, fragte Göbel, ob er helfen könne.

»Ja, es gibt tatsächlich ein Problem. Willi sitzt mir gegenüber. Er muss einen Antrag auf Amtshilfe ausfüllen, weil wir die Unterstützung der Berliner Polizei benötigen. Aber bis der durch alle Instanzen gegangen ist, haben wir September. Du bist doch beim LKA Dresden. Kennst du jemanden vom LKA Berlin, den wir anrufen können? Das mit dem Ersuchen erledigen wir noch. Allerdings würde ein direkter Kontakt zum jetzigen Zeitpunkt unsere Ermittlung erheblich beschleunigen.«

»Na klar, Kollege! Ich habe genau den Richtigen für dich, Paul Gussmann. Er war auch mit in Wien. Erinnerst du dich? Er ist derjenige, der mit der Frau an der Tanzstange rumgemacht hat und den sie anschließend rausgeschmissen haben. Er hilft dir sicher. Warte mal, ich gebe dir seine Nummer.« Göbel gab ihm die Handynummer des Berliner Kommissars durch. »Sag einfach, dass du die Nummer von mir hast, dann klappts.«

»Super! Danke, Bernd! Ich melde mich, wenn ich mal in eure Richtung komme. Grüß Anita und Jochen von uns. Bis bald.« Nachdem er aufgelegt hatte, wählte Brandhasl sofort den Kollegen in Berlin an.

»Gussmann«, brummte eine verschlafene Stimme.

Brandhasl fiel ein, dass es Samstag kurz nach neun Uhr

morgens war. »Paul?«, fragte er.

»Ja, mit wem spreche ich?«

»Hier ist Hans Brandhasl aus Salzburg. Falls ich dich geweckt habe, tut es mir leid.«

»Ick gloob, ick spinne, is det een Witz?«

»Entschuldigung, ich rufe später nochmal an.«

»Nein, nicht auflegen! Ich kann nur nicht glauben, dass du mich anrufst. Das ging ja viel schneller als erwartet. Da wirste bekloppt, der Hans! Warte, ich ziehe mir was an und gehe in die Küche. Meine Frau schläft noch.«

Brandhasl hörte, wie das Telefon hingelegt wurde. Im Hintergrund raschelte es.

Gussmann war erneut am Apparat. »Mensch, der Hans, ich glaubs nicht! Warte, ich mache mir eben einen Kaffee.«

Das Handy wurde wieder weggelegt. Wasser rauschte, Geschirr klapperte.

Gussmann nahm das Telefon auf. »Ich bin total von den Socken! Sonst dauert das Monate! Und jetzt? Ich habe den Antrag erst vorgestern weggeschickt. Und dass ausgerechnet du anrufst, an einem Samstag, ist echt stark! Was habt ihr?«

»Ähm …« Brandhasl war verunsichert. »Du weißt schon, mit wem du sprichst? Ich bin Hans Brandhasl vom LKA Salzburg. Verwechselst du mich mit jemand anderem?«

Stille. Dann fragte Gussmann irritiert: »Du rufst nicht wegen Peter Vogel an?«

»Jetzt verblüffst du mich!«, rief Brandhasl aus. »Reden wir über denselben Mann?«

»Ich verstehe nur noch Bahnhof. Geht es nicht um unseren Gesuchten? Du veräppelst mich, Hans, oder?« Gussmann klang verärgert.

»Nein, Paul. Ich bin genauso verdutzt wie du. Ich wollte bloß unser Amtshilfeersuchen beschleunigen. Deshalb habe ich Bernd Göbel in Dresden angerufen. Von ihm habe ich deine Nummer bekommen.

Wenn ich das richtig verstehe: Die Person, um die es in

eurem Antrag geht, ist dieselbe wie die, für die wir das Formular gerade ausfüllen wollen. Es geht um Peter Vogel, Unternehmer aus Berlin.«

»Wow!«, rief Gussmann aus, »Ick sach immer: Die Welt is kleen. Aber dat se ooch solche Dinger druff hat, is der blanke Wahnsinn. Wie bist du überhaupt zu dem Fall gekommen, Hans?«

»Tja, wie die Jungfrau zum Kinde, ich hatte Dienst. Ich stell dich mal auf Lautsprecher, sodass Willi mithören kann. Wir arbeiten gemeinsam daran.«

Brandhasl drückte einen Knopf, die Kontrollleuchte für den Lautsprecher leuchtete gelb auf.

»Servus Paul. Wie geht es dir? Hier spricht Willi.«

»Hallo Willi. Schön, dich zu hören. Bei mir ist alles frisch und wie immer haufenweise Arbeit. Wie ist es bei euch?«

»Passt schon. Tolles Wetter, Wochenende, und wir sitzen im Büro. Sag mal, ist das nicht ein irrer Zufall? Reden wir tatsächlich über denselben Mann? Der liegt nämlich seit gestern Abend in unserer Gerichtsmedizin.«

»Das gibts doch nicht! Seit wann ist er denn tot?«

»Er ist ermordet worden, schon vor Wochen. Er wurde gestern Abend steif gefroren vor einer Almhütte gefunden.«

»Und wir suchen ihn seit dem 20. März. Seine Frau hat eine Vermisstenanzeige erstattet. Sie vermutet, dass er zuletzt in Österreich war, daher unser Gesuch«, Gussmann überlegte, »das ihr vermutlich noch nicht erhalten habt. Stimmts?«

»Richtig«, bestätigte Brandhasl. »Wieso bearbeitest du Vermisstenfälle? Ist was passiert?«

»Nee, ich bin sogar zum Hauptkommissar befördert worden. Das mit Peter Vogel ist so eine Sache. Seine Frau war mit dem Anwalt der Familie bei der Polizei. Und weil die Vogels sehr reich sind – an die vierhundert Millionen schwer – haben alle angenommen, es würde sich um eine Entführung handeln. So ist das LKA in den Fall hineingeschlittert.

Leider haben wir bisher kein Licht ins Dunkel bringen können. Es gab weder eine Lösegeldforderung noch ein Abschiedsbrief noch irgendwelche anderen Spuren. Das Einzige, das wir sicher wissen, ist, dass er den Grenzübergang Walserberg Richtung Salzburg mit seinem schwarzen ML 63 AMG am Dienstag, den 4. März 2014, um fünfzehn Uhr achtundfünfzig überquert hat. Seither gilt er als vermisst. Ein Verbrechen war nicht festzustellen.

Zeitweise vermuteten wir, er sei einfach untergetaucht. Kann ich verstehen bei der Frau. Sie hat mehr Operationen an sich machen lassen als die gesamte Fußballmannschaft von Hertha BSC – nur nie an den Knien. Sie ist weit über sechzig, hat keine einzige sichtbare Falte. Dafür kann sie nicht lachen, ohne dass ihr die Nähte reißen würden. Sie hat Lippen wie ein Schlauchboot und eine Oberweite, ick sach euch …«

»Paul?«, Linz unterbrach seinen deutschen Kollegen.

»Ja, entschuldige, ich habe mich hinreißen lassen. Bis heute lag bei uns keine Straftat vor. Deshalb war ich geplättet, euch wegen eines Vermissten – auch wenn der vermeintlich entführt wurde und zu den oberen Zehntausend gehört – so schnell an der Strippe zu haben. Zufälle gibts, die gibts gar nicht.«

»Seit gestern ist es ein Mordfall«, übernahm Brandhasl das Gespräch. »Und wenn ich von den Ergebnissen der Rechtsmedizin und der KPU ausgehe, wurde Vogel wenige Tage nach dem 4. März getötet.«

»Gut, machen wir es so: Ihr gebt mir Zeit zum Duschen, danach fahre ich ins Präsidium. Frühstücken kann ich unterwegs bei McDonalds. Ich maile euch alles, was wir haben: Telefondaten vom Handy, Kennzeichen vom Fahrzeug, Familienverhältnisse und so weiter. Ich werde meinen obersten Boss anrufen und ihm berichten müssen, was passiert ist. Das glaubt der mir nie! Ich melde mich bei euch, sagen wir gegen dreizehn Uhr, ist das OK?«

»Das wäre toll, Paul! Bitte warte noch, Hans gibt dir

seine Handynummer.«

»Brauch ich nicht, im Büro habe ich eure Visitenkarten. Ich melde mich«, sagte er und legte auf.

Linz und Brandhasl sahen sich an.

»Was war das denn? Ist das echt passiert, Willi?«

»Ich hoffe, ja. Ich gehe zum Chef in die Dunkelkammer und informiere ihn über das Telefonat. Machst du bitte eine Aktennotiz? Wir treffen uns in fünfzehn Minuten am Auto und fahren nach Abtenau.«

# Kapitel 7

Lukas war auf dem Weg zum Frühstück im Jagdhaus. Das Thermometer in seinem Auto zeigte neun Grad an. Es war ein schöner Morgen. Krokusse hatten die Wiesen mit weißen Tupfen übersät, Huflattich und Himmelschlüssel blühten gelb. Die Luft, fernab der Fabrikschlote, war erfüllt vom Duft des nassen Grases.

Der Jäger hatte einen Sprung Rehe beobachtet, die im Seydeggtal am Hang des Einberges in Ruhe ästen, hatte den Tierbestand gezählt, anschließend einen Ansitz repariert.

Als er die Einfahrt passierte, fiel ihm das Polizeifahrzeug auf, das abseits am Waldrand geparkt stand. Wie gewöhnlich stellte er seinen Toyota am Haus ab, ließ Prinz vom Sitz springen und stieg aus. Auf der Bank neben dem Eingang lächelte ihm die schöne Polizistin entgegen.

»Servus«, grüßte er. »Sind Sie dienstlich hier, Frau Inspektorin Tanzberger? Oder bist du wegen mir hier, Anna?«

»Beides. Ich war bei der Vermieterin der Steinleit Hütte, eine nette Frau. Leider kennt sie den Mann bloß aus der Zeitung. Ich soll dich übrigens grüßen und dir ausrichten, dass das mit dem Schlüssel passt.« Sie warf einen Blick auf ihr Telefon. »Kurz nach halb acht hat mich Leutnant Linz angerufen. Er hat mich beauftragt, zur Alpbauer Hütte zu gehen. Ich soll die Seminaristen bitten, das Haus nicht zu verlassen, weil er sie dort gegen zehn Uhr befragen will.«

»Er hat dich direkt angerufen?«

»Ja, auf der Inspektion in Abtenau war keiner. Und er wusste, dass ich schon unterwegs war. Sonst hätte er sicherlich den Dienstweg eingehalten.« Sie verdrehte die Augen.

Das hörte sich für Lukas plausibel an. »Ich glaube, er ist

auf die gleiche Idee gekommen wie ich heute Morgen. Zufälle gibt es nicht, das lernt man hier oben. Erst wird ein reicher Industrieller aus Berlin auf der Alm umgebracht und nun parken ganz in der Nähe des Tatorts zwei Autos mit Berliner Kennzeichen. Das würde mich stutzig machen.«

»Du hast recht, das war auch sein Gedanke. Deswegen war ich eben unten an der Hütte. Die Leute schlafen alle noch. Nur der Leiter, ein gewisser Sawatzki aus Deutschland, saß draußen. Er hantierte mit Knochen in einem Lederbeutel. Das ist ein unangenehmer Typ, sag ich dir. Er hat sich selbst als ›Schamane‹ vorgestellt. Da sträuben sich bei mir die Nackenhaare.« Anna schauderte bei der Erinnerung an die Begegnung. »Ach ja, Herr von Zirbelwitz soll heute früh um sechs Uhr ohne Begleitung zu einem Spaziergang aufgebrochen sein. Er wird zum Frühstück zurückerwartet.« Sie zog ihr Handy zu Rate, in das sie anscheinend ihre Notizen eingetragen hatte. »Das wäre gegen neun.«

»Von Zirbelwitz ist ein komischer Kauz«, meinte Lukas. »Er steht Sepp in Nichts nach, warts ab. Es würde mich nicht wundern, wenn er mit euch sofort ein Verkaufsgespräch für seine elektronischen Peilgeräte beginnen würde.«

Wie aufs Stichwort kam der Holzknecht um die Ecke.

»Frühstück!«, rief er, hielt eine Tüte mit frischen Brötchen in die Höhe und begrüßte Lukas freundlich. Die Inspektorin musterte er finster von oben bis unten. »Du hast mich schön reingelegt, Miss Juni! Gestern bei der Probe war ich das Gespött der Leute!«

Anna erwiderte seinen düsteren Blick. Lukas sah ihn verdutzt an.

»Hat sie dir nichts erzählt, wo ihr doch schon so gut wie verheiratet seid?« Sepp knöpfte seine Lederhose auf, zog sie bis zu den Knien herunter, zeigte ihm das Edding Tattoo. »Das bleibt für mindestens zwei Wochen so! Ich habe die halbe Nacht geschrubbt, mit einer Wurzelbürste

und Mutters Scheuermittel. Es geht einfach nicht ab.«
Seine Pobacke leuchtete knallrot, das Schwarz des
Schriftzuges ›Sepp, der Depp‹ war trotzdem nicht
verblasst. »Ich habs überall herumgezeigt. Aber erst der
Vierte fing an zu kichern. Da wusste ich, dass was nicht
stimmte.

Ich bin sofort für kleine Jungs gegangen und habe die
Sauerei im Spiegel begutachtet. Ich musste dafür auf eine
Kloschüssel steigen, bei geöffneter Tür den Hintern in
Richtung Waschbecken halten, sonst hätte ich im Spiegel
nichts gesehen. Dann bin ich abgerutscht und stand mit
einem Schuh im Wasser. Mit dem anderen bin ich gegen
die Trennwand geknallt. Ich habe mir sogar was
verstaucht, glaube ich!«, klagte er, begleitet von zwei
übertrieben gehumpelten Schritten.

Anna und Lukas brachen in lautes Gelächter aus.

»Hört auf! Das ist nicht zum Lachen, das ist todernst!
Wie soll ich denn Frauen abschleppen mit diesem Slogan?
Ich muss entweder die Hosen anlassen oder das Licht
ausschalten. Was meint ihr, warum ich zur Trachtengruppe
gehe? Wegen des Tanzens? Das glaubt ihr doch selbst
nicht!«

Sie schüttelten sich vor Lachen. Prinz kroch unter der
Bank hervor und heulte.

»Nicht du auch noch, Verräter!«, Sepp ging auf ihn zu.
Der Hund verstummte. Seine Rückenhaare richteten sich
auf. Er begann, den Holzknecht anzuknurren.

»Aus, Prinz!«, befahl der Jäger mit fester Stimme. »Fuß!«
Der Hund stellte das Knurren ein, setzte sich neben
seinen Herrn. Wachsam fixierte er Sepp, der einen Schritt
rückwärts gemacht hatte.

»Du bist wirklich ein Depp!«, fuhr Lukas ihn an.
»Schreist du jetzt schon Prinz an?« Freundlicher fügte er
hinzu: »Wie ist das mit dem Tattoo eigentlich passiert? Wer
war das?«

»Na wer schon?«, Sepp zeigte mit dem Finger auf Anna,
»Miss Juni! Ich habe in meiner bekannt charmanten Art

um ein Autogramm gebeten. Und sie hat mir das hier angetan!« Er tippte auf die Stelle an seiner Hose, die den Schriftzug verbarg.

Der Jäger sah Anna an. Sie zog eine Augenbraue hoch. Beide prusteten los.

»Du und charmant! Wie eine Klobürste wahrscheinlich«, brach es aus Lukas heraus.

Die Inspektorin stand kurz vor einem Lachkrampf, konnte nicht aufhören. Erste Tränen liefen ihr über das Gesicht.

Sepp stammelte: »Aber ... aber ...«, blickte wie ein begossener Pudel drein. »Ein schöner Freund bist du! Von ihr habe ich das erwartet, aber von dir? Wie wäre es mit Mitleid?« Schmollend setzte er sich zwischen die beiden auf die Bank.

Langsam verebbte das Gelächter, eine peinliche Stille entstand. Der Jäger überlegte, ob er dieses Mal zu weit gegangen war, seinen Freund wirklich beleidigt hatte.

Plötzlich sprang Sepp auf, hielt die Papiertüte mit den Kaisersemmeln hoch, fragte: »Brotzeit?«, und lief ins Haus.

Lukas zuckte mit den Schultern, erklärte der sichtlich überraschten Polizistin: »Ich habs dir gesagt, er ist nicht ganz richtig im Kopf.«

»Ich kann nicht mit euch frühstücken gehen«, sagte sie. »Ich bin im Dienst, muss aufpassen, dass sich niemand dem Tatort nähert. Von drinnen sehe ich nichts, leider.«

»Kein Problem.« Er verschwand im Hauseingang.

Traurig war Anna schon, dass Lukas weg war. Bei seiner Ankunft hatte sie sich gefreut, weil sie nicht allein auf der Steinleitalm sitzen musste. Außerdem hatte der Jäger etwas an sich, das sie faszinierte. Auf der einen Seite war er ein Naturbursche durch und durch. Auf der anderen hatte er Manieren wie einer, der in der guten Gesellschaft aufgewachsen ist. Er war aufmerksam, hilfsbereit und höflich. Er erhob sich, wenn sie sich setzte, war als erster an der Tür, um sie für sie offen zu halten, half ihr in die

Jacke. Er vergaß nie, Bitte und Danke zu sagen, war gepflegt, obwohl er kaum Zeit dafür haben dürfte. Sie mochte ihn. Vielleicht würde mehr daraus.

Die wärmende Sonne hatte die Terrasse erreicht. Anna war in ihre Gedanken versunken, als die Haustür aufschwang. Lukas brachte einen kleinen Klapptisch nach draußen.

»Wenn du nicht zum Frühstücken zu uns ins Haus kommen kannst, kommen wir eben zu dir. Von hier aus kannst du Josis Hütte im Auge behalten, und wir können gemeinsam essen. Wenn die Herren aus Salzburg erscheinen, sind Sepp und ich längst im Wald. Sie werden es nicht bemerken.«

*Ja, ich mag ihn sehr,* dachte sie, half ihm, den Tisch zu decken.

»Haut rein«, forderte Sepp sie auf, schüttete den Inhalt der Brötchentüte in einen kleinen Korb. »Und, was ist jetzt mit dem Toten? Ist der wirklich ermordet worden?«, nuschelte er mit vollem Mund.

»Ja, eindeutig«, gab Anna Auskunft.

»Und wer ist der Mann?« Er hatte den nächsten Bissen im Mund.

»Peter Vogel, ein Bauinvestor aus Deutschland«, übernahm Lukas, »einer von denen, die sich für die Postalm interessiert haben. Du weißt schon, Hotels bauen, neue Skilifte und dergleichen. Wir haben ihn gestern Nacht in einer Zeitung wiedererkannt, die ich zum Anzünden in den Kamin stecken wollte. Verrückt, was?«

Sepps argwöhnischer Blick wanderte zwischen den beiden hin und her. »Ihr wart heute Nacht zusammen. Schon Kinder unterwegs? Wann wollt ihr denn heiraten?«

»Red keinen Schmarrn! Frau Tanzberger war mit den Herren von der Kripo bis ein Uhr hier. Die haben sie mitgenommen und in Abtenau abgesetzt. Das wars. Du bist gerade weg gewesen, als die beiden Männer kamen. Leutnant Linz ist übrigens echt sauer auf dich. Du bist ihm mit deiner Knatterkiste beinahe ins Auto gerauscht. Er wird dir einen ordentlichen Rüffel verpassen.«

»Das ist wohl nicht der Beginn einer wunderbaren Freundschaft, oder?« Sepp trank seinen Kaffee aus. »Wann kommen deine Kollegen, Miss Juni?«

»Zwischen zehn und halb elf.«

»Na, wieder Pech. Ich muss um elf beim Revierförster in Strobl sein. Vorher muss ich kontrollieren, wie weit die Holzfäller auf der Lochalm sind. Die müssen morgen fertig sein. Dort ist viel Schatten und sie haben Probleme mit dem hohen Schnee. Mit dem Traktor die Stämme rauszuziehen, ist echt schwer.«

»Ist schon in Ordnung«, beruhigte ihn Anna. »Wenn Sie wie besprochen für Ihre Aussage um fünfzehn Uhr in Abtenau auf der Inspektion sind, können Sie Ihren Termin wahrnehmen. Nicht vergessen, heute Mittag um drei.«

»Keine Sorge, ich werde kommen.« Sepp warf seine Zigarette weg, stand auf. Mit: »Habe die Ehre«, verabschiedete er sich, verschwand hinterm Haus.

»Deine Aussage muss ich auch aufnehmen, Lukas. Du hast Leutnant Linz zwar alles erzählt, er braucht es dennoch schriftlich. Willst du vor oder nach Sepp in die Inspektion kommen?«

»Ich denke, nach ihm. Ich muss gleich den Traktor von der Futterstelle zum Wallinger zur Reparatur bringen. Der Trecker ist dreißig Jahre alt und hat eine defekte Hydraulik. Wenn ich ihn gegen drei wiederhabe, komme ich zu dir. Geht das?«

»Mit dem Traktor? Willst du mich zum Dorffest abholen?«

Er lachte. »Nein. Wenn ich eh in Abtenau bin, liegt es nahe, dass ich ihn nicht vorher auf die Alm bringe. Ist Viertel nach drei für dich in Ordnung?«

»Ja, passt. Ich bin sowieso bis Mittag hier wegen der Vernehmung der Leute von der Alpbauer Hütte. Vor ein Uhr bin ich nicht in der Inspektion.«

»Gut, bis später«, er hatte es eilig. »Es ist fast neun. Ich muss zum Wildgehege, den Traktor holen. Ich räume schnell den Tisch ab, dann bin ich weg.«

»Lass nur, das mache ich.«

»Oh, eins noch. Ich habe gestern Abend vergessen, es zu erwähnen. Ich glaube, jemand hat euch beobachtet, mit einem Fernglas oder einem Nachtsichtgerät.« Er zeigte auf die Stelle links am Waldrand. »Dort drüben habe ich mehrmals ein Aufblitzen gesehen. Ich hatte heute noch keine Zeit, nach den Spuren zu suchen.«

»Wo genau war es?«, fragte Anna besorgt. »Und weißt du noch, wann das war?«

»Den Zeitpunkt kann ich dir nicht mit Gewissheit sagen. Die Herren Linz und Brandhasl haben sich mit den Herren von der Spurensicherung besprochen. Ich schätze, es war Viertel nach elf. Du hast vor dem Eingang von Josis Hütte gestanden und ein paar Schaulustige weggeschickt.«

Zornesröte war ihr ins Gesicht gestiegen. »Mist, Lukas! Warum hast du das nicht gestern Abend gesagt, als die Salzburger hier waren? Das wäre eine echte Spur gewesen! Jetzt können wir froh sein, wenn wir überhaupt etwas finden!«

»Tut mir leid. Wenn du willst, kannst du den Motorschlitten nehmen und dich selbst überzeugen. Ich muss zur Werkstatt, ich habe einen Termin.«

»Nein, Lukas, du musst mich jetzt dorthin fahren! Ich kann mit so einem Ding nicht umgehen. Und ich will wissen, ob uns wirklich jemand ausspioniert hat, bevor Leutnant Linz ankommt.«

»Können wir das nicht nachher machen, wenn ich wieder hier bin? Der Traktor …«

»Nein!«, unterbrach sie ihn in einem Befehlston, den er nicht von ihr erwartet hätte. »Auf gehts!«

Ohne Widerspruch ging er voraus zum Schneemobil.

Ein paar Minuten später erreichten Lukas und Anna die Stelle, die er beschrieben hatte. Er stoppte zwei Meter vor dem Waldrand, deutete auf die Spuren im Schnee.

»Hier war es«, sagte er tonlos. »Dort«, er zeigte auf eine

Stelle unter einer großen Fichte, »kann man erkennen, wo er gestanden hat. Ich habe mir das also nicht eingebildet.«

»Wo führt die Spur hin?«

»Ich denke, hinunter zum Weg, der die Hütten miteinander verbindet. Wollen Sie das auch kontrollieren, Frau Inspektorin?«

Anna warf ihm einen vernichtenden Blick zu: »Es ist ein Mord passiert, Lukas, und ich bin Polizistin! Ja, ich will wissen, wo die Spur endet.«

Er startete die Rotax. Sie fuhren um das Waldstück herum.

»Hier kann ich mit dem Motorschlitten nicht weiter. Die Straße ist schneefrei. Das letzte Stück müssen wir zu Fuß gehen.«

Sie liefen etwa dreißig Meter entlang der Fahrbahn hinauf bis zu einer schmalen Furche im hohen Schnee, dem Ein- und Ausstieg des Beobachters.

Anna konnte sich nicht beruhigen. »So ein Ärger, Lukas, Linz wird toben! Wenn wir das nur gestern schon gewusst hätten!«

»Ja, ich weiß! Es waren doch bloß Sekunden. Und als ich mein Fernglas geholt hatte, war das Blitzen verschwunden. Wahrscheinlich war ich einfach zu müde. Können wir umkehren? Der Traktor wartet.«

»Ja, es ist eh zu spät. Nun müssen wir die Spurensicherung noch einmal herbitten.«

Ohne ein weiteres Wort liefen sie zum Scooter, fuhren zum Jagdhaus.


Anna räumte schweigend den Frühstückstisch ab. Lukas machte sich für seine Fahrt nach Abtenau bereit.

»Brauchen Sie oder Ihre Kollegen einen Schlüssel vom Jagdhaus?«, fragte er sie.

»Nein, danke! Wir führen die Vernehmung der Seminarteilnehmer in deren Hütte durch. Anschließend fahren wir zur Inspektion. Zwischendurch werde ich den Bereich am Waldrand absperren. Das ist alles, was wir hier erledigen müssen.«

»Ich werde mich heute Nachmittag bei Ihnen wahrscheinlich verspäten.«

Grußlos ging Lukas zu seinem Auto, in dem sein Hund auf ihn gewartet hatte. Prinz freute sich, sprang von hinten auf den Beifahrersitz, begrüßte ihn, als ob er Stunden weg gewesen wäre. Der Jäger startete den Motor, verschwand in Richtung Seydeggtal.

Mittlerweile war es zehn vor zehn. Anna saß auf der Bank vor dem Haus. Sie ärgerte sich, dass sie Lukas so angefahren hatte. Eigentlich war das nicht ihre Art. Doch es regte sie wirklich auf, dass er den Beobachter nicht erwähnt hatte. Unter Umständen hätten sie die Person sogar stellen können. Nun war es zu spät. Sie überlegte, wie sie die verfahrene Situation mit ihm zurechtrücken könnte. Da hörte sie ein Motorengeräusch.

*Er kommt zurück*, dachte sie freudig.

Sie hatte sich getäuscht. Ein alter BMW mit großer rotweißer Aufschrift rollte auf den Parkplatz des Jagdhauses. ›Express, immer aktuell‹, las sie, ihre Miene verdüsterte sich. Der erste Journalist war eingetroffen.

Ein übergewichtiger Mann Mitte dreißig, in Jeans und einer bis oben zugeknöpften Cordjacke gekleidet, stieg aus. Er kam direkt auf sie zu.

»Servus, Ben Salzinger«, begrüßte er sie lässig, »Reporter beim Express. Sagen Sie Ben zu mir. Wo ist der Mord passiert?«

»Ach, woher wissen Sie davon?« Obwohl Anna glaubte, genügend Gleichgültigkeit in ihre Stimme gelegt zu haben, konnte sie ihre Überraschung nicht verbergen. Sie stemmte ihre Hände in die Taille, versperrte so dem Pressemann den Weg, der zum Tatort führte.

»Mit welcher Schönheit habe ich die Ehre?«, versuchte er zu flirten.

»Lassen Sie die Faxen! Um Ihre Frage zu beantworten: Ich bin Inspektorin Tanzberger. Und deshalb der zweite

Anlauf. Wie sind Sie an diese Information gekommen, Herr Salzinger?«

Der Reporter sah sie mit durchdringenden dunklen Augen an. Seine strähnigen schwarzen Haare klebten am Kopf. Die Haut war blass, die Lippen hatten einen bläulichen Schimmer. Jetzt lächelte er. »Sie sind doch die Tochter vom Landespolizeidirektor Salzburg, nicht wahr?«

Sie ging nicht darauf ein. »Ich frage Sie nicht gern noch einmal: Wer hat Sie über den Vorfall informiert?«

»Oh ja! Sie waren letztes Jahr im Player, stimmts?« Ein Blitzen flackerte in seinen Augen.

»Das geht Sie nichts an!« Anna zog die Brauen zusammen. Ihre Augen verengten sich. Sie hatte so gehofft, dass es Lukas gewesen wäre. Stattdessen stand sie diesem unverschämten Kerl von der Zeitung gegenüber. *Paparazzo*, dachte sie verächtlich.

»Wie ist das gewesen, sich für die Aufnahmen nackt auszuziehen? Ist Ihnen das schwergefallen? Hat es zu Hause Ärger gegeben?«, stichelte Salzinger.

»Was soll der Schmäh? Wir werden nicht über mich sprechen!« Ihre Stimme überschlug sich. »Sagen Sie mir sofort, woher Sie von dem Mord erfahren haben! Ich kann Sie auch gern vorladen.«

»Das können Sie sich sparen, Süße. Ich habe meine Quellen, die ich – wie Sie sicher wissen – nicht offenlegen muss.« Er grinste süffisant.

»Das ist aber schön für Sie«, erwiderte Anna mühsam beherrscht. »Und weil Sie sich einen Namen als geduldiger Berichterstatter gemacht haben, warten Sie, bis es eine Pressemitteilung gibt. Sie wird wie üblich an Ihre Redaktion geschickt.« Anna machte kehrt. Mitten in der Bewegung hielt sie inne, drehte sich um. »Ach, noch etwas, Herr Salzinger. Das Land, auf dem Sie stehen und geparkt haben, ist Privatgrund. Wenn Sie keine Aufenthaltserlaubnis des Eigentümers vorweisen können, fordere ich Sie hiermit auf, das Gelände umgehend zu verlassen!«

»Wow, Ihr Morgen ist wohl nicht so gelaufen, wie Sies gern gehabt hätten? Gibts private Probleme?«, verhöhnte er sie.

»Nein, aber Sie bekommen gleich eines, sobald ich mich bemüßigt fühle, den Abschleppdienst zu informieren«, konterte sie.

»OK, ich habs kapiert. Hier in der Prärie wird es schwer für Sie sein. In Wien muss es Ihnen um Welten besser gefallen haben.« Salzinger federte leicht in den Knien, mal zur einen, mal zur anderen Seite, als wäre er unschlüssig, in welche Richtung er weglaufen wollte. »Haben Sie Sexfotos von sich machen lassen, weil die meisten Ihrer Chefs Männer sind? War es hilfreich für Ihre Karriere?«

Mit geballten Fäusten trat Anna zwei Schritte vor, bis sie dicht vor dem Reporter stand, den sie um einen halben Kopf überragte. Sie musste sich zusammenreißen, die Situation nicht eskalieren lassen. Der Mann ekelte sie an. Er war aufdringlich, anmaßend, roch nach altem Schweiß und kaltem Zigarettenrauch. Schuppen aus seinen Haaren hatten sich auf den Schultern verteilt.

»Ich habe recht, nicht wahr?« Er ließ sich nicht aus der Fassung bringen und setzte einen obendrauf: »Sex sells!«

»Sie sollten verschwinden, bevor ich mich vergesse, Herr Salzinger!« Ihre Stimme war ganz leise. »Sonst erfüllt dieses Gespräch tatsächlich alle Kriterien einer Beamtenbeleidigung.«

Er hob die Hände. »Schon gut, ich gehe. Ich werde jedoch wiederkommen! Ihre Story ist nämlich besser als ein Mord. Ich sehe die Schlagzeile schon vor mir: Tochter des obersten Polizisten Salzburgs macht Karriere bei der Polizei! Wie hilfreich war ihr Auftritt im Player?«

Salzinger wartete nicht auf eine Antwort. Behände wie eine Katze bewegte er sich zuerst nach rechts, um dann nach links zu seinem Auto zu hasten.

Regungslos sah Anna zu, wie er wegfuhr. *Das musste irgendwann so kommen*, dachte sie. *Aber ausgerechnet jetzt? Und überhaupt, wie hat dieser Presseheini so schnell Wind von dem Mord*

Während Anna sich selbst verfluchte, hörte sie, wie jemand ihren Namen rief. Die Salzburger Ermittler waren eingetroffen. Sie hatten ihr Auto vor der Einfahrt am Waldrand abgestellt.

»Guten Morgen, Herr Linz, Herr Brandhasl!«, grüßte sie als Erste.

Die Männer erwiderten ihren Gruß freundlich.

»Gut, dass Sie da sind!« Sie wirkte erleichtert. »Soeben war der erste Reporter hier. Ich habe ihn vertreiben können, wenn auch mit Mühe.«

»Wo ist er hin?«, fragte Brandhasl.

»Ist er Ihnen nicht begegnet? Es ist kaum zwei Minuten her. Er fährt einen alten BMW mit dem Firmenlogo der Tageszeitung Express.«

»Uns ist niemand entgegengekommen. Gibt es einen zweiten Weg zur Straße hinauf?«

»Nein, der abzweigende Schotterweg führt hinunter zu den Hütten im Tal unterhalb des Tatortes.«

»Das ist ganz schlecht!«, Linz wandte sich zu seinem Kollegen um. »Hans, lauf hinunter und sorge dafür, dass der Reporter verschwindet. Keine Interviews! Ich bin in einer Viertelstunde da. Alle sollen sich in einem Raum versammeln, wenn möglich. Beeil dich!«

Brandhasl lief, so schnell es der Schnee erlaubte, den Hang hinunter.

»Es gibt noch etwas«, Anna zögerte. »Als ich heute früh um acht nach meinem Termin mit Frau Stein angekommen war – sie kennt Peter Vogel übrigens nur aus der Zeitung – haben Herr Graf und Herr Berg Frühstückspause gemacht. Da hat mir der Jäger erzählt, dass er gestern Abend, während die Spurensicherung mit dem Tatort beschäftigt war, jemanden beobachtet hat.«

Linz sah sie verwundert an.

»Herr Graf berichtete, dass er gegen dreiundzwanzig Uhr fünfzehn hinten an den Fichten«, sie deutete auf die betreffende Stelle am Rande des Waldes, »mehrmals ein Blitzen wahrgenommen habe. Die Reflexion eines Fernglases, vermutet er.«

»Wir hatten mehr als einen Zuschauer, wenn ich Ihnen das ins Gedächtnis rufen darf«, belehrte sie Linz in einem scharfen Ton.

»Das war kein normaler Zaungast. Er ist von der Straße aus durch den Schnee bis zum Waldrand gelaufen. Herr Graf hat das Spiegeln von Licht auf Glas registriert, uns aber leider gestern Abend nicht mehr informiert.«

Anna fühlte, wie Unmut in Linz aufstieg.

»Haben Sie sich das schon genauer angesehen?«, fragte er beherrscht.

»Ja. Es ist eine kleine Schneise im kniehohen Schnee und eine platt getretene Stelle, da, wo sich der Beobachter versteckt haben muss. Ich habe das Gebiet bislang nicht absperren können. Wenige Minuten, nachdem Herr Graf weg war, ist der Mann von der Zeitung gekommen. Der Platz scheint allerdings unversehrt zu sein.«

Linz fixierte sie mit stechendem Blick. »Verdammt! Hätten Sie mich nicht früher informieren können? Jetzt ist es zu spät.«

»Wann denn?«, erwiderte sie erschrocken. »Ich weiß es selbst erst seit einer halben Stunde. Wären Sie schneller hier gewesen, wenn ich Sie angerufen hätte?«

Er wusste, dass Anna recht hatte, und gab klein bei: »Nein. Wie komme ich am schnellsten zu der Stelle?«

Sie beschrieb es ihm: »Herr Graf hat es mir heute Morgen erklärt, es sei alles geräumt. Sie fahren nicht zur Postalmstraße hinauf, sondern nehmen den Forstweg, der ins Tal führt. An der T-Gabelung biegen Sie links ab und fahren ungefähr zweihundert Meter bis zur Alpbauer Hütte. Unmittelbar dahinter gabelt sich der Weg wiederum. Sie folgen der linken Fahrspur etwa einhundert Meter den Berg hinauf. Da ist es. Nicht zu verfehlen, dort enden auch die Spuren vom Schneemobil.«

Linz dachte an seinen Partner, der den Weg ins Tal zu

Fuß zurückgelegt hatte. Er lachte auf. »Wann kommt Ihre Ablösung?«, fragte er versöhnlich.

»Zwölf Uhr. Sobald der Kollege eingetroffen ist, fahre ich zur Inspektion.«

»Ich weiß nicht, wie lange das hier dauert. Wir kommen im Anschluss zu Ihnen aufs Revier. Kann man im Ort eine Kleinigkeit essen? Ich hatte heute Morgen um sechs bloß ein trockenes Croissant von gestern.«

»Was Sie wollen, von gutbürgerlich im ›Abtenauer‹ bis zum Snack beim Bistro im ›Spar‹. Ich gehe um eins mittagessen. Ich kann Sie gern mitnehmen.«

Linz nickte, drehte sich um und ging zum Auto. Anna sah zu, wie sein Wagen im Wald verschwand.

Vor der Alpbauer Hütte redete Brandhasl wild gestikulierend mit einem jungen Mann in Cordjacke. Der Abteilungsinspektor schien außer sich zu sein, sein Gegenüber die Ruhe selbst. Linz war sich sicher, dass dies der Reporter sein musste. Er trat an ihn heran.

»Ich bin Leutnant Willi Linz. Morgen. Wer sind Sie?«

»Ben Salzinger, Express, angenehm. Was ich von Ihrem Kollegen nicht behaupten kann. Er hat mich einfach rausgeschmissen.«

»Moment Mal, Sie haben sich bereits mit den Leuten unterhalten?« Ein drohender Unterton schwang in Linz' Stimme mit.

»Ja, aber …«, widersprach der Reporter.

»Kein Aber! Sie haben die Gäste interviewt, obwohl die Polizei bislang keine Gelegenheit hatte, mit ihnen zu sprechen? Hat man Sie nicht darauf hingewiesen?«

»Doch, aber …«

»Nur ja oder nein, bitte.«

»Ja.« Salzinger hatte ein Stück seiner Kaltschnäuzigkeit eingebüßt.

»Sie wussten demnach, dass wir noch keine Vernehmung durchgeführt haben. Trotzdem haben Sie mit den Seminarteilnehmern geredet. Was in drei Teufels

Namen ist Ihnen durch den Kopf gegangen? Etwa: ›Für eine Story tu ich alles‹?«

»Nein, aber …«

»Schon wieder ›aber‹. Ich nahm an, Sie sind von der Zeitung. Können Sie sich nicht normal ausdrücken?«, tadelte ihn Linz. »Wie weit reicht Ihr Horizont eigentlich? Haben Sie sich einmal Gedanken gemacht, welche Folgen Ihr Verhalten hat? Was ist, wenn eine der Personen ein Verdächtiger oder sogar der Mörder ist? Der kann sich nach Ihrem Interview wunderbar mit den anderen absprechen. Und die Erinnerungen eines Einzelnen werden zum kollektiven Gedächtnis. Wenn der Täter tatsächlich in dieser Gruppe zu finden ist, haben wir so gut wie keine Chance, die Ermittlungen schnell zu Ende zu bringen!«

Ben Salzinger war sprachlos.

»Wenn Sie nicht wollen, dass ich bei Ihrem Chefredakteur anrufe und ihm sage, was Sie für einen Mist gebaut haben, sollten Sie sofort verschwinden! Wenn wir hier fertig sind, gebe ich Ihnen Bescheid. Fahren Sie zur Einfahrt des Jagdhauses, und warten Sie dort auf uns! Los, ich möchte keine Zeit vergeuden! Ihr Fehler hat schon jetzt irreparable Schäden verursacht.«

Linz ließ Salzinger mit offenem Mund vor der Tür stehen und betrat mit seinem Kollegen das Innere der großen Almhütte.

»Ha, dem hast du es gezeigt!« Brandhasl blieb im Vorraum stehen.

»Ach, ich bin schlecht gelaunt. Der arme Kerl kann eigentlich nichts dafür, er macht nur seinen Job. Frau Tanzberger hat mir vorhin erzählt, dass es gestern am späten Abend einen Beobachter gegeben hat. Er soll mit einem Feldstecher am Waldrand gestanden, uns bei der Sicherstellung der Leiche und der Spurensicherung nachspioniert haben. Ich könnte kotzen, so sauer bin ich!«

»Wie lange weiß sie es denn schon?«

»Sie hat es vor einer halben Stunde erfahren. Dieser Jäger hat es gesehen und vergessen, es zu erwähnen. Dabei waren wir alle bis spät in der Nacht im Jagdhaus.«

»Ob er was mit dem Mord zu tun hat? Schließlich hat er die Leiche gefunden. Und Gelegenheiten hatte er genug.«

Linz überlegte. »Überprüf ihn mal. Es kann ja nicht schaden.« Er öffnete die Tür zum Aufenthaltsraum.

Die Wohnstube war riesig, ungefähr zehn mal fünf Meter. Drei lange, grob gezimmerte Tische standen im Raum sowie an die zwei Dutzend verschiedene Stühle. Der alte Kachelofen war von der obligatorischen Ofenbank umgeben. Es sah urig und sehr gemütlich aus. Der Raum war von Stimmengewirr erfüllt. Zehn Personen saßen rund um den mittleren Tisch und unterhielten sich.

*Am hinteren Kopfende thronen die Seminarleiter,* stellte Linz im Geiste fest. Ihm war aufgefallen, dass alle anderen ständig zu dem Händchen haltenden Paar hinübersahen.

Er schätzte den Mann auf Anfang bis Mitte sechzig und seine übergewichtige Partnerin als wenig älter. Ihre grell im Stil der siebziger Jahre geschminkten Augen zogen die Blicke auf sich. Die wirre, gelblich schimmernde Miniplifrisur ließ die Konturen ihres Gesichtes verwischen. Sie war wie eine Zauberin gekleidet, trug einen dunkelblauen Kaftan aus imitierter Seide mit unzähligen aufgedruckten, kleinen Sternen und Regenbögen. Das Kleidungsstück erfüllte zwei Funktionen zugleich: Es wies sie als eine Frau aus, die sich nicht mit den profanen Dingen des Lebens beschäftigte, und kaschierte ihre füllige Figur.

Der Mann erinnerte Linz an einen Späthippi. Die grauen langen Haare waren zu einem Pferdeschwanz gebunden. Seine Geheimratsecken würden in Kürze den Kampf gewonnen haben. Seine Kleidung schien aus einem Secondhandladen zu stammen. Im Gegensatz zu ihr sah er trotz allem gepflegt aus. Ein Unternehmer, für den das Seminar vor allem Business war. Beide verstanden es perfekt, dem Klischee der ›Wissenden‹ gerecht zu werden.

»Guten Morgen.« Linz sprach gerade so laut, dass alle ihn verstehen konnten. Er hatte sie überrascht. Keiner hatte die Polizisten bemerkt. Es wurde schlagartig still im Raum.

»Ich bin Leutnant Willi Linz, LKA Salzburg. Das ist mein Kollege, Abteilungsinspektor Hans Brandhasl, LKA Salzburg. Sie wissen, weshalb wir hier sind?« Alle Seminarteilnehmer drehten sich zum Kopfende um. Linz hatte sich nicht getäuscht.

»Ich spreche für uns alle«, ergriff der Zopfträger mit einer ruhigen, sonoren Stimme das Wort. »Ja, wir wissen, warum Sie gekommen sind.«

»Sie meinen, dass Sie für alle sprechen?«, fragte Linz scharf. *Fronten klären*, dachte er.

»Ich meine nicht, ich tue es.« Der Zopfträger hatte ihm den Kampf angesagt, ohne eine Miene zu verziehen. Er hatte sich gut im Griff. »Mein Name ist Alhenius Sawatzki. Das ist meine Frau Alhena.« Er deutete mit einem Kopfnicken in ihre Richtung. »Willkommen in unseren Reihen.«

Linz ging nicht auf seine Anmaßung ein. »Es ist gut, wenn Sie den Grund unserer Anwesenheit kennen. Das erleichtert uns die Arbeit. Eine Frage möchte ich vorausschicken: Hier sind zehn Personen anwesend. Sollten es nicht elf sein?«

»In der Tat. Herr von Zirbelwitz ist heute Morgen zu einem Spaziergang aufgebrochen. Er ist noch nicht zurückgekehrt«, erklang die Stimme der Zauberin mit einer gehörigen Portion Arroganz.

»Für wann erwarten Sie Herrn Zirbelwitz?«, wollte Linz wissen.

»Meine Gefährtin wollte andeuten, dass er seit neun Uhr anwesend sein sollte«, erwiderte Alhenius Sawatzki. »Wir frühstücken stets gemeinsam. Das bildet einen engen Bund. Wo sich Herr von Zirbelwitz derzeit befindet, entzieht sich unserer Kenntnis. Möchten Sie hier auf ihn warten?«

»Wir werden sehen, Herr Sawatzki. Wir können mit der Befragung beginnen. Ist jemandem von Ihnen etwas aufgefallen, das uns eventuell weiterhelfen könnte?«

»Nein, wir haben nichts gesehen. Erst als oben alles taghell beleuchtet war, sind einige von uns neugierig geworden.«

Linz sah dem Seminarleiter fest in dessen graue Augen. »Ich bin sicher, jeder der Anwesenden kann für sich selbst sprechen. Sie, Herr Sawatzki, können das Denken und Reden übernehmen, sobald wir Ihre Runde verlassen haben.« Er machte eine Pause. »Hat jemand von Ihnen eine wichtige Beobachtung gemacht?«, richtete er seine Frage wiederum an die Seminaristen.

Keiner antwortete. Alle blickten zwischen Linz und Sawatzki hin und her.

»Haben Sie am Waldrand eine Person mit einem Fernglas oder Ähnlichem gesehen?«, fragte er konkreter.

Erneut schauten die Teilnehmer erst den Seminarleiter, dann den Leutnant an.

Linz verlor die Geduld. Er schlug mit der flachen Hand auf den Tisch. »Hallo, ist jemand zu Hause? Verstehen Sie mich? Soll ich einen Gebärdendolmetscher holen lassen?« Die Aggressivität in seiner Stimme steigerte sich von Satz zu Satz.

Ungerührt antwortete Sawatzki: »Wir haben Sie verstanden, Herr Leutnant. Ich lehre die Teilnehmer dieses Seminars, nicht zu reden, wenn man nichts zu sagen hat. An diesem Wochenende geht es ausschließlich um die Vorbereitung zu einer perfekten Seelenwanderung in das nächste Leben. Bitte verstehen Sie das.« Er setzte ein selbstgefälliges Lächeln auf.

»Seelenwanderung?«, platzte Brandhasl mitten in das Duell – und erntete einen unwilligen Blick von seinem Kollegen.

Sawatzki fühlte sich bestärkt. »In der Tat, Herr Abteilungsinspektor. Die Reise der unsterblichen Seele ist mit dem Tod der menschlichen Hülle längst nicht zu Ende. Wir bereiten die Suchenden auf die nächste Dimension vor. Es gibt acht, falls das Ihre folgende Frage sein sollte. Und ja, wir lehren den Weg, um bis zur höchsten aufzusteigen.«

Linz ignorierte diese Antwort. Überfreundlich sagte er: »Gut. Wenn gestern Abend keiner von Ihnen etwas gesehen haben will, ob im Diesseits oder woanders, kommen Sie heute Nachmittag alle nach Abtenau auf die Inspektion. Um fünfzehn Uhr, wenns recht ist. Wir werden uns mit jedem Einzelnen unterhalten. Vergessen Sie nicht, Ihren Personalausweis oder Reisepass zur Legitimierung mitzubringen. Danke.«

In dem Moment, in dem sich die Ermittler umdrehten, hob eine der Teilnehmerinnen schüchtern ihre Hand.

*Wie in der Schule.* Brandhasl schüttelte den Kopf. Er musterte die Frau. Sie war Mitte dreißig, schlank, eher durchtrainiert, mit einem glatten, kantigen Gesicht. Ihre blonden Haare schienen kürzlich gefärbt worden zu sein. *Sie passt nicht in diese Truppe,* überlegte er. *Sie ist mindestens zwanzig Jahre jünger als die anderen und sieht so gar nicht aus wie eine, die auf Seelenwanderung steht.* »Ja, bitte? Wer sind Sie und was haben Sie gesehen?«, fragte er.

»Mein Name ist Beate Theissen. Mir ist gestern Nacht jemand aufgefallen, der an unserer Hütte vorbeigeschlichen ist, den Weg links hoch. Das war kurz, nachdem die anderen nach oben gegangen waren, um zu erfahren, was passiert ist. Es muss so kurz nach elf gewesen sein. Ich bin nicht an Sensationen interessiert. Deshalb bin ich hiergeblieben.«

Linz wurde hellhörig. »Was genau haben Sie beobachtet, Frau Theissen? Können Sie die Person beschreiben?«

»Ich kann Ihnen nicht sagen, wie er ausgesehen hat. Es war zu dunkel. Ich habe jemanden gesehen, einen Mann denke ich, mit einem grünen Poncho oder Cape. Er hatte einen Hut auf. Mehr konnte ich nicht erkennen. Auch nicht, ob er noch einmal vorbeigekommen ist. Tut mir leid.«

Linz holte seinen Spiralblock für einen neuen Eintrag aus der Jackentasche. »Gibt es außer Frau Theissen eine weitere mündige Person in Ihrer Runde?« Er hatte Herrn und Frau Sawatzki den Rücken zugewandt.

Auf der ihm gegenüberliegenden Seite des Tisches hob ein Mann seine Hand. Der wiederum sah aus, als ob er hierhergehören würde.

»Ich heiße Olav Manger, bin dreiundfünfzig Jahre alt und Buchhalter bei den Zirbelwitzwerken. Ich habe die Person auch gesehen. Ich bin als Erster hinabgestiegen, sobald die Polizistin uns gebeten hatte, den Platz zu räumen. Ich glaube, dass die Gestalt desjenigen nicht besonders groß war, eher wie die eines Jungen oder einer Frau. An den Hut kann ich mich ebenfalls erinnern, genau wie Adhara gesagt hat.«

Linz blickte von seinen Notizen auf. »Wie wer? Adhara? Sie heißen doch Beate mit Vornamen, Frau Theissen?«

Das feiste Gesicht des Buchhalters wurde rot. Frau Theissen öffnete den Mund, da zog Sawatzki das Gespräch an sich.

»Beate hat in unserem Kreis einen anderen Namen. An jedem ersten Abend unserer Weiterbildung ermittelt meine Frau in einer schamanischen Zeremonie die Schutzengel aller anwesenden Personen. Der Engel von Frau Theissen ist Adhara und seiner«, er zeigte auf den Buchhalter, »heißt Alnitak.«

Linz blickte ungläubig in die Runde. *Brainwashing,* dachte er. *Die lassen sich alle einen Bären aufbinden und bezahlen noch dafür.* Er fragte: »Noch jemand?«

Alle schwiegen.

»Sie, Frau Theissen, und Sie, Herr Manger, kommen bitte nach dem Seminar zur Inspektion nach Abtenau. Unsere Kollegen werden Ihre Aussagen aufnehmen. Sie, Herr Sawatzki, bitte ich vor die Tür. Es dauert bloß einen Augenblick.«

Die Ermittler verließen die Hütte, der Seminarleiter folgte ihnen.

»Herr Sawatzki, wir wären Ihnen sehr verbunden, wenn Sie Frau Theissen und Herrn Manger morgen daran erinnern würden, dass Sie ihre Beobachtungen zu Protokoll geben müssen. Des Weiteren, wenn Herr von Zirbelwitz auftaucht, soll er mich sofort anrufen. Richten Sie ihm das bitte aus. Hier ist meine Karte.« Linz wandte sich zum Gehen um.

In dem Moment stellte Brandhasl eine Frage, die ihm scheinbar auf der Seele brannte: »Was passiert eigentlich nach der achten Dimension, Herr Sawatzki?«

»Um das zu erfahren, sollten Sie ein Suchender werden und sich für eines unserer nächsten Seminare anmelden, Herr Abteilungsinspektor. Termine finden Sie auf unserer Webseite«, gab der Seminarleiter bereitwillig Auskunft.

»Nein, danke«, wehrte Brandhasl ab. »Und warum halten Sie Ihr Seminar ausgerechnet in der Alpbauer Hütte ab?«

»Meine Frau ist vor Jahren auf diesen Ort gestoßen und hat ihn energetisch aufgeladen. Seither kommen wir immer wieder. Ich nenne ihn das ›Stonehenge der Alpen‹. Er hat seine eigene Aura, die natürlich nur Wissende wahrnehmen können. Für die anderen ist es bloß ein Haus aus Holz und Nägeln.«

Brandhasl sah Linz vielsagend an. »Eine letzte Frage habe ich noch, Herr Sawatzki. Was kostet eigentlich so eine Schulung? Ist sie erschwinglich?«

»Das sind Firmeninterna, die muss ich Ihnen nicht preisgeben.«

»Ach, kommen Sie. Soll ich mir einen Prospekt anfordern oder mir die Daten von Ihrer Internetseite herunterladen?«

»3200 Euro pro Person, ohne Anreise«, antwortete Sawatzki sichtlich widerwillig. »Falls Sie mehr wissen wollen, meine Herren, besuchen Sie uns morgen nach sechzehn Uhr. Im Anschluss an den Lehrgang stehe ich

Ihnen eine Stunde zur Verfügung, bevor Alhena und ich abreisen.« Er machte eine angedeutete Verbeugung. »Wenn Sie mich bitte entschuldigen wollen? Diese Suchenden haben bezahlt, ich möchte sie nicht länger warten lassen.« Alhenius Sawatzki verschwand im Inneren der Hütte.

»Ich habe eine Stunde Zeit für Sie, bevor wir abreisen«, äffte Brandhasl ihn nach. »Können die nicht einen späteren Besen nehmen?«

»Lass gut sein. Sie leben in einer anderen Welt.« Linz ging zum Auto.

»Und hast du gehört, was er gesagt hat? Dreitausendzweihundert pro Person! Das macht um die dreißigtausend an einem Wochenende für diesen Quatsch. Warum tun sich die Leute so was an?«

»Kann ich dir nicht sagen, Hans.« Linz war genervt, er wollte los. »Weil sie sonst schon alles haben und nicht wissen, was sie mit ihrem Geld machen sollen? Esoterik hin oder her, das kann jeder halten, wie er will. Aber du hast recht, das Seminar ist eine Abzocke.« Er überlegte es sich anders. »Komm, lass uns nachsehen, ob die Spuren des mysteriösen Beobachters existieren.«

»Und was ist mit dem Zeitungsheini?«, erinnerte ihn Brandhasl.

»Ach, der wartet auch noch auf uns. Das erledigen wir anschließend. Erst gehen wir zum Waldrand.«

Schnell hatten sie den Trampelpfad im Schnee gefunden und den Platz, von dem aus die Person das Geschehen des letzten Abends ausspioniert haben musste. Die Schuhabdrücke waren verschwommen, andere Spuren konnten sie vergessen. Es hatte weiter getaut. Enttäuscht liefen sie zum Auto, fuhren hinauf zum Jagdhaus.

Brandhasl rief die KPU an. »Servus Georg, Hans hier. Ich muss dich noch einmal stören.«

»Was kann ich für dich tun? Hast du noch Fragen zur Munition?«

»Nein, wir haben ein anderes Problem.« Er überhörte die Anspielung, informierte Brenninger über die neue Situation und veranschaulichte ihm den Zustand der Fußspuren. »Es hat wohl kaum Sinn, dein Team auf die Alm zu schicken.«

»Ist die Schuhgröße anhand der Umrisse zu ermitteln? Wenn du kein Lineal dabeihast, nimm das Warndreieck aus dem Auto oder eine Zigarettenschachtel. Leg den Gegenstand zum Vergleich neben einen Abdruck. Mach ein paar Fotos mit deinem Telefon. Die Einsinktiefe wirst du nicht mehr feststellen können. Dafür ist es zu warm und zu lange her, Pech. Schick mir die Aufnahmen per E-Mail oder SMS. Ich rufe dich an, sobald ich Ergebnisse habe.«

»Kreizsakra!«, schimpfte Brandhasl. »An Fotos habe ich nicht gedacht. Ich erledige das sofort. Du hast die Bilder in zwanzig Minuten. Danke, Georg.«

»Nicht so schnell! Frau Duna hat ein paar Neuigkeiten für dich. Soll ich sie durchstellen?«

»Wer ist denn Frau Duna?«

»Na, Mónika natürlich! Sie hat einen zusätzlichen Test gemacht und wollte mit einem von euch darüber sprechen. Soll ich sie dir geben?«

»Nein, Georg, jetzt ist es schlecht. Wir haben hier einen neugierigen Kerl von der Presse und anschließend einen Termin in Abtenau. So gerne ich mit ihr reden würde, das muss warten. Wie lange bist du heute im Labor?«

»Ich mache gleich Feierabend. Es ist schließlich Samstag. Ich fahre direkt nach Hause, will ein paar Stunden schlafen. Mónika ist allerdings länger hier. Kommt vorbei, wenn ihr im LKA seid. Vielleicht hast du Glück. Servus, wir sprechen uns.« Brenninger beendete das Telefonat.

Brandhasl fuhr zu der Stelle am Waldrand, fotografierte die verbliebenen Spuren.

Linz ging auf den verärgerten Journalisten zu, der

ungeduldig auf ihn wartete.

»Fünfundfünfzig Minuten, Herr Leutnant. Fast eine Stunde lassen Sie mich hier warten! Ihre Model-Schlampe hat kein Wort mit mir gesprochen. Das nenne ich Polizeiwillkür!«

Linz ignorierte das Theater des Reporters. Er registrierte mit Genugtuung, dass Frau Tanzberger nicht geplaudert hatte. »Passen Sie auf, was Sie sagen! Wie Sie das nennen, ist mir vollkommen egal, Herr Salzinger. Dies ist eine Mordermittlung. Und Sie haben sich wissentlich in einen laufenden Fall eingemischt. Ihnen war bewusst, dass wir einen Termin zur Befragung der Seminarteilnehmer hatten. Das haben Sie von Herrn Sawatzki erfahren. Trotzdem haben Sie ihr Interview durchgezogen.«

»Aber ...«

»Sie haben es immer noch nicht gelernt, Herr Salzinger. Was Sie Pressefreiheit nennen, heißt bei mir Behinderung einer polizeilichen Untersuchung. Ich kann Sie nicht zwingen, Stillschweigen zu bewahren oder sich vom Tatort und den möglichen Verdächtigen fernzuhalten. Gleichwohl werde ich Ihnen das Leben so schwer machen, wie ich kann. Haben wir uns verstanden?«

»Sie wissen genau, dass Sie mir nichts können. Mein Presseausweis gibt mir das Recht, mich hier aufzuhalten. Überdies wird alles, was mir mit Ihnen und Ihren Kollegen passiert ist und wie Sie mich behandelt haben, morgen in der Zeitung stehen.« Der Reporter stapfte wütend zu seinem Fahrzeug. »Auf Seite eins!«, rief er dem Leutnant zu.

Vor dem Jagdhaus setzte sich Linz neben Anna auf die Bank.

»Wie die Schmeißfliegen«, seufzte er, lehnte sich an die Holzwand und genoss für einen Moment die Sonnenstrahlen. »Weiß Salzinger, wer der Tote ist?«

»Nein. Er wird irgendetwas aufgeschnappt haben und ist ohne einen echten Hinweis hierhergekommen. Lange können Sie den Mord nicht mehr verschweigen. Ist eine Pressekonferenz geplant?«

»Ja, ich war heute früh bei meinem Chef. Er hat den Termin auf Montagmorgen zehn Uhr festgelegt. Das wird ein Drama! Die Presse wird uns kreuzigen, wenn am Wochenende alles im Express steht. Dutzende Reporter, Fernsehsender und schaulustige Touristen werden den Tatort platt walzen.« Er atmete tief durch. Der Fall machte ihm zu schaffen. »Da kommt Hans. Ich fahre mit ihm zur Wache, wir treffen uns später dort.«

Sie nickte.

# Kapitel 8

Neue war pünktlich erschienen. Nachdem Anna ihn eingewiesen hatte, fuhr sie zur Inspektion nach Abtenau.

Die Inspektorin schrieb ihren Bericht über das bisherige Geschehen, druckte ihn zweimal aus und legte eine Kopie ihrem Chef auf den Tisch. Mit der anderen in der Hand klopfte sie an die Tür des provisorischen Büros.

»Bitte einzutreten«, forderte Brandhasl sie auf.

»Herr Leutnant«, sie ging zu Linz, der den Blick von seinen Unterlagen hob, »hier ist mein Bericht. Ich bin davon ausgegangen, dass Sie eine Abschrift benötigen.«

»Ja. Danke, Frau Inspektorin. Gab es besondere Vorkommnisse?«

»Nein. Es hat sich niemand mehr blicken lassen. Ich habe den Posten vor der Jagdhütte verlassen, nachdem Inspektor Neue meinen Platz eingenommen hatte.«

»Gut. Das gibt uns einen Moment Ruhe. Wie steht es mit einem Mittagessen, haben Sie Zeit?«

»Passt. Ich habe theoretisch …«, sie sah auf ihre Armbanduhr, »seit vier Minuten Wochenende. Worauf haben Sie Appetit, deftig und reichlich oder eine Kleinigkeit? Pizza werden Sie allerdings vergeblich suchen.«

»Mir ist nach einer richtigen Mahlzeit zumute. Bleibst du hier, Hans? Dein Spezi aus Berlin muss jede Minute anrufen.«

»Na gut, ich bleibe hier. Ich bin zwar am Verhungern, besitze aber eine Reserve für schlechte Zeiten.« Brandhasl hielt sich seinen mächtigen Bauch. »Und für den Fall, dass mein Blutzucker sinken sollte, habe ich Schokolade in der Tasche. Ich komme nach.«

»Wir essen im Hotel ›Post‹ am Marktplatz«, beschloss Anna. »Sie laufen zur Hauptstraße vor, biegen links ab, folgen der Straße hundert Meter und gehen unmittelbar vor der Raiffeisenbank den Berg hoch. Nach zehn Metern sehen Sie es auf der linken Seite, ist nicht zu verfehlen.«

Fünf Minuten später saßen Linz und Anna an einem Ecktisch im Speiseraum der ›Post‹. Sie bestellte einen gemischten Salat, dazu Wasser ohne Kohlensäure, er einen Rehbraten mit Semmelknödel und ein alkoholfreies Bier.

Als die Bedienung gegangen war, eröffnete Linz das Gespräch: »Auch wenn es sehr persönlich ist. Darf ich Sie fragen, warum Sie die Bilder im Player gemacht haben?«

»Sie lesen ihn? Die meisten hören nur davon. Kaum einer traut sich zu sagen, dass er ihn tatsächlich liest.«

»Sie werden es mir nicht glauben, ich habe es wirklich bloß gehört. Hans ist vorhin eingefallen, wo er Sie schon einmal gesehen hat. Daher weiß ich von den Fotos. Tut mir leid.«

»Kein Problem. Immerhin ist diese Auflage über sechzigtausendmal verkauft worden. Und das, obwohl es das Magazin erst seit zwei Jahren in Österreich gibt. Bis dahin gab es lediglich die deutsche Ausgabe. Wie ich dazu gekommen bin? Zufall, würde ich sagen. Ich hatte die Wahl zur Miss Wien gewonnen und war unter den Finalistinnen der Miss Österreich. Irgendwann im Oktober 2012 stand dann ein Scout vom Player vor der Tür. Ich fühlte mich geschmeichelt, war stolz. Meine Mutter auch. Sie gab mir den Rat, mich vorher bei einem Vertreter der Polizeigewerkschaft schlauzumachen, was ich auch tat. Ich war nämlich noch in der Ausbildung. Der Mann versicherte mir, dass ich weder gegen ein Gesetz noch gegen irgendeine Dienstvorschrift verstoßen würde. Ich müsste mich jedoch darauf einstellen, dass Kollegen Bilder von mir in ihren Spinden aufhängen würden.«

Anna räusperte sich, suchte nach der Kellnerin mit dem rettenden Wasser. »Das größte Problem an der Sache war mein Vater. Wir haben wochenlang nicht miteinander gesprochen. Angeblich soll er sogar überlegt haben, mich aus der Polizeischule werfen zu lassen.«

Linz sah ihr die Enttäuschung an, wartete bis sie weitersprach.

»Seit der Veröffentlichung meiner Fotos nennen mich einige Kollegen ›Miss Juni‹ und der Rest denkt es sich. Dass ich dafür Geld bekommen habe, war ein angenehmer Nebeneffekt. Es hat gereicht, mir hier in Abtenau eine Wohnung einzurichten.«

»Und wie ist Ihr derzeitiges Verhältnis zu Ihrem Vater?«

»Er macht ein missmutiges Gesicht, wenn wir uns treffen. Nach einer Weile legt sich das meistens.«

Sie wurden durch die Kellnerin unterbrochen, die die Getränke servierte. Sie bedankten sich.

»Es stört Sie nicht, wenn Sie erkannt werden?«, setzte Linz die Unterhaltung fort.

»Nein. Ich bin der festen Meinung, dass Sexualität eine rein persönliche Sache ist. Es geht niemanden etwas an, wie ich mich auslebe und mit wem. Die Bilder haben bloß mein Äußeres gezeigt. Wie ich wirklich bin, was ich denke und fühle, konnte man nicht sehen. Und die Bildtexte waren erfunden, hatten in keiner Weise mit der realen Anna zu tun.

Unter einem stand zum Beispiel: ›Sex in den Wellen ist für mich das Größte‹. Von wegen! Erstens war das Wasser nicht so sauber, wie es auf den Fotos schien, zweitens bin ich wasserscheu und drittens würde mich der Sand enorm stören. Alles für die Fantasie der Leser, für eine hohe Auflage. Damals haben sie mir selbst ein Muttermal am rechten Oberschenkel wegretuschiert, mich dem Idealbild der Leser angeglichen.«

»Wieso sind Sie bei dem Reporter so aufgebracht gewesen, wenn Ihnen das alles nichts ausmacht? Er hat Sie mir gegenüber eine ›Model-Schlampe‹ genannt.«

»Salzinger hat mich vom ersten Moment an genervt. Vermutlich lag es an der Situation. Ich war überrascht, die Presse so schnell zu sehen. Eine derartige Betitelung trifft mich allerdings. Unglaublich, dass er das gesagt hat!« Anna überlegte. »Ich habe eine Idee. Lassen Sie mich etwas versuchen.« Sie holte ihr iPhone aus der Tasche, setzte sich zwei Tische weiter in eine Ecke.

Linz beobachtete, wie sie sich ruhig und freundlich unterhielt. Ihre Körpersprache zeugte von einer entspannten, selbstbewussten Frau. Sie wiegte hin und her und fuhr sich mehrmals lachend mit der Hand durch die Haare. Plötzlich veränderte sich ihre Mimik, ihr Gesicht wurde rot, zeigte Spuren von Zorn. Sie gestikulierte wild, ballte die freie Hand zur Faust und tat, als würde sie auf den Tisch schlagen. So abrupt, wie Anna sich aufgeregt hatte, beruhigte sie sich. Sie lächelte. Ein Kuss ins Telefon, sie legte auf und kam herüber.

»Was war das denn?«, fragte Linz.

»Ich habe uns ein oder zwei Tage Zeit verschafft. Der Express bringt morgen nichts, auch nicht online«, erwiderte sie triumphierend.

Er sah sie erstaunt an. »Und wie haben Sie das gemacht? War das der Redakteur? Wohl kaum.«

»Nein, ich habe den Verleger angerufen, den großen Boss. Ich kenne ihn von einer Firmenparty. Der Express ist auch aus seinem Verlagshaus. Ich habe ihn unterrichtet, dass ich nicht mehr an der ›Player's-Girl-des-Jahres-Wahl‹ teilnehmen werde, keine Fotos machen lasse und keine Interviews geben werde.

Ein Reporter einer seiner anderen Zeitungen hätte mich heute früh beleidigt und dumm angemacht. Und wenn er als Chef nicht dafür sorgen könne, dass ich in meinem Beruf nicht von seinen Journalisten belästigt werde, würde ich mich an die Presse wenden. In der Mitteilung stünde, dass ich nicht mehr mit dem Verlagshaus zusammenarbeiten möchte und warum.

Als Inspektorin würde ich Rechtshilfe aus allen Dezernaten bekommen, habe ich ihm gesagt. Hierauf könne er seine Anwälte schon einmal vorbereiten. Das hat ihn getroffen. Ich weiß, dass letztes Jahr überhaupt nur zwei Österreicherinnen in der Blattmitte des Player erschienen sind. Wenn nun eine ausfallen würde, wäre das ein schwerer Schlag für die Auflage. Dass der Artikel von Salzinger nicht veröffentlicht wird, war am Ende die Idee des Verlegers. Ich habe ihn bloß auf den richtigen Weg gebracht.«

Linz sah sie bewundernd an. »Danke für Ihre Hilfe, Frau Inspektorin! Ich weiß gar nicht, was ich sagen soll.«

»Schon in Ordnung. Wir sind beim selben Verein. Die Alm gehört zu meiner Inspektion. Genau wie Sie bin ich daran interessiert, ungestört zu arbeiten und den Mörder schnellstmöglich zu fassen. Es ist ein Schritt auf der Karriereleiter, wenn ich Ermittlerin werden will.«

»Na dann, Prost!«, sagte er und hob sein Glas.

Sie hatten ihre Mahlzeit beendet, als Brandhasl den Schankraum betrat. Er grinste über das ganze Gesicht, setzte sich zu Anna und Linz an den Tisch.

»Mittagessen«, seufzte er, fischte sich die Speisekarte vom Nebentisch. »Erst muss ich bestellen. Ihr seid gleich dran.« Er ließ sich Schweinsbraten mit Kartoffeln und ein alkoholfreies Weißbier kommen. Sobald die Kellnerin den Tisch verlassen hatte, lehnte er sich zufrieden zurück.

»Das wird hässlich, sag ich euch. Ihr wart gerade zur Tür raus, hat Paul angerufen. Zu allererst ist er über seine Vorgesetzten hergezogen, hat mir sein Leid geklagt. Anfangs haben sie ihm nicht erlaubt, mit uns zu sprechen. Man wolle den Dienstweg einhalten. Er musste ihnen versichern, dass unser Opfer der von seiner Abteilung gesuchte Peter Vogel ist und eindeutig ermordet wurde.

Sein Chef hat seinen Vorgesetzten angerufen, der wieder seinen und ... und ... und. Am Ende war sogar einer vom deutschen Innenministerium bei Paul am Apparat. Schließlich hat sich kurz nach zwölf ein Staatssekretär von drüben mit unserem Bundesministerium für Inneres in Verbindung gesetzt. Hier wusste natürlich keiner Bescheid.

Nun schon. Kaum hatte ich aufgelegt, war Tuchler an

der Strippe. Er hat mich informiert, dass er von ganz weit oben eins auf den Deckel bekommen hat, weil das Amtshilfeersuchen vermutlich noch auf deinem Schreibtisch läge. Deshalb sei unsere obere Etage völlig ahnungslos gewesen – im Gegensatz zu den Deutschen. Er war echt sauer. Nicht wegen des Antrags, sondern weil der Leichenfund keine vierundzwanzig Stunden her ist. Der Minister will ihn dafür verantwortlich machen, dass er noch keinen Bericht auf seinem Tisch hat. An einem Samstag! Als ob die hohen Herren um diese Zeit arbeiten würden!

Dafür hat sich unsere Lage wesentlich verbessert. Einer von uns beiden hat die Genehmigung für einen Flug nach Berlin erhalten. Zur ›Förderung besserer Zusammenarbeit‹.«

Brandhasl nahm einen großen Schluck Bier, das die Kellnerin soeben vor ihn hingestellt hatte. »Das Meiste hat mir Paul am Telefon durchgegeben. Obendrein hat er die gesamten Ermittlungsergebnisse der Berliner per E-Mail geschickt.

Also, die Ehefrau des Toten, Bernadette Vogel, hat am 18. März – das heißt, zwei Wochen nach dem Verschwinden ihres Ehemanns – eine Vermisstenanzeige aufgegeben. Sie war mit dem Anwalt, der gleichermaßen der Notar der Familie ist, auf dem Polizeirevier in Berlin Grunewald.

Dort hat man auf Anhieb eine Entführung gewittert und das LKA eingeschaltet. Telefone wurden angezapft, Post untersucht. Mindestens zwei Zivilfahrzeuge der Kripo waren stets in der Nähe der Frau. Passiert ist nichts. Aus diesem Grund haben die Kollegen das familiäre und geschäftliche Umfeld der Vogels genauer unter die Lupe genommen.

Und nun ratet mal, was rausgekommen ist.« Seine Frage war rein rhetorisch. So konnte er sich einen großen Zug Bier genehmigen, bevor er weitersprach. »Stimmt. Frau Vogel will sich scheiden lassen. Darum war sie mit dem

Anwalt auf der Wache. Ihr war klar, dass sie sofort zum Kreis der Verdächtigen zählen würde. Die Ermittlung hat nichts Belastendes zutage gefördert. Überdies hat die Dame für den Tag des Mordes ein Alibi, das von drei Zeugen bestätigt wurde.

In der Firma ihres Mannes sieht es anders aus. Peter Vogel soll dafür bekannt gewesen sein, über Leichen zu gehen. Nicht nur sprichwörtlich. Es gibt Informationen aus Frankreich und Übersee, dass er mutmaßlich geschäftliche Widersacher verschwinden ließ.

Man konnte ihm in Frankreich nichts beweisen. Die Unterlagen aus Brasilien sind noch unterwegs zu Paul. In diesem Staat soll der Unternehmer wohl Einreiseverbot haben. Oder besser gesagt, nach einer erneuten Einreise ein Ausreiseverbot. Er schien es sich zum Hobby gemacht zu haben, Feinde zu gewinnen. Wahrlich kein netter Mensch.«

»Gibt es Informationen, die für uns zum jetzigen Zeitpunkt relevant sind?«, unterbrach ihn Linz.

»Aber ja! Angeblich hat die werte Gattin mit ihrem Mann zum letzten Mal am Morgen des 5. März telefoniert, einen Tag nach seiner Einreise in unser schönes Österreich. Er war am selben Abend um neunzehn Uhr mit seiner Sekretärin zu einem Termin via Skype verabredet, den er nicht wahrgenommen hat. Ich schätze, da war er bereits tot.

Obendrein wissen wir, in welchem Hotel er untergekommen war – hier in der ›Post‹. Die Besitzer haben sich bei seiner Frau beschwert, dass Vogel die Zeche geprellt hat. Allerdings hat sie die Rechnung ebenso wenig beglichen. ›Das soll seine Firma machen‹, hätte sie erwidert und dem Inhaber des Hotels die Nummer vom Büro ihres Mannes gegeben. Ob inzwischen bezahlt ist, weiß Paul nicht. Er wäre uns jedenfalls dankbar, wenn wir das für seine Akten herausfinden könnten.«

Brandhasl machte eine bedeutungsvolle Pause. »Das Beste kommt noch. Bernadette Vogel hatte schon vor der

Abreise ihres Mannes einen Privatdetektiv auf ihn angesetzt, wollte feststellen lassen, ob er fremdgeht. Der Detektiv soll zur selben Zeit hier gewesen sein, in der Vogel ermordet wurde.

Und nun kommt der absolute Hammer! Seit dem 2. April ist auch Frau Vogel verschwunden. Die Hausangestellte hat ausgesagt, dass ihre Chefin nach Barbados geflogen sei. Beim LKA Berlin liegen jedoch keine Informationen vor, dass sie an diesem oder einem anderen Datum ein Flugzeug bestiegen hat. Sie hat sich wohl anderweitig aus dem Staub gemacht.« Zufrieden schaute Brandhasl auf sein Essen. »Jetzt seid ihr dran, ich esse.«

»Das bedeutet, der Mord ist vermutlich gegen Mittag des 5. März passiert, so wie Professor Unterkircher schon vermutet hatte. Das hilft uns tatsächlich weiter.« Linz machte sich eine Notiz auf einen Bierdeckel.

Anna stand auf. »Wenn Sie gestatten, werde ich den Wirt fragen, wie das mit der Rechnung abgelaufen ist. Möglicherweise kann er uns das Datum bestätigen.«

Linz nickte.

Nachdem sie den Tisch verlassen hatte, murmelte Brandhasl mit vollem Mund: »Sie ist pfiffig, die Kleine. Und obendrein ist sie schön. Wäre was für mich.«

Linz verschluckte sich an seinem alkoholfreien Bier. Er hustete laut. Tränen liefen ihm über die Wangen. »Ich dachte, du stehst auf Mónika«, sagte er, als er sich gefangen hatte. »Du bist nicht wählerisch, oder?«

»Na ja, bei meiner Ausstrahlung fliegen mir die Herzen nur so zu. Das Alter spielt für mich keine Rolle. Die Frauen dürfen ruhig jünger sein als ich. Seit meine eigene in Wien ist, versuche ich, mich neu zu erfinden.«

Anna kam zurück. »Ich habe mit Herrn Loferer, dem Inhaber des Hotels, gesprochen«, berichtete sie. »Er kann sich gut an unser Opfer erinnern. Es war übrigens nicht das erste Mal, dass der Deutsche bei ihm zu Gast war. Er hat seit Anfang November das vierte Mal in der ›Post‹

logiert. Die letzte Rechnung ist nicht beglichen.« Sie hielt inne. »Einer von Ihnen sollte mich begleiten. Herr Loferer hat alle persönlichen Gegenstände des Toten in dessen Koffer gepackt. Der steht seither in seinem Büro. Ich habe das Gepäckstück gesehen, aber nicht geöffnet.«

»Gut gemacht!«, lobte sie Linz und griff zum Handy. »Gehst du bitte mit ihr mit, Hans? Ich rufe den Chef an und informiere ihn über den Stand der Dinge. Ich komme gleich nach.«

Wenige Minuten später betraten Anna und Brandhasl den Gastraum.

»Willi, ich habe den Koffer kurzerhand beschlagnahmt.« Er setzte sich zu seinem Kollegen. »Ich habe ihn geöffnet. Obenauf liegt sein Laptop. Den sollte sich die KPU anschauen. Der Inhaber hat übrigens keine Anzeige erstattet, weil Herr Vogel so ein guter Gast war und sicher wiederkäme. ›Da macht man das nicht‹, meinte er. Ich habe ihn leider enttäuschen müssen.«

»Hat er das Datum bestätigt?«, wollte Linz wissen.

»Ja«, antwortete Anna. »Er hat versichert, dass Vogel am 5. März gegen dreizehn Uhr die ›Post‹ verlassen hat. Er sei mit dem eigenen Mercedes weggefahren. Loferer konnte sich gut daran erinnern, weil er dem Deutschen vor dem Hotel begegnet ist. Der sei mit Vollgas auf die Hauptstraße eingebogen und hätte um Haaresbreite das Auto des Gastwirtes gestreift. Seitdem hat Loferer ihn nicht mehr gesehen.

Der Computer an der Rezeption hat registriert, dass Vogel am 4. März um 17:01 Uhr eingecheckt hat. Er hat das Gebäude am folgenden Mittag verlassen. Die Schlüssel speichern alles elektronisch. Es gibt keinen Beleg dafür, dass er abends noch gegessen oder jemanden empfangen hätte. Das Frühstück im Speiseraum am Morgen des 5. März war seine letzte Mahlzeit.«

»Danke, Frau Inspektorin. Im Augenblick haben wir hier alles erledigt. Wir nehmen den Koffer mit nach

Salzburg und bringen ihn direkt zur KPU. Vielleicht haben die Kollegen bis Montag Brauchbares auf dem Computer entdeckt.« Linz fiel noch etwas anderes ein. »Übrigens, Doktor Brenninger hat den Tatort freigegeben. Er hat alles, was an Spuren verwendbar ist, in seinem Labor. Sie können also Ihren Kollegen Neue anrufen. Er darf seinen Posten verlassen. Oder wenn Sie möchten, informiere ich Kontrollinspektor Mannbarth selbst. Auf diese Weise kann er das veranlassen. Schließlich haben Sie seit ein Uhr Wochenende.«

»Eigentlich, schon. Aber um fünfzehn Uhr kommen Herr Berg und eine Viertelstunde später Herr Graf – beide zum Protokollieren ihrer Aussagen. Danach kann ich nach Hause fahren. Wenn Sie, Herr Leutnant, meinen Chef anrufen würden, wäre das sehr nett. Er ist jemand, für den der Dienstweg heilig ist.«

Linz nickte und überlegte, ob er bei der Aussage des Holzknechts anwesend sein sollte. Der Mann hatte zumindest den Toten gefunden. Der Leutnant verwarf den Gedanken. Es war ihm wichtiger, nach Salzburg zu fahren und die Schreibarbeit zu erledigen.

Nachdem jeder für sich bezahlt hatte, liefen die drei Polizisten gemeinsam den kurzen Weg zur Inspektion.

»Ich glaube, sie steht auf mich«, meinte Brandhasl, sobald er im Auto saß. »Sie sieht mich irgendwie so an.«

Linz lachte und gab Gas.

Sepp betrat die Inspektion um fünf vor drei. »Entschuldige Miss Juni, dass ich zu früh bin! Dauerts lange? Ich muss nämlich nach Bischofshofen zur Roswitha. Die wartet auf mich.«

»Ich dachte, Sie machen eine Pause mit Ihren Bekanntschaften – wegen des … Tattoos?«

»Ja«, erwiderte er gedehnt, »das würde dir gefallen! Aber Roswitha ist weitsichtig. Die könnte nicht einmal erkennen, wenn ich als Clown ins Bett hüpfen würde. Sie kann deine Gemeinheit gar nicht lesen. Es sind zwar vierzig Kilometer bis dorthin, doch was soll ich machen? Ich bin ja auf ewig gezeichnet, gebrandmarkt, ein Aussätziger!«

Anna überging seine Beschwerde. »Kein Problem, Herr Berg, wir brauchen nicht lange. Ich habe ein Gedächtnisprotokoll angefertigt, das Sie durchlesen, und – wenn alles korrekt ist – unterschreiben müssen. Ihre persönlichen Angaben hatte ich ohnehin aufgenommen.«

Sie überreichte Sepp das Papier zur Kontrolle. Erstaunt nahm sie zur Kenntnis, dass er ungewöhnlich schnell las. Seine Augen flogen über den Text. Nach weniger als einer Minute war er fertig und blickte sie an. »Nicht schlecht, Schönheit. Ein einziger inhaltlicher Fehler. Und Steinleitalm schreibt man als ein Wort, ohne Bindestrich.«

Anna brauchte einen Moment, bis sie reagierte. Das hatte sie von dem Holzknecht, der nur Unsinn im Kopf hatte, nicht erwartet. »Was ist der inhaltliche Fehler?«

»Der Tote ist zur Seite gefallen, nachdem ihn Prinz angesprungen hatte. Sonst stimmt alles.«

Sie änderte beide Stellen im Text, druckte das Protokoll aus. Sepp überflog es erneut und unterschrieb unter seinem Namen. »Ich könnte bleiben, wenn du willst. Wir könnten das ganze Wochenende im Bett verbringen und …«

»Nein, danke, kein Bedarf.«

»Hast du was gegen Zwerge? Ich meine, wo du ja länger bist als ich.«

»Nein!« Anna musste nun doch lachen. »Sie sind bloß nicht mein Fall, Herr Berg. Das ist alles.«

»Verstehe. Mit dem großen, starken Jäger kann ich nicht mithalten. Servus.« Er sprang auf und verschwand.

Pünktlich um fünfzehn Uhr fünfzehn traf der Jäger auf der Inspektion ein. Er hatte seinen Traktor genau vor der Tür geparkt.

Anna fragte nach seinem Ausweis. Nachdem sie alle persönlichen Daten eingefüllt hatte, legte sie ihm das

Protokoll, das sie vorbereitet hatte, zur Unterzeichnung vor.

Lukas las es aufmerksam durch. »Kommst du noch zur Hütte hoch?«, fragte er beiläufig, während er seine Unterschrift unter das Dokument setzte. Ein Friedensangebot.

»Ich denke nicht, nicht so bald, Lukas. Die Spurensicherung hat das Gebiet freigegeben, und Neue dürfte jeden Moment hier sein. Für mich ist gleich Feierabend.

Am Montag nach der Pressekonferenz werden zwei oder drei Kollegen zum Jagdhaus kommen, weil es dann mit Sicherheit vor Presseleuten nur so wimmeln wird. Wir werden für Ordnung sorgen müssen. Für heute ist nichts mehr geplant, ich kann endlich nach Hause fahren.«

»Ich werde auf der Alm bleiben. Gestern ist allerhand liegen geblieben. Außerdem kostet mich die Reparatur des Traktors eine Menge Zeit. Drei Stunden für Hin- und Rückfahrt, plus drei in der Werkstatt. Ich werde sehen, was ich heute schaffen kann. Den Rest muss ich morgen erledigen. Und die Hirsche wollen ihr Futter, egal ob ich müde bin oder nicht.«

»Ich wünsche dir trotzdem ein schönes Wochenende. Wenn was ist, ruf mich an. Ich habe mein Telefon immer dabei.«

Er stand auf, sagte: »Servus«, und wollte gehen.

Anna hielt ihn am Arm fest. »Ich möchte mich für heute früh entschuldigen, Lukas.«

Er sah sie lange an. Dann nickte er und verließ die Inspektion.


Im LKA angekommen, ging Brandhasl eilends mit dem Koffer des Toten zur KPU.

»Wenn du Glück hast, ist Mónika noch da«, rief Linz ihm nach, »und du kannst sie persönlich nach ihrer Entdeckung fragen. Es könnte wichtig sein. Ich gehe ins Büro und lese mir durch, was uns dein Hauptkommissar geschickt hat.«

Die Deckenbeleuchtung des Kriminallabors war ausgeschaltet. Eine spärliche Lampe über dem Notausgang warf ein grünes Licht auf die vielen Instrumente, die überall auf den Tischen verteilt standen. Brandhasl war enttäuscht. Beim Verlassen des Raumes hörte er eine freundliche, weibliche Stimme.

»Kommen Sie herein, Herr Abteilungsinspektor.«

»Wo sind Sie denn, Frau Duna?«

»Hier, links, keine drei Meter von Ihnen entfernt.«

Als Brandhasl sich zur Seite drehte, sah er Mónika Duna vor einem Mikroskop sitzen. »Warum arbeiten Sie im Dunkeln? Macht das nicht die Augen kaputt?«

»Nein, im Gegenteil. Ohne Fremdlicht kann man Einzelheiten besser erkennen.« Sie sah ihn direkt an. »Ich freue mich, dass sich wenigstens einer für das, was ich herausbekommen habe, interessiert. Ich glaubte schon, es wäre Ihnen nicht wichtig genug.«

»Um ehrlich zu sein – was ich übrigens von Natur aus bin«, brachte Brandhasl zu seiner Rechtfertigung vor, »habe ich keine Idee, worum es geht. Georg, äh ...,  Doktor Brenninger hat am Telefon nichts Konkretes erwähnt. Als er anrief, hatten wir gerade einige Probleme mit der Presse. Es tut mir aufrichtig leid. Was haben Sie denn für uns?«

»Bei meiner Internetrecherche zur American Eagle .22lfB HV, der Kleinkalibermunition, habe ich Folgendes in Erfahrung gebracht: Im Jahre 2010 hat eine Person aus Österreich in einem Waffenforum das hier gepostet.«

Sie nahm ihren Tablet PC, wischte mit vier Fingern über das Display. »Hier habe ich es. ›...die .22lfB HV hat eine großartige Durchschlagskraft. Sie hat auf 25 Meter das Telefonbuch von Wien komplett durchdrungen. Aber es wundert mich, dass sich das Projektil in viele kleine Stücke aufgelöst hat. Falls ich einmal jemanden umbringen wollte, würde ich diese Munition benutzen.‹«

Sie schaute auf. »Was denken Sie? Ist das wichtig genug?«

Er war sichtlich überrascht. »Haben Sie feststellen können, wer das ins Internet gesetzt hat?«

»Der User nennt sich…«, Mónika Duna durchsuchte die Quelle auf ihrem iPad, »gschnaid92. Er hat bloß diesen einen Post gemacht. Mich hat besonders verblüfft, dass er explizit unsere Patrone in Verbindung mit einem möglichen Mord erwähnte. Ich weiß nicht, ob es Zufall ist. Es könnte eine Spur sein.«

Brandhasl stellte sich neben sie und sah mit auf den kleinen Bildschirm. »Können Sie uns das bitte mailen? Ich werde den Webmaster der Seite kontaktieren und die Herausgabe der persönlichen Daten anfordern. Große Klasse, Frau Duna, wirklich gut!«

»Danke, gern.« Sie tippte eifrig auf dem Display herum. »Schon passiert, Sie und der Herr Leutnant haben eine neue E-Mail.«

Er verabschiedete sich, wollte aus dem Labor eilen, als Mónika Duna ihn fragte: »Haben Sie mir nicht etwas mitgebracht, Herr Abteilungsinspektor?« Sie deutete auf den Koffer, den er in der Hand hielt.

»Oh, Entschuldigung. Das hätte ich beinahe vergessen.« Brandhasl setzte das Gepäckstück neben ihrem Arbeitsplatz auf den Boden ab. »Der Koffer gehörte dem Toten, wir haben ihn sichergestellt. Darin befindet sich unter anderem ein Laptop, der untersucht werden müsste. Er wird durch ein Passwort geschützt sein.«

»Darf ich fragen, woher Sie den Koffer haben?«

»Aus dem Hotel, in dem unser Opfer logiert hat. Der Inhaber des Hauses hat Vogels persönliche Dinge packen lassen, nachdem der nicht mehr aufgekreuzt ist. Das Zimmer wurde mittlerweile mehrmals vermietet und natürlich entsprechend oft gereinigt, wodurch leider keine Beweise übrig geblieben sein werden.«

»Ist der Raum eventuell durchwühlt worden?«, wollte Mónika Duna wissen.

»Nein. Herr Vogel hat einfach nur das Zimmer verlassen, ohne wiederzukehren.« Ihm war nicht klar, warum sie sich dafür interessierte.

Als ob sie seine Gedanken erraten hätte, erklärte sie ihm: »Wenn das so ist, brauchen wir die Wäsche nicht zu untersuchen. Ich gebe den Computer an unsere Kollegen von der IT-Forensik weiter. Danke, Herr Abteilungsinspektor.«

»Ich danke Ihnen, Frau Duna.«

Linz saß an seinem PC, las sich die E-Mail der Kriminaltechnikerin durch.

»Das Waffenforum ist bei austriaweb.at angemeldet und gehört einem gewissen R.S. Tscherner aus Graz«, sagte er zu Brandhasl, der zur Tür hereinkam. »Hier sind seine Telefonnummer und E-Mail-Adresse. Ruf bitte Montag mal an.« Bei diesen Worten klebte er seinem Kollegen ein Post-it aufs Telefon.

»Der Webmaster sitzt bestimmt daheim und spielt an seinem Computer. Ich probier es einfach.« Brandhasl hob den Hörer ab, wählte die Nummer, die auf dem Notizzettel stand. »Kreizsakra, die Rufnummer besteht nicht mehr!« Missmutig legte er auf.

Er erhob sich, steckte den Zettel in die Hosentasche und nahm seine Jacke von der Stuhllehne. »Ich fahr heim, ich bin erledigt. Ich schreibe von zu Hause aus eine E-Mail an den Betreiber.«

»In Ordnung, Hans, ich bleibe. Wir sehen uns Montag?«

Brandhasl nickte. »Servus, Willi.«

»Servus, Hans.«

Allein im Büro wälzte Linz die Unterlagen aus Berlin. Er ordnete alle Dokumente nach dem Datum der Ereignisse und nach den Personen, die in den Fall verwickelt waren.

Dann stellte er sich vor das Whiteboard, das neben der Tür an der Wand hing und listete mit einem roten Filzschreiber offene Fragen auf:

Hat Vogel jemanden angerufen?

Wen hat er getroffen?

Wo ist sein Handy?

Wo ist der ML63 AMG?

Wie hat der Mörder die Alm verlassen?

Warum hat Frau Vogel die Anzeige so spät aufgegeben?

Wieso hatte sie einen Anwalt dabei?

Wo ist sie?

Was ist mit ihrem Privatdetektiv?

Wo ist von Zirbelwitz?

Warum waren Lechinger und Platzek auf der Alm?

Wer hat uns vom Waldrand aus beobachtet?

Warum ist Graf so hilfsbereit?

Wer ist Josef Berg und was macht er?

Wer hat den Express informiert?

Wer ist gschnaid92?

*Es ist noch sehr viel unbeantwortet,* dachte Linz, sah abwechselnd zwischen seinen Papieren und der Tafel hin und her. Eine wichtige Frage fehlte. Ganz obenan schrieb er: WAS HAT VOGEL EIGENTLICH AUF DER POSTALM GEMACHT?

Linz wusste, dass sie vor Montag kaum weiterkommen würden. Nur der Berliner Kollege konnte ihnen schnell helfen. Er setzte sich an den Computer und tippte eine E-Mail an Paul Gussmann, informierte ihn über den Stand der Ermittlungen. Er fügte einige Bilder vom Tatort sowie die Unterlagen der KPU und des Rechtsmediziners bei. Seine Nachricht beendete er mit: ›Vielen Dank für deine Hilfe! Willi Linz. PS: Was hat Vogel auf der Postalm gemacht? Gibt es Projekte, an denen er interessiert war?‹ Er klickte auf ›Senden‹ und schaltete seinen Computer aus. Feierabend.

An der Treppe zum Erdgeschoss traf Linz auf Mónika

Duna. »Vielen Dank für die Info, Frau Duna. Das mit dem Forum ist ein guter Hinweis. Wir haben schon versucht, telefonisch Kontakt aufzunehmen, aber keinen erreicht. Der Webmaster ist anscheinend im Wochenende.«

»Das glaube ich nicht, Herr Leutnant«, widersprach sie ihm entschieden. »Ich kenne die Thematik. Meistens stimmen weder Adresse noch Name des Betreibers derartiger Internetseiten, von der Telefonnummer ganz zu schweigen. Ein Gerichtsbeschluss wäre das Einzige, das Ihnen weiterhelfen könnte. Mit dem könnten Sie zumindest das Bankkonto des Eigentümers der Internetseite über den Provider bekommen und die IP-Adresse desjenigen, der den Eintrag gemacht hat.«

»Sie meinen also, dass sowohl der Betreiber der Webseite als auch der Verfasser des Artikels nur mit Hilfe der Staatsanwaltschaft zu erfragen sind?« Linz hatte sich das leichter vorgestellt.

»Natürlich. Würden Sie denn Ihre echten Daten benutzen, wenn Sie zum Beispiel über Polizeigewalt herziehen? Oder wenn Sie öffentlich schreiben, wo man eine Pumpgun frei kaufen kann? Heute Morgen habe ich zufällig gelesen, wo man problemlos ein Sturmgewehr erstehen kann.«

Er war überrascht. »Ist das wirklich so einfach?«

»Ich glaube, Sie brauchen ein wenig Nachhilfe, Herr Leutnant. Gehen wir einen Kaffee trinken.«

Mónika Duna und Linz setzten sich im Café Indigo an einen freien Fensterplatz. Jeder bestellte einen großen Caffè Latte.

Sie nahm das Gespräch auf: »Am einfachsten erkläre ich es Ihnen so: Sie sind in Tschechien unterwegs, wollen illegal eine Waffe erwerben. An einem Brückenpfeiler bemerken Sie ein Hinweisschild auf einen Flohmarkt. Sie fahren hin und stellen Ihr Auto in einiger Entfernung ab. Sie wollen ja nicht sofort erkannt werden.

Sie schlendern über den Basar und entdecken einen

Holzkolben, das Schulterstück einer AK74 aus den achtziger Jahren. Sie kaufen ihn für – sagen wir – zwanzig Euro. Nachdem Sie bar bezahlt haben, gibt Ihnen der Verkäufer den Tipp, wo Sie das nächste Teil, den unteren Handschutz bekommen. Und eventuell, wer die Auszieherfeder und den Abzugshahn anbietet. Alles für dreißig Euro.

Der zweite Händler weist Sie selbstlos darauf hin, dass der Mann am Stand gegenüber das Gasrohr verkauft. Von dem wiederum erfahren Sie, wer Magazine und Munition anbietet. In weniger als einer Stunde ist Ihre Waffe komplett.«

Sprachlos saß Linz vor seinem Kaffee. »Geht das mit Kleinkalibergewehren auch so einfach?«, fragte er nach einer Weile.

»Die können Sie selbst in Österreich auf dem Flohmarkt kaufen. 2010 wurden die strengen Auflagen der EU bei uns eingeführt. Trotz großer staatlicher Kampagne haben sich seither nur reichlich die Hälfte der Waffenbesitzer gemeldet. Flinten ohne Züge sind noch stets frei käuflich. Zählen wir nun alle Vorderlader und Steinschlosswaffen mit, haben wir amerikanische Zustände.«

»Ein Wunder, dass wir dadurch nicht jede Menge Todesopfer zu beklagen haben«, murmelte Linz nachdenklich.

»Tatsächlich«, entgegnete Mónika Duna, »passiert in unserem Land weniger als in anderen Ländern mit schärferen Gesetzen. In den letzten zwanzig Jahren ist die Zahl der durch Schusswaffen ermordeten Personen sogar rückläufig. Auf null werden wir es nie schaffen. Das sieht man an Ländern wie den Niederlanden, wo selbst Spielzeugpistolen verboten sind. Und trotzdem werden Menschen erschossen.«

Als sie bezahlt hatten, entschuldigte sich Linz: »Verzeihen Sie, Frau Duna, dass ich so schnell aufbreche. Das Gespräch mit Ihnen war sehr interessant, aber ich muss nun nach Hause, ich bin todmüde. Vielen Dank und ein schönes Wochenende!«

»Kein Problem, Herr Leutnant, gern geschehen. Schlafen Sie gut!«

Viertel vor fünf betrat Anna ihre Wohnung. Sie legte die Dienstwaffe in den Schrank, räumte ihren Wocheneinkauf weg und zog sich bequemere Kleidung an. Da klingelte ihr Telefon. Es war der Ton eines dieser alten Bakelitapparate, der unüberhörbar aus ihrer Uniformjacke schrillte.

»Tanzberger«, sagte sie, ohne vorher auf das Display gesehen zu haben.

»Hallo, hier ist Lukas«, kam es von der anderen Seite der Leitung. »Entschuldige, dass ich störe. Ich habe gerade Herrn von Zirbelwitz kurz hinter der Mautstelle aufgegabelt. Er ist total verstört, redet wirres Zeug. Er ist unterkühlt und hat zu wenig getrunken. Ich habe bloß verstanden, dass er seit sechs Uhr in der Früh unterwegs gewesen sei und sich verlaufen habe. Ich habe ihn zu mir auf den Traktor gepackt. Was soll ich mit ihm machen? Er muss zum Arzt.«

»OK, ich werde versuchen, den Leutnant zu erreichen. Ich melde mich.« Sie unterbrach die Verbindung.

Nachdem sie vergeblich versucht hatte, Linz ans Telefon zu bekommen und Brandhasls Nummer direkt zu einer Voicemail schaltete, rief sie Lukas zurück. »Hi, ich habe keinen der beiden erreichen können. Wie schlimm ist es?«

»Ich denke, er braucht mehr als ein warmes Bad. Ich habe zwar alles in der Jagdhütte, aber wenn er kollabiert, kann ich nur noch den Rettungshubschrauber rufen.«

»Gut, fahr weiter hoch! Ich setze mich ins Auto und komme nach.«

Lukas und Anna kamen zugleich auf dem Parkplatz des Jagdhauses an.

»Wie geht es ihm?«, fragte sie, sobald sie hinter dem Traktor aus ihrem weißen Audi A3 ausgestiegen war.

Sie sah umwerfend aus, trug dunkelrote hochhackige Schuhe und enge verwaschene Jeans, die ihre langen Beine zur Geltung brachten. Darüber hatte sie eine blaue Bluse und eine beige, mit einem Band kleiner roter Hirsche bestickte Trachtenweste angezogen. Ihr langes blondes Haar lag offen über ihren Schultern.

»Unverändert«, antwortete Lukas, »wir sollten ihn ins Haus bringen. Er braucht etwas Heißes zu trinken und zu essen. Ich kann ihm ein Bad einlassen. Doch erst versuchen wir es mit ein paar Decken am Kamin.«

Sie stützten den Geschäftsmann, brachten ihn in die Wohnstube. Während Lukas Tee aufsetzte, packte Anna von Zirbelwitz mit mehreren Decken warm ein. Dann ging sie in die Küche.

»Was hat er überhaupt gesagt, als du ihn gefunden hast?«, fragte sie.

»Das, was ich dir am Telefon erzählt habe. Nach den paar gemurmelten Sätzen hat er noch ›Hunger‹ gehaucht. Dann ist er mir in die Arme gefallen. Ich habe ihm kurzerhand meine Jacke angezogen, ihn auf den Kotflügelsitz des Traktors gesetzt und behelfsmäßig festgebunden. Ich habe dich sofort angerufen.«

»Hast du zu essen für ihn?«

»Ja, Suppe von gestern Mittag. Sie steht schon auf dem Herd und ist gleich heiß.«

»Ich werde ihn notfalls füttern, wenn er nicht selbstständig löffeln kann. Du fährst inzwischen zu den Leuten von dieser Esoterikergruppe und sagst ihnen, dass Herr von Zirbelwitz aufgetaucht ist«, befahl sie dem Jäger.

Er sah sie mit gerunzelter Stirn an.

»Es tut mir leid, Lukas! Ist wohl der Beruf. Ich sollte mich daran gewöhnen, ihn nach Feierabend an die Garderobe zu hängen. Bist du bitte so nett und informierst die Leute von der Alpbauer Hütte?«

Seine Miene erhellte sich. »Ja, gern, Anna.« Er ging hinaus, machte sich mit der Rotax auf den Weg.

Wenig später hörte Anna das Schneemobil. Lukas war schneller, als sie erwartet hatte. Fragend sah sie ihn an.

»Keiner da«, gab er Auskunft. »Ich versuche es später noch einmal. Und – hast du die Suppe schon geholt?«

»Ja, Herr von Zirbelwitz hat ohne meine Hilfe gegessen, wenn auch mit zittriger Hand. Ich habe ihm außerdem zwei Aspirin gegeben. Sein Blick ist nun klar.« Sie drückte vorsichtig den Arm des Mannes.

»Danke«, sagte von Zirbelwitz. »Ich glaubte schon, das wäre es für mich gewesen.«

»Fast hätten Sie das Seminar vergebens gebucht.« Anna lächelte.

»Ach, lassen Sie mich mit diesem Mist in Ruhe«, erwiderte der Unternehmer mit leiser, aber fester Stimme. Er war wieder Herr seiner Sinne. »Ich mache das, weil ich es von der Steuer absetzen kann. Es ist im Augenblick Mode, seine Mitarbeiter zu derartigen Veranstaltungen zu schicken. Esoterik ist der letzte Schrei in Berliner Businesskreisen.«

Von Zirbelwitz umfasste die Teetasse mit beiden Händen, wärmte seine Finger daran. »Sie werden es nicht glauben. Ich kenne Geschäftsleute, die lassen sich die Karten legen. Andere pendeln über Verträge, ob sie unterschreiben sollen oder nicht. Mein Schwiegervater – er ist schon über achtzig – hat im gesamten Haus Rosenquarz gebunkert, der ihn vor den Handystrahlen schützen soll. Dabei telefoniert er den ganzen Tag mit seiner Tochter, die natürlich ein Mobiltelefon benutzt. Die Leute sind alle verrückt und die Trainer des Seminars ganz besonders.«

Erneut machte von Zirbelwitz eine Pause, trank von dem warmen Tee. »Diese Sawatzkis plappern andauernd über Schutzengel, die nur sie selbst sehen können. Die Frau hat erzählt, sie könne Geister beschwören. Das hätte sie bei ihrem gemeinsamen einwöchigen Aufenthalt in der Mongolei von einem alten Medizinmann gelernt. Mein Abteilungsleiter für ISO-Zertifizierung hat sie gefragt, wie sie sich verständigt hätten. In jener Gegend spräche sicher niemand Deutsch. Nach seinem Einwand wäre die Stimmung in dem Laden fast gekippt. Dieser Alhenius hat erklärt, dass man mit dem Dorfältesten auf mentaler Ebene kommuniziert habe. Seitdem dürften Herr und Frau Sawatzki den Titel eines Schamanen tragen.

So ein Quatsch, sich in sieben Tagen das Wissen eines ganzen Lebens aneignen! Für mich sind die beiden völlig abgehoben. Nach meinem Gefühl ist er derjenige, der das Ganze als Geschäft betreibt und gut Unsinn erzählen kann. Sie ist schlimmer, glaubt an das, was sie macht. Egal. Durch meinen unfreiwillig langen Ausflug habe ich zum Glück den ganzen Tag verpasst. Und morgen Nachmittag geht es endlich nach Hause.« Von Zirbelwitz wirkte erheitert.

Lukas und Anna waren baff.

»Was haben Sie denn gezahlt für diesen, wie Sie sagten, Mist?«, fragte der Jäger vorsichtig.

»5000 Euro pro Person, offiziell 3200. Plus 1800 als sogenannte Spende, weil ich nicht zu einer gottverlassenen griechischen Insel fliegen wollte! Das hätten sie gern gehabt. Macht nichts, ich kann alles von der Steuer absetzen. Wenn ich das nächste Mal im Businessclub bin, werde ich mit dieser ›Weiterbildung‹ prahlen. Anschließend verkaufe ich an die Leute im Club für 250.000 Euro pro Firma meine Produkte. So macht man heutzutage in Berlin Geschäfte. Alles Lug und Trug.«

»Sie sagen, dass Sie 45.000 Euro bezahlt haben für ein Seminar, das Sie gar nicht wollen?«, fragte Anna ungläubig.

»Nein, vierzig. Die wasserstoffblonde Frau – Theissen heißt sie, glaube ich – ist keine meiner Angestellten. Was sie sucht oder zu finden hofft, entzieht sich meiner Kenntnis.

Sie scheint jedenfalls nicht an der Materie interessiert zu sein, hat sich gestern Abend mehrmals mit Frau Sawatzki, der dicken Weißhaarigen, angelegt. Sowie die Sawatzki ihr sagte, dass sie noch nicht so weit sei, ihren eigenen Schutzengel zu erkennen, ist Frau Theissen vor die Hütte gegangen und erst wiedergekommen, als es stockdunkel war.«

Bei dieser Information war Anna hellhörig geworden. »Wie ist Frau Theissen denn in Ihre Gruppe geraten? Sie hatte immerhin einen Ihrer Firmenrucksäcke und die gleiche Jacke wie Ihre Leute?«

»Alles Werbegeschenke, ich verteile sie ständig. Ich hatte mit dem Seminarleiter abgesprochen, dass wir uns an der Eni Tankstelle in Golling unmittelbar nach der Autobahnausfahrt um elf Uhr treffen und anschließend zur Alpbauer Hütte fahren würden. Bei unserer Ankunft waren die Sawatzkis und Frau Theissen schon dort. Sie ist übrigens aus Berlin, das konnte ich an ihrem Dialekt hören. Wer sie ist und was sie hier will, weiß ich nicht. Am Treffpunkt hat sie Rucksack und Jacke von meinem Buchhalter bekommen.«

»Was halten denn Ihre Angestellten von diesem Wochenende?«, wollte Lukas wissen.

»Ich weiß es nicht. Die meisten haben sich auf einen Ausflug gefreut. Den mache ich nämlich nur selten mit meinen Leuten. Allerdings sind ein paar von ihnen sehr eingeschüchtert durch die Art, wie die Sawatzkis das Seminar durchziehen. Ich werde den kompletten Rückweg nach Berlin brauchen, um sie wieder auf die Reihe zu bekommen. Gott bewahre, dass sie mit diesem Blödsinn den Rest meiner Belegschaft infizieren!

Morgen um sechzehn Uhr fahren wir nach Kuchl. Von dort aus fährt uns unser Chauffeur, der im Gasthof ›Zur goldenen Stiege‹ übernachtet, nach Deutschland. Ich hoffe, gegen dreiundzwanzig Uhr in Berlin zu sein.«

Von Zirbelwitz war zu Kräften gekommen. Er richtete sich auf. »Ich danke Ihnen für Ihre lebensrettenden Maßnahmen, meine Dame, mein Herr! Ich weiß nicht, was passiert wäre, wenn Sie mich nicht mitgenommen hätten.« Er holte Luft. »Ach, bevor ich es vergesse, Herr Jäger. Ich habe zwischen halb zehn und zehn Uhr einen Mann mit einem Jagdgewehr im Wald gesehen. Sein Gesicht war schwarz eingefärbt. Er ist mit einem Reh über der Schulter in fünfzig oder sechzig Meter Abstand an mir vorbeigegangen. Erst wollte ich ihn auf mich aufmerksam machen. Als ich jedoch die Waffe erblickte, habe ich hinter einem dicken Baum Deckung gesucht.«

»Einen Geschwärzten haben Sie gesehen, wo? Sind Sie sicher?«, rief Lukas aufgewühlt.

»Aber ja. Seine Hände konnte ich auch nicht ausmachen, wahrscheinlich waren sie behandschuht. Er hatte einen grünen Poncho übergeworfen, trug schwarze Hosen und Stiefel. Das kann ich mit Bestimmtheit sagen. Das Reh hing leblos an ihm herab. Er machte einen gefährlichen Eindruck, deshalb habe ich mich versteckt.«

Lukas ließ nicht locker. »Wissen Sie ungefähr, wo das war?«

»Haben Sie eine Karte? Normalerweise kann ich mich gut orientieren. Aber die Kälte, der Schnee und der Durst haben mir so zugesetzt, dass ich mich verlaufen habe. Mein GPS-Empfänger, den ich zur Sicherheit mitgenommen hatte, hat nach einer Stunde den Geist aufgegeben. Ich hatte mir eingebildet, ihn in der Hütte aufladen zu können. Pustekuchen! Es gibt lediglich ein kleines bisschen Solarstrom. Und schon funktioniert die schöne, moderne Technik nicht mehr.«

Lukas stand auf, holte eine topografische Karte der Postalm und des westlich angrenzenden Gebietes aus dem Büro und breitete sie auf dem Tisch aus.

»Wir sind hier, und dort«, er tippte auf die beiden Stellen auf der Karte, »habe ich Sie mitgenommen. Wenn Sie nicht über den Gipfel des Einbergs gekommen sind, müssten Sie diese oder jene Strecke gegangen sein.« Er fuhr mit dem Zeigefinger über die Wegmarkierungen.

Von Zirbelwitz musterte die Höhenlinien lange. Er drehte seinen Kopf mal links-, mal rechtsherum, um sich zu orientieren. »Hier, an der Stelle muss es gewesen sein, bevor es so steil hinaufgeht. Da ist ein kleiner Pfad, den ich ein ganzes Stück weiter oben verloren habe. Dort kam er entlang, und ist hier tiefer in den Wald gelaufen.« Von Zirbelwitz deutete auf einen Punkt der Karte und zeigte den Weg, den der Fremde genommen hatte, auf.

»Denken Sie, Sie könnten mich zu dem Fleck führen, wenn wir morgen gemeinsam hinfahren würden?«, fragte Lukas hoffnungsvoll.

»Aber natürlich! Als ich den Mann entdeckt habe, habe ich mich hinter einer gewaltigen Fichte versteckt. Ich habe eine Viertelstunde im Schnee gelegen. Das finde ich garantiert wieder!«

»Passt es Ihnen um elf Uhr, Herr von Zirbelwitz?«

Der Berliner nickte. »Abgemacht, Herr Jäger! So versäume ich leider den letzten Seminartag. Wie schade!«, frohlockte er und wandte sich zum Gehen. »Noch einmal vielen Dank, Ihnen beiden!«

Lukas hielt ihn zurück: »Warten Sie, es ist besser, wenn ich Sie mit dem Schneemobil nach unten bringe.«

»Er hat recht, Sie sollten noch nicht zu Fuß den Abhang hinunter«, stimmte Anna zu.

»In Ordnung, Sie haben mich überredet. Gute Nacht, Frau Inspektorin!« Von Zirbelwitz machte eine Verbeugung und ging in den Flur.

»Ich bin gleich zurück«, sagte der Jäger und folgte ihm.

Anna hatte Küche und Wohnstube aufgeräumt, als Lukas das Jagdhaus betrat.

»Und wie war es?«, fragte sie.

»Ganz gut. Die Leute haben ihn wie einen verlorenen Sohn empfangen.«

Sie gingen ins Wohnzimmer, setzten sich in die dicken Sessel vor den Kamin. Lukas grübelte, dieser deutsche Geschäftsmann hatte ihn total aus der Ruhe gebracht.

»Was ist ein Geschwärzter?«, fragte Anna.

»Ein Wilderer«, antwortete er, ohne den Blick von dem imaginären Punkt, den er fixierte, abzuwenden. »Wir haben seit drei Jahren einen im Revier. Er schießt Wild in meinem und dem angrenzenden Jagdgebiet. Auf sein

Konto gehen allein diesen Winter vier Hirsche und – das von heute eingeschlossen – mindestens sechs Rehe. Ich suche ihn schon lange, den Sauhund! Ihm habe ich das hier zu verdanken.« Schwer atmend schob er den Kniestrumpf an seinem linken Bein bis zum Schuh hinunter.

Sie musste sich die Hand vor den Mund halten, um nicht vor Schreck aufzuschreien. Die dunkle Narbe an seinem Unterschenkel war etwa zehn Zentimeter lang und drei breit. Das Fleisch an der Stelle war tief eingefallen. Es zeigte deutlich ein Einschussloch.

»Das ist im November 2011 passiert. Die Kugel hat mich aus heiterem Himmel erwischt. Wäre Sepp nicht gewesen, der den Schuss gehört hatte, hätte es mein Ende sein können. Er hat mir das Bein abgebunden, mich mit meinem Auto zum Jagdhaus gebracht und die Rettung gerufen. Wenig später war der Helikopter zur Stelle.

Ich musste sechs Wochen im Krankenhaus verbringen, eine Arterie war getroffen. Ich habe damals viel Blut verloren. Ohne Sepp würde ich heute hier nicht sitzen.«

Anna hatte Mühe, den Blick von der Narbe abzuwenden. Sie hatte das Gefühl, den Schmerz zu spüren. »Tut es noch weh?«

»Nein. Ab und zu fühle ich den Wetterumschwung im Bein. Das kann aber auch Einbildung sein. Die Verletzung erinnert mich ständig daran, dass jemand Tiere abknallt, die in meiner Obhut sind. Das schmerzt mehr.«

»Ist Wilderei ein weit verbreitetes Problem?« Sie konnte es kaum glauben, wäre da nicht die Schusswunde. »Das ist mir neu. Ich kenne es lediglich aus alten Filmen oder Büchern. Gibt es das heutzutage tatsächlich noch?«

»Ja, leider ist es kein Einzelfall. In einer Großzahl der Jagdgebiete Österreichs, von Vorarlberg bis zum Burgenland, werden immer wieder Wilddiebe gemeldet. In den ländlichen Gegenden sind sie eine Art Volksheld geblieben. In Kärnten hat vor ein paar Jahren ein Pfarrer gesagt: Wenn nun ein Geschwärzter zu uns in die Kirche käme, würde sich niemand umdrehen, und keiner hätte ihn gesehen. So ist das vielerorts.«

»Hat man die Patrone aus deinem Bein untersucht?« Jetzt sprach die Ermittlerin aus ihr.

Lukas sah sie an: »Nein, Frau Inspektorin, die steckt noch im Gewebe. Man konnte sie nicht entfernen, ohne mein Bein auf Dauer ernsthaft zu schädigen.«

»Entschuldige bitte. Ich dachte, dass ich dir helfen könnte. Ich bin bei der Polizei, schon vergessen?«

»Nein, wie könnte ich.« Er lächelte. »Damals haben sich deine Vorgänger mit dem Fall beschäftigt. Leider nur kurz, schließlich gab es kein Todesopfer. Die Untersuchung wurde eingestellt, das Ganze als Jagdunfall zu den Akten gelegt.«

»Wirklich? Immerhin hat jemand gezielt abgedrückt! Wieso wurde die Sache nicht weiter verfolgt?« Anna war entrüstet.

Er hob die Schultern. »Nun ist es ein Jagdunfall, und ich suche diesen Mistkerl noch immer. Vor zwei Wochen hat Sepp ihn gehört, auf dem Weg nach Strobl. Dort allerdings habe ich keine Möglichkeit, gegen ihn vorzugehen. Es ist außerhalb meines Reviers.«

Das Gespräch war ihm unangenehm geworden. Er wechselte das Thema: »Hast du Hunger? Ich koche mir was. Wenn du willst, kannst du mitessen.«

»Ja, gern. Daheim wollte ich mir Spaghetti machen.«

»Passt, ich habe welche im Haus.«

»Gut! Ich mache die Sauce.«

»Jawohl, Frau Inspektorin. Faschiertes ist im Kühlschrank. Gewürze findest du rechts neben dem Dunstabzug. Ich setze das Wasser auf den Herd und hole den Hund. Er lag den ganzen Tag über im Auto und hat geschlafen.«

»Der Arme. Konntest du ihn nicht mitnehmen?«

»Wie denn? Auf dem Traktor?«

»Schon gut. Geh du, ich koche.«

Prinz hatte natürlich mitbekommen, dass Anna und Lukas im Jagdhaus waren. Er saß wartend auf dem Fahrersitz. Die Scheiben des Land Cruisers waren beschlagen, obwohl die Fenster einen Spalt geöffnet waren.

»Na, Bursche, hast du die ganze Zeit gebellt? Denkst du, ich vergesse dich?«

Der Hund hatte sich bei den Worten seines Herrchens mit dem Kopf an dessen Brust gedrückt und ließ sich ausgiebig kraulen.

»Komm, gleich gibts Pasta.«

Prinz hob den Kopf, stellte die Ohren auf. Er sprang an Lukas vorbei aus dem Auto, pinkelte hastig an die Hausecke und rannte ins Haus.

In der Küche begrüßte er Anna schwanzwedelnd und setzte sich anschließend vor den Herd.

»Isst Prinz gern Nudeln?«, fragte sie Lukas.

»Er isst alles gern, besonders das, was auf meinem Teller liegt.«

»Und was magst du?«

»Auch alles, nur kein Wild. Ich musste es von klein auf essen, der Beruf meines Vaters war – na was schon – die Jägerei. Irgendwann war es zu viel. Wenn das Fleisch wirklich gut zubereitet ist, anders als in dieser Gegend üblich, probiere ich manchmal.«

»Ist schon komisch, ein Jäger, der kein Wild ist«, spottete sie.

Er blieb ernst. »Meine Arbeit ist es nicht zu jagen, um essen zu können. Ich sorge für das Wild. Wenn ich einmal ein Tier erschießen muss, dann, weil es krank oder verletzt ist oder weil ein zu großer Wildbestand das Revier gefährdet.«

»Da fällt mir ein: Was hat der Jagdherr eigentlich zu dem Mord gesagt? Hast du ihn inzwischen informiert?«

»Gewiss, Frau Inspektorin, heute Morgen. Er war nicht erfreut. Als ich ihm versicherte, dass das Opfer kein Jäger war, hat er sich beruhigt. Er ist ein guter Chef, ich kann nicht klagen. Ich soll das Jagdhaus aus der Schusslinie halten, wenn die Presse erscheint und ansonsten weitermachen wie gewohnt.«

Die beiden unterhielten sich über die Jagd und die Aufgaben eines Berufsjägers. Als das Essen fertig war, setzten sie sich in die Wohnstube. Prinz bekam eine kleine Portion Spaghetti in seinen Napf.

»Weißt du, was mir nicht aus dem Kopf geht, Lukas?« Anna musste ihn an ihren Gedanken teilhaben lassen. »Wo ist Vogels Fahrzeug? Falls er ohne das eigene Auto zu Josis Hütte gekommen ist, wo zwischen Abtenau und der Steinleitalm hat er es abgestellt? Und falls er doch seinen Mercedes benutzt hat, wohin ist der verschwunden?«

Lukas öffnete eine Flasche Grauburgunder aus der Steiermark. Er hatte eine Idee. »Wir könnten Matthias anrufen. Er verwaltet unter anderem die Mautstelle auf der Abtenauer Seite, die mit einer Videokamera ausgerüstet ist. Jedes Fahrzeug, das die Schranke passiert, wird aufgenommen. Wenn jemand feststellen kann, wie Peter Vogel zur Hütte kam, dann ist es Matthias.«

»Das wäre super!« Sie war begeistert. »So sehen wir hoffentlich auch, wann der Mercedes die Alm verlassen hat.«

»Im Prinzip schon. Dass der Tote von Abtenau kommend diese Straße benutzt hat – ich meine, bevor er gestorben ist – ist eigentlich sicher. Aber wer auch immer den Wagen anschließend gefahren hat, kann die Postalm genauso gut über die Strobler Seite verlassen haben. Dort gibt es nämlich keine Kamera. Falls es der Mörder war und er sich hier auskennt, wäre er nach achtzehn Uhr an der Mautkasse in Strobl vorbeigefahren. Denn um diese Zeit steht die Schranke einfach offen. Außerdem gibt es keinen Bezahlautomaten. Von acht bis achtzehn Uhr sitzt jemand in einem kleinen Häuschen und kassiert persönlich. Die perfekte Möglichkeit, sich unbemerkt aus dem Staub zu machen.«

Sie ließ sich nicht entmutigen. »Können wir diesen

Matthias anrufen? Wenn wir erfahren könnten, ob Herr Vogel allein unterwegs war oder wann das Auto weggefahren ist, wäre das großartig!«

»Wir können schon, Anna. Er wird jedoch nicht vor Montag im Büro sein. Du machst das besser dienstlich und stehst um halb neun an der Schranke. Er wird sofort nachsehen«, sagte Lukas mit ernster Miene.

»Du hast recht, es ist Samstagabend. Wenn wir das am Montag erledigen, ist es früh genug«, lenkte sie ein.

Er sah sie skeptisch an: »Das ist nicht dein Ernst, oder? So, wie ich dich in den zwei Tagen kennengelernt habe, wirst du erst Ruhe geben, wenn du bekommen hast, was du willst.«

Sie zog einen Flunsch. *Es stimmt, aber muss er es aussprechen,* dachte sie und fragte ihn: »Bin ich so durchschaubar?«

»Ja.« Er lächelte, holte sein Telefon aus der Hosentasche und wählte.

»Hallo?«, fragte eine verschlafene Stimme.

»Grüß dich, Matthias. Hier ist Lukas. Hab ich dich geweckt? Das tut mir leid.«

»Grüß dich. Nein, ich sitze vor dem Fernseher. Was gibts denn?«

»Ich habe eine Bitte. Eine Inspektorin aus Abtenau ist hier bei mir und möchte wissen, ob und wann ein schwarzer Mercedes ML aus Deutschland am 5. März die Mautstelle auf der Abtenauer Seite durchquert hat. Ich habe gleich an dich und deine Kamera gedacht. Könntest du das nachschauen?«

»Kein Problem, wann soll das gewesen sein?«

»Am 5. März, kurz nach ein Uhr mittags.«

»Am 5. sagst du … nach eins … Ja, hier habe ich ihn, ein ML 63. Oh, ein AMG! B-PV 1, tolles Kennzeichen! Die genaue Uhrzeit ist 13:16 Uhr und 42 Sekunden. Der Mann hat mit einem Zehn-Euro-Schein bezahlt, saß allein im Auto. Er kam ganz schön angebrettert.«

Lukas staunte. »Hast du die Bilder zu Hause?«

»Nein, das geht alles online. Ich kann sie von überall aus einsehen. Großartig, was?«

»Na, wenn das so einfach ist ... Könntest du bitte auch kontrollieren, wann er die Postalm verlassen hat?«

Einen Moment lang war es still in der Leitung. »Warum brauchst du diese Info? Hat dich jemand bestohlen?«

»Darf ich dir nicht sagen, Matthias. Es ist wirklich wichtig. Am Montag kannst du es in der Zeitung lesen. Du würdest mir echt helfen.«

»Also stimmt das mit dem Ermordeten vor der Hütte von Josi.«

Jetzt war es der Jäger, dem es die Sprache verschlug. »Woher weißt du das denn schon wieder? Ich dachte, keiner hat es mitbekommen.«

»Mensch, Lukas! Wir sind auf der Alm. Die meisten wissen alles und manche sogar, bevor es überhaupt passiert. Josi hat mich heute Morgen angerufen. Peter von der Blonden Hütte und unser neuer Bürgermeister waren aber noch schneller. Denkst du, keiner interessiert sich dafür, dass zwei Polizeiautos gleichzeitig hier aufkreuzen? Spätestens, wenn vier extrem unauffällige Fahrzeuge mit Salzburger Kennzeichen im Korso durchs Dorf fahren, weiß es jeder Anlieger. Geheimnisse gibts nicht einmal im Schlafzimmer.«

Lukas sah Anna fragend an, die das Gespräch mitgehört hatte. Als sie nickte, antwortete er: »Ja, es gab einen Toten. Das ist alles, was ich dir erzählen darf. Die Inspektorin steht neben mir.«

»Ach, die Schöne aus dem Player. Dann will ich dich nicht weiter aufhalten. Ich melde mich.« Matthias unterbrach die Verbindung.

»Wer hat ihm das von mir erzählt?«, wunderte sie sich.

Der Jäger zuckte mit den Schultern. »Buschfunk, nichts zu machen.« Er steckte sein Handy in die Tasche, nahm seine Marlboro vom Tisch. »Ich geh mal nach draußen. Ich brauche eine Zigarette.«

»Ich stelle den Abwasch in die Spülmaschine und

komme nach.«

Als Anna in die Dunkelheit hinaustrat, telefonierte Lukas. »Danke, Matthias, bis bald.«

»Das ging schnell.« Sie setzte sich neben ihn.

»Er sagte, dass am 5. und 6. März insgesamt 41 Fahrzeuge die Schranke passiert haben. 35 davon sind retour gefahren, der Mercedes war nicht darunter. Matthias wird außerdem die Aufnahmen der nächsten vier Wochen sichten. Falls der Wagen auftaucht, schickt er mir die Daten per SMS.«

»Also doch Strobl?«

»Nehme ich an. Das würde bedeuten, dass derjenige, der den Wagen verschwinden ließ, sich mit ziemlicher Sicherheit hier auskennt.«

»Kann sein.« Anna nickte. »Allerdings könnte es jemand anderes als der Mörder gewesen sein. Auch wenn ich das für unwahrscheinlich halte.« Sie überlegte. »Gibt es irgendeine Überwachung auf der anderen Seite der Mautstraße?«

»Soweit ich weiß, nicht. Am besten, du fragst deine Kollegen aus Strobl und Umgebung. Möglicherweise haben sie den Fahrer mit ihren Verkehrskameras aufgenommen.«

»Gute Idee, Lukas. Ist leider außerhalb meiner Zuständigkeit. Das müssten Linz oder Brandhasl erledigen. Ich werde am Montag die Hüttenbesitzer und die Besucher des besagten Zeitraumes befragen müssen. Das wird eine harte Woche«, seufzte sie.

»Tut mir leid für dich. Möchtest du noch ein Glas Wein?«

Sie lehnte ab: »Nein danke, ich muss noch fahren.«

»Wie du willst. Du kannst aber auch hier schlafen, Anna. Ich habe vier Gästezimmer. Gemütlich, sauber, und alle Betten sind frisch bezogen.«

»Danke für das Angebot. Doch wenn ich heute nicht nach Hause fahre, hat das spätestens morgen früh jeder

Abtenauer als SMS auf dem Telefon.«

»Haben sie jetzt schon.« Lukas lachte. »Wie gesagt, wir sind auf der Alm.«

»Na dann. Aber nur ein halbes Glas bitte.«

Sie saßen noch eine Weile vorm Haus. Anna hatte sich in die dicke Decke eingewickelt, die er ihr mitgebracht hatte. Sie erzählte von ihrer Zeit auf der Polizeischule, den lüsternen Blicken der Kollegen.

»Am unangenehmsten waren die Kommentare der anderen Schülerinnen. Frauen können viel gemeiner sein als Männer.«

»Warum hast du nicht weitergemacht und eine Karriere als Model eingeschlagen? So gut, wie du aussiehst.«

Diese Frage überraschte sie. Sie zog ihre Bluse hoch und zeigte ihm eine große Narbe auf der rechten Bauchseite.

»Ich habe am letzten Tag des Fotoshootings heftige Bauchschmerzen bekommen. Man hat mir gleich auf Bali den Blinddarm herausnehmen müssen. Obwohl die Ärzte auf altmodische Art operiert haben, ist alles gut gegangen. Ich bin nicht traurig. Im Gegenteil, diese Branche ist so schnelllebig, dass die meisten Models mit fünfundzwanzig zum alten Eisen gehören. Hast du die Bilder eigentlich gesehen?«

»Nein, ich habe den Player noch nie gelesen.«

Sie war irritiert. *Er ist so anders, offen, vorurteilsfrei und nicht anzüglich,* dachte sie. *Ich sollte mich einschließen lassen. Ich kann heute Nacht für nichts garantieren.*

Am schwarzen, wolkenlosen Nachthimmel funkelte ein Lichtermeer. Die Milchstraße zog sich als helles, breites Band von Norden nach Süden. So eine Sternenpracht hatte Anna noch nie gesehen. Ihre Gedanken schweiften ab.

Sie mochte die Großstadt, in der ständig etwas los war. Essen bestellen rund um die Uhr oder Partys, wenn man wollte, jeden Abend. Es war eine große Umstellung für sie gewesen, in eine so kleine Gemeinde wie Abtenau zu ziehen, wo sich das Wort ›Lieferservice‹ auf ganze Rinder oder Saatgut bezog. Nun hatte die Idylle dieser Berglandschaft sie verzaubert – oder lag es an Lukas' Gesellschaft?

Als er ihr Wein nachschenken wollte, lehnte sie ab.

»Ich fahre nach Hause. Ich will nicht, dass noch mehr getratscht wird. Wenn ich hier übernachte, ist das für keinen von uns gut.« Sie stand auf, holte ihre Handtasche aus dem Haus. »Wir sehen uns, gute Nacht, Lukas!«

»Gute Nacht, Anna. Bis bald.« Er lächelte sie an.

*Das wäre wirklich gefährlich geworden*, dachte sie und lief zum Parkplatz.

# Kapitel 9

Wie gerädert erwachte Linz aus einem bleischweren Schlaf. Er hatte zehn Stunden in Straßenkleidung und Schuhen auf dem Sofa übernachtet. Einige der Papiere, die er aus dem Büro mitgenommen hatte, waren verknittert. Andere lagen verstreut auf dem Boden. Die Nacht zum Samstag hatte ihren Tribut gefordert.

Ein halbes Jahr nach seinem Einzug in diese Wohnung hatte sich wenig verändert: Umzugskisten standen ordentlich gestapelt an den Wänden. Bett, Küche, Sofa und Schränke waren von einer Möbelfirma aufgebaut worden. Er selbst hatte eine einzige Kommode im Schlafzimmer mit seiner Unterwäsche gefüllt. An den Türen hingen seine Anzüge, am offenen Schlafzimmerfenster seine Hemden.

Linz zog sich aus und ging duschen. Danach setzte er sich im Bademantel in einen Sessel, hob die Unterlagen auf, ordnete sie und legte den Stapel vor sich auf den Tisch. Er griff sich das ›Protokoll Bernadette Vogel‹, das zuoberst lag und las:

**Befragung von Bernadette Vogel, geb. von Rheinhausen**

Datum und Uhrzeit der Befragung

21. März 2014, 14:22 Uhr

Ort der Befragung

Vernehmungsraum 3, LKA Berlin,
Tempelhofer Damm 12,
12101 Berlin

## Bei der Befragung anwesende Personen

- Bernadette Vogel, Befragte und Ehefrau des Vermissten, im weiteren Text Vogel genannt,
- Jonathan Metzler, Anwalt und Notar, im weiteren Text Metzler genannt,
- Lothar Friedmann, Polizeiobermeister, LKA Berlin, im weiteren Text POM genannt,
- Paul Gussmann, Polizeihauptkommissar, LKA Berlin, im weiteren Text PHK genannt,
- Regine Ebert, LKA Berlin, Stenotypistin

## Mitschrift der Befragung

*PHK:* Danke, dass Sie gekommen sind. Wir werden die Befragung so knapp wie möglich halten. Frau Vogel, Sie haben gestern Ihren Mann Peter Vogel als vermisst gemeldet. In Anbetracht des nicht unerheblichen finanziellen Hintergrundes und seiner gesellschaftlichen Stellung gehen wir zum jetzigen Zeitpunkt von einem Entführungsverbrechen aus. Hat sich jemand bei Ihnen gemeldet oder haben Sie eine Lösegeldforderung erhalten?

*Vogel:* Nein.

*PHK:* Hat Sie jemand angerufen oder sonst irgendwie versucht, Sie zu kontaktieren?

*Vogel:* Nein.

*PHK:* Aus Ihrer Vermisstenanzeige geht hervor, dass Ihr Mann bereits seit dem 4. März abgängig ist. Hat sich in der Zwischenzeit niemand bei Ihnen gemeldet?

*Metzler:* Meine Mandantin hat Ihnen diese Frage bereits zweimal beantwortet. Das genügt.

*PHK:* Ist es wiederholt vorgekommen, dass sich Ihr Mann vierzehn Tage lang nicht gemeldet hat?

*Vogel:* Ja, öfter. Eigentlich immer, wenn er wegen seiner

Investitionen unterwegs ist. Zwei Wochen ist sogar ein kurzer Zeitraum.

*PHK:* Wieso sind Sie dieses Mal zur Polizei gegangen?

*Metzler:* Ich habe es meiner Mandantin geraten. Sie hat ihrem Ehemann am Tage der Abreise mitgeteilt, dass sie die Scheidung wünscht. Es besteht durchaus die Möglichkeit, dass Herr Vogel mit seinem Vermögen, welches nun zur Hälfte meiner Mandantin zusteht, das Land verlassen will.

*PHK:* Darf ich fragen, auf welche Höhe sich Ihr gemeinsames Vermögen beläuft?

*Metzler:* Nach dem Stand meiner Berechnungen vom 4. dieses Monats beträgt das Barvermögen der Familie Vogel 221 Millionen Euro. Dazu besitzt sie 38 Immobilien in Deutschland, der Schweiz, auf Mallorca und in den USA im Werte von rund 180 Millionen Euro. Insgesamt sind das circa 400 Millionen Euro, wovon Frau Vogel von Rechts wegen die Hälfte zusteht.

*POM:* Herr Metzler, Sie wissen ziemlich genau Bescheid über die finanzielle Situation des Ehepaars Vogel. Warum?

*Metzler:* Eigentlich sind wir gekommen, weil Sie Frau Vogel befragen wollten. Werde ich nun zum Gegenstand Ihrer Befragung?

*PHK:* Nein, keineswegs. Aber Sie werden uns gestatten, diesen Sachverhalt zu klären. Eine so konkrete Auskunft erhalten wir selten. Folglich stellt sich uns die Frage, wie Sie dieses Wissen erworben haben.

*Vogel:* Herr Metzler ist nicht nur unser Familienanwalt, sondern auch der Firmenanwalt meines Mannes und der Notar, der Peters Immobiliengeschäfte regelt. Er ist der Einzige außer Peter, der Übersicht über das gesamte Vermögen hat.

*PHK:* Danke. Wie hat Ihr Mann Ihren Wunsch auf Scheidung aufgenommen?

*Vogel:* Er hat mir mit der Faust ins Gesicht geschlagen. Brüllte, dass ich ihm gehöre. Ich sei eine Investition, die er nicht an irgendjemand anderen weiterreichen wolle. Dann ist er wütend in seinem Angeberauto weggefahren. Das war am 4. März um zehn Uhr morgens.

*PHK:* Haben Sie sich untersuchen lassen?

*Vogel:* Ich habe unseren Hausarzt Dr. Kunz angerufen. Er hat sich mein Auge angeschaut und es behandelt.

*POM:* Sie hätten Anzeige wegen Körperverletzung stellen können. Warum haben Sie das nicht getan?

*Vogel:* Ich gehe doch nicht mit einem blauen Auge vor die Tür. Unsere Hausangestellte Vivian hat alle gesellschaftlichen Verpflichtungen und Termine abgesagt. Ich habe mich in den letzten zwei Wochen ausschließlich in meinem Haus in Grunewald aufgehalten.

*PHK:* In Ihrem Haus?

*Vogel:* Jetzt ist es meins.

*PHK:* Möchten Sie etwas trinken, Frau Vogel, Herr Metzler? Tee, Kaffee oder Wasser?

*Vogel:* Nein, danke.

*Metzler:* Nein, danke.

*PHK:* Gut. Kommen wir zurück zu Ihrem Mann. Haben Sie Kontobewegungen feststellen können? Hat er versucht, sein Geld in Sicherheit zu bringen?

*Metzler:* Weil ich zurzeit alle finanziellen Dinge für meine Mandantin regle, kann ich Ihnen versichern, dass es bislang keine derartigen Transaktionen gegeben hat.

*PHK:* Wissen Sie, wohin Ihr Mann gefahren ist?

*Metzler:* Herr Direktor Vogel ist nach Österreich gereist und das meines Wissens nach nicht zum ersten Mal. Er interessiert sich für ein größeres Investitionsobjekt.

*PHK:* Ist Ihnen bekannt, wo genau sich das Objekt befindet?

*Metzler:* Auf einer Alm bei Salzburg. Genaueres weiß ich nicht. Herr Direktor Vogel ist in der Anfangsphase eines neuen Vorhabens seinen Angestellten gegenüber stets sehr verschwiegen.

*PHK:* Ist Ihnen vielleicht bekannt, worum es bei der Investition geht?

*Metzler:* Nein.

*Vogel:* Mein Noch-Ehemann hat von einem Skigebiet oder Ähnlichem gesprochen. Er will etwas völlig Neues machen. Was genau, weiß ich allerdings auch nicht. Bloß, dass er die gesamte Region umwälzen will. Es hat ihn nie interessiert, wenn dabei Menschen ihrer Lebensgrundlage beraubt wurden. Eins seiner Ziele bei der Planung eines Investitionsprojektes ist vierzig bis sechzig Prozent Entlassungen. Gewinn maximieren, Kosten minimieren.

*POM:* Es könnte sich demnach um die Übernahme einer Firma handeln?

*Metzler:* Nein, Herr Direktor Vogel pflegt, neue Firmen zu gründen, mit denen er die Ansässigen in den Ruin treibt.

*PHK:* Wissen Sie, ob er Partner hat, und wenn ja, welche? Hat er jemanden treffen wollen?

*Vogel:* Nein.

*Metzler:* Nein.

*PHK:* Wir können trotzdem ein Verbrechen nicht ausschließen. Würden Sie uns die Erlaubnis erteilen, eine Mithöreinrichtung bei Ihnen zu installieren?

*Vogel:* Wenn es sein muss, ja. Peter wird einen Tobsuchtsanfall bekommen, wenn er eintrifft und Beamte der Polizei im Wohnzimmer sitzen. Doch das ist es mir wert.

*PHK:* Gut, wir machen hier Schluss. Wenn wir zusätzliche Informationen von Ihnen benötigen, werden wir auf Sie zukommen.

*Vogel:* Darf ich gehen? Ich fühle mich in Ihren Räumlichkeiten unwohl.

*PHK:* Natürlich, Sie können gehen.

*POM:* Zu Ihrer Sicherheit werden wir einen Einsatzwagen in Ihrer Straße postieren. Wie gesagt kann ein Verbrechen derzeit nicht ausgeschlossen werden.

*Vogel:* Machen Sie, was Sie wollen.

*PHK:* Eine letzte Frage noch, Herr Metzler. Haben Sie keine Angst, dass Sie entlassen werden, wenn Herr Vogel auftaucht?

*Metzler:* Nein, ich habe eine eigene Kanzlei. Er mietet mich quasi ein. Selbst wenn er versuchen sollte, mich in die Insolvenz zu treiben, bleibe ich der, der zu viel über ihn und seine Geschäfte weiß.

*PHK:* Ich danke Ihnen für die ehrliche Antwort, Herr Metzler.

Verabschiedung.

Linz legte das Protokoll zur Seite. Frau Vogel schien so unsympathisch wie ihr Mann zu sein. *Gleich und gleich gesellt sich gern,* kam ihm in den Sinn.

Er überflog die Vermisstenanzeige, blätterte durch die Ermittlungsergebnisse der Berliner Polizei. Bei den Vogels waren keine relevanten Telefonate oder Post eingegangen. Ebenso wenig wurden verdächtige Personen am oder im Haus der Familie gesichtet.

Aber das LKA hatte eine weitere Spur verfolgt. Die Kollegen hatten gründlich über die Firma des Vermissten recherchiert. Sie hat 42 Mitarbeiter in 6 Abteilungen. Das Volumen aller Investitionen beträgt mehr als eine Milliarde Euro. Er zahlt pünktlich die Gehälter, ist als Chef sehr unbeliebt, weil cholerisch. Vogel pflegt, sich einmal pro Quartal einen Angestellten auszusuchen und ihn fristlos zu entlassen. Seine Sekretärin hat ausgesagt, er würde das tun, um alle anderen einzuschüchtern. ›Wenn jeder der Nächste sein kann, hat man seine Mitarbeiter besser unter Kontrolle‹, sei einer seiner Wahlsprüche. Daneben hat es in den letzten zehn Jahren in der Firma drei Untersuchungen wegen Steuerhinterziehung gegeben. Alle wurden eingestellt. Man munkelt aufgrund von Interventionen aus dem Büro des regierenden Bürgermeisters. ›(Golfkumpels!!!)‹, hatte Gussmann am Rand notiert.

Als Letztes nahm sich Linz die Ermittlungsakte zu den Geschäften der PVIH, der Peter Vogel Investments Holding AG vor. Es waren dreißig Seiten voller schmutziger Geschäfte. Er sichtete die Übersetzung des Fax der französischen Polizei sowie die handschriftlichen

Notizen der Kollegen über das Gespräch mit der Finanzpolizei aus Rio de Janeiro.

Mittlerweile war es halb neun, stellte Linz mit einem Blick auf seine Armbanduhr fest. Er las das Protokoll von Frau Vogel nochmals durch. *Weshalb hatte sie nicht erwähnt, dass Herr Loferer von der ›Post‹ sie angerufen hatte? Warum hat sie gelogen?*, grübelte er.

Er stapelte die Papiere und ging in die Küche, wollte sich Frühstück machen. Sein Handy klingelte. Es war Brandhasls Privatanschluss.

»Servus, Hans. Warum bist du denn schon so früh auf den Beinen?«

»Mach den Fernseher an!«

»Was?«

»Mach den verdammten Fernseher an, einen Nachrichtensender, Willi, sofort!«

Linz hastete ins Wohnzimmer, griff sich die Fernbedienung vom Tisch und schaltete den 55 Zoll Bildschirm an. Er wählte Kanal 11.

»… wurde der vermisste Großinvestor Peter Vogel am Freitag, den 4. April, in Österreich ermordet aufgefunden«, war das Erste, das er hörte. Eine eingeblendete Informationstafel wies den Redner als Werner Brecht aus, Pressesprecher des LKA Berlin.

»Verflucht!« Linz musste sich setzen.

»… Peter Vogel wurde offenbar durch einen gezielten Kopfschuss getötet. Es geschah mit an Sicherheit grenzender Wahrscheinlichkeit am 5. März dieses Jahres. Nach unseren Informationen soll er sich wegen eines Multimillionen-Projektes auf der Postalm, nahe Abtenau im Salzburger Land, aufgehalten haben. Ich möchte betonen, dass das LKA Berlin in einem frühen Stadium der Ermittlungen von einem Verbrechen ausgegangen ist. Alleinig durch unsere intensive, andauernde Ermittlungsarbeit konnte die Leiche aufgespürt werden. Selbstverständlich sind wir den österreichischen Behörden im weiteren Verlauf ihrer Ermittlungen behilflich. Vielen

Dank.« Werner Brecht entfernte sich vom Mikrofon und setzte sich auf seinen Platz.

»Da sitzt Paul! Wieso tut er uns das an?«, rief Linz entsetzt aus.

»Willi?«, hörte er Brandhasl, der in der Leitung geblieben war. »Ich habe von ihm vier Anrufe in Abwesenheit und eine Voicemail bekommen. Er hat gesagt, dass seine Vorgesetzten gestern Abend ohne sein Wissen diese Pressekonferenz einberufen haben. Er hat uns warnen wollen, aber ich hatte mein Telefon in der Jacke und habe es nicht gehört.«

»Was sagst du? Gestern Abend? Ist das eine Wiederholung?«

»Ja, es kommt offenbar jede Stunde in den Nachrichten.«

Linz hörte ein klopfendes Geräusch im Telefon.

»Bleib in der Leitung, Hans, ich bekomme einen zweiten Anruf.« Er schaltete auf das andere Gespräch um. Auf dem Display seines Handys stand: ›Unbekannte Nummer‹.

»Linz«, meldete er sich.

Die Stimme am anderen Ende der Leitung war sehr leise. »Tanzberger, Landespolizeidirektor Salzburg.«

»Guten Morgen, Herr Direktor, Leutnant Linz hier.«

»Wie kommen Sie darauf, dass es ein guter Morgen ist? Wie ich höre, verfolgen Sie ebenfalls die Nachrichten.«

»Entschuldigen Sie bitte, Herr Direktor, ich habe den Fernseher soeben erst eingeschaltet.«

»Wie um Himmels willen konnte das passieren?« Die Stimme wurde lauter. »Wir sehen aus wie Vollidioten!«

»Verzeihen Sie, Herr Direktor, ich bin nicht darüber informiert worden, was das LKA Berlin vorhatte.«

»Ich glaube gern, dass Sie uninformiert sind. Das ist passiert, weil Sie sich eigenmächtig mit der Berliner Dienststelle in Verbindung gesetzt haben! Hätten Sie den Dienstweg eingehalten, würden wir nicht so dumm dastehen. Haben Sie gehört, was der Kollege gesagt hat?« Direktor Tanzberger schrie. »... nur durch unsere intensive Ermittlungsarbeit ... nach vier Wochen unter dem Schnee entdeckt ...‹ Jetzt denkt die ganze Welt, wir wären ein Land voller Dorfpolizisten! Der Justizminister hat sich höchstselbst bei mir beschwert! Ich soll das in Ordnung bringen. Heute!«

»Herr Direktor, mit allem nötigen Respekt. Die Leiche ist vor nicht einmal 36 Stunden aufgefunden worden. Wie stellen Sie sich das vor?«

»Wie ich mir das vorstelle?!«, brüllte Tanzberger so laut, dass Linz das Handy vom Ohr nehmen musste. »Machen Sie Ihre verdammte Arbeit! Sitzen Sie nicht zu Hause rum und feiern Wochenende! Bis heute Abend um halb fünf will ich von Ihnen einen Verdächtigen haben, ohne Wenn und Aber! Verhaften Sie jemanden, diesen Platzek oder Lechinger! Von mir aus auch den Jäger, aber tun Sie was!«

»Sie haben meinen Bericht gelesen, Herr Direktor?«

»Was denken Sie denn?«

»Dann wissen Sie, dass beide vorbestrafte Gewaltverbrecher in Wien wohnhaft sind und die Bewährungshelferin bislang nicht erreichbar war.«

»Seien Sie kreativ, Mann! Rufen Sie die Wiener Kollegen an und lassen Sie die zwei Straftäter verhaften!«

»Jawohl, Herr Direktor«, sagte Linz kleinlaut. »Ich werde es umgehend veranlassen.«

»In Ordnung.« Die Stimme wurde ganz leise. »Ich will Ergebnisse bis sechzehn Uhr dreißig. Danach gebe ich eine Pressekonferenz. Im Sinne Ihrer Karriere sollten Sie bis dahin Erfolge nachweisen. Andernfalls versetze ich Sie in den Streifendienst. Haben wir uns verstanden?«

»Wie soll ich das machen? Ich kann keine Wunder vollbringen.«

»Herr Leutnant, ich habe Ihre Personalakte vor mir und sehe hier einen Eintrag: ›Homosexueller Übergriff auf der Polizeischule‹. Möchten Sie das kommentieren?«

Das traf Linz bis ins Mark. Er hatte seine Akte nie eingesehen. Nach dem ersten Schreck fragte er: »Was meinen Sie mit ›Übergriff‹?«

»Hier steht, dass Sie einen anderen männlichen Polizeischüler zum Sex gezwungen haben. Ist das deutlich genug?«

Linz hatte das Gefühl, dass sein gesamtes Blut in die Beine sackte. Er stotterte. »Aber ... aber, das ist nicht wahr, Herr Direktor!«

»Ob das wahr ist, spielt keine Rolle. Ihr Freund hat Sie für eine bessere Stelle verraten. Er hat Sie angeschwärzt für diesen Job im Ausland. Nun steht es in Ihrem Dossier. Ich werde einen Kollegen finden, der sich von Ihnen bedrängt fühlt. Folglich kann ich Sie entlassen, weil Sie untragbar geworden sind. Ist das deutlich genug?«

»Jawohl, Herr Direktor, sechzehn Uhr dreißig«, bestätigte Linz mechanisch. Tanzberger legte auf.

»Das hat lange gedauert. Wer war dran?«, fragte Brandhasl.

»Ich kann jetzt nicht, ich melde mich.«

Linz rannte ins Badezimmer. In letzter Sekunde hob er den Toilettendeckel an und übergab sich. Wieder und wieder schoss es ihm aus Mund und Nase, bis nur noch Galle kam. Er musste all seine Energie aufbringen, um nicht zusammenzusacken. Er ging zum Waschbecken und sah in den Spiegel.

»Mensch Willi, bist du ein Idiot!«, beschimpfte er sein Spiegelbild. »Du hast so gelitten unter der Trennung.« Er wusch sich das Gesicht mehrmals mit eiskaltem Wasser, spülte den bitteren Geschmack mit Mundwasser weg.

Im Wohnzimmer nahm er sein Telefon, wählte die Nummer seines Kollegen.

»Was war denn los?«, fragte Brandhasl. »War der Chef am Telefon?«

»In gewisser Weise ja. Es war Tanzberger persönlich.«

»Das darf nicht wahr sein, der Oberboss! Was nun?«

»Ich weiß nicht. Ich fahre ins Büro und eventuell zur Postalm. Ich muss mich erst einmal sammeln.« Linz verbarg seinen Schock, so gut er konnte.

»In Ordnung, Willi. Ich bin in zwanzig Minuten im

Büro«, sagte Brandhasl entschlossen. »Bis dann.«

»Bis gleich.« Linz legte sein Telefon auf den Tisch, ließ sich in den Sessel fallen. Mit den Händen vorm Gesicht fing er an zu weinen.

Damals auf der Polizeischule war es ihm schwer gefallen, sich einzugestehen, dass er anders war, als er bis dahin geglaubt hatte. Er hatte sich zu einem zwei Jahre älteren Mann hingezogen gefühlt, hatte sich von ihm verführen lassen. Linz erinnerte sich an die vielen Stunden, die er abends allein im Bett gelegen und über seine Zukunft nachgedacht hatte. Nach fünf Monaten hatte sein Freund die Beziehung ohne jegliches Vorzeichen beendet.

›Die Karriere hat Vorrang, für uns beide‹, hatte Hartmut seinen Entschluss begründet und ihm klargemacht, dass es sein musste.

Seither war der Linz solo. Dass der oberste Chef einen derartigen Druck machte, war ihm im Moment egal. Es machte ihn fassungslos, von dem einzigen Menschen, den er jemals geliebt hatte, verraten worden zu sein.

Linz nahm sich vor, härter zu werden, sonst würden ihn seine Gefühle mehr als nur den Job kosten. Er musste Ergebnisse liefern, für zwei arbeiten, wenn nötig, seine Seele verkaufen.

Er zog sich an und ging.

Brandhasl saß am PC.

»Servus«, Linz vermied es, ihn anzuschauen, aus Angst, sein Kollege könnte seine verquollenen Augen sehen.

»Was ist denn los, Willi?«

»Nichts, gar nichts. Lass uns arbeiten. Tanzberger will Ergebnisse.« Linz setzte sich an seinen Computer und begann zu tippen, hämmerte förmlich jeden Buchstaben in die Tastatur.

Für Brandhasl war es offensichtlich, dass irgendetwas seinen Kollegen völlig aus der Bahn geworfen hatte. »Wann immer du reden willst, ich bin für dich da. Tag und Nacht, mein Freund.«

Linz hielt in seiner Bewegung inne. »Danke! Das weiß ich zu schätzen.« Er entkrampfte sich ein bisschen.

»Ich habe zwei E-Mails bekommen.« Brandhasl wollte das Gespräch nicht versiegen lassen. »Eine ist vom Büro der Organisation ›Neubeginn‹ aus Wien. Das sind die Bewährungshelfer. Platzek und Lechinger werden von einer jungen Frau, einer Maria Kaiser, betreut. Sie ist momentan in Bad Ischl auf einer Weiterbildung. Hier steht, dass sie ab Montag im Büro ist. Die zweite E-Mail ist von austriaweb.at. Der Inhaber des Waffenforums wohnt seit Oktober 2011 in Utah, USA. Seine Webseite verfügt nicht über Statistiken. Und die gesetzliche Pflicht, die Daten der Besucher von Internetseiten sechs Monate lang zu bewahren, ist in Österreich erst am 1. April 2012 in Kraft getreten. Pech für uns.«

»Diese Maria Kaiser, wo ist sie? In Bad Ischl? Ist das nicht ganz in der Nähe?«, fragte Linz.

»Stimmt. Warte, die Schulung findet im Theaterhaus statt und dauert noch bis fünfzehn Uhr. Soll ich hinfahren?«

»Das wäre super, Hans. Wir müssen dringend Ergebnisse liefern. Frag sie, was Platzek und Lechinger auf der Alm gemacht haben und in welchem Zeitraum sie dort waren. Und ob sie weiß, wo genau sich die beiden am 5. März aufgehalten haben. Möglich, dass das unsere erste wirklich heiße Spur wird. Ich rufe in Wien an und frage die Kollegen, ob sie die Adressen der beiden überprüfen können. Ich halte dich auf dem Laufenden.«

»Wird gemacht, Chef«, sagte Brandhasl lächelnd, nahm sich seine Jacke vom Kleiderständer und machte sich auf den Weg.

Wie jeden Tag war Anna früh aufgestanden. Sie war joggen gewesen, Richtung Fischbach, Fischbach-Egg, rund um den Scheffenbichlkogel bis zur Jausenstation Fliehof und nach Hause. Sieben Kilometer. Sie fühlte sich gut.

Beim Betreten ihrer Wohnung legte sie die Kopfhörer

und ihr Telefon auf die Kommode im Flur und fing an, sich auszuziehen. Von der Haustür bis ins Bad lag alle paar Schritte ein Kleidungsstück. Erst das Thermoshirt, Schuhe und Socken, Jogginghose, Tangaslip und vor der Duschkabine der schwarze Sport-BH von Adidas.

Nach dem Duschen ging sie, ohne sich abzutrocknen, nackt durch die Wohnung und machte das Radio an. Sie liebte das Gefühl, wenn das Wasser auf ihrem heißen Körper verdunstete. In der Küche schaltete sie den Wasserkocher ein, füllte Frühstückstee in ein Sieb. Mit dem Müsli, das sie vor dem Laufen in einer Schale angesetzt hatte, setzte sie sich auf den windgeschützten Balkon in die Sonne.

Sie blickte hinauf zum schneebedeckten Gipfel des Großen Traunsteins. Das reflektierte Licht war so hell, dass sie blinzeln musste. Außer dem Radio und dem Klappern des Löffels in der Schüssel war kaum ein Geräusch zu hören. Ihre Gedanken drifteten in die Vergangenheit ab.

Nachdem Anna bei ihrer Mutter ausgezogen war, hatte sie in Salzburg in einem alten Bürgerhaus gewohnt. Nahe der Altstadt, mitten im pulsierenden Herz der Mozartstadt an der Salzach, war das Leben fast wie in Wien gewesen.

Völlig überraschend hatte sie die Stelle in Abtenau angeboten bekommen und war hierhergezogen, um nicht täglich im Stau stehen zu müssen. Sie hatte geglaubt, die überwältigende Natur und die Ruhe würden ihr guttun.

Es piepste einmal laut. Radio Salzburger Land meldete: »Am Abend des 4. April wurde auf der Postalm der lange vermisste Berliner Investor Peter Vogel erschossen aufgefunden.«

Anna sprang auf. Ihre halb volle Müslischale fiel klirrend zu Boden. Sie lief ins Wohnzimmer, stellte den Fernseher an und das Radio auf ›Mute‹. Sie zappte, bis sie einen Sender erwischte, der die Morgennachrichten brachte. Gerade wurde ein Foto des Ermordeten eingeblendet. Die Nachrichtensprecherin berichtete, was die deutsche Polizei gestern Abend in einer Pressekonferenz bekannt gegeben hatte. Zwei Minuten lang informierte sie über den Toten und den Segen, den er für die Postalm hätte bringen können.

»... dringend benötigte Finanzmittel bereitstellen wollte. Genaue Umstände zum Tathergang sind nicht bekannt, da sich das Landeskriminalamt Salzburg bis zur Stunde in Schweigen hüllt. Wir schalten live zu unserem Reporter vor Ort, Christoph Hangerer. Christoph, was haben Sie für uns in Erfahrung bringen können?«

Mit Entsetzen verfolgte Anna, wie ein fülliger Mittvierziger vor der Steinleit Hütte stand und mit hektischen Bewegungen den Fundort beschrieb.

»Hier vor dieser Berghütte hat Peter Vogel, der millionenschwere Unternehmer aus Deutschland, vier Wochen lang gesessen, ohne dass es jemandem aufgefallen ist. Bisher gibt es keine Stellungnahme von Seiten der österreichischen Polizei. Es ist uns jedoch gelungen, denjenigen zum Interview einzuladen, der die Leiche als Erster entdeckt hat.«

Der Kameramann machte einen Schwenk nach rechts. Da stand Sepp und grinste in die Kameralinse.

*Das glaube ich jetzt nicht*, dachte Anna.

»Herr Berg, Sie haben am Nachmittag den Toten gefunden. Was können Sie unseren Zuschauern darüber sagen?«

»Also, ich saß da oben«, er zeigte auf das Jagdhaus, »und der Mann saß hier vor Josis Hütte auf der Bank. Ich dachte, der meditiert. Ich habe ein Gefühl für solche Dinge, übersinnlich, würde ich sagen. Weil ich den Mann mental nicht erreichen konnte, bin ich zu ihm hinuntergegangen. Da habe ich gesehen, dass er tot war. Er hatte ein riesiges Loch im Kopf, überall Blut und Gehirnmasse. Seine Augen waren weit aufgerissen. Ich bin von Grund auf seelisch ausgeglichen. Das muss man als Holzknecht sein. Aber das war sogar für mich zu viel.«

Der Reporter richtete das Mikrofon auf sich selbst.

»Herr Berg, wann haben Sie erfahren, um wen es sich bei dem Toten handelt?«

»Sofort, ich kannte den Mann ja aus der Zeitung. Dieses Bild, auf dem er unserem alten Bürgermeister die Hand schüttelt, ist nämlich auf Seite eins gewesen.«

»Was für ein Lügenmaul! Ich fasse es nicht!«, rief Anna aus. Sie hatte Mühe, sich auf das Interview zu konzentrieren.

Der Reporter fragte: »Waren Sie dabei, als der Fundort untersucht wurde? Die deutschen Behörden erweckten den Eindruck, dass die Arbeit des LKA Berlin den Durchbruch zum Fund der Leiche gebracht hat.«

»Also«, Sepp nahm dem Mann das Mikro ab, hielt es sich vor den Mund. »Die Polizei war ausgesprochen professionell, vor allem die Leute aus Salzburg. Ich bin bei denen so was wie ein Teammitglied, ein Hilfssheriff sozusagen ...«

Anna schaltete den Ton aus. »Dieser Wichtigtuer!«, schrie sie, »Kann er nicht ein Mal seine Klappe halten?« Sie holte ihr Handy aus dem Korridor und rief Lukas an. »Ich bins, Anna. Was ist bei dir los?«

»Die Hölle. Große Transporter mit Satellitenschüsseln auf den Dächern von allen möglichen Fernsehsendern und Zeitungsreporter stehen bei mir hinter dem Haus. Die Leute klopfen an Tür und Fenster, so dass Prinz die ganze Zeit über bellt. Ich werde noch verrückt!«

Sie hörte den Lärm im Hintergrund. »Pass auf, Lukas. Halte das Jagdhaus verschlossen, gib keine Interviews! Ich informiere meinen Chef und komme sofort mit ein paar Kollegen zu dir hoch. Sobald ich an der Mautstelle bin, rufe ich dich wieder an. In Ordnung?«

»Ja, ist gut. Bis gleich.«

Sie ging ins Schlafzimmer, wollte sich ankleiden, da klingelte das Telefon. »Ist noch was, Lukas?«

»Wer ist Lukas? Hier ist dein Verleger. Ich bin stinksauer und fühle mich von dir total verarscht! Das wird ein Nachspiel haben, darauf kannst du dich verlassen!« Das

Telefonat war beendet.

Schulterzuckend warf Anna ihr iPhone auf das Bett. Sie zog eine frische Uniform an, trank ein Glas Orangensaft, für Tee war keine Zeit mehr. Anschließend rief sie ihren Vorgesetzten auf seiner Privatnummer an, erklärte ihm mit wenigen Worten, was vorgefallen war, von der Pressekonferenz in Deutschland bis zu Sepp, der kräftig vom Leder gezogen hatte.

Mannbarth war im Nu bei der Sache. »Sie fahren schleunigst auf die Alm. Haben Sie Ihre Uniform an? Ich hole Neue und Krispler aus den Betten. Wir stoßen, so schnell es geht, zu Ihnen. Denken Sie daran, Frau Tanzberger, der Tatort wurde bereits freigegeben. Diesbezüglich können wir nichts unternehmen. Dessen ungeachtet sollten wir für Ordnung sorgen. Privatstraßen sind nicht öffentlich. Sie verstehen, was ich meine?«

»Jawohl, Herr Kontrollinspektor, ich habe Sie verstanden.«

Als Anna ein paar Kilometer die kurvenreiche Postalmstraße hinaufgefahren war, musste sie unvermittelt stoppen. Vor ihr reihten sich Fahrzeuge von Presse und Fernsehen zu einer sich nach oben windenden Schlange aneinander, die bis zur Mautstelle reichte. Jeder Fahrer musste einen Zehneuroschein in den Automaten schieben, warten, die Quittung aus dem Schlitz nehmen und abermals warten, bis sich die Schranke geöffnet hatte.

Nach fünf Minuten hatte die Polizistin die Geduld verloren. Sie griff zum Telefon und wählte. »Hör zu Lukas, vor der Mautstelle ist extrem viel Verkehr. Es dauert mindestens eine halbe Stunde, bis ich bei dir sein kann. Halte durch, meine Kollegen sind auch unterwegs!«

»Soll ich Matthias anrufen? Er sitzt seit heute Morgen in seinem Wachhäuschen. Solange alles glattgeht mit dem Bezahlautomaten, beschleunigt er das Durchkommen der Journalisten nicht. Für dich kann er allerdings die Schranke für den Verkehr der entgegengesetzten Richtung öffnen.«

»Wenn das geht? Versuch es bitte! Ich mache den Warnblinker an und werde an allen vorbeifahren.«

Sie erreichte die Mautkasse unter dem heftigen Hupen der Wartenden. Matthias stand vor dem kleinen Holzhaus, grüßte sie freundlich und ließ sie passieren.

Bis zum Sattel am Eingang des Einbergs kam Anna zügig voran. Dann musste sie hart bremsen. »Verdammt, wieder Stau!«, rief sie aus. Ihre Fahrspur war verstopft mit Fahrzeugen, die einfach am Fahrbahnrand geparkt waren.

Sie setzte erneut den Warnblinker, lenkte ihren Audi auf die Gegenspur. Zwei, drei Mal musste sie laufenden Reportern mit schweren Kameras ausweichen, bevor sie endlich die Einfahrt zum Jagdhaus sehen konnte.

Es war kein Durchkommen mehr. Sie zählte sieben Übertragungswagen von verschiedenen Sendern und über zehn mit Aufklebern Deutscher, Schweizer und einheimischer Zeitungen. Ein Medienrummel, als ob der Bundeskanzler erschienen wäre.

Anna fuhr rückwärts bis zu einer Stelle, an der sie gefahrlos parken konnte. Sie stieg aus, bahnte sich ihren Weg durch die wartenden Reporter und stellte sich vor die verschlossene Eingangstür. Sie pfiff so laut, sie konnte. Das Murmeln der Medienvertreter verebbte.

»Wenn Sie mir eben zuhören möchten. Ich bin Inspektorin Tanzberger von der Abtenauer Polizeiinspektion. Sie haben sicher mehrfach gelesen, dass das Jagdgrundstück, die Seitenwege der Postalmstraße und das gesamte Almgebiet als Privatgelände ausgewiesen sind. Das bedeutet, Sie dürfen diese nur mit Genehmigung der Grundbesitzer betreten und befahren. Überdies bedarf die Verwendung des Foto- und Videomaterials, das Sie hier aufgenommen haben oder noch aufnehmen möchten, der Zustimmung des beziehungsweise der Eigentümer des Grund und Bodens gemäß Paragraf 1328a des ABGB.

Denjenigen, die diese Genehmigungen nicht haben, wird rechtswidriger Eingriff in fremde Besitzrechte zur Last gelegt. Ich fordere die betreffenden Personen hiermit auf, diesen Platz sowie die Wege unverzüglich zu räumen! Etwa zwei Kilometer in Richtung Strobl befindet sich ein Parkplatz, der für die Öffentlichkeit freigegeben ist. In zehn Minuten werden die ersten Abschleppwagen eintreffen. Meine Kollegen haben begonnen, Anzeigen wegen unbefugten Betretens aufzunehmen.

Diejenigen, die eine Drehgenehmigung oder entsprechende Erlaubnis vom Eigentümer des jeweiligen Grundstücks vorweisen können, kommen jetzt bitte zu mir. Die anderen fahren ihre Fahrzeuge zum großen Parkplatz und besorgen sich die Zustimmung zum Aufzeichnen und zur Weiterverwendung von Bild- und Tonaufnahmen. Ich danke Ihnen für Ihre Aufmerksamkeit.«

Wie aufs Stichwort kamen zwei Polizeifahrzeuge mit eingeschaltetem Blaulicht die Postalmstraße entlanggefahren. Anna hatte ihren Chef von unterwegs aus informiert, dass Matthias für ihre Kollegen die zweite Schranke öffnen würde.

Sie hatte mit einem Tumult gerechnet, da Journalisten mit Einschränkungen oft ihre Mühe haben. Aber die Möglichkeit, das aufgenommene Material fürs Erste in Sicherheit zu bringen, hatte den Pulk von Reportern, Kameraleuten und Vertretern der Presse schnell aufgelöst. Einzig ein Mann mit Cordjacke war stehengeblieben.

Salzinger sah sie mit durchdringenden Augen an. »Es ist mir unbegreiflich, wie Sie es geschafft haben, dass ich meine Story nicht bringen durfte. Doch gegen meinen Anruf bei der ÖPA und einem kleinen Tweet haben nicht einmal Sie einschreiten können!« Er hob zwei Finger zum Gruß an seine Schläfe und entfernte sich.

Nachdem Linz alle Unterlagen studiert hatte, nahm er die Überprüfung des Backgrounds der möglichen Verdächtigen am Computer in Angriff.

Außer Lechinger und Platzek war bisher keiner aktenkundig geworden. Nur Lukas Graf hatte mit zwölf

Jahren eine amtliche Verwarnung wegen Fahrens ohne Führerschein erhalten, weil er mit dem Auto seines Vaters von Rußbach bis zur Alm gefahren war. Man hatte ihn erwischt, als er mit siebzig durch Fischbach fuhr. Linz drückte auf den Knopf für ›Bilder laden‹.

*Zum Glück sind wir im Zeitalter der elektronischen Datenkommunikation,* dachte er, während die eingescannten Fotos nach und nach auf dem Bildschirm erschienen.

Das Erste war die Aufnahme aus der Blitzkamera. Geschwindigkeit, Datum und Uhrzeit waren zu lesen. Das Gesicht des Fahrers war größtenteils verdeckt, die Augen schauten nur wenige Zentimeter über das Lenkrad hinaus.

Das zweite Foto zeigte einen kleinen Jungen, der grinsend vor einem silbernen Mitsubishi Pajero stand. Der Lockenkopf trug eine kurze Lederhose und ein T-Shirt mit einem großen gelben Smiley auf der Brust.

Das letzte Bild zeigte das Auto von der Seite. Es hatte einen hässlichen Kratzer von der vorderen bis zur hinteren Stoßstange.

Linz las sich den Bericht der Verkehrspolizei durch, der keine wichtigen Einzelheiten enthielt. Dann wurde er stutzig. Im Verzeichnis der Gegenstände, die man sichergestellt und an den Vater übergeben hatte, fand er:

Lodenjacke, grün, Größe 158;

Jagdmesser, 13 cm Klinge;

KK-Gewehr, CZ 527 Kaliber .22;
7 Schuss Kaliber .22 Hornet.

»Jetzt habe ich dich, du Mistkerl!«, rief er aus und stand so ruckartig auf, dass sein Stuhl umfiel. Er befestigte seine Glock 17 und das Handschellenholster am Gürtel, rannte zum Auto.

Als Linz im Wagen saß, rief er seinen Vorgesetzten an. »Guten Morgen Herr Major! Ich brauche dringend einen

Durchsuchungsbeschluss für die Wohnung von Herrn Lukas Graf sowie für die Räumlichkeiten im Jagdhaus. Herr Graf hat bei meiner Befragung die Unwahrheit gesagt. Er besitzt wohl ein KK-Gewehr Kaliber .22.«

»Guten Morgen, Herr Linz. Schön, dass Sie eine heiße Spur haben. Leider bin ich nicht mehr zuständig. Direktor Tanzberger hat die vorläufige Leitung übernommen, da ich Sie nicht an dem Telefonat mit Deutschland gehindert habe.«

»Es tut mir aufrichtig leid, Herr Major. Ich habe nicht geahnt, dass man uns derartig bloßstellen würde.«

»Was solls, wir reden später. Rufen Sie in seinem Büro an und vermasseln Sie es nicht. Haben Sie die Nummer?«

»Nein, Herr Major. Bei unserem Telefonat heute Morgen war seine Kennung unterdrückt.«

Tuchler gab ihm die Rufnummer.

Die Sekretärin war am Apparat.

»Leutnant Linz für Direktor Tanzberger.« Er hatte kaum ausgesprochen, als sie ihn durchstellte.

»Herr Linz, gibt es Neuigkeiten? Ich sitze gerade mit dem Justizminister am Tisch. Wir diskutieren, wie wir uns glimpflich aus der durch Sie verursachten Misere befreien können.«

Linz musste schlucken, der Kloß in seinem Hals erschwerte ihm das Sprechen. »Ja, Herr Direktor. Der Bericht über ein Verkehrsvergehen des Jägers Lukas Graf hat neues Licht auf den Fall geworfen. Auf der Liste sichergestellter Objekte ist eine Kleinkaliberwaffe verzeichnet. Herr Graf hat hingegen bei meiner persönlichen Befragung behauptet, keine anderen Waffen zu besitzen als die, die im Jagdhaus gelagert werden. Und dort befand sich keine KK, Kaliber .22. Das habe ich kontrolliert. In Folge dessen benötige ich schnellstmöglich einen Durchsuchungsbeschluss für das Jagdhaus und die Privatwohnung des Jägers.«

»Moment.«

Linz hörte ein Klicken in der Leitung, Mozarts kleine Nachtmusik erklang in einer piepsigen Computerversion. Tanzberger hatte ihn in die Warteschleife gehängt. Keine Minute später brach die Musik ab.

»Sie haben den Beschluss in zehn Minuten auf Ihrem Handy, Herr Leutnant. Der Justizminister persönlich wird ihn unterschreiben. Legen Sie los!«, befahl der Chef der Salzburger Polizei und fügte hinzu: »Und alle Informationen direkt zu mir, verstanden?«

»Jawohl, Herr Direktor!« Linz gab Gas.

Brandhasl war gut durchgekommen. Er hatte den Weg über die B 1 und die B 158 genommen. Nach 55 Minuten stand er vor dem Theaterhaus in Bad Ischl.

Er betrat das alte, im Flair der Kaiserzeit erbaute Gebäude über den Seiteneingang. Sowohl in der Eingangshalle als auch auf der Terrasse standen etwa 200 Personen und diskutierten, die Nichtraucher drinnen, die Raucher draußen. Mit Trachtenjanker und Bundfaltenhose war Brandhasl vergleichsweise vornehm gekleidet. Die meisten Anwesenden trugen Jeans und handgestrickte Pullover. Selbst schwarzweiße Arafat-Tücher tauchten hier und da auf.

*Sozialpädagogen*, ging es ihm durch den Kopf. Er suchte den Hausmeister auf und wies sich mit seinem Dienstausweis aus. Wenig später hörte er, wie eine Stimme über die Lautsprecheranlage ausrief: »Frau Maria Kaiser, bitte zur Pförtnerloge kommen.«

Brandhasl musste nicht lange warten. Eine kleine Frau erschien und reichte ihm die Hand. »Grüß Gott, ich bin Maria Kaiser.«

»Guten Tag, Frau Kaiser, Abteilungsinspektor Hans Brandhasl, LKA Salzburg. Darf ich Sie einen Moment sprechen?«

Augenblicklich wich das Blut aus ihrem Gesicht, sie suchte Halt an der Wand. »Was kann ich für Sie tun? Ist was passiert?«

»Nein, ich möchte Sie nur über zwei Ihrer Schützlinge befragen. Können wir nach draußen gehen?«

Sie nickte. Brandhasl ließ ihr den Vortritt, sah sie mit unsicheren Schritten die Treppe hinabsteigen. Im Park setzten sie sich auf eine der Bänke.

»Frau Kaiser«, begann er und musterte die junge Frau. Sie war neunzehn oder zwanzig Jahre alt, mindestens einhundert Kilogramm schwer und hatte halblanges fettiges Haar, das unter Spliss litt. Ihre Kleidung war sauber und gebügelt, aber unmodern und wollte so gar nicht zueinanderpassen. Eine rote Hose, ein grüner Pullunder über einem weißen Männerhemd und ein sonnengelber Strickschal. Die rosafarbene Brille war für ihren kleinen, runden Kopf viel zu groß. Das pickelige Gesicht hatte rote Flecken bekommen. Sie war sichtlich nervös.

»Im Zuge einer Mordermittlung habe ich einige Fragen an Sie bezüglich zweier Straftäter, die Ihrer Aufsicht unterstellt sind. Es geht um Xaver Lechinger und Rudolf-Heinrich Platzek.«

Beim Nennen der Namen brach Maria Kaiser in Tränen aus. Sie rutschte von der Bank auf ihre Knie, traktierte ihre Oberschenkel mit Fausthieben und schrie dabei hysterisch.

Brandhasl war geschockt, blickte um sich. Erstaunlicherweise schien sich niemand für die Szene zu interessieren. Was sollte er tun? Er hockte sich vor die Frau, versuchte, sie zu beruhigen. »Was haben Sie denn, Frau Kaiser? Ich habe Ihnen nichts getan. Das ist lediglich eine Befragung.«

Sie schien ihn nicht wahrzunehmen. Fortwährend schlug sie sich und schrie: »Ich habe es gewusst, ich habe es gewusst!« Nach einer Weile wurde aus dem Schreien ein Jammern und dann ein Schluchzen.

Er reichte ihr ein Taschentuch. »Was haben Sie gewusst, Frau Kaiser?«, fragte er vorsichtig.

»Ich wusste von Anfang an, dass es herauskommen würde, von Anfang an.« Sie weinte abermals.

Dieses Mal wartete Brandhasl nicht, bis sie sich gefangen hatte. »Es geht um Mord, Frau Kaiser. Ich bitte Sie, sich zusammenzunehmen. Noch einmal, was wussten Sie von Anfang an? Was haben Lechinger und Platzek auf der Postalm gemacht? Wieso sind Sie so aufgebracht?«

Sie atmete ein paarmal tief ein und aus, bemühte sich, nicht in Hysterie zu verfallen. Beide standen auf und setzten sich auf die Bank.

»Sex, wir hatten Sex! Schlechten, beschissenen, schmerzvollen Sex! Das haben wir gemacht!« Sie wischte sich über die Augen, setzte ihre Brille auf. »Seit Wochen trage ich meine Kündigung mit mir herum. Ich habe mich nur nicht getraut, sie abzuschicken. Es war ein schlimmer Fehler, ich weiß. Aber es war doch bloß dieses eine Wochenende.«

»Moment, bitte«, sagte Brandhasl mit ruhiger Stimme. »Sie hatten ein Liebeswochenende mit zwei Schwerverbrechern?«

»Liebeswochenende?«, heulte sie auf, sank erneut zu Boden. »Das war kein Liebeswochenende, das war brutaler Sex. Ich werde es nie mehr aus dem Kopf kriegen. Ich kann nicht schlafen, ohne das Gesicht von Platzek vor meinen Augen zu sehen. Wie er mir sein Ding in den Mund schiebt, bis ich mich übergeben muss. Sagen Sie das nie wieder, verstanden?« Ihre Hysterie hatte sich in blanke Wut verwandelt. »Zwei Tage habe ich alles über mich ergehen lassen müssen. Lechinger, der mich andauernd geschlagen hat, wenn er über mir war und Platzek, der unentwegt ›mein kleines süßes Kind‹ sagte. Es war widerlich. Haben Sie gewusst, was Viagra aus solchen Männern macht? Stundenlang, in jede Öffnung, zwischen den Brüsten. Sogar mein Unterkiefer war ausgerenkt.«

Brandhasl sah die junge Frau betroffen an. So etwas hatte er nicht erwartet und noch nie gehört.

Sie setzte sich neben ihn. »Mein erstes Mal sollte romantisch sein, wie in den Büchern. Das da war nur erniedrigend. Ich habe schon am ersten Abend versucht wegzulaufen. Doch Xaver hat mich so fest in den Bauch geschlagen, dass mir schwindelig wurde.« Sie hatte aufgehört zu weinen, kramte eine Schachtel Marlboro aus ihren Taschen hervor. »Ich habe eigentlich nie geraucht. Es hilft mir, mich daran festzuhalten, wenn ich zittere. Woran ich sterbe, ist mir egal geworden.« Sie zündete die Zigarette mit einem alten Benzinfeuerzeug an.

Er ließ sie einige tiefe Züge machen, bevor er einen neuen Versuch startete. »Frau Kaiser ...«

»Maria.«

»Gut, Maria, was genau ist wann passiert?«

Der Tabak schien ihr gutzutun, sie entspannte sich ein wenig. Sie hatte aufgegeben, warf den Rest der Zigarette in hohem Bogen in eine Blumenrabatte.

»Es war das Wochenende vom 28. Februar bis zum 2. März 2014. Lechinger und Platzek hatten mich überredet, für ein paar romantische Tage in die Berge zu fahren. Zu dritt dorthin, wo uns niemand kennt. Sie beschrieben mir alles mit so malerischen Worten, dass ich mich echt darauf gefreut hatte. Ich war wie elektrisiert. Endlich nicht mehr Jungfrau sein, eine richtige Frau werden.

Ich buchte die Hütte von Frau Stein bei Hüttenpartner für drei Tage und bezahlte sofort. In der Buchungsbestätigung per E-Mail stand, wo der Schlüssel der Almhütte liegen würde und dass ich ihn Sonntagmittag an derselben Stelle deponieren solle. Die Vermieterin käme Montagmorgen zum Saubermachen.

Freitagnachmittag um zwei – ich hatte extra zeitig frei genommen – fuhr ich mit meinem Auto zum vereinbarten Treffpunkt. Die beiden warteten an der Bushaltestelle Mexikoplatz in Wien auf mich, jeder mit einer kleinen Tasche.

Auf dem Weg zur Alm, der dreieinhalb Stunden dauerte, begrapschte Platzek, der neben mir saß, ständig meine Brüste. Erst fand ich es toll, ich bin ja keine Schönheit. Mit der Zeit wurde es immer unangenehmer. Als wir von der Autobahn abgefahren waren, fasste er mich in den Schritt. Ich war so erschrocken, dass ich beinahe einen Unfall gebaut hätte. Die beiden lachten bloß. Eine böse Vorahnung beschlich mich.

Sobald wir die Hütte erreicht hatten, zeigten sie ihr wahres Gesicht. Erst auf der Heimfahrt am Sonntagmittag hatte ich wieder Ruhe, weil sie auf der Rückbank schliefen.«

Maria Kaiser zündete sich eine neue Marlboro an, machte einen tiefen Zug. Sie hielt den Rauch so lange in den Lungen, bis sich ihr Gesicht vor Schmerz verzog. »Auf der Heimfahrt dachte ich, wenn ich in einer Kurve die Augen schließen und warten würde, bis es knallt, wäre alles vorbei und nie geschehen.« Sie hatte sich beruhigt, sich zurückgelehnt.

Den Blick starr in den wolkenlosen Himmel gerichtet vollendete sie ihre Beichte. »Ich weiß, ich bin hässlich und dick, habe fettige Haut und kleide mich unmöglich. Ich bin farbenblind, wissen Sie. Aber sowas habe ich nicht verdient. Die Schmerzen sind geblieben, beim Kauen und wenn ich auf Toilette muss. Ich bin eine dumme Gans!«

»Was war das mit der Kündigung?«, fragte Brandhasl schnell. »Sind Sie angehalten worden, die Organisation ›Neubeginn‹ zu verlassen?«

»Nein. Keiner weiß, was passiert ist. Ich habe einen riesigen Fehler gemacht aus purem Eigennutz. Ich denke die ganze Zeit, dass es besser wäre, wenn ich aus Wien verschwinden würde. Irgendwohin, weit weg, wo niemand ahnt, was ich getan habe. Seit Wochen will ich meinem Chef die Kündigung auf den Tisch legen, kann aber den Mut nicht aufbringen.«

»Haben Sie Platzek und Lechinger angezeigt?«

»Nein, die haben mich davor gewarnt. Lechinger hat gesagt, er bräche mir jeden einzelnen Knochen, wenn ich den Schantingern auch nur ein Wort verraten würde. Und seit jenem Wochenende glaube ich ihm. Platzek meinte, es stünden zwei Aussagen gegen eine, alles verliefe im Sand.

Ich hatte damals, am Samstagnachmittag, mein Telefon

eingeschaltet und drei Stunden meines Martyriums aufgenommen. Die ganze Zeit über habe ich geschrien und um Hilfe gerufen.«

Brandhasl war erschüttert. Trotzdem musste er das Gespräch zu Ende führen. »Maria, wissen Sie, was Lechinger und Platzek am 5. März gemacht haben?«

Sie war verwirrt über seine Frage, strengte sich dennoch an zu überlegen. »Am fünften März, das war ein Mittwoch? Ja, an dem Tag mussten sie zu Vorstellungsgesprächen als Lagerarbeiter in einem Möbelhaus. Sie kamen anschließend zu uns, dazu sind sie verpflichtet. Ich selbst war nicht da, hatte mich krankgemeldet. Mein älterer Kollege hat alles in den Akten vermerkt. ›Schöne Grüße von P&L‹ hatte er auf das Formular geschrieben und es auf meinen Platz gelegt. Das weiß ich genau.«

»Wissen Sie, um welche Uhrzeit das war?«

»Nein, nur ungefähr. Diejenigen, die auf Bewährung draußen sind, werden von einem ehemaligen Polizisten begleitet. Und der kommt meistens um eins. Ich nehme an, es wird gegen drei, halb vier gewesen sein, als die beiden in meiner Dienststelle waren. Warum fragen Sie?«

»Am 5. März ist vor der Hütte, die Sie gemietet hatten, ein Mord geschehen. Und wir haben Fingerabdrücke von Platzek und Lechinger gefunden.«

»Es wäre zu schön, wenn sie das gewesen wären. Doch am fünften März? Das kann nicht sein.«

»Es war eine Spur, der ich nachgehen musste. Frau Kaiser, wenn Sie am Montag im Büro sind, könnten Sie bitte alles für mich nachprüfen und mir das Ergebnis an diese E-Mail-Adresse schicken? Das wäre sehr nett.« Brandhasl reichte ihr eine seiner Visitenkarten.

In ihrer weiteren Unterhaltung versuchte er, ihr begreiflich zu machen, dass eine Kündigung nicht die Lösung sei. Eine Anzeige und eine Therapie würden ihr Ruhe bringen. Die Tonaufnahme dürfte vor Gericht den Ausschlag geben. Die Bewährung wäre hinfällig, die

Männer müssten ihre Haftstrafe komplett absitzen. Für Vergewaltigung, Freiheitsberaubung und schwere Körperverletzung kämen acht bis zwölf Jahre hinzu.

Als er sich von Maria Kaiser verabschiedete, hatte sie ihm versprochen, über die Anzeige nachzudenken.

Brandhasl setzte sich ins Auto, wählte die Nummer seines Partners und steckte sich den kleinen Kopfhörer des Handys ins Ohr. »Servus Willi, ich bin hier fertig. Platzek und Lechinger waren es nicht, sie haben Alibis. Ich erzähle dir alles Weitere später, ich muss erst einmal einen großen Kaffee trinken gehen.«

»Lass das, Hans! Komm direkt zur Postalm! Ich bin mit zwei Kollegen in der Wohnung vom Graf. Wir haben ein Kleinkalibergewehr sicherstellen können. Wenn du bei der Verhaftung dabei sein willst, musst du in dreißig Minuten oben sein. Bis gleich«, sagte Linz hastig und legte auf.

»Na prima! Wird wohl ein Kaffee von der Tanke werden«, grummelte Brandhasl vor sich hin und startete den Motor.

Anna hatte die letzten Reporter von der Alm verscheucht. Lukas öffnete vorsichtig die Tür des Jagdhauses. Sein Hund sprang als Erster hinaus und bellte den vor der Hütte sitzenden Kontrollinspektor an.

»Aus, Prinz!«, rief der Jäger. Der Hund verstummte und trollte sich auf den gewohnten Platz unter der Bank.

»Wir sind noch nicht über den Berg«, sagte Mannbarth. »Ein paar von denen werden zurückkommen.«

»Ich danke Ihnen allen für Ihre Hilfe! In so einer Situation bin ich verloren.« Lukas setzte sich neben den Kontrollinspektor. »Was wollten die Reporter? Woher haben sie erfahren, was passiert ist? Immerhin waren wir allesamt vergattert.«

»Ben Salzinger vom Express hat die Presseagentur Österreichs angerufen und somit eine Lawine ins Rollen gebracht«, erklärte Anna, die das Gespräch mit angehört hatte.

»Dürfen diese Leute das denn überhaupt?«

»Nein, Herr Graf«, antwortete sie förmlich. »Es gibt Gesetze, die das verhindern sollen. Vor allem, wenn es um Privateigentum und Persönlichkeitsrechte geht. Aber bis jemand diese Leute darauf hinweist, machen die, was sie wollen.«

Lukas fragte: »Was ist mit Sepp? Er war im Fernsehen. Wissen Sie, wo er ist?«

»Nein. Als wir hier vor zwanzig Minuten aufgetaucht sind, war er schon weg«, erwiderte Anna.

»Haben Sie gehört, was er gesagt hat? Er hat wiedermal eine seiner Nummern abgezogen. Jetzt nimmt ihn niemand mehr für voll.«

»Das habe ich noch nie getan«, knurrte Mannbarth. »Herr Berg ist nicht ganz richtig im Kopf. Wo ist übrigens Neue?«

»Ich habe ihn zur unteren Hütte geschickt, Herr Kontrollinspektor. Er soll verhindern, dass die Seminarteilnehmer vor die Kameras gezerrt werden. Ich hole ihn gleich ab.«

»Gut, Frau Tanzberger. Haben Sie Leutnant Linz erreicht?«

»Nein. Auf dem Weg nach oben habe ich es ein paar Mal versucht. Seine Nummer war ständig besetzt. Ich probiere es noch einmal.« Anna zog ihr iPhone aus der Uniformjacke. Während sie telefonierte, setzten die beiden Männer ihre Unterhaltung fort.

»Wie sind Sie eigentlich an diesen Verrückten gekommen, Herr Graf? Das war keine besonders freundschaftliche Geste von ihm, sich vor das Jagdhaus zu stellen und Interviews zu geben. Weiß er nicht, was er damit anrichtet?«

»Ich glaube, dass Sepp überhaupt nie denkt. Er genießt seine fünfzehn Minuten Ruhm, um später bei den Frauen im Dorf angeben zu können. Er ist harmlos, fast wie ein Kind, und er ist mein Freund. Er hat mir mal das Leben gerettet, ich bin ihm was schuldig.«

»Seien Sie auf der Hut, Herr Graf! Das kann schnell nach hinten losgehen.« Mannbarth stand auf. »Wir werden nun nach Abtenau fahren. Frau Tanzberger bleibt für alle Fälle hier. Einen schönen Sonntag noch.«

Anna hatte ihr Gespräch beendet und drehte sich zu den anderen um. »Wir können nicht weg. Linz sagte, dass mindestens zwei von uns dableiben müssen. Er wolle eine Verhaftung vornehmen. Wen er festnehmen will, hat er nicht erwähnt.«

»Passt schon. Krispler bleibt hier. Halten Sie mich auf dem Laufenden. Bis später.« Mannbarth verließ die Terrasse, ohne sich umzusehen.

»Jemanden verhaften? Wie bitte?«, mischte sich Krispler ins Gespräch ein. Er hatte die ganze Zeit an der Hauswand gelehnt. »Typisch Kripo! Wissen mehr als wir und machen ein Geheimnis draus.«

Anna schwieg. Sie überlegte, wen der Leutnant im Visier haben könnte.

»Mich ärgert am meisten«, sagte Lukas, »dass ich nicht mit Herrn von Zirbelwitz zu der Stelle fahren kann, an der er den Wilderer entdeckt hat. Die Berliner reisen schon heute Nachmittag ab.«

»Vielleicht haben Sie später die Möglichkeit dazu«, meinte sie. »Wenn Neue unten abgeholt wird, wird Herr von Zirbelwitz sicher zu Ihnen kommen.«

Lukas wollte gerade antworten, als Brandhasl mit einem silbernem Skoda Octavia auf den Parkplatz fuhr. Er blieb im Auto sitzen, trank aus einem Pappbecher und telefonierte.

Gleich darauf erschien Linz. Sie stiegen aus, besprachen sich kurz und kamen zum Eingang des Hauses.

Linz schaute Anna mit verächtlichem Blick an. In diesem Augenblick war sie für ihn ein Ventil für die ungerechte Behandlung durch ihren Vater.

Er stellte sich mit dem Rücken zu ihr vor den Jäger und sagte: »Herr Lukas Josef Graf, hiermit verhafte ich Sie

wegen des dringenden Tatverdachtes, Peter Vogel
vorsätzlich ermordet zu haben. Stehen Sie auf und
strecken Sie Ihre Arme nach vorn. Abteilungsinspektor
Brandhasl, die Handschellen.«

# Kapitel 10

Anna, Krispler und Lukas sahen die beiden Ermittler entgeistert an. Er, der Jäger, war verhaftet?

»Das ist bestimmt ein Irrtum«, wandte Anna ein, sobald sie ihre Fassung wiedererlangt hatte. »Sie müssen sich täuschen, Herr Leutnant!«

Ruckartig drehte sich Linz zu ihr um und raunzte sie an: »Ein Irrtum? Keineswegs. Ich habe soeben bei der Hausdurchsuchung in der Wohnung des Verdächtigen die Tatwaffe beschlagnahmt. Der Justizminister hat die Durchsuchung angeordnet. Und über die Gelegenheit brauchen wir wohl nicht zu diskutieren. Ihr Vater wird der Presse heute Abend den Verdächtigen präsentieren.«

»Was ist mit dem Motiv? Welchen Grund soll Herr Graf gehabt haben?«, erwiderte Anna beinahe ebenso laut.

»Peter Vogel wollte die Postalm in einen Snow Park verwandeln. Nichts wäre geblieben, wie es war. Täglich tausende Touristen, den ganzen Winter durch. Das Jagdrevier wäre Vergangenheit. Herr Graf hätte seine Lebensgrundlage verloren. Reicht Ihnen das als Begründung, Frau – wie ist Ihr Dienstgrad noch – Inspektorin?«

Linz hatte die letzten Worte so gehässig ausgesprochen, dass Anna kein Wort herausbrachte. Sie hatte ihm nichts getan, verstand überhaupt nicht, warum er so fies zu ihr war.

Brandhasl ließ die Handschellen zuschnappen.

Unentwegt starrte Linz die Inspektorin an. »Sie haben nicht das Recht, meine Handlungen zu kommentieren. Ich werde Ihren Vorgesetzten informieren, haben Sie mich verstanden?«

»Ja, habe ich«, antwortete Anna leise. »Dennoch sind Sie auf dem Holzweg, Herr Leutnant. Lukas ist es nicht gewesen.«

»Aha, Lukas! Sie verschwören sich mit dem Täter! Das wird Sie teuer zu stehen kommen, Sie werden sehen!«, brüllte er und zog den Verhafteten an den Armen hinter sich her zum Auto. Prinz, der versucht hatte, seinen Herrn zu beschützen, saß an der Stelle, an der ihm der Jäger »Platz!« befohlen hatte.

Lukas schaute ängstlich über die Schulter zu Anna. Er konnte nichts sagen. Seine Lippen formten stumm die Worte: *Ich bin es nicht gewesen.*

Anna war wie gelähmt.

Krispler hatte sich als Erster gefangen. »Wenn das alles ist für heute, hole ich Kollegen Neue ab und fahre nach Hause. Bis morgen, Frau Tanzberger. Kümmern Sie sich um den Hund?«

»Ja, mache ich. Servus«, sagte sie abwesend, den Blick starr auf den Parkplatz gerichtet.

Sie setzte sich auf die Bank, schüttelte immer wieder den Kopf. *War das gerade wirklich passiert? Die Verhaftung muss ein Missverständnis sein, das sich aufklären wird. Doch warum war der Leutnant gestern so nett zu mir und heute derart aggressiv?* Sie war sich sicher, nichts getan oder gesagt zu haben, das dieses Verhalten in irgendeiner Weise gerechtfertigt hätte. Ohne es zu bemerken, streichelte sie Prinz.

Schritte näherten sich dem Jagdhaus. Von Zirbelwitz war gekommen. »Guten Tag, gnädige Frau. Ich wollte um elf Uhr hier sein, aber einer Ihrer uniformierten Kollegen hat mich nicht vor die Tür gelassen. Steht Ihnen übrigens ausgezeichnet, das Blau und die roten Streifen, sehr elegant. Ist der Herr Jäger da?«

Anna sah den Berliner nicht an, hatte Angst, in Tränen auszubrechen. »Nein, tut mir leid, er musste weg.«

»Schade, ich sollte ihm die Stelle zeigen, an der ich den Mann mit dem schwarzen Gesicht gesehen habe.«

Plötzlich wusste sie, was sie tun musste. »Warten Sie bitte.« Sie lief ins Haus, suchte den Wagenschlüssel des Toyota. Sowie sie fündig wurde, ging sie hinaus, schloss mit dem Schlüssel, der innen auf der Tür steckte, hinter sich ab. Prinz trottete die ganze Zeit neben ihr her.

»Herr von Zirbelwitz, wir fahren. Oder müssen wir das Schneemobil nehmen?« Sie zeigte auf die Rotax.

Er verneinte: »Das schafft der Geländewagen locker, den Schlitten werden wir nicht brauchen.«

Alle drei stiegen in den Land Cruiser ein, der innen so ganz anders aussah als das Jagdhaus. Er war total verdreckt und vermüllt. Zerknüllte Zigarettenschachteln und alte Brottüten übersäten den Boden, vor dem Beifahrersitz lagen leere Wasserflaschen, ein Karton mit Hundekeksen vor der Rückbank.

»Entschuldigen Sie bitte, Herr von Zirbelwitz, ich fahre diesen Wagen zum ersten Mal. Es könnte unangenehm werden.«

»Nicht doch, wie sollte ich mich bei so charmanter Begleitung unwohl fühlen. Ich heiße übrigens Eduard. Nennen Sie mich bitte Ede, das sagt man so in Berlin.«

»Mache ich, Ede. Ich bin Anna, sehr angenehm.«

»Finde ich auch. Lass uns die Kiste ans Laufen bringen und losfahren. Nicht, dass ich es eilig hätte, aber wir sollten diese Angelegenheit direkt erledigen, oder?«

»Das sehe ich genauso.«

Der Dieselmotor startete sofort. Langsam rollte der Wagen vom Parkplatz links in den Wald. An der Alpbauer Hütte vorbei folgten sie dem linken Schotterweg. Minutenlang ging es nur bergauf.

»Jetzt vorsichtig Gas geben, junge Dame«, warnte er sie an einem schattigen Abschnitt des Weges, der noch vereist war. Doch der Allrad und seine Fahrerin machten ihre Sache gut. Ohne Schwierigkeiten hatten sie sich der besagten Stelle so weit wie möglich genähert.

»Hier müssen wir zu Fuß hoch in den Wald. Nimmst du den Hund mit, Anna?«, fragte er.

Sie entschied sich, Prinz im Auto zu lassen. Was sollte sie machen, falls er weglaufen würde? Sie kannte bloß das Kommando ›Platz‹. Und ob er auf sie hören würde, wusste sie ebenso wenig.

Ede ging mit erstaunlicher Leichtigkeit den steilen Anstieg voran. Nach einhundert Metern blieb er stehen und zeigte auf die andere Seite einer kleinen Lichtung.

»Genau dort vor dem dunklen Busch habe ich den Wilderer gesehen. Hinter diesem Baum hier habe ich mich versteckt.«

Anna sah sich zuerst den Platz an der mächtigen Fichte an, hockte sich in den Schnee, so wie es von Zirbelwitz getan haben musste. Von hier aus konnte sie tatsächlich die Position, an der sich der Geschwärzte befunden hatte, gut einsehen. Der Berliner hatte den Ort genau beschrieben.

»Gehen wir hinüber, Ede. Ich möchte mir einen Überblick verschaffen.« Sie durchquerten den gerodeten Streifen durch den verharschten Schnee.

»Ja, hier war es. Jede Menge Fußspuren, siehst du, Anna?«

Sie ging zwischen den Bäumen hindurch bis zu der Stelle, an der der Wilderer anscheinend das Reh ausgeweidet hatte. Überall war Blut und die Schleifspuren der Innereien, die sich Raubtiere über Nacht geholt hatten.

»Hier hat er das Tier aufgehängt und aufgeschnitten. Widerlich!« Von Zirbelwitz verzog das Gesicht.

»Ich mache besser ein paar Aufnahmen.« Sie holte ihr iPhone heraus, fotografierte jedes Detail, das für Lukas wichtig sein könnte.

Zehn Minuten später fuhren Anna und von Zirbelwitz zur Alpbauer Hütte.

»Anna, wenn du meine Hilfe brauchst, bleibe ich gern bei dir. Drinnen ist die Stimmung ohnehin auf dem Tiefpunkt. Erst verschwindet diese Theissen heute Morgen für eine ganze Stunde, und plötzlich steht ein Polizist im Flur. Dieser Sawatzki kann das nicht gut ab, glaube ich. Es wäre denkbar, dass er Dreck am Stecken hat.«

»Theissen? Ist das nicht die Frau, die auf eigene

Rechnung angereist ist?«

»Genau. Beim Wecken war sie nicht in ihrem Zimmer. Ist nicht ganz koscher, wenn du mich fragst.«

»Danke für dein Angebot und deine Hilfe, Ede. Ich denke, ich habe alles, was Herr Graf benötigt. Gute Heimfahrt und alles Gute!«

Von Zirbelwitz öffnete die Wagentür und stieg aus. »Tschüss, Anna, und hoffentlich bis bald.«

Auf dem Parkplatz hinterm Jagdhaus stand Brandhasls Octavia. Anna lief mit Prinz um die Ecke und erblickte den Pfeife rauchenden Abteilungsinspektor auf der Bank. Der Hund rannte zu ihm, bellte ihn an.

»Prinz, aus!«, rief sie. Zu ihrer großen Verwunderung befolgte der Hund ihren Befehl, ließ den Besucher dennoch nicht aus den Augen.

Brandhasl schaute stumm auf die Steinleit Hütte, blies lustvoll den dichten Rauch aus. Anna setzte sich wortlos neben ihn.

»Meine Frau ist mir weggelaufen, vor acht Monaten«, sprach er, während er weiter vor sich hin paffte. »Sie hat unsere zwei kleinen Dirndl mitgenommen.« Er zog die Brieftasche aus der Innentasche seines Trachtenjankers und zeigte ihr ein Foto aus besseren Tagen. »Das hier ist Evi und links daneben ist Karin. Ich vermisse sie sehr. Es ist, als ob mir meine Ex das Herz herausgerissen hätte.«

Anna fiel auf, dass das Gesicht der Frau auf dem Foto weggekratzt war.

»Jeden Sonntag sind wir in die Kirche gegangen. Wenn ich ein paar Tage Urlaub hatte, haben wir oft einen Ausflug gemacht. Zum Bodensee, in die steirischen Berge oder nach Bayern.«

»Seien Sie mir nicht böse, Herr Abteilungsinspektor, aber warum erzählen Sie mir das alles?«

»Wissen Sie, ich hatte sogar einmal den Drang, meine Frau umzubringen. Eine Waffe klauen bei einem Dealer und peng einen Schuss zwischen die Augen. Aber, so verzweifelt ich auch war, ich hätte es nie vor meiner Haustür gemacht. So blöd wäre ich nicht.«

»Wie bitte?« Anna verstand nicht.

»Ich halte den Jäger ganz gewiss nicht für dumm. Warum sollte er also den Mann hier erschießen und vier Wochen lang nicht auf die Idee kommen, ihn wegzuschaffen? Es wäre ein Leichtes für Herrn Graf gewesen, die Leiche auf Nimmerwiedersehen zu entsorgen.«

Sie war verdutzt. »Habe ich Sie richtig verstanden? Sie glauben nicht, dass Lukas der Mörder ist?«

Brandhasl wand sich, um die passenden Worte zu finden. »Sagen wir mal so: Wenn das Gewehr, das Willi gefunden hat, die Tatwaffe ist, wird es schwer, das Gegenteil zu beweisen. Andererseits haben wir nur Projektilsplitter, auf denen die Spuren der Züge wahrscheinlich nicht nachzuweisen sein werden. Unsere Metallurgin wird all ihr Können aufbieten müssen. Meiner Meinung nach passt der Jäger einfach nicht ins Schema.«

»Warum haben Sie das nicht schon vorhin gesagt, Herr Abteilungsinspektor?«, warf Anna ihm vor.

Brandhasl zog ein paar Mal an seiner Pfeife und legte sie dann vorsichtig neben sich auf die Bank.

»Heute früh ist irgendwas passiert. Willi hat einen Anruf von Ihrem Vater bekommen.«

»Mein Vater hat ihn persönlich angerufen?« Sie war erstaunt.

»Ja, als die Pressekonferenz der Berliner im Fernsehen lief, ungefähr um halb acht. Seitdem ist Willi total verändert. Er wirkt gehetzt und verängstigt. Ich habe ihn nie zuvor so erlebt. Normalerweise ist er ein freundlicher Mensch. Das, was sich eben zwischen Ihnen beiden abgespielt hat, ist so untypisch für ihn. Ach, ich weiß nicht ...« Bei diesen Worten erhob sich Brandhasl. »Das bleibt bitte unter uns, Frau Tanzberger. Willi ist mein Freund.«

»Natürlich, Herr Abteilungsinspektor, ich werde den Mund halten.«

»In Ordnung. Ich muss nach Salzburg. Mal sehen, was sich dort inzwischen abgespielt hat. Halten Sie die Ohren steif!«

»Warten Sie bitte, Herr Abteilungsinspektor. Ich muss Ihnen auch etwas erzählen. Herr Graf hat gestern am späten Nachmittag Herrn von Zirbelwitz am Fuße des Einbergs aufgelesen. Der hatte sich verlaufen, war erschöpft und unterkühlt und konnte sich nur mit Mühe auf den Beinen halten. Lukas rief mich an, weil er nicht wusste, was er tun sollte. Wir haben den Mann im Jagdhaus mit warmen Decken, Suppe und Aspirin aufgepäppelt. Sobald es ihm besser ging, erzählte er uns zwei sehr interessante Dinge. Erstens, Beate Theissen ist keine seiner Angestellten. Sie scheint von dem Training nichts zu halten, war öfter abwesend. Und zweitens hat er im Wald einen Wilderer gesehen, der ein Reh geschossen hatte. Ich denke, das sollten Sie wissen.«

»Mit schießwütigen Wilderen sollten Sie mich besser in Ruhe lassen, wir leben im einundzwanzigsten Jahrhundert! Die sind heutzutage ausgestorben. Diese Theissen allerdings werde ich mir direkt vorknöpfen. Danke.« Brandhasl drehte sich um und lief zum Auto.

*Was hat mein Vater zu Linz gesagt*, grübelte Anna. Von einem auf den anderen Tag hatte sich der Leutnant um einhundertachtzig Grad gedreht. Gestern beim Essen freundlich und mitfühlend, war er vorhin abfällig und gemein gewesen. Einen Augenblick lang war sie versucht, ihren Vater anzurufen. Sie verwarf die Idee jedoch schnell. Er konnte es überhaupt nicht leiden, wenn sie sich einzumischen versuchte.

Ein Stupsen an ihrem Bein riss sie aus ihren Gedanken. Prinz saß vor ihr, sah sie mit schief gelegtem Kopf an. Sie bückte sich nach vorn und kraulte ihn hinter den Ohren.

»Du verstehst nicht, was hier passiert ist, nicht wahr? Ich verspreche dir, wir werden deinen Herrn aus dem Gefängnis holen, Ehrenwort.«

Der Hund stand auf und wedelte mit dem gesamten Hinterteil.

»Du hast bestimmt Hunger. Soll ich nachschauen, ob wir zu essen für dich finden?«

Wie aufs Stichwort rannte Prinz zum Hauseingang. Anna schloss auf, folgte ihm in die Küche. Er saß vor der Tür zur Speisekammer und hypnotisierte die dahinter verborgenen Vorräte.

»Aha, da ist dein Fressen.« Sie öffnete die Schiebetür. Links davon stand ein Sack Wolfsblut-Biofutter. »Ich habe keine Ahnung, wie viel du bekommst. Ich hoffe, du hörst von selbst auf, wenn du satt bist.«

Brandhasl hatte die Alpbauer Hütte betreten, ohne zu klopfen. Die beiden Sawatzkis saßen mit acht Seminaristen am großen Tisch. An einem Einzeltisch rechts in der Ecke trank von Zirbelwitz einen Kaffee. Noch bevor der Seminarleiter einen Einwand vorbringen konnte, hob der Brandhasl abwehrend die Hand.

»Ich bin gleich wieder weg, ich möchte nur mit Frau Theissen sprechen. Wo finde ich die Dame?«

»Die Treppe hinauf, die erste Tür links. Sie packt, will vorzeitig abreisen«, beantwortete ihm von Zirbelwitz die Frage.

»Danke.« Brandhasl verließ den Raum. Er stieg die steile Holztreppe hinauf und klopfte an.

»Herein.«

Er betrat das kleine Zimmer. Es war dem Stil der Hütte entsprechend ganz in altem Holz gehalten. Bett, Kommode und ein schwerer Sessel waren die einzigen Möbelstücke.

»Herr Abteilungsinspektor, ich habe Sie erwartet.« Frau Theissen verstaute ihre Wäsche in einer Sporttasche.

Er ließ sich seine Überraschung nicht anmerken. »Ihnen ist klar, warum ich hier bin?«

»Ja.« Sie setzte sich mit einen zusammengelegten roten BH in der Hand auf das Bett. »Ich weiß, ich hätte Sie unverzüglich informieren müssen. Aber ich habe einen Vertrag mit Frau Vogel und musste sie erst über den Stand meiner Ermittlungen in Kenntnis setzen. Das habe ich heute Morgen getan.« Sie machte eine Pause, überlegte, welche Informationen sie preisgeben konnte, ohne dass es für sie Konsequenzen hätte.

»Mein Name ist nicht Theissen. Ich bin Dorothea Patzke von der Detektei Patzke und Partner aus Berlin Zehlendorf. Frau Vogel hat uns beauftragt, ihren Mann zu beschatten. Sie hat vermutet, dass er in Österreich eine Geliebte hat. Wir sollten Beweise liefern. Scheidung und so weiter, Sie wissen schon.«

Brandhasl betrachtete die Detektivin genauer. Luftiges T-Shirt, Cargohosen und feste, sportliche Schuhe, alles in Schwarz. Ihr Haar war mit einer Spange am Hinterkopf hochgesteckt, ihr Gesicht ungeschminkt. *Sehr hübsch*, dachte er, war von dem sehnigen, durchtrainierten Körper sichtlich beeindruckt.

»Seit Anfang Dezember letzten Jahres bin ich das vierte Mal hier. Ich habe versucht, Herrn Vogel einen Ehebruch nachzuweisen. Mehrmals habe ich ihn mit einer Frau beobachtet, die halb so alt wie er war. Jedes Mal vor dieser Hütte, vor der Sie ihn ermordet aufgefunden haben.« Sie packte den BH zu den anderen Sachen, zog den Reißverschluss der Tasche zu. »Ich habe über 3000 Fotos von ihm in allen möglichen Situationen. Wie er im Wald herumstreift, die Skilifte oben auf dem großen Platz inspiziert, die gastronomischen Einrichtungen und Berghütten begutachtet. Und wie er sich mit dieser Frau trifft. Leider gibt es keine Bilder von kompromittierenden Szenen. Aber das Schlimmste ist: Ich habe keine Aufnahmen von dem Tag, an dem er – wie ich nun weiß – getötet wurde.«

Sie musterte den Fußboden, musste sich überwinden weiterzusprechen. »Ich hatte mir am Abend des vierten März einen Skilehrer geangelt oder er mich, je nachdem wie man es sehen will. Wir sind erst gegen Mittag des nächsten Tages aus dem Bett gekommen. Zu diesem Zeitpunkt hatte Vogel das Hotel bereits verlassen. Ich habe mir keine Gedanken gemacht. Es war ein Tag wie jeder andere. Ob ich plus oder minus hundert belanglose Fotos haben würde, was hätte das ausgemacht. Vogel hatte nichts übrig für Frauen. Was ihn antrieb, war Geld. Das ist mir im Laufe der Beschattung klar geworden.«

Sie holte tief Luft. »Dann war Vogel verschwunden. Es hatte Mittwochnacht begonnen zu schneien, als ob die Welt untergehen würde. Für mich als Großstädterin war es die Hölle. Kein Durchkommen, schon gar nicht die Serpentinen zur Postalm hinauf. Trotzdem habe ich Vogel vier Tage lang gesucht, leider vergeblich. Sonntags bin ich schließlich nach Berlin, habe bei Frau Vogel Bericht erstattet. Überraschenderweise blieb sie ungerührt, machte im Gegenteil einen zufriedenen Eindruck. Obwohl ihr Mann verschwunden war! Ich weiß nicht, ob sie mit der Sache zu tun hat, das war nicht meine Aufgabe. Gewundert hat es mich trotzdem.«

Sie kramte in ihren Taschen, holte eine Packung Camel Light zum Vorschein. »Können wir bitte nach draußen gehen, Herr Abteilungsinspektor? Ich brauche eine Zigarette. Diese Naturheinis bringen mich auf die Palme. Keine Schminke, stinkende Seife und kaltes Wasser, das Essen der reinste Gefängnisfraß. Dass ich dafür auch noch bezahlen musste, ist echt das Letzte.«

Brandhasl ging vor. Vor der Hütte fragte er, ob sie ein paar Schritte gehen wolle.

»Gern. So lässt es sich leichter reden.«

Dorothea Patzke fuhr fort: »Theoretisch war mein Auftrag abgeschlossen. Vogel war verschwunden, ein Ehebruch nicht nachzuweisen. Unsere Auftraggeberin hat uns dennoch fürstlich entlohnt. Ich nehme an, Sie wollen gern wissen, wie hoch die Summe war. Wir haben insgesamt 200.000 Euro bekommen, 50.000 pro Monat. Und das ungefragt! Solche Kunden hätten wir gern haufenweise.

Aber das Verschwinden Vogels hat mir keine Ruhe gelassen. Das ist der Grund für meine Teilnahme an diesem Esoterik-Quatsch.« Sie holte eine kleine Blechdose aus ihrer rechten Beintasche, drückte darin ihre Zigarette aus.

Brandhasl zog fragend die Stirn kraus.

»Keine Spuren zu hinterlassen ist das A und O in meinem Job.« Sie zündete sich eine neue Zigarette an. »Mir will nicht in den Kopf, dass ich Vogel nicht erkannt habe, während ich an der Hütte vorbeimarschiert bin. Obwohl ich ihn so lange beschattet habe und keine 25 Meter entfernt an ihm vorbeigegangen bin. Egal. Sobald ich am Abend oben die Lichter und Fahrzeuge sah, wusste ich, dass etwas passiert war. Ich habe mich an den Waldrand gestellt, die Szene verfolgt und Fotos gemacht, bis mich der Jäger bemerkt hat. Als er mich mit einem Fernglas beobachten wollte, bin ich tiefer in den Wald hinein und anschließend zurück zur Hütte. Es tut mir leid, dass ich Sie belogen habe. Von den anderen Seminarteilnehmern sollte keiner wissen, wer ich wirklich bin.«

Er nickte. »Kann ich Ihre Fotos bekommen, Frau Patzke?«

»Alle?«

»Wenn es geht, ja, alle.«

»In Ordnung. Ich habe sie auf meinem Laptop gespeichert. Ich mache Ihnen gleich eine Kopie.«

»Frau Patzke, Sie haben gesagt, dass Sie Herrn Vogel mehrmals mit einer jungen Frau beobachtet haben. Wissen Sie, wer das war?«

»Na sicher, ich bin Privatdetektivin! Sie heißt Rosie Meierhofer, ist Chefsekretärin bei Ö-Invest in Golling. Seit dem 5. März ist sie mehr nicht auf ihrer Arbeit erschienen. Sie hat nicht gekündigt und keinen Urlaub eingereicht.

Das ist der zweite Grund, weshalb ich wiedergekommen bin. Ich wollte wissen, ob nicht doch etwas zwischen ihr und Vogel gelaufen ist und ob sie hier oben ein Liebesnest hatten. Das hat sich nun erledigt. Aber mir ist völlig unklar, was mit Frau Meierhofer passiert ist.«

»Haben Sie sich nicht gefragt, warum sich Herr Vogel mit der Sekretärin einer anderen Investmentfirma getroffen hat?«, fragte Brandhasl.

»Natürlich. Was denken Sie denn?« Überrascht sah sie ihn an, holte die Blechbüchse für den Zigarettenstummel heraus. »Es ist eigentlich ganz einfach. Zwei Parteien, erst waren es drei, konkurrieren um einen großen Deal, die Postalm. Der Betreiber der Skilifte ist pleite, weil das Geschäft ständig härter wird und immer stärker umkämpft ist. In den Wintermonaten machen die bewirtschafteten Almhütten Jahr für Jahr weniger Umsatz. Im Sommer kommen genügend Touristen. Allerdings sparen diese Gäste oft an der Bewirtung. Sie erwarten fünf Päckchen Mayo zu den Fritten und Leitungswasser zum Kaffee, alles gratis.

Es ist wirklich schön hier, ich habe so manche Wanderung gemacht. Das soll sich leider ändern, wie ich erfahren habe. Sowohl Ö-Invest als auch Vogel mit ihren Milliardenunternehmen wollen hier alles umkrempeln. Snowparks, Sprungschanzen, Halfpipes für die Trendsportarten und mittendrin drei oder vier riesige Partyzelte mit Technomusik. Große Sponsoren würden ein Action-Paradies entstehen lassen, rund um die Uhr feiern mit ohrenbetäubender Musik aus überdimensionierten Lautsprecheranlagen. Ein Alptraum!«

»Was sagen denn die Almbauern und Hüttenbetreiber?«, wollte Brandhasl wissen.

»Sie laufen Sturm. Setzen Sie sich spaßeshalber einmal in eine der hiesigen Restauranthütten. Es ist das Thema Nummer eins. Die Besitzer der Alm, das sind kleine und mittelgroße Bauern, haben das Projekt schon letztes Jahr abgelehnt. Aber Vogel hat anscheinend die richtigen Leute aus Salzburg als ›Freunde‹ gewonnen. Er hätte todsicher einen Weg gefunden, seine Vision durchzusetzen. Und Oberkroner von Ö-Invest ist vom gleichen Schlag – skrupellos.«

»Frau Patzke, Sie sagen, Vogel hat sich mit der Angestellten von Ö-Invest getroffen. Wissen Sie, worüber die beiden gesprochen haben?«

»Na klar. Zu meiner Ausrüstung gehört auch ein Richtmikrofon. Frau Meierhofer hat Interna ihrer Firma an Vogel verraten und dafür mehrere Umschläge mit Bargeld von ihm erhalten.«

»Was genau hat die Frau denn ausgeplaudert?«

»Ich kopiere Ihnen die Audiodatei auf einen USB-Stick. So haben Sie alle Daten. Im Wesentlichen ging es um Baugenehmigungen und um Personen, die bestochen worden sind.«

Brandhasl wurde unruhig, wollte umkehren, das Material sichten. »Wenn das stimmt, was Sie sagen – und davon gehe ich aus – denken Sie, dass es ein Auftragsmord war und diese Frau Meierhofer deshalb verschwunden ist?«

»Wundern würde es mich nicht, Herr Abteilungsinspektor.«

»Was meinen Sie, steckt Frau Vogel dahinter oder eher jemand von Ö-Invest?«

»Ich weiß nicht, beides wäre möglich.« Dorothea Patzke zweifelte, ob sie Brandhasl alles erzählen sollte.

Abrupt blieb sie stehen und blickte ihm direkt in die Augen. »Ich habe einige Fotos in einem kleinen Café in der Innenstadt von Hallein gemacht. Vor der Tür, neben dem schwarzen Jaguar von Oberkroner parkten zwei Limousinen. Die eine hatte ein mit HA beginnendes Kfz-Kennzeichen – folglich war sie hier aus dieser Gegend – die andere eins mit einem S als alleinigen Buchstaben in Kombination mit Zahlen. Ich habe mich im Internet schlaugemacht. Das letztere Kennzeichen bedeutet, dass das Fahrzeug von einem hohen Beamten aus Salzburg genutzt wird. Die Männer waren die einzigen Gäste in dem geschlossenen Café, das man zuvor geräumt hatte.«

»Wann genau war das?« Brandhasl war hellhörig geworden.

»Das war am Nachmittag des 7. März. Ich war auf der

Suche nach Herrn Vogel oder Frau Meierhofer. Als ich den Jaguar sah, bin ich ihm gefolgt. Gehört habe ich nichts, ich hatte mein Mikro dummerweise im Hotel gelassen. Die Leute haben eine ganze Stunde miteinander diskutiert.«

Brandhasls Gedanken überschlugen sich. *Wie passt diese Information in unseren Fall? War es ein bestellter Mord? Was hatte ein Beamter aus Salzburg damit zu tun? Ermitteln wir in die falsche Richtung?* »Lassen Sie uns umkehren«, drängte er und drehte um.

»Wenn Sie keine Einwände haben, würde ich gern abreisen, nachdem ich Ihnen die Daten überspielt habe. Ich muss hier weg. Mit diesen Spinnern halte ich es nicht länger aus.«

»Warum haben Sie 3200 Euro bezahlt, wenn Sie ein Hotel hätten nehmen können?«

»Wieso 3200? Es hat mich 800 gekostet und keinen Cent mehr. Ich dachte, es wäre weniger auffällig und ich könnte ganz dicht bei der Steinleit Hütte sein.« Sie blieb stehen. »Wie sind Sie eigentlich dahintergekommen, dass ich Privatdetektivin bin?«

Er schmunzelte. »Gar nicht. Sie haben es mir erzählt, als ich Ihr Zimmer betreten hatte. Bis dahin hatte ich keinen Schimmer«, antwortete er wahrheitsgemäß.

Nun musste sie lachen. »Sie sind mir einer! Sie lassen mich die ganze Zeit im Glauben, Sie wüssten Bescheid! Und ich rede und rede. Sie sind richtig gut. Wenn Sie nicht so weit weg wohnen würden ... Ich stehe nämlich auf Ihr Semester.«

Verlegen schaute er zu Boden.


Brandhasl wartete vor der Alpbauer Hütte auf Dorothea Patzke und grübelte. *Dieser Fall droht, aus dem Ruder zu laufen. Willi hat unter großem Druck jemanden verhaftet, den er normalerweise nicht verdächtigt hätte.* Nun war sogar ein Auftragsmord in den Bereich des Möglichen gerückt. Er holte das Handy heraus, wollte Linz warnen. »Kein

Empfang, so ein Mist!«, fluchte er und steckte es ein.

Endlich trat die Detektivin vor die Hütte.

»Kommen Sie, Frau Patzke. Ich nehme Sie bis oben zur Straße mit.« Er nahm ihr die Reisetasche ab, öffnete die Wagentür für sie.

Wortlos fuhren sie den Weg hinauf. Er stoppte neben ihrem Auto.

»Wirklich schade«, sagte sie, gab Brandhasl einen leichten Kuss auf die Wange und stieg aus.

Er blieb noch einige Minuten sitzen, sah ihr nach, bis ihr Fahrzeug zwischen den Bergen verschwunden war. Sie hatte ihm einen USB-Stick gegeben und eine Visitenkarte, auf deren Rückseite stand: ›Besuchen Sie mich, wenn Sie einmal nach Berlin kommen. Kuss Doro‹.

Auf der Rückbank von Linz' Wagen saß Lukas und schwieg beharrlich. Er hatte nicht auf die ständigen Versuche des Leutnants, ihn zu einem Geständnis zu bewegen, reagiert.

Mittlerweile hatte Linz aufgegeben, war sich sicher, dass es im Verhörraum anders laufen würde. Er hatte die Tatwaffe, den Mörder und – wie er aus dem Protokoll von Frau Vogel entnommen hatte – ein stichhaltiges Motiv.

Kaum war er auf der A 10, rief er Tanzberger an. »Herr Direktor, Linz hier. Ich habe in der Privatwohnung des Jägers eine CZ, ein Kleinkalibergewehr mit Zielfernrohr, sichergestellt. … Ja, ich habe den Verdächtigen vorläufig festgenommen. Die Waffe habe ich im Kofferraum und bringe sie gleich zur Spurensicherung. Die Kollegen sind informiert, dass ich unterwegs bin. … Danke, Herr Direktor, ich habe lediglich meine Pflicht getan. … Ja, selbstverständlich schicke ich Ihnen umgehend die Personalien von Herrn Graf für die Pressekonferenz. … Per Fax geht auch, die Nummer steht im Verzeichnis, ich weiß. … Ja, ich bin mir sicher, wir haben den Richtigen. Typisches Täterverhalten, hilfsbereit, immer anwesend. … Danke.

Eins noch, Ihre Tochter mischt sich vehement in diese Angelegenheit ein. Ich denke, sie könnte ein Verhältnis mit dem Verdächtigen haben. Ich bin mir nicht ganz sicher. Jedenfalls hat er seinen Hund bei ihr gelassen ... Ja, sie hat mich vor allen Kollegen lächerlich gemacht und mir widersprochen ... Genau. Danke, das wäre sehr freundlich.«

Linz trennte die Verbindung, fühlte sich für den Moment richtig gut. Er hatte den Verdächtigen gefasst und der kleinen Polizistin gezeigt, dass sie zu weit gegangen war.

Lukas hatte das Gespräch mit anhören müssen. Mit teilnahmsloser Miene starrte er aus dem Fenster, obwohl er voller Verachtung für den Leutnant war und die Angst vor dem, was kommen würde, ihn schier lähmte.

Als Linz mit Lukas beim LKA eintraf, war der Eingang durch einen Pulk Journalisten versperrt. Tanzberger hatte für Publicity gesorgt. Die Verlockung, durch die Menge zu gehen und sich im Blitzlichtgewitter zu sonnen, war groß für Linz. Doch auch wenn er sich sicher war, noch fehlten ihm die Beweise. Erst wenn die KPU die Waffe untersucht und der Verdächtige gestanden hatte, würde er sich den Fotografen stellen.

Linz fuhr in die Tiefgarage. Er brachte Lukas mit dem Aufzug in die erste Etage zu den Vernehmungsräumen.

Dort beauftragte er einen Inspektor, den Jäger zu bewachen und brachte die CZ persönlich zur Spurensicherung.

»Da ist ja unser Held«, rief Brenninger aus einer hinteren Ecke. Er und seine Kollegen klatschten, als Linz stolz die Waffe hochhielt.

»Frau Duna, Sie sind die Spezialistin.« Linz übergab ihr das Gewehr. »Wie lange werden Sie brauchen, um es als Mordwaffe zu identifizieren?«

»Sehen wir uns das gute Stück näher an«, antwortete

Mónika Duna ruhig. Sie zog sich ein paar blaue Latexhandschuhe über, befreite die CZ von der durchsichtigen Folie.

Sie zog den Bügel nach hinten, öffnete das Schloss für den Einwurfmechanismus und vergewisserte sich, dass keine Patrone geladen war. Nach einem Blick in den Lauf gab sie ihm die Waffe zurück. »Das ist nicht das Gewehr unseres Schützen, tut mir leid.«

Linz war verdattert. Er zweifelte am Urteil der Forensikerin. »Wie haben Sie das so schnell feststellen können?«

Selbstsicher entgegnete sie: »Ich zeige es Ihnen, Herr Leutnant. Dieses Gewehr hat einen Schlagbolzen. Das nennt sich Zentralfeuereinrichtung. Es verschießt ausschließlich Munition mit einer sogenannten Hülsenschulter und einem zentral, also mittig gelegenen Zündkopf.

Das Projektil, das Professor Unterkircher im Kopf der Leiche gefunden hat, ist ein .22lfB von der Firma Federal Ammunitions. Deren Munition hat die Treibladung außen, in einem Ring, und wird daher Randpatrone genannt. Sie ist ein ganzes Stück kürzer und dünner als die, die früher mit diesem Gewehr verschossen wurde, und wäre einfach komplett hindurchgefallen. Das ist Punkt eins.

Punkt zwei hätten Sie durch einen Blick in den Lauf selbst feststellen können. Die Waffe Ihres Verdächtigen wurde vor geraumer Zeit unbrauchbar gemacht. Mit einem Elektroschweißgerät, würde ich vermuten. Die Schweißstelle hat deutlich Rost angesetzt. Herr Leutnant, Sie haben leider den Falschen.«

Bedrückende Stille hatte sich breitgemacht. Linz nahm die Waffe in beide Hände und ging grußlos.

Was nun? Der Leutnant hatte Tanzberger einen Verdächtigen serviert. Das Untersuchungsergebnis hatte alles zunichtegemacht. Linz ging in sein Büro, legte die CZ vor sich auf den Tisch, versuchte sich zu konzentrieren.

*Warum mir, warum muss das ausgerechnet mir passieren*, dachte er. *Tanzberger wird mich vierteilen!*

Sein Handy klingelte, auf dem Display erschien das lachende Gesicht seines Kollegen. Linz drückte das Gespräch weg.

Erst als Brandhasl ein zweites Mal anrief, nahm er das Telefonat an. »Du weißt es schon, Hans?«

»Hallo, Willi. Was weiß ich schon?«

»Das Gewehr ist nicht unsere Tatwaffe. Ich werde den Jäger freilassen müssen.«

»Nein, wusste ich nicht. Doch wenn ich ehrlich sein soll, wundert es mich nicht. Die Aktion war ein Schnellschuss, und der ist in die Hose gegangen. Passiert. Hak es ab und mach weiter.«

»Das hilft mir jetzt auch nicht. Ich habe dem Direktor auf der Fahrt hierher mitgeteilt, dass ich den Mörder habe. Er wird mir die Hölle heiß machen.«

»Na, vielleicht kann ich dich aufmuntern. Ich habe den Unbekannten oder besser die Unbekannte aufgespürt, die uns am Abend vom Waldrand aus beobachtet hat. Es ist Frau Theissen, die eigentlich Dorothea Patzke heißt und die die von Frau Vogel beauftragte Privatdetektivin ist. Was sagst du dazu?«

»Toll. Was soll mich daran aufheitern?«

»Sie hat über 3000 Fotos von Peter Vogel gemacht, sogar einige Audioaufnahmen. Ich habe alles auf einem Speicherstick oder wie die Dinger heißen. Sie vermutet den Mörder auf der Seite des mit Vogel konkurrierendem Investmentunternehmens oder auf der seiner Gattin. Frau Patzke hat einiges an beweiskräftigem Material gesammelt, das sie uns so schnell wie möglich per E-Mail schickt. Na, siehst du Licht am Horizont?«

»Ich habe keine Ahnung, wie ich dem Oberboss diese Wendung klarmachen soll. Ich muss ihm schnellstens sagen, dass ich mich geirrt habe. Denk an mich, bis gleich.«

Linz legte sich eine Erklärung zurecht, wählte mit zittriger Hand die Nummer vom Büro des

Landespolizeidirektors. Sowie man ihn durchgestellt hatte, ergriff er das Wort: »Linz hier. Die Spurensicherung hat die Waffe untersucht, leider ist sie nicht die Tatwaffe. Ich habe trotzdem den Verdacht, dass dieser Graf unser Mörder ist. Ich möchte ihn zur Befragung weiterhin festhalten. ... Ja, ich halte Sie auf dem Laufenden.« Tanzberger hatte aufgelegt.

Fürs Erste hatte sich Linz Luft verschafft, hatte jedoch seine eigene Unachtsamkeit verschwiegen. Es war vierzehn Uhr. Ihm blieben drei Stunden bis zur Pressekonferenz.

Auf dem Weg zum Kaffeeautomaten nahm Linz sich vor, den Jäger noch warten zu lassen, wollte ihn nervös und mürbe machen. So würde er leichtes Spiel mit ihm haben und konnte – nein musste – ihn zu einem Geständnis bringen. Den doppelten Espresso mit dreifach Zucker brauchte er zum Wachbleiben. Er wollte auf alles achten, was Graf sagen würde, um ihm in kürzester Zeit einen Strick daraus drehen zu können.

Nachdem Prinz gefressen hatte, setzte sich Anna ins Büro. Sie suchte nach Telefonnummern von Personen, die Lukas helfen könnten. Alles war an seinem Platz, Ordner mit Rechnungen, Anwesenheitslisten und so weiter. Sie sah in eine Mappe, in der Kontoauszüge abgeheftet waren. Alle Rechnungen schienen von einem M. Falkenau bezahlt worden zu sein.

Sie schaute auf. Diesen Namen hatte sie schon einmal gelesen. Gerade eben, aber wo? Sie kramte abermals die Akten durch, blätterte im Terminkalender. Sie schlug den 6. April 2014 auf. Dort stand: ›Falkenau angerufen, über Vorfall vor Steinleit Hütte informiert‹. Endlich hatte sie jemanden ausfindig gemacht, nur nicht, wie sie ihn erreichen konnte. Lukas musste alles in seinem Handy gespeichert haben.

Prinz wurde unruhig. Ein Auto fuhr auf den Parkplatz. Anna lief zum Eingang. Es klopfte. Als sie die schwere

Holztür öffnete, stand ihr Vorgesetzter vor ihr. »Hallo, Herr Kontrollinspektor, Sie hätte ich nicht erwartet.«

»Das glaube ich gern«, erwiderte Mannbarth. »Darf ich eintreten? Ach nein, wir bleiben besser draußen. Der Winter war dieses Jahr zu lang. Die Sonne tut uns gut.«

Er belegte das einzige Sitzkissen auf der Bank, klopfte auf den freien Platz neben sich. »Setzen Sie sich zu mir, Frau Tanzberger. Genießen Sie das schöne Wetter.«

Prinz legte sich vor Annas Füße und kringelte sich ein.

Mannbarth verschränkte die Arme vor der Brust. Er sog tief die frische Almluft ein. »Ist nochmal einer von den Presseleuten aufgetaucht?«

»Nein, Chef, alles ist ruhig geblieben.«

»Sie haben denen einen großen Schrecken eingejagt. Woher kannten Sie die Paragrafen? Ich hätte nicht einen gewusst.«

»Ach, Chef, Sie wissen sicher, dass ich einmal im ... na ja, im Player gestanden habe. Dadurch kannte ich mich aus mit Paparazzi und den Gesetzen zum Schutz der Privatsphäre. Und anscheinend ist das hängen geblieben. Wenn der Eigentümer der Alm die Genehmigung nicht erteilt hat, kann man die Veröffentlichung des Foto- und Filmmaterials verbieten. Dabei ist es egal, ob man berühmt ist oder nicht.

Eine Freundin von mir, ein deutsches ›Player's-Girl‹, hatte wirklich Pech. Ungestraft veröffentlichte eine Tageszeitung einige durch ihr Schlafzimmerfenster hindurch aufgenommene Bilder, auf denen sie mit einer Frau im Bett zu sehen war. ›Sexsternchen ist Lesbe, alles nur Betrug?‹, war die Schlagzeile. In Österreich ist das zum Glück anders. Hier werden hohe Bußen verteilt, wenn so ein Foto ohne Erlaubnis erscheint.«

»Das wusste ich gar nicht. Das mit dem Gesetz, meine ich. Ihre Aufnahmen habe ich gesehen. Wenn ich Ihnen das so sagen darf, in natura sehen Sie wesentlich hübscher aus.«

Anna wurde verlegen. »Sie sind sicher nicht

hierhergekommen, um mir das zu sagen, oder? Was gibt es Neues im Fall Vogel?«

»Keine Ahnung. Am Wochenende arbeite ich bloß, wenn es unbedingt nötig ist. Nein, ich habe vor einer halben Stunde einen Anruf aus Salzburg bekommen, von Ihrem Vater persönlich. Ich werde dringend angehalten – so hat er sich ausgedrückt – Sie von dem Fall abzuziehen. Sie wären persönlich in die Sache verstrickt. Das möchte ich aber von Ihnen selbst hören. Ist es wahr, haben Sie ein Verhältnis mit Herrn Graf?«

Sie bekam einen hochroten Kopf und sprang auf. »Das, ... das ist eine Lüge. Wir haben nichts miteinander. Ich glaube nur nicht, dass er der Täter ist.«

»Ist ja gut, Kind. Ich will Ihnen nichts, ich glaube Ihnen. Lukas ist ein feiner Kerl. Ich kenne ihn, seit er ein kleiner Bub war, auch wenn er sich nicht an mich erinnert. Seine Familie kenne ich ebenfalls, alles gute Leute. Der Jäger ist es nicht gewesen.«

»Warum sollen Sie mich abziehen, Herr Kontrollinspektor?«

»Ihr Vater will, dass ich Sie vorläufig suspendiere. Den wahren Grund hat er mir verschwiegen, wie es scheint.«

Anna war verunsichert. »Was? Das geht doch nicht! Kann er das einfach so?«

»Tja, gute Frage. Er ist mein oberster Vorgesetzter. Ich sollte seine Anweisung befolgen. Noch dazu, weil er erwähnte, dass ich doch kurz vor der Pensionierung stünde.«

»Ich bin also raus aus der Sache?«

»Erst einmal sollten Sie sich setzen. Ich schaue nicht gern in die Sonne.« Mannbarth bat sie mit einer Geste, neben ihm Platz zu nehmen.

Anna war vom Befehl ihres Vaters und der ruhigen Art ihres Chefs hin- und hergerissen. Einerseits war sie wütend und fühlte sich andererseits von Mannbarth umsorgt. Zögernd setzte sie sich.

»Wissen Sie, Frau Tanzberger, ich habe in Ihrer Akte

nachgeschlagen. Sie haben sechs Tage Urlaub angespart. Wenn Sie jetzt eine Woche nehmen, kann ich behaupten, dass ich nicht weiß, wo Sie sind. So können Sie Lukas helfen und aus der Schusslinie Ihres Vaters bleiben. Wenn Sie mich brauchen, rufen Sie mich direkt an, auch privat. Wäre das was?«

Sie war überwältigt. Damit hatte sie nicht gerechnet. »Danke, wenn Sie nicht mein Vorgesetzter wären, würde ich Sie umarmen.«

»Sie haben Urlaub, schon vergessen?«

Sie lachte, umarmte seinen gewaltigen Brustkorb und gab ihm einen Schmatz auf die Wange. »Sie sind echt großartig, Chef, wissen Sie das?«

»Sagen Sie das mal meiner Frau! Sie denkt immer, wenn ich zum Einsatz muss, will ich mich vor der Hausarbeit drücken.«

»Eine Frage habe ich noch, Chef. Sie kennen Lukas' Familie gut. Wen könnte ich anrufen, um ihm zu helfen. Er braucht einen Anwalt oder jemanden, der für ihn eintritt. Ich konnte nirgendwo eine Telefonnummer finden.«

Mannbarth musste nicht lange überlegen. »Markus Falkenau, der Jagdpächter. Er ist der Richtige.«

»Und wie komme ich an seine Nummer?«

»Auch ich bin Polizist, ist Ihnen das entfallen?« Schmunzelnd holte er sein altes Nokia-Telefon aus der Brusttasche, wählte mit einer Kurzwahltaste.

»Mausi, ich bin es. Kannst du bitte ins Wohnzimmer gehen und auf dem Schreibtisch nach dem Telefonbuch schauen? Danke.« Er hielt seine Hand aufs Handy und klärte Anna auf: »Meine Frau, mein bester Assistent.«

»Ja, Mausi, ich bin noch dran. Schaust du bitte nach Markus Falkenau in Sankt Johann? Nein, die Straße habe ich nicht.« Erneut deckte er das Mikrofon ab.

»Sie ist schneller als jede Auskunft, und obendrein muss ich nicht zehn Minuten in der Warteschleife hängen.«

Seine Frau meldete sich.

»Ja, super. Kannst du mir das bitte simsen? Danke Mausi, bis nachher.«

Sekunden später piepste es zweimal, die SMS war da.

Mannbarth hielt Anna sein Telefon hin. »Ich denke, es ist besser, wenn Sie anrufen. Ich würde sonst mächtig viel Ärger bekommen.«

Sie las die Rufnummer vom Display ab, tippte sie in ihr Handy und wählte.

»Grüß Gott, Frau Falkenau. Mein Name ist Anna Tanzberger. Ich hätte gern Ihren Mann gesprochen. Es geht um seine Jagd.«

»Einen Moment bitte, mein Vater sitzt im Garten.«

»Oh, Entschuldigung, ich nahm an ...«

»Das passiert mir jeden Tag, kein Problem. Hier ist er.«

Anna hörte, wie es raschelte. Dann ertönte eine freundliche Stimme: »Ja, Falkenau.«

»Grüß Gott, Herr Falkenau, mein Name ist Anna Tanzberger. Bitte entschuldigen Sie die Störung, ich habe ein großes Problem. Es geht um Lukas Graf.«

»Um Lukas? Was ist passiert, hatte er einen Unfall?« Falkenau klang beunruhigt.

»Nein«, sie zögerte, »ein Kollege von mir – ich bin Polizistin in Abtenau – hat ihn unter Mordverdacht verhaftet. Und ich weiß nicht, wen ich um Hilfe bitten kann.«

»Sie sind Polizistin? Warum rufen Sie mich denn an?«

»Ich bin sozusagen beurlaubt. Ich war bei der Verhaftung anwesend, konnte sie jedoch nicht verhindern. Wenn Herr Graf keine Hilfe bekommt, wird ihn der Salzburger Leutnant durch die Mangel drehen. Ich glaube nicht, dass er das lange durchsteht.«

»Moment, junge Frau, ist das wirklich kein Witz? Sind Sie die Tochter von Justus Tanzberger, dem Direktor der LPD Salzburg?«

»Ja, das ist mein Vater. Seinetwegen und weil ich an Lukas' Unschuld glaube, musste ich soeben Urlaub einreichen. Können Sie Herrn Graf helfen?«

188

»Ja, ich werde unverzüglich alles in die Wege leiten. Wo sind Sie gerade?«

»Ich bin bei Ihrem Jagdhaus. Als man Lukas festnahm, konnte er nicht einmal mehr abschließen. So bin ich hiergeblieben und habe mich um den Hund gekümmert.«

»Prinz ist bei Ihnen? Eigenartig. Sie müssen eine tolle Person sein. Bleiben Sie da, ich komme sofort. Bis gleich.« Falkenau legte auf.

Anna sah zu ihrem Chef hinüber, der das Gespräch mit geschlossenen Augen verfolgt hatte.

»Ich habs doch gesagt, Falkenau ist der Richtige.«

# Kapitel 11

Als Brandhasl das Büro betrat, saß Linz an seinem Arbeitsplatz, starrte das KK-Gewehr an, das vor ihm auf dem Tisch lag.

»Hallo großer Meister, alles im Lot? Willst du dir die Fotos von Frau Patzke ansehen?«

»Lass mich, Hans, ich bin nicht in Stimmung!«

Brandhasl setzte sich an seinen Schreibtisch, legte den Memorystick vor den PC. Er musterte seinen in sich zusammengesunkenen Kollegen. »Ich denke, du solltest mit mir reden. Du siehst aus wie ein Häufchen Elend. Was ist passiert?«

Linz druckste herum, wollte vermeiden, seinen Partner mit in die Sache hineinzuziehen. Er hatte sich vorgenommen, nicht über das Gespräch mit Tanzberger zu sprechen. »Verdammt!«, rief er aus, wischte mit einer großen Armbewegung den halben Tisch vor sich leer. Das Gewehr des Jägers landete krachend auf dem Boden, es hagelte Büroklammern und Stifte. Papiere segelten lautlos bis in die hinterste Ecke des Raumes.

»Gehts wieder?«, fragte Brandhasl leise.

»Nein, aber es fühlt sich ein bisschen besser an.«

»Red mit mir, Willi! Ich bin dein Freund.«

»Ich weiß, nur hilft mir das im Moment nicht.«

»Na gut. Du weißt, wie es ablaufen wird. Ich bin Ermittler, ich kann stundenlang vor dir sitzen, ohne ein Wort zu sagen. Letztendlich beginnst du doch zu reden«, konterte Brandhasl.

Linz verzog das Gesicht zu einem Lächeln. Er hob den Kopf und sah ihm in die Augen. »Ich bin geliefert, Hans, so oder so. Keine Chance, mit heiler Haut davonzukommen. Es ist besser für dich, wenn du dich von mir abwendest.«

»Ein toller Freund wäre ich, wenn ich das tun würde.

Mach den Mund auf, Willi! Wir werden gemeinsam einen Weg finden, dich da raus zu holen.«

»Schön wärs. Tanzberger hat mich auf der Abschussliste.«

Brandhasl schwieg, er hatte seine Taktik schließlich angekündigt.

Linz resignierte. »Wie du dir sicher denken kannst, bin ich homosexuell.«

»Ja und?«

»Der Direktor hat mir heute Morgen gesagt, es sei in meiner Personalakte vermerkt. Er hat behauptet, dass ich auf der Polizeischule einen anderen Mann zum Sex gezwungen habe. Dabei hat Hartmut Degen – so heißt derjenige – mich verführt. Um ins Ausland versetzt zu werden, hat Hartmut zu Protokoll gegeben, ich hätte ihn belästigt.«

Linz machte eine Pause, rang um Fassung. »Ich habe ihn geliebt, so richtig. Ich hätte alles aufgegeben, sogar gekündigt, um bei ihm bleiben zu können. Aber Hartmut hat ohne Vorwarnung Schluss gemacht, der Karriere wegen. Und ich bin der Trottel, der das ausbaden muss.« Er wurde ruhiger.

»Tanzberger hat mir gedroht, mich fertigzumachen, wenn ich nicht bis heute um sechzehn Uhr dreißig Ergebnisse liefere. ›Verhaften Sie jemanden, egal wen!‹, hat er geschrien. Sonst würde er mich durch irgendeinen Kollegen denunzieren lassen.

Dieser Dreckskerl gibt mir die Schuld für die schlechte Presse! ›Ohne das Telefonat mit Berlin wäre das nie passiert‹, meinte er. Der Wichtigtuer. Hauptsache er steht gut da! Ich bin knapp davor zu kündigen. Es würde mir eine unbändige Freude bereiten, zuzusehen, wie dieses Großmaul auf die Nase fällt, wenn er ohne Erkenntnisse bei den Reportern antreten muss.« Er ließ den Kopf hängen, war am Ende.

»Warte mal, Willi. Tanzberger hat dich erpresst?«

Linz nickte wortlos, ohne hochzusehen.

»Hätte ich nicht gedacht. So einer ist der Direktor also! Bist du deshalb seine Tochter dermaßen angegangen?«

»Weiß nicht, wahrscheinlich.«, murmelte Linz schuldbewusst.

Brandhasl stand auf, ging zu seinem Kollegen hinüber, legte ihm die Hand auf die Schulter. Kein Wort, keine andere Geste hätte Linz mehr bedeuten können. Er weinte.

»Nun lass mal nicht die Ohren hängen, Willi. Wir werden das Kind schon schaukeln. Du wirst sehen. Ich durchforste die Fotos von der Detektivin. Und was machst du? Gehst du zu Graf?«

»Ja gleich«, antwortete Linz, den Kopf nach wie vor gesenkt.

»Denkst du wirklich, dass es der Jäger war? Hättest du nicht auch die Leiche beseitigt, anstatt sie wochenlang direkt vor deiner Nase sitzen zu lassen?«

»Weiß nicht. Ich fühle mich so unter Druck gesetzt, dass ich keinen klaren Gedanken fassen kann. Ich habe mir den ersten möglichen Verdächtigen gegriffen. Nun kann ich nicht mehr zurück. Ich soll ihn vernehmen, zu einem Geständnis zwingen. Der Oberboss will ihn heute Nachmittag zur Schau stellen. Er will zeigen, dass er besser ist als das deutsche LKA.«

Beide Kollegen schwiegen.

»Ich bin geliefert, Hans. Du solltest dich von mir fernhalten! Ich will nicht, dass du mit in den Abgrund gezogen wirst. Es reicht, wenn sich einer von uns die Karriere versaut.« Bei den letzten Worten hatte Linz den Kopf gehoben. Seine Augen waren gerötet, die Nase brauchte dringend ein Taschentuch.

»Kommt nicht in Frage, Willi! Ich habe in Berlin angerufen, wir sitzen im selben Boot. Du machst dich frisch für die Vernehmung, ich sehe mir in der Zwischenzeit an, was Doro mir gegeben hat.«

»Aber ...«

Brandhasl unterbrach ihn: »Kein Aber! Wir finden

unseren Mörder. Tanzberger kann uns gar nichts. Wir konzentrieren uns auf die Fakten, arbeiten durch, was wir haben, streichen, was zur Sackgasse geworden ist. So kannst du dem Direktor genug für seine Pressekonferenz präsentieren. Wenn der Täter bis dahin nicht dazugehört, hat er Pech.«

»Was mache ich mit Graf?«

»Sag dem Direktor, dass du Zweifel hast. Rate ihm ab, den Jäger zum jetzigen Zeitpunkt als Täter vorzustellen. Den Journalisten gegenüber zugeben zu müssen, dass man sich geirrt hat, wäre wesentlich schädlicher für den Ruf des LKA. Für seinen natürlich auch. Aber das brauchst du, glaube ich, gar nicht zu erwähnen.«

»Das nimmt er mir nie ab, Hans! Der vierteilt mich!«

»Oh doch, Willi! Er wird dich verstehen. Sag einfach: Schnellschüsse sind nicht unsere Art. Wir sind dafür bekannt, unsere Arbeit gründlich zu machen. Das hat Tanzberger nämlich vor ein paar Wochen zu einem Fernsehreporter gesagt, als es um die Messerstecherei im Salzburger Milieu ging. Erinnerst du dich? Schlag den Alten mit seinen eigenen Waffen, so gewinnst du zumindest Zeit. Jetzt geh in den Waschraum, der Jäger wartet.«


Linz hatte sich das Gesicht mit eiskaltem Wasser abgespült. Er fühlte sich besser, ein großer Druck war von ihm abgefallen. Er ging den langen Flur entlang bis zu dem Vernehmungszimmer, vor dessen Tür der uniformierte Beamte Wache stand.

Als Linz die Tür öffnen wollte, versperrte ihm der Wachhabende den Weg mit den Worten: »Ich darf Sie nicht reinlassen, Herr Leutnant. Befehl von ganz oben.«

Linz war erstaunt. »Das ist mein Verdächtiger, ich habe ihn hierhergebracht. Wer hat Ihnen gesagt, dass ich ihn nicht vernehmen darf?«

»Der Herr Landespolizeidirektor persönlich. Er führt die Befragung selbst durch. Sie können in den

Observierungsraum gehen. Hier jedenfalls kommt niemand rein.«

Linz wusste, dass es zwecklos war, weiterzubohren. Er betrat das Zimmer hinter dem Einwegspiegel.

Der Verhörraum war einfach gehalten. Nichts sollte einen Verdächtigen ablenken. Eine weiße Neonbeleuchtung erhellte fensterlose, graue Wände. Auf dem braunen Linoleumbelag standen vier leichte Stühle aus Aluminium an einem glänzenden Metalltisch, auf dem ein digitales Aufnahmegerät fest montiert war. Der große Spiegel, von der Rückseite aus durchsichtig, erfüllte nicht nur seinen offensichtlichen Zweck. Er schüchterte auch den Befragten ein. Nicht zu wissen, ob jemand das Verhör verfolgt, sich selbst zu beobachten, während man log, hat schon so manchen verleitet, sich in Widersprüche zu verstricken.

Linz schaltete die Anlage zum Mithören ein. Die kratzige Stimme Justus Tanzbergers ertönte.

»Sie sollten endlich reden, Herr Graf! Gestehen Sie den Mord! Es wird Sie erleichtern, glauben Sie mir. Ein reines Gewissen lässt Sie ruhiger schlafen.«

Der Jäger blieb still. Die Arme vor der Brust verschränkt, stierte er auf eine Stelle des Raumes, die ihn weit mehr zu interessieren schien als die Fragen des Direktors.

»Ich habe Ihre Waffe beschlagnahmt. Wenn die Beweise erst einmal vorliegen, ist die Zeit für einen Deal abgelaufen. Verstehen Sie das?«

Lukas starrte stur vor sich hin, ohne eine Miene zu verziehen. Nur die Klimaanlage zwang ihn ab und an zum Blinzeln.

Tanzberger stand auf und stellte sich in den Blick des Jägers, wollte ihn aus der Fassung bringen. Der seinerseits schien einfach durch den Direktor hindurchzusehen.

Tanzberger wurde lauter. »Was sind Sie bloß für ein

dummer Mensch! Verstehen Sie nicht, was ich Ihnen zu sagen versuche? Legen Sie ein Geständnis ab, Mann! Dann können wir über Totschlag verhandeln. Bei guter Führung sind Sie in acht bis zehn Jahren raus. Sie haben noch ein ganzes Leben vor sich. Wenn Sie weiter schweigen, kann ich nichts für Sie tun. Das bedeutet lebenslänglich. Also machen Sie den Mund auf!«

Der Jäger wandte sich vom Objekt seines bisherigen Interesses ab, sah seinem Gegenüber direkt in die Augen. Ohne die verschränkten Arme zu lösen, neigte er den Oberkörper leicht nach vorn. Seine Lippen zitterten, formten seine ersten Worte in dieser Vernehmung. »Kann ich ein Glas Wasser haben, bitte?«

Linz lachte laut auf. Obwohl der Beobachtungsraum schallisoliert war, hielt er sich schnell die Hand vor den Mund.

Wie Rumpelstilzchen sprang der Direktor schreiend vor dem jungen Mann hin und her, schlug dabei heftig mit der flachen Hand auf den Tisch, der zwischen ihnen stand.

»Sie wollen Wasser?«, brüllte Tanzberger. »Vergessen Sie es! Wissen Sie eigentlich, was eine Vernehmung ist, Sie Hinterwäldler? Das ist kein Spiel, Sie sind ein Mörder! Ich werde die Wahrheit aus Ihnen herausholen, mit allen Mitteln! Danach sorge ich höchstpersönlich dafür, dass der Schlüssel zu Ihrer Zelle weggeworfen wird!«

»Heißt das, ich bekomme nichts zu trinken?«, fragte Lukas ruhig.

Linz konnte sich kaum beherrschen. Tränen liefen ihm über die Wangen, diesmal vor Vergnügen. Er holte sein Handy heraus, begann zu filmen.

Tanzberger starrte den Jäger hasserfüllt an. »Sie Wicht, Sie kleiner Wicht! Soll ich die Wahrheit aus Ihnen herausprügeln lassen? Unten im Keller, wo niemand Sie hört? Oder wie wäre es mit Waterboarding? Dann haben Sie genug Wasser! Wenn Sie nicht sofort das Maul aufmachen, werde ich andere Methoden anwenden, das sollten Sie mir glauben! Ich habe Mittel, Sie zum Reden zu bringen, die Sie sich mit Ihrer begrenzten Fantasie überhaupt nicht vorstellen können!« Er baute sich vor Lukas auf, stützte sich mit beiden Fäusten auf die Tischplatte.

»Wenn ich mit Ihnen fertig bin, gestehen Sie sogar den Mord an Großherzog Ferdinand, vertrauen Sie mir! Ich brauche eine Stunde, nur eine, und Sie werden sagen, was ich will. Ich werde Sie zum Serienmörder machen! In sechzig Minuten sind Sie froh, wenn Sie alle unaufgeklärten Morde der letzten Jahre auf Ihre Kappe nehmen können! Sie werden betteln, dass ich aufhören soll, aber dann fange ich erst richtig an! Ich mache Sie alle, Graf, Sie sturer Hund! Ich werde Ihnen ...«

Linz schrak zusammen, es hatte geklopft. Für einen Moment dachte er, am Eingang zu seinem Zimmer. Beim Filmen erwischt zu werden, hätte unabsehbare Konsequenzen. Doch glücklicherweise wollte irgendjemand in den Vernehmungsraum.

»Jetzt nicht!«, schrie der Direktor, so laut er konnte. Vergebens, die Tür öffnete sich.

Ein untersetzter Mann, etwa sechzig Jahre alt, gekleidet in einen grauen, teuren Anzug mit weißem Hemd und roter Krawatte betrat den Raum. Ein Backenbart wie zu Kaiser Wilhelms Zeiten zierte seinen ansonsten kahlen Kopf. Kleine, wache Augen erfassten blitzschnell die Situation.

»Mein Name ist Leisinger, Adalbert Leisinger. Ich bin der Anwalt des Herrn Graf. Lassen Sie mich bitte mit meinem Mandanten allein.«

»Einen Teufel werde ich!«, brüllte Tanzberger den Ankömmling an. »Verschwinden Sie, ganz schnell!«

Ohne im Geringsten von diesem Ausbruch beeindruckt zu sein, ging Leisinger zu Lukas, setzte sich mit dem Rücken zum Direktor auf den Tisch und redete leise mit seinem Klienten.

Außer sich vor Wut ging Tanzberger auf den Anwalt zu, riss ihn am Arm zu sich hin. Bevor er zu Wort kam, fasste sich Leisinger an den Nacken und stöhnte: »Oh, wie unangenehm, ein Schleudertrauma durch Polizeigewalt. Das wird teuer werden, Herr …«

Der Direktor schaltete einen Gang zurück. »Ich bin Landespolizeidirektor Tanzberger, und Sie stören meine Vernehmung!«

»Herr Direktor Tanzberger, habe die Ehre. Das, was Sie Vernehmung nennen, ist nun beendet. Ich habe soeben mit meinem Mandanten gesprochen. Er ist weder über sein Recht zu schweigen belehrt worden, noch wurde ihm ein Anwalt zur Seite gestellt. Wenn Sie uns jetzt bitte allein lassen, kann wenigstens ich meine Arbeit korrekt machen. Ihnen scheint das offensichtlich nicht zu liegen.«

Der Polizeichef schluckte. Beim Verlassen des Zimmers schlug er mit aller Kraft die Tür hinter sich zu.

Linz stopfte sein Telefon gerade noch rechtzeitig in die Hosentasche, als Tanzberger den Beobachtungsraum betrat. Abermals knallte die Tür.

»Ah, Linz, sind Sie schon lange hier?«

»Nein, gerade erst gekommen, Herr Direktor«, log er.

»Beinahe hätte ich ihn gehabt, den kleinen Wicht, beinahe!«, prahlte Tanzberger. »Sie haben wirklich was verpasst. Eine Minute länger und er wäre so weit gewesen. Dieser Graf ist ein harter Hund und hat trotzdem so gut wie gestanden. Er redete sich um Kopf und Kragen, verstrickte sich in Lügen, bis der da reingekommen ist.« Er wies auf den Anwalt, der sich ruhig mit dem Jäger unterhielt. »Fünf Minuten mehr, und wir hätten unseren Mörder gehabt.«

Linz staunte über das, was sein höchster Vorgesetzter

gerade von sich gab. Nichts davon entsprach der Wahrheit. *Was für ein Angeber!* Er schien alles, was man auf der Polizeiakademie lernt, vergessen zu haben. *Und Gewaltandrohung geht gar nicht!* Nicht einmal das Aufnahmegerät hatte er eingeschaltet. Angenommen, der Jäger hätte gestanden. Tanzberger wäre nie in der Lage gewesen, es vor Gericht zu beweisen. Linz' Selbstachtung wuchs. »Setzen Sie die Vernehmung fort, Herr Direktor?«

»Nein, es wird vorerst keine weitere Befragung geben. Graf hat geschwiegen, nachdem sein Anwalt eingetroffen war. Ich kann meine Zeit sinnvoller nutzen.«

»Soll ich den Verdächtigen freilassen?«

»Sind Sie von allen guten Geistern verlassen, Linz? Er ist unser Mörder, sperren Sie ihn ein! Nehmen Sie ihm Gürtel und Schnürriemen ab. Wir wollen doch nicht, dass er sich vor lauter Schuldgefühle in der Zelle erhängt.«

»Ist das denn nötig?«

»Halten Sie den Mund und tun Sie, was ich verlange! Bis zur Pressekonferenz will ich Ergebnisse! Haben Sie das verstanden?« Ohne eine Antwort abzuwarten, marschierte Tanzberger davon.

»Wie war die Vernehmung, Herr Graf? Hat er Sie bedroht?«, fragte Leisinger.

»Nicht wirklich, passt scho.«

»Gut. Ich werde mich wie besprochen um Sie kümmern. Sie sagen kein Wort und bleiben ruhig, egal was man Ihnen vorwirft. Herr Falkenau hat mir den Auftrag gegeben, Sie herauszuholen. Ich verspreche Ihnen, ich werde tun, was ich kann.«

»Wie hat mein Chef denn davon erfahren? Ich durfte bisher nicht telefonieren.«

»Eine Polizistin hat ihn kontaktiert. Fragen Sie mich bitte nicht, wie sie heißt. Er hat mich aus der Sauna geholt und mich gebeten, Sie auf der Stelle zu unterstützen. Er glaubt an Ihre Unschuld. Sind Sie unschuldig?«

»Ja, ich bin unschuldig, Herr Leisinger. Ich habe

lediglich die Leiche gefunden.«

»Gut, ich glaube Ihnen. Herr Falkenau hat mir gesagt, was ich wissen muss. Ich werde alles mir Mögliche veranlassen, um Ihre Freilassung zu erwirken. Vielleicht können wir einmal gemeinsam zur Jagd gehen?«

»Es würde mich freuen, Herr Rechtsanwalt. Richten Sie bitte Herrn Falkenau meinen Dank aus.«

»Das werde ich. Herr Graf, Sie müssen stark bleiben. Ich erwarte, dass man Sie heute Nacht hierbehalten wird. Vor Montag ist kein Richter zu einer Anhörung bereit, so lange müssen Sie durchhalten.«

»Passt. So kann ich endlich einmal ausschlafen.« Lukas verzog den Mund zu einem schiefen Grinsen.

»Ich mag Ihre Einstellung.«

»Darf ich Sie etwas fragen, Herr Leisinger?«

»Alles, mein Junge, nur zu.«

»Die Tiere müssen gefüttert werden. Hat Herr Falkenau eine Vertretung für mich finden können?«

»Ich weiß es nicht. Ich werde Ihren Chef fragen, machen Sie sich darüber keine Sorgen. In erster Linie geht es um Ihr Wohlergehen. Ich komme spätestens morgen früh wieder.« Leisinger stand auf, drehte sich zum Spiegel um und klopfte zweimal vorsichtig dagegen. »Sie können hereinkommen, Herr Tanzberger.«

Linz öffnete die Tür.

Trotz seiner Überraschung reagierte der Rechtsanwalt prompt: »Guten Tag, Herr … Mein Name ist Adalbert Leisinger, ich bin der Anwalt von Herrn Graf. Wo ist denn der Herr Direktor? Mag er mich nicht?«

»Das kann ich nicht beantworten, Herr Leisinger. Ich bin Leutnant Willi Linz, LKA Salzburg. Ich soll den Verdächtigen in die Arrestzelle bringen.«

»Wird er in ein Untersuchungsgefängnis überstellt?«

»Das glaube ich nicht. Ich denke, Direktor Tanzberger will Herrn Graf morgen in aller Frühe dem Haftrichter vorführen. Bis dahin bleibt der Verdächtige hier.«

»Das ist gut. Wären Sie so freundlich, mich zu informieren, wenn es neue Fakten gibt?«, bat Leisinger und reichte Linz seine Karte.

»Selbstverständlich, Herr Rechtsanwalt. Ich rufe Sie an, sobald der Termin beim Richter feststeht.«

»Danke, sehr freundlich. Sind die Beweise bereits ausgewertet?«

»Haben Sie bitte Verständnis, ich kann zum jetzigen Zeitpunkt noch keine Erkenntnisse preisgeben. Falls Ihr Mandant in Untersuchungshaft kommen sollte, wird Ihnen die Akte von der Staatsanwaltschaft umgehend zur Verfügung gestellt. Aber«, betonte Linz, »für heute Nachmittag um siebzehn Uhr hat Landespolizeidirektor Tanzberger eine Pressekonferenz anberaumt, die er persönlich leiten wird.«

»Danke, Herr Leutnant, das werde ich mir nicht entgehen lassen.« Leisinger blickte zu Lukas. »Und Sie halten den Kopf hoch, Herr Graf! In Ordnung?«

»Ja, mache ich«, antwortete Lukas.

Anna saß mit Falkenau in der Wohnstube. Er war nach ihrem Telefonat unverzüglich zur Alm gefahren, hatte vom Auto aus seinen Anwalt beauftragt.

Als sie ihre Schilderung der Geschehnisse beendet hatte, fragte er sie: »Wie sind Sie denn darauf gekommen, ausgerechnet mich anzurufen, Frau Tanzberger?«

»Ich habe verzweifelt in den Unterlagen im Jagdhaus nach jemanden gesucht, der Herrn Graf helfen könnte. Dabei habe ich Ihren Namen in seinem Kalender entdeckt. Mein Chef, Kontrollinspektor Mannbarth, hat mir empfohlen, mich an Sie zu wenden. Ich hoffe, Sie kreiden mir nicht an, dass ich unbefugt in Ihren Papieren herumgewühlt und Sie am Sonntag gestört habe.«

»Nein, überhaupt nicht, es war richtig. Lukas ist ein guter Kerl, ein Jäger, wie ihn sich jeder Pächter wünscht. Fleißig, höflich und gut zu den Tieren. Letztes Jahr zum Beispiel, hat er ein Rehkitz entdeckt, das erst ein paar Tage alt war. Es hatte seine Mutter verloren, seine Chancen standen schlecht. Trotzdem hat er sich des Kleinen angenommen, es gefüttert, verarztet und für die Nacht in eine Decke gewickelt. Ich habe gehört, dass Prinz es sogar abgeleckt hat, als es im Auto lag. Leider hat es nicht überlebt.«

»Ich habe auch den Eindruck, dass Herr Graf in Ordnung ist. Denken Sie, Ihr Anwalt kann ihm helfen?«

»Nur die Ruhe, junge Frau. Ich arbeite mit den Besten, er wird alle Register ziehen. Aber sagen Sie mir, warum setzen Sie sich so für Lukas ein? Der Landespolizeidirektor ist Ihr Vater, sollten Sie nicht auf seiner Seite sein?«

Sie überlegte. »Ich gebe zu, ich bin Inspektorin geworden, weil er Polizist ist. Glaube ich zumindest. Das muss jedoch nicht bedeuten, dass wir einer Meinung sind. In diesem Fall ist ihm ein Fehler unterlaufen, Herr Graf ist es nicht gewesen.«

»Warum sind Sie sich so sicher, Frau Tanzberger? Verstehen Sie mich bitte nicht falsch, ich glaube an seine Unschuld. Doch aus welchem Grund tun Sie das?«

»Wäre ich der Mörder, hätte ich die Leiche beseitigt. Dafür war genug Zeit. Und ich wäre keinesfalls so dumm gewesen, die Polizei zu rufen.« Sie zögerte. »Außerdem ist Herr Graf nicht der Typ eines Mörders. Er ist nett«, sagte sie und wurde rot.

»Ah, ich verstehe. Sie haben sich verliebt.«

»Nein, oder … ich weiß nicht. Mir gefällt seine ruhige Art. Er wirkt gefestigt, obwohl er noch so jung ist. Sein Lächeln ist umwerfend, da bekommt man als Frau weiche Knie. Er ist integer, höflich und zuvorkommend. Ganz anders als die Männer, die ich kenne.«

»Ja, das stimmt. Ich rate Ihnen trotzdem, sich in Acht zu nehmen. Sie sind nicht die Einzige, der es so geht. Er kann ein großer Herzensbrecher sein.«

Anna lächelte. »Gut, ich passe auf. Ich weiß sowieso nicht, wohin es führen wird. Deshalb habe ich aber nicht bei Ihnen angerufen. Ich bin wirklich von seiner Unschuld überzeugt.«

»Was werden Sie tun? Immerhin müssen Sie Befehle befolgen.«

»Nein, vorerst nicht. Mein Vater wollte mich suspendieren lassen. Herr Mannbarth hat es mir erzählt. Ich habe auf seinen Rat hin eine Woche Urlaub genommen. So hat mein Vater keine Handhabe und ich kann Lukas helfen.«

»Sie wissen, dass der Ärger in der Familie auf diese Weise vorprogrammiert ist?«

»Ist mir egal, ich will die Wahrheit herausfinden.«

»Große Worte, junge Frau! Sie haben sich viel vorgenommen.«

Anna reagierte nicht auf seine letzte Bemerkung. Er hatte recht. Sie lenkte das Gespräch in eine andere Richtung. »Was ist eigentlich mit den Tieren? Wer wird sich um sie kümmern?«

»Ich habe alles in die Wege geleitet. Lukas' Bruder kommt morgen und erledigt das Nötigste. Sie brauchen sich keine Sorgen zu machen. Nur den Hund konnte ich nicht unterbringen.« Er sah erst zu Prinz, der angelehnt an die Ofenbank im Tiefschlaf seine Pfoten bewegte, und dann zu ihr.

Sie verstand. »Ich kann ihn leider nicht zu mir nehmen. In meiner Wohnung sind keine Tiere erlaubt. Kann er nicht allein hierbleiben?«

Falkenau lachte so herzhaft, dass Prinz wach wurde und ihn neugierig ansah.

»Er, allein? Das geht nicht. Wenn keiner bei ihm ist, benimmt er sich wie ein im Stich gelassenes Kind. Er sucht im ganzen Haus nach seinem Herrn, räumt vor Panik die Fensterbänke ab, heult und bellt ohne Unterlass. Man kann ihn nicht im Jagdhaus lassen, ohne dass jemand bei ihm ist.

Warum bleiben Sie denn nicht hier? Sie haben Urlaub, wenn ich Sie richtig verstanden habe. Wo könnten Sie besser entspannen als auf der Alm? Nehmen Sie sich ein Gästezimmer und schalten Sie die Heizung ein. Prinz wird sich ans Fußende legen. Dann geht es Ihnen morgen schon viel besser. Außerdem überrascht es mich, dass der Hund bei einem Fremden so ruhig ist. Das ist eine Auszeichnung, Frau Tanzberger.«

»Danke, Herr Falkenau, aber Sie kennen mich doch gar nicht. Warum wollen Sie mich in Ihrem Haus schlafen lassen?«

»Sie sind Polizistin, oder? Wem sollte ich denn sonst vertrauen, wenn nicht der Polizei? Obendrein scheint Ihnen etwas an Lukas zu liegen und Prinz an Ihnen.«

»Na gut, dann bleibe ich hier, aber nur für eine Nacht.«

»Sehr schön, danke! Sie tun mir einen großen Gefallen.« Er erhob sich zum Gehen. »Ich zeige Ihnen noch die Küche, damit sie beide nicht verhungern.«

»Nicht, nötig, die kenne ich schon. Prinz hat mich vorhin zu seinem Futter geführt. Den Rest finde ich sicher selbst.«

»In Ordnung, dann werde ich mal wieder. Ich rufe Sie auf dem Festnetzanschluss an, wenn es Neuigkeiten gibt. Servus, Frau Tanzberger!«

»Vielen Dank, Herr Falkenau! Auf Wiedersehen!«


Brandhasl sichtete Dorothea Patzkes Fotos am Computer. Peter Vogel beim Verlassen des Hotels, im Café Toni's in Abtenau, im Wald oder beim Essen, mal in der Blonden Hütte, mal in der Alpenrose. Die Aufnahmen waren gestochen scharf. *Mit einem Teleobjektiv geschossen*, stellte Brandhasl fest.

Vogel an den Skiliften, mit seinem Mercedes auf für die Öffentlichkeit gesperrten Forstwegen unterwegs, nichts von Bedeutung. Einige Serienaufnahmen zeigten ihn in Bewegung, aber stets ohne Begleitung.

Es dauerte annähernd 300 Bilder bis zu einem, auf dem der Investor vor der Steinleit Hütte abgebildet war, genau am Fundort seiner Leiche. Auf dem nächsten sah man ihn mit einer jüngeren Frau am Tisch unter dem Vordach sitzen. Beide waren in ein Schriftstück oder Ähnliches vertieft, das vor ihnen lag.

Brandhasl vergrößerte den Ausschnitt, sodass er das Gesicht der Frau genau erkennen konnte. »Ein guter Schnappschuss!«, sagte er zu sich selbst. »Du bist eine tolle Fotografin, Doro.«

Die abgelichtete Frau – wesentlich jünger als Vogel – trug eine einzelne blonde Strähne in ihrem braunen Haar. Er drückte auf die Printtaste seiner Tastatur, der Tintenstrahldrucker setzte sich in Gang.

Beim Weiterblättern wurde es interessanter. Das erste Bild war Teil einer Serienaufnahme mit einer Geldübergabe. Vogel reichte der Frau einen Umschlag, dessen Inhalt sie kontrollierte. Sie nahm einige Geldscheine in die Hand, alle gelblich. *Zweihunderter*, dachte Brandhasl.

Sie stopfte die Scheine in das Kuvert zurück und verstaute es in ihrer Handtasche. Im Gegenzug erhielt der Investor eine Akte aus grünem Karton, in der er sichtlich amüsiert blätterte.

Die Detektivin hatte die insgesamt 31 Fotos am 12. Dezember 2013 gemacht. Eine halbe Minute aus dem Leben des Großinvestors Peter Vogel, in der er sich mit Bestechung einen illegalen Vorteil verschaffte.

Brandhasl lehnte sich nach hinten, wollte die letzte Aufnahme der Serie auf sich wirken lassen. Die Frau reichte dem Investor zum Abschied die Hand. Vogel hatte ihr jedoch bereits den Rücken zugewandt.

Nachdem Brandhasl die wichtigsten Bilder der Serie ausgedruckt hatte, klickte er weiter. Hunderte Fotos lang passierte nichts.

»Da ist er ja endlich, Vogels schwarzer Mercedes ML!«, rief er erleichtert aus.

*Der Wagen parkt auf einer verschneiten Lichtung. Muss ein anderes Datum sein*, überlegte er. Er rief die Bildinformation auf, las: 16. Januar 2014, 11:48 Uhr.

Ein weiteres Detail war neu an dieser Szene: Zum größten Teil verdeckt durch den schwarzen SUV, stand dort ein zweites, silberfarbenes Auto, mit dem markanten Heck eines BMW der 7er-Reihe. Der Fahrer hatte anscheinend auf dem Beifahrersitz in Vogels Wagen Platz genommen. Sein Gesicht war undeutlich, sogar auf der Vergrößerung.

Hastig durchsuchte Brandhasl die nächsten Fotos. Vergeblich, jedes Mal war die Sicht auf den Unbekannten versperrt.

Er brach ab, rollte mit seinem Stuhl ein Stück zurück. *Scheißarbeit! Die kann ich auch zu Hause erledigen. Bequeme Sachen anziehen, Füße auf den Wohnzimmertisch, dazu eine Flasche Bier, so lässt sich das ertragen.*

Entnervt zog Brandhasl den Memorystick aus dem USB-Schacht. Zusammen mit den Ausdrucken beförderte er ihn in seine alte Ledermappe, schrieb eine Notiz für Linz und machte sich auf den Heimweg.

Die Zelle, in die man Lukas soeben gesperrt hatte, maß knapp zwei mal drei Meter. Ihre Höhe von vier Metern machte sie noch winziger. Die graue Ölfarbe der Wände war über die Jahre vergilbt, die Zellendecke hingegen in makellosem Weiß getüncht. An der Wand ihm gegenüber ließen zwölf Glasbausteine, Überbleibsel aus den Sechzigern, verschwommenes Licht hinein. Neben ihnen brummte ein Ventilator, der frische Luft durch ein schmutziges Gitter blies.

Der Blick des Jägers wanderte zurück zur Mitte des Plafonds. Drei Neonröhren verströmten gleißendes Licht bis in den letzten Winkel, eine vierte flackerte klickend. Lukas streckte die Hand vor sich aus und betrachtete den scharfen Schatten, den sie auf den Fußboden warfen. Die Fugenmasse zwischen den grauen, welligen Fliesen war an mehreren Stellen aufgebrochen.

Links von Lukas war eine Art Bett aus verschweißten Aluprofilen an der Wand befestigt. Einen Sprungrahmen gab es nicht, lediglich eine wasserdicht beschichtete Holzplatte. Darauf lagen eine abgenutzte Matratze und ein plattes Kopfkissen, beides in durchsichtigen Kunststoff verpackt. Am Fußende war eine alte Wolldecke mit der Aufschrift ›Eigentum der Polizei‹ zusammengefaltet. Der Jäger nahm sich vor, nicht zu schlafen.

Er setzte sich vorsichtig auf die Bettkante und sah sich weiter um. Eine Kloschüssel aus Aluminium hing in vierzig Zentimeter Höhe unterhalb des Ventilators. Kein Deckel oder Sitz, bloß ein in der Wand eingelassener Knopf für die Spülung. Daneben hatte jemand hinterlassen: ›Kein Alkohol ist auch keine Lösung‹ und ein anderer: ›Peter war hier – 23.12.2011‹.

Nun fielen Lukas auch die übrigen in die Wände eingeritzten Sprüche ins Auge: ›die vinden eher die unschuld bei ner nutte als meine, josef L 11. merz‹ und ›BULLENSCHWEINE‹. Niemand hatte sich die Mühe gemacht, das Gekritzel zu entfernen. *Kollateralschäden*, dachte er.

Seine Erkundung endete bei der schweren Eisentür mit dem runden Guckloch. Über ihr war eine moderne Überwachungskamera mit verglaster Kuppel angebracht, die ihm die ganze Zeit folgte. Eine kleine rote Diode verriet, dass sie aufzeichnete.

Er legte sich mit hinter dem Kopf verschränkten Armen auf die Pritsche.


Linz fand sein Büro leer vor. Er las die Nachricht: ›Bin nach Hause gegangen, duschen usw. Sehe dich im Fernsehen um fünf. Gr. Hans‹.

Mit einem Blick auf die Uhr vergewisserte er sich, dass ihm noch anderthalb Stunden bis zur Pressekonferenz blieben. Zeit genug, sich frisch zu machen, einen anderen Anzug anzuziehen und pünktlich im Sitzungssaal zu erscheinen. Er griff nach dem Autoschlüssel, ließ seinen Blick ein letztes Mal flüchtig über die Tafel mit den Fragen wandern und war in Gedanken längst in seiner Wohnung.

Zu Hause ging Linz ohne Umweg ins Bad, duschte und

rasierte sich, machte sich bereit für seinen Auftritt vor den Kameras. Er hatte gerade seine Krawatte gebunden, als das Handy klingelte. Es war Brandhasl.

»Was gibt es?«, fragte Linz kurz angebunden. »Ich muss ins Polizeipräsidium.«

»Vorher muss ich dich unbedingt noch sprechen, es ist sehr wichtig. Können wir uns treffen?«

»Kannst du mir das nicht am Telefon sagen, Hans?«

»Nein, auf keinen Fall! Kennst du das Café Cult im Künstlerhaus in der Hellbrunner Straße? Dort in zehn Minuten, es dauert nicht lange.«

»Gut, in zehn Minuten. Ich hoffe wirklich, dass du einen triftigen Grund hast. Bis gleich.«


Brandhasl saß mit zwei Latte macchiato an einem Tisch mit Blick auf die Salzach. Er war der einzige Gast.

»Was ist so wichtig?«, drängte Linz, während er Platz nahm.

Sein Partner blickte sich aufmerksam um, bevor er einige der ausgedruckten Fotos aus seiner Ledermappe zog. »Sieh selbst, Willi.« Er reichte die Bilder über den Tisch.

»Was ist das? Woher hast du das?«

»Ich habe dir doch erzählt, dass Doro, die Privatdetektivin aus Berlin, tausende Fotos von Vogel gemacht hat. Zum Schluss hat sie mir verraten, dass sie außerdem ein paar Aufnahmen in Hallein geschossen hat. Auf denen wären zwei hohe Beamte zu sehen, gemeinsam mit dem Chef von Ö-Invest – das ist eine große, mit Vogel um die Postalm konkurrierende Investmentfirma. Schau dir mal den hier rechts an. Kennst du ihn?«

»Das ist Tanzberger! Was hat er denn mit dieser Ö-Invest zu tun? Und wer ist der andere?«

»Kann ich dir beides nicht beantworten. Ich glaube, er ist vom Magistrat Salzburg, Abteilung Wirtschaft, Tourismus und Gemeinden. Er ist mir schon mal aufgefallen, bin mir nur nicht sicher wann und wo. Auf der

Webseite konnte ich so schnell keine Fotos von Mitarbeitern finden. Die wichtigere Frage ist: Was macht der Alte mit Vogels Konkurrenten und dem Regierungsbeamten? Doro meinte, man hätte vorher alle Gäste aus dem Bistro geschickt und ein ›Geschlossen‹ Schild an die Tür gehängt. Die Herren wollten unter allen Umständen ungestört sein.«

»Willst du damit sagen …«

»Genau das, Willi. Was ist, wenn Tanzberger auch in der Sache mit den Millionen für die Postalm drinsteckt? Das würde durchaus erklären, warum er so schnell wie möglich einen Verdächtigen will. Dass die Deutschen prahlen, ist nichts Neues. Deshalb geht keiner dermaßen in die Luft.«

Linz grübelte: »Darum hat der Direktor den Jäger allein verhört, ohne das Gespräch aufzuzeichnen, und versucht, ein Geständnis zu erpressen. Aber …«

»Was«, unterbrach ihn Brandhasl, »der Alte persönlich? Den Graf erpresst? Und keine Aufnahme? Das kann er doch auf keinen Fall verwenden! Woher weißt du das?«

»Ich kam gerade dazu. Der Beamte vor der Tür verwehrte mir auf Tanzbergers Befehl hin den Zutritt zum Vernehmungszimmer. So habe ich ohne sein Wissen das Verhör vom Observierungsraum aus beobachtet und – das bleibt aber unter uns – sogar teilweise mit meinem Handy gefilmt …«

»Ja, bist du denn wahnsinnig?«, rief Brandhasl aus und schaute sich sofort um. Doch niemand nahm von ihnen Notiz.

»Beruhige dich, Hans, keiner hat es gesehen. Zudem ist die Aufnahme in meiner Situation vielleicht ein Ass im Ärmel. Nur eines ist mir noch nicht klar: Welchen Vorteil sollte der Geldgeber davon haben, dass der höchste Polizist von Salzburg mitmischt?«

»Ich habe keine Ahnung, werde es aber herausfinden. Darauf gebe ich dir Brief und Siegel!

Willi, ich wollte unbedingt mit dir reden, damit du dich bei deinem Presseauftritt nicht zu einem Schnellschuss verleiten lässt. Halte dir alle Optionen offen! Sag, dass wir auch in andere Richtungen ermitteln. Das wird dem Alten zwar die Laune noch mehr vermiesen, bringt dich aber in eine bessere Position.«

»Ich überlege es mir.« Linz trank seinen Kaffee aus.

»Nein, nicht nachdenken, Willi, tu es! Wenn du erst einmal zugestimmt hast, den Jäger als möglichen Mörder zu brandmarken, kriegst du die Kurve nicht mehr. Dann bist du nicht besser als Tanzberger. Und er wird gewinnen.«

»Wie gesagt, ich werde es mir überlegen. Danke für den Kaffee, Hans. Ich muss los.«

Im Sitzungssaal hatten sich an die 50 Journalisten versammelt, es war fünf Minuten vor fünf. Linz ging ohne einen Kommentar an der Meute vorbei ins Hinterzimmer. Neben Tanzberger, der auf einem provisorischen Schminksessel Platz genommen hatte, waren Professor Unterkircher und Doktor Brenninger anwesend.

Linz grüßte in die Runde, wandte sich an seinen obersten Chef: »Kann ich Sie einen Augenblick sprechen, Herr Direktor? Es ist wichtig.«

»Was soll das, Linz? Sehen Sie nicht, dass ich beschäftigt bin? Wenn Sie reden wollen, tun Sie das in der Pressekonferenz. Sie werden heute der Held sein, der den Killer in zwei Tagen gefasst hat. Genießen Sie den Auftritt! Ich habe jedes Mal meine Freude daran.

Nun lassen Sie mich in Ruhe! Wir müssen gleich vors Publikum, und meine Schminke sitzt noch nicht perfekt. HD-Kameras sind unerbittlich. Unreine Haut, eine Augenbraue, die nicht gerichtet ist, jedes Detail ist sichtbar. Wenigstens ich will einen guten Eindruck machen. Sie hatten wohl keinen besseren Anzug?«

Bevor Linz antworten konnte, öffnete sich hinter ihm eine Tür.

»Es ist so weit, Herr Direktor Tanzberger, die Presse wartet«, sagte eine untertänige Stimme.

Die vier Hauptpersonen betraten den Saal. Zuerst der Chef, gefolgt von Unterkircher und Brenninger. Das Schlusslicht bildete Linz. In derselben Reihenfolge setzten sie sich auf vier Stühle hinter einem langen Tisch, dessen Vorderansicht mit der Salzburger Landesflagge verhangen war. Darauf standen Mikrofone mit den farbigen Schaumstoffkappen der jeweiligen Radio- und TV-Sender.

Vor dem Podium sowie hinter den Reportern waren dutzende Kameras aufgebaut. Alle, die in der Nachrichtenwelt Rang und Namen hatten, waren gekommen. Viele Sender würden live übertragen, einige per Tweets oder Facebook. Zeitungen aus halb Europa waren anwesend.

Zum ersten Mal spürte Linz den Druck, der Öffentlichkeit ausgeliefert zu sein. Er hatte das Gefühl, auf einem Scanner zu sitzen. Es war ihm unverständlich, wieso der Direktor diese Art der Aufmerksamkeit so liebte.

Innerhalb weniger Sekunden war Ruhe eingetreten. Die Journalisten kannten sich aus. Erst zuhören, dann fragen.

Tanzberger beugte sich zu den Mikrofonen, sprach mit gelassener Stimme: »Danke, dass Sie so zahlreich erschienen sind. Sie kennen das Prozedere. Wir werden Sie, soweit es möglich ist, informieren. Im Anschluss stehen wir für Ihre Fragen zur Verfügung. Gut, das wäre geklärt.«

Obwohl einige Anwesende murmelten, ließ er sich nicht aus dem Konzept bringen, strich einen Punkt auf seiner Liste durch.

»Ich bin Landespolizeidirektor Tanzberger, LPD Salzburg. Ich habe diese Pressekonferenz einberufen, um Sie über den Stand der Ermittlungen im Fall des ermordeten deutschen Großinvestors Peter Vogel in Kenntnis zu setzen.

Entgegen der Darstellung der Kollegen aus Berlin ist der Tote durch meine Mitarbeiter entdeckt und identifiziert worden. Bis zum gestrigen Morgen wurde uns seitens der deutschen Behörden nicht einmal übermittelt, dass sich Herr Vogel in Österreich aufgehalten hatte.

Nur durch die schnelle Polizeiarbeit unseres Leutnant Linz'«, er zeigte auf seinen Untergebenen, worauf etliche Fotoapparate klickten, »der die Berliner Kollegen per sicherer Telefonleitung kontaktierte, konnte auch in Deutschland der Fall des bis dahin lediglich als vermisst geltenden Peter Vogel aufgeklärt werden.« Tanzberger machte eine Pause, die er für einen würdevollen Blick über die Menge nutzte.

»Herr Vogel wurde aller Wahrscheinlichkeit nach am 5. März dieses Jahres vor einer Hütte auf der Postalm im Salzburger Land ermordet. Dort lag er seither unter tiefem Schnee begraben. Durch den einsetzenden Frühling – wie Sie wissen, hat es sehr schnell getaut – wurde die Leiche am letzten Freitag, den 4. April 2014, entdeckt.

Aufgrund der sofort eingeleiteten Maßnahmen zur Beweissicherung haben die Kollegen Professor Doktor Doktor Unterkircher vom Institut für Gerichtliche Medizin Salzburg sowie sein Kollege Doktor Brenninger, Leiter der Kriminalpolizeilichen Untersuchung zweifelsfrei Tod durch Fremdeinwirkung feststellen können.

Und weil wir selbst am Wochenende arbeiten, konnte gestern das Kaliber bestimmt und mögliche Mordwaffen eingegrenzt werden. Vor Ort sichergestellte DNA wird zurzeit untersucht.« Er hielt inne, lächelte, lauschte einem imaginären Beifall. »Ich übergebe an Professor Doktor Doktor Unterkircher.«

»Guten Abend, meine Damen und Herren. In meiner Funktion als Rechtsmediziner in diesem Fall kann ich Sie derzeit nur so weit über den Tathergang informieren, wie es der Stand der Ermittlungen zulässt.

Herr Vogel starb durch einen aufgesetzten Schuss, abgefeuert aus einem Jagdgewehr. Um es einfach zu erklären, das Projektil drang mittig auf der Stirn ein, zerstörte mehrere lebenswichtige Teile des Gehirns und verließ den Schädel etwa hier.« Wie bei der Besprechung mit Linz und Brandhasl tippte er sich dabei erst auf die Stelle über seinen Augenbrauen und danach auf den Hinterkopf. »Das wäre von meiner Seite aus alles für den Augenblick.«

»Vielen Dank, Herr Professor Doktor Doktor Unterkircher«, übernahm Tanzberger. »Und nun zur KPU.«

»Guten Abend. Ich bin Doktor Georg Brenninger. Wir haben mehrere eindeutige Spuren sicherstellen können, vom Projektil bis zu DNA-Material. Auch ich möchte zurzeit nicht ins Detail gehen, da die für die weiteren Ermittlungen relevanten Einzelheiten im Moment noch nicht veröffentlicht werden dürfen, beziehungsweise momentan ausgewertet werden. Ich danke Ihnen für die Aufmerksamkeit.«

»Danke für Ihre präzise Zusammenfassung, Herr Doktor Brenninger.« Der Direktor war erpicht, das Zepter nicht aus der Hand zu geben. »Ich erteile Leutnant Linz das Wort. Er hat bereits heute Mittag den mutmaßlichen Mörder verhaftet, der sich gegenwärtig zur Vernehmung in Polizeigewahrsam befindet. Herr Linz, bitte sehr.«

»Guten Abend, äh … ich, äh … Bitte entschuldigen Sie, wenn ich nicht so routiniert bin wie meine Vorredner. Dies ist meine erste Pressekonferenz. Ich bin – Verzeihung – ich heiße Willi Linz, bin Leutnant beim LKA Salzburg und mit dem Fall Peter Vogel seit Freitag, den 4. April 2014, betraut.

Es stimmt, dass wir einen Verdächtigen in Gewahrsam haben. Ich möchte jedoch nicht von unserem Mörder sprechen. Äh … die Beweise werden noch gesichtet. Ich …«

Tanzberger unterbrach ihn schroff: »Wie mir versichert wurde, geht Herr Linz davon aus, dass der Verdächtige tatsächlich unser gesuchter Mörder ist.«

»Verzeihen Sie, Herr Direktor, ich halte mich an die Unschuldsvermutung. Bis wir alle Beweise gesammelt haben oder ein Geständnis vorliegt, ist der Verdächtige eben bloß ein Verdächtiger.«

Tanzberger lief vor Wut rot an. Die Kameras zeichneten alles auf. »Demzufolge wollen Sie sagen, dass es nur eine Frage der Zeit ist, bis Ihnen ein Geständnis vorliegt, Linz?«

»Nein, Herr Direktor. Ich sagte, dass der Verdächtige so lange nichts anderes als ein Verdächtiger ist, bis wir seine Schuld bewiesen oder ein Geständnis vorliegen haben. Beides ist momentan nicht der Fall.«

Wie bei einem Tennismatch drehten sich die Köpfe aller Anwesenden zwischen Tanzberger und Linz hin und her. Es stand 40 zu 15 für Linz.

»Wollen Sie zum Ausdruck bringen, dass Sie möglicherweise den Falschen verhaftet haben, Herr Leutnant?« Ein hämischer Zug schlich sich auf Tanzbergers Gesicht.

40 zu 30.

»Nein, Herr Direktor, das wollte ich nicht ausdrücken. Zum Zeitpunkt der Festnahme sind durch eine von mir geleitete Hausdurchsuchung Beweise aufgetaucht, welche den Schluss nahelegten, dass die sich in Haft befindliche Person des Mordes verdächtig ist.

Trotz allem halten wir uns an Ihren Wahlspruch, Herr Direktor: Wir sind nicht bekannt für Schnellschüsse. Wir sind die, die ihre Arbeit gründlich machen. Und darum ermitteln wir auch in andere Richtungen.«

Satzgewinn Linz.

Tanzberger hatte sichtlich Mühe, nicht loszubrüllen. Seine so schön geplante Pressekonferenz drohte, für ihn zum Desaster zu werden. Die Anwesenden sahen ihn erwartungsvoll an. »Würden Sie uns dann bitte die Ehre erweisen, uns mitzuteilen, in welche Richtungen Ihre Ermittlungen gehen werden, Leutnant Linz?«, fragte er mit zuckersüßer Stimme.

»Nein. Ich denke nicht, dass es klug wäre, heute – verzeihen Sie meine Damen und Herren – vor der Presse unsere Ermittlungswege offenzulegen.«

Spiel, Satz, Sieg.

Linz wusste, dass seine letzte Bemerkung einem Todesurteil gleichkam. Er hatte Tanzberger blamiert, ihm seinen Fernsehauftritt vermasselt. Aber er hatte begriffen, dass das auch eine Chance sein könnte. Nach diesem Tag würde es für den Direktor unmöglich sein, ihn einfach in der Versenkung verschwinden zu lassen. Linz war zur öffentlichen Person geworden.

Unterbewusst hörte er Tanzberger sagen: »Wenn Sie keine Fragen haben, löse ich die Pressekonferenz ...«

Im selben Augenblick riefen mehrere Reporter durcheinander. Jeder wollte Linz eine Frage stellen. Keiner beachtete den Direktor, der verbiestert in die Kameras glotzte.

»Marie Geißmann, ÖPA. Herr Linz, was meinen Sie damit, dass Sie vielleicht einen Unschuldigen verhaftet haben?«

»Guten Abend, Frau Geißmann. Ich habe gesagt, dass jeder so lange unschuldig ist, bis das Gegenteil bewiesen ist. Das heißt nicht, dass ich – wenn eine gewisse Beweislage vorliegt – ihn nicht in Gewahrsam nehmen darf. Das ist übliche Polizeipraxis.«

Alle lärmten durcheinander. Linz deutete auf einen alten Bekannten in der ersten Reihe und forderte ihn zum Reden auf: »Bitte, Herr Salzinger.«

»Ben Salzinger, Express. Herr Linz, habe ich Sie richtig verstanden? Sie halten Ihren Verdächtigen eventuell für unschuldig?«

»Ja, Herr Salzinger, das hatten wir schon. Ich möchte weder einen des Mordes Verdächtigen freilassen, noch einen Unschuldigen unnötig festhalten. Wenn sich die Beweise nicht erhärten, werde ich die Person auf freien Fuß setzen. Danke.«

»Peter Rossberg, Süddeutsche Nachrichten. Herr Linz, können Sie uns mehr zur Person des Verdächtigen sagen? Aus welchem Umfeld stammt er? Ist es eine Familientragödie? Hat es mit der Arbeit des Opfers als Investor zu tun? Kommt der Verdächtige möglicherweise aus dem Ausland?«

»Herr Rossberg, solange keine Beweise vorliegen, kann und werde ich Daten zur Person nicht preisgeben. Nur so viel: Wir ermitteln in alle Richtungen. Derzeit können wir eine Zufallstötung sowie familiäre oder berufliche Hintergründe nicht ausschließen.«

»Leni Moosleitner, Salzburg TV. Wenn ich Sie richtig verstehe, Herr Leutnant, halten Sie auf Grund des Arbeitsfeldes des Investors Peter Vogel einen geschäftlichen Hintergrund für möglich. Handelt es sich um die Neugestaltung der Postalm?«

»Frau Moosleitner, ich bin Ermittler. Und als solcher muss ich von jeder Möglichkeit ausgehen, bis wir den Mörder dingfest gemacht haben. Wie wir inzwischen von unseren deutschen Kollegen erfahren haben, war die Postalm das Objekt des Interesses von Herrn Vogel, das ist korrekt. In wieweit Gespräche geführt worden sind oder konkrete Pläne über eine – wie sagten Sie – ›Neugestaltung‹ vorliegen, ist uns noch nicht bekannt und wäre somit reine Spekulation.«

»Rudolf Müller, GPA. Herr Leutnant, Sie erwähnten gerade die Kollegen aus Deutschland. Können Sie uns Näheres zu Ihrer Kooperation mit dem LKA in Berlin sagen?«

»Gern, Herr Müller. Im Zuge der Europäisierung sind überall Schranken gefallen. Leider trifft das im Allgemeinen nicht auf unsere Arbeit zu. Der Formular-Dschungel ist riesig. Oft ist das Überschreiten einer Landesgrenze zugleich das Ende einer zügigen Ermittlung. Da wir bereits am Freitagabend zweifelsfrei die Identität von Herrn Vogel feststellen konnten, war ein schneller Kontakt mit den Kollegen des Berliner LKA zwingend notwendig, um entsprechende Untersuchungen einleiten zu können. Es hat am Samstag einen Austausch von Informationen gegeben. Vielen Dank an Hauptkommissar Gussmann, den Kollegen in Berlin.«

Während Linz weiterhin Fragen beantwortete, vibrierte

das Handy vor Tanzberger leise. Er sah auf das Display, zog eine Augenbraue hoch und drückte das Gespräch weg. Sekunden danach summte es nochmals, er nahm das Telefonat dennoch nicht an. Als es zum dritten Mal klingelte, richteten die ersten Journalisten ihre fragenden Blicke auf ihn.

Er wandte sich nach rechts zu Professor Unterkircher und flüsterte: »Ich muss das Gespräch annehmen, es ist wichtig. Bitte entschuldigen Sie meine Abwesenheit, falls eine Frage an mich gerichtet werden sollte.«

Tanzberger verließ den Saal durch dieselbe Tür, die er zuvor benutzt hatte. Er schloss sie hinter sich, vergewisserte sich, dass er allein war.

»Du kannst mich doch jetzt nicht anrufen, Klaus!«, sagte er unwillig. »Ich bin in einer Pressekonferenz. Die ganze Welt hat mitbekommen, dass mein Telefon geläutet hat. Weißt du, wie peinlich das ist?«

»Du hast keine Vorstellung davon, wie egal mir deine Befindlichkeiten sind. Sag mir lieber, was bei dir los ist! Hast du deine Leute nicht unter Kontrolle? Wir haben eine Absprache, hast du das vergessen? Muss ich dich daran erinnern? Wenn dein ›Schoßhund‹ – wie du ihn genannt hast – so weitermacht, wird bald jeder Reporter aus Deutschland und Österreich auf der Postalm herumschnüffeln. Das passt mir gar nicht. Mach was, bring ihn zum Schweigen, mach ihn fertig! Verstanden?«

Tanzberger konnte nicht antworten, sein Gesprächspartner hatte aufgelegt.

Als der Direktor in den Sitzungssaal zurückkehrte, war Linz nach wie vor damit beschäftigt, die Fragen der Journalisten zu beantworten. Unterkircher und Brenninger hatten sich nach hinten gelehnt und genossen amüsiert das Schauspiel.

»Es tut mir leid, meine Damen und Herren«, sagte Linz, »Ihre Fragen wiederholen sich. Sie wissen, dass ich nicht mehr sagen werde, als ich es bis zu diesem Moment getan habe. Ich würde gern das Wort an Direktor Tanzberger übergeben. Danke.«

Noch auf dem Weg zu seinem Stuhl übernahm Tanzberger professionell die Leitung der Konferenz: »Wenn es sonst keine Fragen gibt ... Gut, dann beende ich hiermit die Vorstellung. Bei der Poststelle erhalten Sie morgen ab neun Uhr wie gewöhnlich die Mitschrift als Pressemitteilung. Vielen Dank.«

Die ersten Mikrofone wurden abgebaut, Unterkircher und Brenninger verabschiedeten sich von Linz.

»Gut gemacht, Willi«, sagte Brenninger schulterklopfend. »War es wirklich das erste Mal? Reife Leistung! Dir ist schon bewusst, dass das Ärger geben wird. Der Chef wird dir das so schnell nicht verzeihen.«

Der Professor fragte: »Wie fanden Sie meine Darstellung des Schusskanals? War es einfach genug? Ich habe mich an Ihre Worte erinnert. Vor den Fernsehapparaten sitzen ja nicht nur Akademiker. Mir hat Ihre Gesprächsführung ebenfalls gefallen. Weiter so, Herr Leutnant, weiter so!«

Ehe er sich bei den beiden bedanken konnte, hörte er Tanzberger hinter sich rufen: »Linz, herkommen, sofort!«

»Ich geh dann mal zur Schlachtbank. Schönen Abend noch. Servus.« Er ging zum Direktor hinüber, dessen Telefon erneut brummte.

»Moment, Linz, ich muss das eben annehmen«, empfing ihn sein oberster Chef, hob das Handy ans Ohr: »Tanzberger hier ... Oh, guten Abend Herr Innenminister.«

»Guten Abend, Herr Landespolizeidirektor. Ich habe gerade mit Spannung Ihre Pressekonferenz verfolgt. Hat mir sehr gefallen.«

»Ja Herr Innenminister, mir auch, sie war irgendwie ... anders als sonst.«

»Genau, frischer und offener, ohne Geschnörkel. Ein

guter Mann, dieser Linz! Weshalb habe ich ihn bislang nicht gesehen? Ist er neu?«

»Ja, Herr Innenminister, er ist erst seit einigen Monaten in Salzburg.«

»Die Presse hat ihm förmlich aus der Hand gefressen, das mag ich. Von wem war die Idee, sich direkt mit den Deutschen in Verbindung zu setzten? War sie von Ihnen?«

»Nein, Herr Innenminister, das würde ich niemals anordnen!« Tanzberger klang entrüstet.

»Also wieder dieser Linz. Gut gemacht! Der Papierkram sollte abgeschafft werden. Eigeninitiative bei so einem brisanten Falle finde ich außerordentlich löblich. Sie nicht auch?«

Tanzberger schnappte nach Luft. »Jawohl, Herr Innenminister.«

»Ich will ihn kennenlernen, diesen Linz. Ich bin am Donnerstag in Salzburg. Regeln Sie das bitte für mich, ja? Seien Sie so gut. Servus.«

Linz hatte sich nicht von der Stelle gerührt, wartete auf sein Aus. Er hatte sich aus dem Telefonat keinen Reim machen können.

Der Direktor starrte ihn lange wütend an. »Gehen Sie mir aus den Augen, sofort!«, presste er heraus.

Linz drehte sich um, musste sich beherrschen, nicht loszurennen. Nachdem er den Sitzungssaal verlassen hatte, spürte er, wie sein Telefon in der Hosentasche vibrierte. Er holte es heraus.

Brandhasl hatte eine SMS geschrieben: ›Super gemacht, Hochachtung H. ;-)‹.

Ohne zu antworten, steckte er das Samsung weg, überlegte, ob er ins Büro gehen sollte. Tanzberger über den Weg zu laufen, wollte er keinesfalls riskieren. Deshalb entschied er sich, nach Hause zu fahren, den Abend in Ruhe zu verbringen.

# Kapitel 12

Der Jäger hatte nicht schlafen können. Trotz Überwachungskamera wurde andauernd der Türspion betätigt, um ihn zu beobachten. Ob die Abstände regelmäßig oder zufällig waren, konnte er nicht feststellen. Die Zeit machte einen Bogen um seine Zelle.

Schritte näherten sich. Der Riegel, der die Luke am Boden der Zellentür verschloss, klackte beim Ausrasten. Das Tablett mit dem Abendbrot wurde hindurchgeschoben, die Luke geschlossen.

Lukas versuchte, sich zu konzentrieren. *Keine Schritte, der Wärter hat sich nicht entfernt, muss also noch vor der Tür stehen.* Schabend wurde die Abdeckung des Gucklochs beiseite gedreht. Sein Herz schlug bis zum Hals. Zum ersten Mal war er, der Jäger, der Beobachtete, das Wild, das man gestellt hatte.

Anstatt das Tablett zu holen, setzte er sich auf die Bettkante. Die eingeschweißte Matratze gab mit einem lauten Pfeifen nach. Er legte die Hände auf die Knie, schloss die Augen. »Konzentrier dich, bloß nicht verrückt werden«, sagte er so leise, dass nur seine Ohren es hören konnten.

Fortwährend klackte der Starter der Neonröhre gefolgt von einem Brummen. Der Ventilator surrte mit einem monotonen Fiepen. Kleine Windböen, die ihn abbremsten, zogen die Aufmerksamkeit des Jägers auf sich. Alles, was ihn von den Geräuschen in der Zelle ablenkte, von außen zu ihm drang, tat gut. Denn dort war die Freiheit.

Erneut scheuerte Metall aufeinander. Schritte von Füßen, die in Uniformschuhen steckten, entfernten sich, langsam und ungleichmäßig. *Er zieht ein Bein nach, eventuell durch eine Verletzung,* grübelte Lukas.

Nun musterte er das Essen. Zwei Käsebrötchen, dazu eine Tasse Tee. *Nicht viel, aber besser als nichts. Nur wer unschuldig ist, isst,* schoss es ihm durch den Kopf. *Leute, die wirklich etwas verbrochen haben, würden nichts runterbekommen. Das Gewissen würde ihnen auf den Magen drücken,* da war er sich sicher.

Nachdem er gegessen hatte, setzte er das leere Aluminiumtablett dort ab, wo es dem Polizeibeamten sofort auffallen und er erkennen würde, dass sie den Falschen erwischt hatten. Er richtete sich auf, ging drei Schritte bis zur Tür, wendete, ging zur gegenüberliegenden Wand und retour. So drehte er Runde um Runde.

Auf dem Parkplatz des Präsidiums schloss Linz sein Auto auf. Jemand rief seinen Namen. Er blickte auf, sah einen älteren Mann winkend auf sich zukommen. »Ja, was kann ich für Sie tun?«, fragte er.

»Ich möchte etwas für Sie tun, Herr Leutnant«, erwiderte der Fremde, reichte ihm die Hand.

Linz ergriff sie nicht. »Was wollen Sie von mir und wer sind Sie?« Der Mann war ihm suspekt.

»Wie schon gesagt, ich möchte etwas für Sie tun. Wenn Sie kurz Zeit haben – eine halbe Stunde – könnten wir ein Stück durch die Josefiau gehen. Dann werde ich Ihre Fragen beantworten.«

*Was soll das,* fragte sich Linz und entgegnete ihm: »Ich bin mir nicht sicher, ob ich das will.«

»Sollten Sie aber. Nur dreißig Minuten. Es wird sich lohnen.«

Unangenehm fordernd weckte der Unbekannte trotzdem Linz' Neugier.

»Das da«, der Mann zeigte in Richtung Salzach, »ist die Josefiau. Dort können wir ungestört reden.«

»Na gut.«

Sie überquerten wortlos die Alpenstraße, liefen vorbei an den Wohnblöcken zu der Wiese am Fluss, auf der der Bärlauch sprießte. Das Bild erinnerte Linz an seine Kindheit in Dornbirn am Bodensee.

Im Alter von fünf Jahren hatte er Bärlauch mit

Maiglöckchen verwechselt und davon gegessen. Man hatte ihm den Magen ausgepumpt. Seither mied er Selbstgepflücktes aus der freien Natur. *Eine Erfahrung fürs Leben*, dachte er. »Wer sind Sie und was haben Sie für mich?«, fragte er den Mann zum zweiten Mal.

»Sie kommen direkt zur Sache, Herr Leutnant, das mag ich. Haben Sie bitte Verständnis, dass ich Ihnen ein paar Fragen stellen muss, bevor ich mich vorstelle und Ihnen mein Anliegen unterbreite. Es ist zu Ihrer und meiner Sicherheit.

Warum haben Sie Ihrem Vorgesetzten so vehement widersprochen? Glauben Sie nicht an die Schuld Ihres Verdächtigen?«

»Ich glaube vor allem nicht, dass Sie das etwas angeht. Sind Sie Reporter? Sie haben doch gehört, dass ich nicht näher darauf eingehen werde.«

»Nein, ich bin nicht von der Presse, ich gehöre nicht einmal im weitesten Sinne dazu. Ich bin kein Verdächtiger und war noch nie persönlich auf der Postalm. Ich frage Sie einzig und allein zu Ihrem und meinem Schutz. Ich muss sicher sein, dass Sie ehrlich sind.

Bitte versuchen Sie, mich zu verstehen. Wenn ich mich in Ihnen geirrt haben sollte, wäre das für mich fatal. Dieses Risiko möchte ich nicht eingehen. Wenn Sie das Gespräch nicht fortführen wollen, muss ich hier abbrechen. Wenn Sie jedoch auf meine Fragen eingehen sollten und ich Sie richtig eingeschätzt habe, verspreche ich Ihnen eine ganz andere Sichtweise auf Ihren Fall.«

Linz überlegte. Wenn er die Untersuchungen vorantreiben wollte – er hatte eigentlich nichts in den Händen – wäre dies eine Gelegenheit, die er nicht verpassen sollte. Aber wer war dieser Mann eigentlich, der zugegebenermaßen sein Interesse geweckt hatte? *Kann er mit Antworten auf Fragen aufwarten, die wir uns bisher nicht gestellt haben? Oder hat ihn Tanzberger auf mich angesetzt, um mich als undichte Stelle zu entlarven?*

Er verwarf seine Zweifel. »Na gut, ich vertraue Ihnen

nicht, kann ich zum jetzigen Zeitpunkt unmöglich. Dennoch werde ich Ihre Fragen soweit es geht beantworten. Wenn ich an den Punkt komme, an dem ich nicht mehr weiterwill, werde ich es Ihnen sagen. Dann haben Sie die Wahl, mir zu vertrauen oder nicht. Einverstanden?«

Der Mann nickte. »Einverstanden.«

»Ja, ich halte den Verdächtigen mittlerweile nicht mehr für den Mörder«, beantwortete Linz die erste Frage.

»Danke, Herr Leutnant! Ich weiß, dass Ihnen diese Aussage schwergefallen ist. Sie gestehen einen Fehler ein. Das zeigt mir, dass Sie ehrlich sind. Nun meine zweite Frage: Wie sind Sie auf die Variante mit den Investoren gekommen? Haben Sie Beweise oder zumindest eine Vermutung?«

»Beweise habe ich nicht. Ich habe eins und eins zusammengezählt. Zwei Investmentfirmen buhlen um die Postalm. Nun ist eine raus. Wenn ich das außer Acht lassen würde, sollte ich Strafzettel an Falschparker verteilen.«

»Sie haben recht, als guter Kriminalbeamter sollten Sie in alle Richtungen ermitteln. Zu meiner letzten Frage: Denken Sie bitte gut nach, und auch, ob Sie mir antworten wollen. Ist im Zuge dieser Untersuchung jemand an Sie herangetreten, um Sie – sagen wir – in eine andere Richtung zu leiten, zu bremsen, zu bedrohen oder gar zu bestechen?«

Linz blieb stehen. Sein Blick suchte die Au nach einer Parkbank ab. »Setzen wir uns dort drüben hin«, sagte er leise. »Ich glaube, ich habe das jetzt nötig.«

»Gern. Ich bin überhaupt nicht gut zu Fuß, wissen Sie. Ich habe eine schlechte Hüfte. Sie brauchen übrigens nicht zu antworten, an Ihrer Körpersprache war das ›Ja‹ deutlich abzulesen. Also gut.«

Sie setzten sich auf eine hölzerne Bank.

Der Mann offenbarte sich Linz: »Mein Name ist Albert Flöckner, ich arbeite in der oberen Finanzverwaltung als

Steuerfahnder. Ich weiß, kein angenehmer Beruf, aber ich mag ihn. Oder besser, mochte ihn. Hier haben Sie meine Karte.«

Linz nahm die Karte an sich, ohne einen Blick darauf zu werfen. Mit dieser Wendung hatte er überhaupt nicht gerechnet.

»Herr Leutnant, bevor Sie fragen, wie ich Sie unterstützen kann, möchte ich Ihnen gern meine Situation schildern.« Flöckner lehnte sich zurück, schlug die Beine übereinander. Sein Körper entspannte sich.

»Vor vier Jahren habe ich zum ersten Mal den Fall ›Ö-Invest‹ auf meinen Tisch bekommen. Weil es damals noch keine bedeutende Sache war, hatte ich freie Hand, alle Unregelmäßigkeiten genau zu untersuchen. Es ging hauptsächlich um Schmiergelder, zweckbezogene Subventionen und Investitionen, die einfach verschwunden waren.

Schnell fand ich heraus, dass im großen Stil unlauter gearbeitet wurde. Von der ÖHT bezuschusste Projekte wurden nicht so umgesetzt, wie sie ursprünglich geplant waren. Das Land, die Gemeinden sowie die, denen der Tourismus wirklich am Herzen liegt, kamen nicht zum Zuge. Die Gelder verpufften, ohne dass jemand Bestimmtes reich geworden wäre. Das war ungewöhnlich. Sie müssen wissen, Misswirtschaft füllt immer die Taschen einer oder mehrerer Personen. Diese Situation hat meine Behörde auf den Plan gerufen.«

»Entschuldigen Sie, wenn ich Sie unterbreche, Herr Flöckner. Wer oder was ist die ÖHT?«

»Das ist die Österreichische Hotel- und Tourismusbank. Sie stellt auf Antrag Gelder für die Entwicklung touristischer Gebiete zur Verfügung.

Was die Postalm betrifft, wollte man schon 2004 sechs bis sieben Millionen investieren. Dazu ist es aber nie gekommen.

Vor drei Jahren, 2011, trat erstmals die Firma Ö-Invest auf den Plan, an deren Spitze ein Herr Klaus Oberkroner steht. Er hat von Anfang an sein Geld mit spektakulären Tourismusprojekten gemacht.

Die Gemeinden und Besitzer der Postalm hätten gern eine bessere Auslastung ihrer Unterkünfte, sagen wir, fünfzehn bis zwanzig Prozent mehr Übernachtungen zwischen Dezember und April ohne einschneidende Veränderungen der Natur. Der Sommer ist in diesem wunderbaren Wandergebiet ohnehin kein Problem. Was ausgerechnet die Postalm so interessant für Oberkroner macht, war mir lange ein Rätsel.

Im letzten Herbst wurden mir per E-Mail Informationen zugespielt, nach denen Ö-Invest diese Alm in ein reines Ganzjahreswintersportgebiet umwandeln will. Oberkroner ginge es nicht darum, sie mit einigen Verbesserungsmaßnahmen für die Wintersaison attraktiver zu machen. Er wolle eine tief greifende, unumkehrbare Umstrukturierung durchdrücken. Abtenau, Strobl, Sankt Wolfgang und die Almbauern würden nicht gefragt werden.

Der letzte Satz der anonymen E-Mail hat mich stutzig gemacht, er lautete: ›Jetzt ist der Weg frei‹.«

Flöckner machte eine Pause, wischte sich mit seinem Stofftaschentuch über die Stirn. »Entschuldigung, kein Wetter ist richtig für mich. Im Winter friere ich und jetzt beginnt die Zeit, in der ich unentwegt schwitze. Doch weiter, eine halbe Stunde ist schnell um.

Neben der Ö-Invest zeigte ein zweiter Investor Interesse an der Postalmregion, ein Herr Herold aus Flachau. Im Gegensatz zu Oberkroner hatte er die Absicht, die Natur der Postalm, ihre Gastronomie und Traditionen in ihrer Ursprünglichkeit zu bewahren und sie dem Tourismus als Zurück-zur-Natur-Gebiet bewusst zu machen. Alles in Zusammenarbeit mit den Almbauern und Gemeinden.

Sein Projekt kam zum Erliegen, bevor es überhaupt begonnen hatte. Herr Herold ist im Oktober 2013 in der Zinkenbachklamm tödlich verunglückt. Er sei mit dem

Auto vom Weg abgekommen, über 30 Meter nach unten in den Bach gestürzt, hieß es. Man vermutete ein Herzversagen. Er hätte die Kontrolle über den Wagen verloren.

Drei Tage nach diesem ...«, Flöckner zögerte, »Unglück kam die E-Mail. Seither habe ich unentwegt versucht, mehr über die konkreten Pläne von Ö-Invest in Erfahrung zu bringen. Leider hat sich das als schwieriger herausgestellt, als ich angenommen habe.

Alles, wirklich alles wurde und wird blockiert. Ich bekam keine Einsicht in alte Bilanzen, nicht einmal in die Steuererklärungen der Gesellschafter. Ich war ein paar Mal im Firmensitz in Golling. Die Burschen haben sich geweigert, mit uns zu kooperieren! Und innerhalb meiner Behörde wurde eine Art Schleier über diese Firma geworfen.

Ende 2013 meinte ich, mir würde endlich ein Durchbruch gelingen. Ich habe mit dem Segen des Salzburger Finanzobmanns (*Anmerkung des Autors: Ein Obmann entspricht der Funktion eines Landesministers in Deutschland.*) eine Steuerprüfung veranlasst. Eigentlich war es eher eine Razzia, ich wollte unbedingt an die Unterlagen. Ihre Kollegen vom Wirtschaftsdezernat waren gemeinsam mit mir und drei meiner Sachbearbeiter im Hauptsitz von Ö-Invest in der Bahnhofstraße in Golling.

Was glauben Sie? Alle Unterlagen waren weg. Die Schränke, die Büros komplett leer. Auf die Frage, wo denn die Akten seien, wurde uns durch den Anwalt der Firma mitgeteilt, dass die Firmenzentrale in ein neues Gebäude nach Bruck an der Mur in der Steiermark verlegt worden ist. Vorort gäbe es nur noch die Entwicklungsabteilung.

Das war das Aus! Der Durchsuchungsbeschluss war auf dieses Firmengebäude und das Privathaus Oberkroners in Scheffau beschränkt. Wie Sie sich denken können, hatten wir dort ebenfalls Pech. Das Wohnhaus stand leer mit einem Schild ›zu vermieten‹ vor der Tür. Eine koordinierte Aktion mit den Kollegen aus Graz wäre möglicherweise erfolgreich gewesen. Aber dafür war es zu spät.

Mir war sofort klar, dass man Ö-Invest gewarnt hatte. Ich habe diese Vermutung mit meinem Chef besprochen. Er hat bloß müde abgewunken. ›Alles Hirngespinste‹, meinte er.« Flöckner räusperte sich. »Nach der Durchsuchung haben Ö-Invest und die Privatleute Oberkroner übrigens alles an Ort und Stelle zurückbringen lassen.

Danach, im Januar dieses Jahres, ist ein Mann an mich herangetreten. Er hat mich aufgefordert, die Angelegenheiten der Ö-Invest nicht so genau unter die Lupe zu nehmen. Es wäre ihnen eine ordentliche Summe wert. Ich solle gut darüber nachdenken. So knapp vor der Pension wären meine Aussichten für die Zukunft mit ihrer großzügigen finanziellen Zuwendung weitaus rosiger als mit meiner kleinen Rente.

Zu meiner Schande muss ich gestehen, dass ich wirklich darüber nachgedacht habe. Der Mann bot mir 250.000 Euro, genug für ein Haus in der Toskana. Ich habe abgelehnt, habe ihm gesagt, dass ich nicht bestechlich sei und er sich zum Teufel scheren solle.

Seitdem ging nichts mehr. In der Arbeit war mein persönliches Passwort für den Zugriff auf den Server, auf dem alle Dateien zur Ö-Invest gespeichert sind, abgelaufen. Eines Morgens sprang mein Auto nicht an. Die Werkstatt stellte einen Motorschaden fest, Kosten etwa 4500 Euro.

Ich ging zu meiner Bank, die ein Kreditlimit für mein Konto ablehnte. Und das nach einundvierzig Jahren bei derselben Filiale! In deren verdammten System stand, ich sei nicht kreditwürdig! Selbst dem Filialleiter waren die Hände gebunden. ›Die Bankenkrise, wissen Sie, alles wird neu bewertet‹, rechtfertigte er sein Verhalten. Es würde heutzutage nicht reichen, Beamter zu sein. Wenn ich ein Haus hätte – zur Sicherheit – ja dann vielleicht. Aber wirklich nur vielleicht. In meinem Alter wäre das Risiko einfach zu hoch. Ob ich nicht einen Bürgen hätte? Ich bin unverrichteter Dinge gegangen. Bis dahin glaubte ich noch an einen Irrtum.

Doch dann setzte das mit der Postwurfreklame ein. Nahezu jeden Tag erhielt ich einen Prospekt von einem Bestattungsunternehmen oder einem Friedhof, der genau den richtigen Platz für mich reservieren könne. Sogar der Vertreter einer Krankenversicherung besuchte mich, riet mir dringend eine Reha in der Schweiz an.

Schließlich bin ich förmlich zusammengebrochen. Am Ende habe ich das Geld angenommen.«

Für einen Moment schwieg Flöckner. Er musste einige Male tief durchatmen, bevor er weitersprechen konnte. »Bitte verurteilen Sie mich nicht. Ich habe keine Frau und keine Kinder, habe mein Leben lang für mein Land gearbeitet. Nun bin ich zweiundsechzig, und dieses Land fällt mir in den Rücken. Es hat sich nichts verändert. Alles ist wie früher. Wer Geld hat, regiert.

Ich habe von dem Betrag die Autoreparatur bezahlt und meinem Patenkind 500 Euro für sein erstes Moped geschenkt. Den Rest habe ich anonym an einen Verein gespendet, der einsame alte Menschen zu Hause psychologisch betreut. Ich habe nichts behalten, bin zur Ruhe gekommen. Der Banker hat sich für den Irrtum entschuldigt. Mein Abteilungsleiter, der zuvor Unwissenheit geheuchelt hatte, schaltete mein Passwort frei.«

Linz hatte die ganze Zeit aufmerksam zugehört. Er bemerkte, wie Flöckner sich verändert hatte. Sein Gesicht war aschfahl. Er ließ die Schultern hängen, hatte den Kopf eingezogen.

»Am Mittwoch, das heißt, in drei Tagen, fahre ich zur Kur nach Davos. Ganze acht Wochen. Danach werde ich den Schritt in die Rente wagen. Für mich gibt es nichts mehr zu tun, Herr Leutnant.«

Der Finanzbeamte schaute Linz lange und eindringlich mit traurigen Augen an. Er war ein Schatten des Mannes, der ihn auf dem Parkplatz angesprochen hatte.

»Herr Flöckner, was wollen Sie, dass ich tue?«

Der alte Mann brachte seine ganze Kraft auf. »Zum Ersten: Sie sollen auf sich aufpassen. Wenn Sie in dieselbe Mühle geraten wie ich, sind Sie fertig. Ich bin alt, Sie aber haben noch ein ganzes Leben vor sich. Seien Sie vorsichtig! Da man bereits an Sie herangetreten ist, besteht die Möglichkeit, dass jeder Ihrer Schritte überwacht wird.

Zum Zweiten: In meiner Wohnung befinden sich Kopien aller Unterlagen zu dem Fall, bis auf die, die nur online gesichtet werden dürfen. Ich bin eher altmodisch, halte nichts von CDs oder diesen Speicherstiften. Es ist alles auf Papier. Was ich bewahrt habe, händige ich Ihnen aus. Ich will, dass Sie denen das Handwerk legen, dass das ein für alle Mal aufhört. Wir schreiben das Jahr 2014, solche Machenschaften sollten in unserer Zeit keinen Platz mehr haben. Nie wieder, verstehen Sie?«

»Ich stimme Ihnen zu«, sagte Linz, ohne zu zögern. »Was glauben Sie, hat das mit meiner Ermittlung zu tun? Denken Sie, dass Ö-Invest Peter Vogel ausschalten ließ?«

»Aber sicher doch, Herr Leutnant! Das glaube ich ganz fest und auch, dass der Investor Herold umgebracht wurde. Er war eine ernstzunehmende Konkurrenz für Oberkroner.

Herr Herold ist durch ehrliche Arbeit groß geworden und besaß ein Sägewerk in der dritten Generation. 2012 hat er alles verkauft und seither philanthropisch gelebt. Er hat unter anderem armen Familien geholfen und kleinen Bauern für neue Maschinen zinslose Kredite gegeben.

Sein Vorhaben auf der Postalm hat sich nicht auf das, was ich Ihnen vorhin berichtet habe, beschränkt. Er wollte das Interesse der Touristen für Flora und Fauna wecken, das Almbiotop erhalten und ausbauen.

Herr Herold hatte vor, unserer hektischen Lebensweise einen Gegenpol zu bieten. Nach dem Vorbild der Nationalparks in den USA, in denen Freiwillige arbeiten, um den Touristen zu Rate zu stehen, für Ruhe, Ordnung und den Schutz des Wildes und der Natur zu sorgen.

In seinen Augen sollte ländliche Küche auf der Alm so normal sein wie freilaufende Kühe und Pferde. Gipfelbesteigungen sollten Menschen, die tagein tagaus nur die gegenüberliegende Straßenseite im Blick haben, eine andere Sichtweise eröffnen, mehr Raum und Freiheit bieten.

Eine seiner Nachbarinnen erzählte mir, dass er sein ganzes Geld ohne Eigennutz in dieses Projekt stecken wollte. Viele haben um ihn geweint. Die Kirche soll bei der Messe überfüllt gewesen sein, beim Begräbnis waren über 2000 Menschen anwesend.«

»Was hat die Polizei in seinem Fall ermittelt?«, unterbrach Linz. »War es ein Unfall oder gab es Zweifel?«

»Das ist es ja, Herr Leutnant, absolutes Schweigen! In den Todesanzeigen stand nur ›Tragischer Unfall‹. Sonst gab es keinerlei Informationen in der Zeitung oder den Nachrichten. Ich habe die große Hoffnung, dass Sie mehr herausfinden können als ich. Es war Mord, glauben Sie mir!«

Linz saß bei laufendem Motor in seinem Wagen. Er hatte sich für den nächsten Tag um zehn Uhr in der Wohnung von Herrn Flöckner verabredet. Wenn die Geschichte des alten Mannes der Wahrheit entsprach und er die Unterlagen wirklich besaß, wäre das eine heiße Spur.

Er entschied sich, zu Brandhasl zu fahren, um mit ihm darüber zu sprechen. Er holte das Handy aus der Tasche, kündigte per SMS seinen Besuch an.

Sofort kam die Antwort: ›OK, Willi. Ich räume schnell auf. Bring Bier mit‹.

Anna saß mit Prinz vorm Jagdhaus. Die Sonne ging unter, tauchte die Alm in ein glühendes Abendrot. Es trällerte und zwitscherte von den Bäumen, wie sie es noch nicht wahrgenommen hatte. Kein Motorengeräusch, kein Mensch außer ihr. Der Tee, den sie die ganze Zeit in der Hand gehalten hatte, war inzwischen kalt geworden. Bei dem überwältigenden Anblick hatte sie vergessen, ihn zu trinken.

Prinz hob den Kopf. Er stand auf, lief wedelnd um die Hausecke. Schuhe knirschten auf dem Kiesweg.

*Lukas ist wieder da*, jubelte Anna innerlich, erhob sich und wollte ihn begrüßen.

Es war bloß der Holzknecht. »Grüß dich Schönheit, wo ist Lukas?«

»Oh, Sepp, dich habe ich nicht erwartet. Lukas ist nicht da.« Sie versuchte, ihre Enttäuschung zu verbergen.

»Wo ist er denn, Auerhähne zählen? Das macht er doch sonst morgens. Ich komme gerade erst aus dem Wald, wir sind uns nicht begegnet.«

»Nein, er...«, ihr fiel keine Ausrede ein. »Er ist in Salzburg, wegen des Falles, weißt du. Er kommt sicher bald.«

»Gut dann warte ich. Ich habe ihm was zu erzählen, ganz privat. Ist so eine Männersache, du kapierst schon.

Seine alte Freundin, die Erika – die mit der Riesenoberweite – das ist jetzt meine. Ohne mein Zutun, ehrlich, ich schwörs! Die hat mich im Fernsehen gesehen und mich dann verführt, im Heuschober ihres Großvaters. Ich wollte sie was fragen, da ist sie wie ein wildes Tier über mich hergefallen. Der alte Sack hätte uns beinahe erwischt. Ich musste abbrechen, wenn du verstehst, was ich meine. Ich bin dann die Leiter runter, hab mir ihr Fahrrad geschnappt und bin abgehaun. Ich bin die ganze Postalmstraße hochgefahren, auf einem Damensattel!«

»Und wo ist das Fahrrad?« Anna konnte nicht glauben, was er ihr erzählt hatte.

»Na hier, um die Ecke. Ich habe versprochen, es gleich vorbeizubringen. Dann lässt sie mich bestimmt in ihr Zimmer. Wann ist Lukas denn weg? Sein Toyota steht doch noch hier«, bohrte Sepp.

»Heute Mittag nach deinem Fernsehauftritt. Das Auto ist mir gar nicht aufgefallen«, log sie. Er schien es nicht zu bemerken.

Selbstverliebt schwärmte er: »Mein Fernsehauftritt, hast du den mitgekriegt? War das nicht super? Ich bin wirklich eine anziehende Person, findest du nicht? Sogar die Frau vom Sender – die mit dem engen Rock und dem tollen Hintern – hat gesagt, dass die Arbeit mit mir enorm Spaß gemacht hat. Ich hätte das gewisse Etwas, routiniert wie ein alter Hase. Wann kommt denn Lukas nun? Hat er was gesagt?«

»Ich weiß nicht genau, er ist mit den beiden Salzburgern mitgefahren.«

»Was?! Lukas ist verhaftet worden?« Sepp war aufgesprungen, fuchtelte mit den Armen herum, als ob er die Vorstellung, dass sein Freund im Gefängnis sitzt, wegzuwischen versuchte. Doch so schnell, wie sein Anfall gekommen war, war er auch wieder vorbei.

Er setzte sich neben sie und schaute in die Nacht. »Ich habs schon immer gewusst. Er hat so was Animalisches, richtig Gefährliches, sag ich dir. Wie kommt er sonst an all die scharfen Frauen?« Bei diesen Worten fixierte er Anna. »Hab ich das auch? Macht mich das genauso sexy?«

Sie war fassungslos.

»Mich würde es nicht wundern, wenn er noch andere Menschen auf dem Gewissen hätte. Töten ist sein Beruf. Ich habe ihm nie getraut. Ich glaube, Lukas ist gar nicht zu einer richtigen Freundschaft fähig.«

Anna schnellte vor, schrie ihn mit aller Kraft an: »Was sagst du da?! Er ist dein Freund!«

»Ja, ja, keine Bange, ich übe nur fürs Fernsehen, wenn die Reporter wiederkommen. Die wollen sowieso nichts von der Wahrheit wissen. Bevor die mir das Wort im Munde umdrehen, sag ich lieber gleich, was die hören wollen. Da krieg ich nach der Erika vielleicht sogar die Kati.« Sepp drehte seinen Kopf hin und her. »Sehe ich von der oder der Seite besser aus? Was meinst du, welche ist ›The sexiest Ösie alive‹?«

Statt zu antworten, schlug sie ihm mit der flachen Hand ins Gesicht. »Du bist ein Schwein, Sepp! Lukas würde für dich durchs Feuer gehen! Wenn du so was zu den Reportern sagst, wird ihm niemand glauben! Was hast du denn davon? Willst du ihm etwa seine Freundinnen ausspannen?«

»Ja«, antwortete er ungerührt. »Und was ist mit dir? Findest du mich genauso anziehend wie den Jäger?« Er rückte näher an sie heran.

»Nein, keine Chance!«, blaffte sie ihn an, brachte Abstand zwischen ihn und sich.

»Na, sei ehrlich! Ich bin doch genauso fesch wie Lukas. In meiner Lederhose sehe ich aus wie so ein Männermodel aus dem Frankonia Katalog. Willst du es nicht doch einmal versuchen?« Er rutschte abermals ein Stück zu ihr.

Anna spürte, dass sie ihre Wut kaum bändigen konnte. Er war so dicht neben ihr, dass sie ihn mit den Händen abwehren musste. »Lass mich in Ruhe, Sepp! Ich habe kein Interesse an dir. Du solltest dich schämen, deinem Freund so in den Rücken zufallen!«

»Dem Jäger will ich nicht in den Rücken fallen. Das will ich bei dir tun, Miss Juni. Ganz langsam. Du wirst es nicht bereuen, keine hat es bisher bereut. Ich bin ein Fernsehstar, alle kennen mich. Ich kann mir aussuchen, mit wem ich in die Kiste will. Und jetzt will ich dich!« Mit dem letzten Wort schob er ihre Hände zur Seite, fasste ihr an die Brust.

Er war erschreckend stark. Anna hatte große Mühe, ihn ein weiteres Mal wegzustoßen. Vergebens. Statt nachzugeben, benutzte er sein Körpergewicht, drückte sie unter sich auf die Bank. Er hielt ihre Arme fest auf ihrer Brust gefangen. Gerade wollte er zu einem Kuss ansetzen, als er unvermittelt aufschrie. Prinz hatte ihn in die Wade gebissen.

Sepp ließ sich fallen, seine Hände fest auf die Bisswunde gedrückt. »Du mieser Köter! Das war ein Spaß!«, brüllte er den Hund an. »Ich hätte ihr schon nichts getan.«

Dann setzte er sich auf, sah in Annas weit aufgerissene Augen. »Du glaubst mir doch, oder? Das war bloß ein

Test, ob du dem Lukas treu bist. Das mach ich immer so.«

»Nein, Herr Berg, Ihnen glaube ich nichts mehr«, distanzierte sie sich, schlüpfte in ihre Rolle als Polizistin. Sie versuchte, den ununterbrochen knurrenden Hund durch Streicheln zu beruhigen.

Sepp hielt sich die Wade. Blut tropfte ihm auf die groben Waldarbeiterschuhe. Er hob die Hände von der Wunde, blickte auf seine rot verschmierten Handflächen.

»Schöne Scheiße! Du bist eine gemeingefährliche Bestie, Prinz! Sei ja vorsichtig! Wenn du mir das nächste Mal über den Weg läufst, bremse ich nicht. Du kannst einen Witz nicht von der Realität unterscheiden. Du brauchst einen Maulkorb! Ich werde deinen Herrn anzeigen! So ein Tier wie du gehört in einen Zwinger!«

»Halten Sie Ihren Mund!«, fuhr sie Sepp an. »Der Hund hat sich vorbildlich verhalten. Sie hingegen haben mich genötigt. Das war eine versuchte Vergewaltigung! Sie sollten sofort gehen, bevor Prinz das Gefühl bekommt, dass die Gefahr noch nicht vorüber ist.«

»Ach Quatsch, Gefahr! Ich wollte nur mal von den süßen Früchten probieren. Lukas ist nicht da. Wer weiß, wie lange er fortbleibt. Und du bist kein Kind von Traurigkeit, oder? Diese geilen Fotos, wofür hast du die denn sonst gemacht? Für Männer wie mich als Wichsvorlage oder, oder? Na sag schon, du Schlampe!«

Anna schnellte nach vorn. Peng, klatschte ihre Hand in sein Gesicht, hinterließ einen dunkelroten Abdruck.

Seine Augen blitzten vor Hass, die Lippen wurden zu schmalen, blutlosen Strichen. Er spannte den Oberkörper an. Jede Sehne schien sich auf einen Gegenschlag vorzubereiten.

Ganz langsam stellte sich Prinz zwischen Sepp und Anna. Mit weit zurückgestellten Hinterbeinen und einem hochgestellten Kamm knurrte er dem Holzknecht direkt ins Gesicht. Seine hochgezogenen Lefzen entblößten ein makelloses Gebiss.

Sepp kroch auf allen vieren rückwärts von Anna weg.

»Ihr seid ja beide nicht richtig im Kopf! Ich werde das melden! Dann wirst du eingeschläfert, Prinz! Und ich werde daneben stehen und zuschauen!« Er rappelte sich auf, hinkte ein paar Schritte in Richtung Hausecke.

»Wenn Lukas wieder hier ist, werde ich ihm erzählen, was du gemacht hast! Dass du mich verführen wolltest, mich, seinen besten Freund! Und weil ich mich gewehrt habe, hat mich der Prinz aus Versehen gebissen. Kann passieren. Aber du bist dann raus, Miss Juni! Ich habe ihm mal das Leben gerettet, wem wird er wohl glauben? Einem Nacktmodell aus einem billigen Männermagazin oder mir? Hier herrschen noch andere Gesetze, Freundschaft bedeutet alles! Machs gut, Porno Queen. Wir werden ja sehen, wer von uns beiden gewinnt.« Hastig verschwand er hinterm Haus.

Irgendwo hämmerte jemand laut schreiend gegen eine Tür. Lukas schreckte hoch, er war wohl eingenickt.

Im ersten Augenblick glaubte er, alles wäre ein Traum gewesen. Doch als er gewahr wurde, dass er sich in der Zelle befand, sehnte er sich zurück in die traumlosen, stillen Nächte auf der Alm.

Plötzlich zitterte er am ganzen Körper, ohne dass ihm zu kalt war. Erschöpft legte er sich hin, deckte sich mit der stinkenden Decke zu.

*Wenn die mich für Jahre einsperren, werde ich das nicht überleben,* dachte er. *Das Licht brennt unerbittlich.* Dann übermannte ihn die Müdigkeit.

Als Linz in Brandhasls Wohnzimmer ging, stellte er sich die Frage, was sein Kollege unter Aufräumen verstand. Alte Pizzakartons auf dem Tisch, einige leere Bierdosen auf dem Fußboden, Socken auf der Sessellehne. Der Geruch von kaltem Pfeifenrauch hing schwer in der Luft.

Linz öffnete das Fenster. Auf dem kleinen Balkon standen leere Bierkästen neben vollen Abfallbeuteln. An Draußensitzen war nicht zu denken. »Wie lebst du eigentlich? Das ist ja ein – entschuldige – Saustall. Was hast du denn weggeräumt, seit ich dir die SMS geschrieben habe?«

»Meine Wäsche ins Schlafzimmer.« Brandhasl nahm die Socken von der Lehne, öffnete eine Tür einen Spalt weit und schmiss sie hindurch. »Seit Michi weg ist, weiß ich nicht, wo mir der Kopf steht. Ich habe gar nicht mitbekommen, was meine Frau alles im Haushalt gemacht hat. Das ist ja ein Knochenjob! Für eine Haushälterin habe ich kein Geld. Ich übe noch, die Trennung ist erst ein paar Monate her.«

»Vom Flaschenpfand könntest du dir eine Putzfrau leisten. Solltest du unbedingt tun, bevor du das nächste Mal Damenbesuch bekommst.«

»Ich denk drüber nach. Sag mal, Willi, was hat dich heute Abend hierher verschlagen? Solltest du nach deinem Auftritt nicht feiern? Ach, ehe ich es vergesse, schöne Grüße von Paul Gussmann aus Berlin. Er wäre beim Anblick von Tanzberger vor Lachen vom Sofa gefallen. Er meinte, das war voll gut.

Der Oberboss stand sicher auf der Schwelle zum Herzinfarkt. Hat er dich anschließend runtergemacht? Nun sag schon!«

»Nein, nichts. Ich glaube, er hatte es vor. Ein Anruf vom Innenminister ist ihm dazwischengekommen. Anschließend hat er mich ohne ein weiteres Wort weggeschickt. Ich hätte mir fast in die Hose gemacht. Bildlich gesprochen, natürlich!«

»Du warst jedenfalls grandios! Ich habe mich köstlich amüsiert. Aber deshalb bist du nicht hier, oder?«

»Nein, Hans. Nach der Pressekonferenz hatte ich eine verrückte Unterredung in der Josefiau gegenüber vom Präsidium. Ich muss mit jemandem darüber reden. Du bist mein Partner, darum bin ich hier.«

»Kann es gefährlich für uns werden?«

»Ganz sicher sogar.«

»Na dann, Willi! Reich mal das Bier rüber, ich bin ganz

Ohr.«

# Kapitel 13

Die Tür zu seiner Zelle wurde geöffnet. Darauf hatte Lukas seit Stunden sehnlichst gewartet. Er hatte die Decke zusammengelegt, saß auf dem Bettgestell.

»Guten Morgen, Herr Graf«, begrüßte ihn der junge Uniformierte. »Es ist halb sieben. Falls Sie duschen wollen, dann am besten jetzt.«

»Danke, eine Dusche wäre toll!«

»Schwere Nacht gehabt, was?«, fragte der Inspektor mitfühlend.

»Ja.«

»Das wird schon wieder. Wenn Sie fertig sind, gibt es Frühstück. Kaffee natürlich auch. Ich habe eben auf den Zeitplan geschaut. In einer Stunde hat sich Ihr Anwalt angemeldet. Und für acht Uhr dreißig ist der Termin beim Richter. Ich drücke Ihnen die Daumen.«

»Sie sind sehr freundlich, danke.«

»Keine Ursache, wir haben selten so ruhige Insassen wie Sie. Kommen Sie, momentan haben Sie den Waschraum für sich allein. Der andere schläft seinen Rausch aus. Beeilen Sie sich.«

Minutenlang stand Lukas unter dem heißen Wasser, versuchte, seine Gedanken zu ordnen. Nachdem er sich angekleidet hatte, fühlte er zum ersten Mal eine Spur Hoffnung aufkeimen. In einer halben Stunde würde sein Anwalt eintreffen.

Auf der Pritsche sitzend aß er eine Semmel, trank den starken Kaffee. Danach stellte er das Tablett auf denselben Fleck wie am Abend zuvor und bereitete sich auf den bevorstehenden Termin beim Haftrichter vor.

Normalerweise konnte ihn nichts aus der Ruhe bringen. Doch nun ging er alle Eventualitäten durch. Was wäre, wenn sie ihn hierbehielten? Was, wenn sie nur einen Schuldigen suchten? Wie würde es in einem echten

Gefängnis sein? Warum gerade er?

Das Zittern kehrte zurück. Um die Zeit schätzen zu können, zählte er im Kopf: *Einundzwanzig, zweiundzwanzig, dreiundzwanzig* ..., drei Minuten, dann vier. Es fiel ihm schwer, sich zu konzentrieren. *Ich war es nicht, ich bin unschuldig.* Seine Gedanken drehten sich im Kreis.

Der kleine Schieber wurde zur Seite geschoben, gab das Sichtfeld frei. Ein braunes Augenpaar erschien. Der Schlüssel drehte sich im Schloss, die Tür schwang auf. Frische Luft strömte in Lukas' Lungen. Erst jetzt wurde ihm bewusst, dass er beim Zählen immer wieder den Atem angehalten hatte.

»Kommen Sie, Herr Graf, Ihr Anwalt ist da«, forderte ihn der nette Beamte auf.

»Guten Morgen, Herr Graf. Wie geht es Ihnen, war es sehr schlimm?«, fragte Leisinger.

Lukas wusste nicht, ob er ehrlich oder höflich antworten sollte. »Guten Morgen, Herr Leisinger. Es war eine unangenehme Erfahrung. Ich habe es überlebt.«

»Der Spuk wird gleich ein Ende haben. Setzen wir uns ins Besprechungszimmer. Dort sind wir ungestört.« Leisinger ging voran.

Der Raum war vergleichsweise luxuriös ausgestattet. Vier dunkelblaue Sessel, die auf wuchtigen, kugelförmigen Beinen standen, und ein Tisch mit Glasplatte. Selbst das Gemälde einer Landschaft hing an der Wand. Lukas erkannte den Gipfel des Watzmanns. *Nicht gut getroffen. Immerhin besser als die kahle Zelle*, stellte er fest.

Sie setzten sich.

»Ich habe zwar nur wenig in Erfahrung bringen können«, eröffnete der Anwalt das Gespräch, »glaube jedoch nicht, dass die Polizei etwas Handfestes gegen Sie vorzubringen hat. Als Jäger arbeiten Sie im Jagdhaus und bewohnen es den größten Teil des Jahres. Folglich ist es unklug, Ihnen die Gelegenheit vorzuwerfen. Vom fehlenden Motiv ganz zu schweigen.

Bloß die Waffe, die man in Ihrer Wohnung beschlagnahmt hat, bereitet mir noch Sorgen. Könnte der Mörder ein derartiges Gewehr benutzt haben? Ich meine mit demselben Kaliber? Denken Sie bitte genau nach! Das könnte ein entscheidender Punkt werden, wenn wir vor dem Richter stehen.«

Lukas antwortete: »Ob ein Gewehr oder eine Pistole benutzt wurde, ist mir unbekannt. Die Munition ist von der Waffe abhängig. Für die Jagd ist die Auswahl nicht besonders groß. Die Sorte Patronen, die ich kaufe, benutzen auch dutzende andere Jäger. Eins weiß ich allerdings genau: Mit meinem, von der Polizei sichergestellten Gewehr wurde nicht geschossen.«

»Weshalb sind Sie sich so sicher, Herr Graf?«

»Weil man einfach nicht mehr damit schießen kann. Mein Vater hat die Waffe unbrauchbar gemacht, als ich vierzehn Jahre alt war.«

Leisinger rückte interessiert nach vorn auf den Rand des Sessels. »Ihr Gewehr ist funktionsuntüchtig? Erklären Sie mir das bitte!«

»Weil ich mit vierzehn zum dritten Mal mit seinem Auto erwischt worden bin, hat mir mein Vater mit dem Schweißgerät einen dicken Punkt in den Lauf gemacht, unmittelbar hinter den Verschluss. Er hatte mich mehrmals davor gewarnt. Damals war ich am Boden zerstört, war mir aber meiner Schuld bewusst. Strafe muss sein. Er ist bis heute nie ungerecht zu mir gewesen.«

»Verstehe ich das richtig? Aus Ihrer Waffe, die beschlagnahmt wurde, können die tödlichen Schüsse unmöglich abgefeuert worden sein?«

»Korrekt, Herr Leisinger. Die Munition kann nicht bis in den Lauf vordringen. Der Verschluss lässt sich mit Patrone nicht schließen, somit kann nicht geschossen werden. Ich habe sie bloß als Erinnerung bewahrt, als Mahnung, solche unüberlegten Dinge in Zukunft sein zu lassen.«

»Na dann machen Sie es sich mal gemütlich, Herr Graf.

Ich hole uns zwei Cappuccino mit Zucker. Einstweilen warten wir auf den Anhörungstermin. Es wird mir ein Vergnügen sein, Landespolizeidirektor Tanzberger in der Luft zu zerreißen. Wenn das der Polizei schon gestern aufgefallen ist – und davon gehe ich aus – hätte man Ihnen die furchtbare Nacht ersparen müssen. Das wird lustig. Ich hole Kaffee, Sie entspannen sich.« Mit diesen Worten verließ Leisinger beschwingt den Raum. Lukas konnte ihn noch eine Weile pfeifen hören.

Als Anwalt und Jäger im Richterzimmer erschienen, war außer dem Richter nur Leutnant Linz anwesend.

»Guten Morgen zusammen, wo ist denn der Herr Landespolizeidirektor?«, begrüßte Leisinger die Anwesenden.

»Setzen Sie sich, Herr Anwalt, Herr Graf und Sie auch, Herr Leutnant!« Der Richter deutete auf drei unbequeme Holzstühle. »Lassen Sie uns das Protokoll einhalten. Es ist noch früh am Tag, und ich möchte mir nicht schon beim ersten Fall die Laune verderben lassen. Also bitte!«

Leisinger nahm zwischen Linz und Lukas Platz.

»Zu Ihren Personalien. Sie heißen Lukas Josef Graf, ist das richtig?«

»Ja, Euer Ehren, das ist mein Name.«

Der Richter sah ihn über seine Lesebrille hinweg an. Wie stets war der Jäger höflich, was in diesen Räumlichkeiten anscheinend nicht oft vorkam.

Nach Bestätigung der restlichen persönlichen Daten fuhr der Richter fort: »Sie kennen die Vorwürfe gegen Sie, Herr Graf? Möchten Sie sich selbst dazu äußern, oder übernimmt dies Ihr Anwalt?«

Leisinger meldete sich zu Wort: »Ja, selbstverständlich nehmen wir Stellung. Mein Mandant – auch wenn Sie das zur Genüge hören – ist unschuldig.«

»Gut, dann kann ich diesen Teil abhaken. Wie sieht das bei Ihnen aus, Herr Leutnant? Sie haben Herrn Graf in Gewahrsam genommen. Haben Sie ihn bereits verhört?«

»Nein, Euer Ehren. Ausschließlich Direktor Tanzberger hat mit dem Verdächtigen gesprochen. Er hat ausdrücklich angeordnet, dass es vorläufig keine Befragung durch mich oder einen meiner Kollegen geben darf.«

»Und wo ist der Herr Landespolizeidirektor jetzt? Ist es zu früh für ihn?«

»Das kann ich Ihnen nicht beantworten, Euer Ehren. Ich habe vor einer Viertelstunde in seinem Büro angerufen, er war leider abwesend.«

»Na schön. Sehen wir uns einmal an, was Sie ermittelt haben. Aha, hier steht es. Hmm, hmm, aha. Das ist alles, Herr Leutnant?«

»Entschuldigen Sie, Euer Ehren, wir hatten nicht wirklich viel Zeit.«

»Ich habe gestern Ihre Pressekonferenz im Fernsehen verfolgt. Wie haben Sie gesagt: Wir sind nicht für Schnellschüsse bekannt. Aber was war das hier denn sonst? Nehmen wir uns einmal vor, was in Ihrem Beruf als das Evangelium gilt: Gelegenheit, Motiv, Tatwaffe.

Die Gelegenheit ist schwach. Nur weil Sie jeden Tag U-Bahn fahren, sind Sie nicht dafür verantwortlich, wenn eine entgleist. Herr Graf ist auf der Postalm zu Hause, er arbeitet zweihundert Meter vom Leichenfund entfernt. Die Gelegenheit kann ich nicht gelten lassen.

Was ist mit Punkt zwei, dem Motiv? Haben Sie irgendetwas Konkretes, einen Streit mit den Toten, möglicherweise bestätigt durch einen Augenzeugen? Nein? Gestrichen!

Kommen wir zu Teil drei. Ich habe gelesen, dass das von Ihnen beschlagnahmte Gewehr nicht die Tatwaffe sein kann. Neben der Tatsache, dass es vor längerer Zeit unbrauchbar gemacht wurde, stimmt außerdem das Kaliber nicht überein. Ist das korrekt, Herr Leutnant?«

Linz hätte sich am liebsten unter dem Tisch verkrochen. Er hatte erwartet, dass die Beweise nicht standhalten würden. Allerdings nicht, dass er derart niedergemacht werden würde. »Ja, Euer Ehren.«

»Na dann. Gut, dass Sie sitzen, Herr Leutnant, denn nun bekommen Sie einen Pfefferminzschlag: Ich ordne hiermit die sofortige Freilassung des Verdächtigen, Lukas Josef Graf an.«

Der Jäger und sein Anwalt sahen sich an. Ohne ein Wort ihrerseits war die Sache vom Tisch.

»Und, Herr Leutnant, richten Sie Direktor Tanzberger aus, ich bin es nicht gewohnt, dass kein Vernehmungsprotokoll vorliegt. Das ist Schlamperei und hat nichts mit Polizeiarbeit zu tun. Noch Fragen? Nein? Dann ist die Anhörung hiermit beendet. Guten Tag, meine Herren.«

Nachdem der Richter den Raum verlassen hatte, erhoben sich alle drei von den Stühlen. Leisinger wollte Lukas gerade beglückwünschen, als er durch ein lautes Räuspern von Linz unterbrochen wurde. Sie drehten sich zu ihm um.

Linz hielt dem Jäger die Hand hin. »Es tut mir aufrichtig leid, Herr Graf. Ich möchte mich für meine Fehlentscheidung entschuldigen.«

Lukas überlegte. Der Mann, der ihm das angetan hatte, wollte, dass er ihm verzieh. Vor seinen Augen entstanden die Bilder der Zelle, ihm war nicht nach Vergebung zumute.

»Na, geben Sie sich einen Ruck, Herr Graf.« Leisinger stupste ihn an die Schulter.

Der Jäger ergriff die Hand des Leutnants, sagte: »Passt scho«, und lief als Erster aus dem Raum.


»… ich kann nichts machen Klaus, mir sind die Hände gebunden!«, jammerte Tanzberger ins Handy.

»Das ist mir scheißegal. Tu was, sofort! Sonst mach ich es! Hast du kapiert?«

»Habe ich, Klaus. Aber der Innenminister hat sich eingeschaltet. Es ist nicht leicht für mich, das musst du verstehen.«

»Gar nichts muss ich, Justus! Du bist am Drücker. Mach

endlich was für die Kohle, die ich dir gegeben habe!«

»Ja, gut. Aber abziehen kann ich Linz nicht, der ist mittlerweile zu bekannt. Hast du die Zeitung gelesen? Auch den Kommentar von meinem Chef? Wenn ich Linz an einen anderen Fall setze, wird die Presse hellhörig. Das wollen wir doch beide nicht, oder?«

»Du willst mir drohen? Du, ein Schantinger?! Ich gebe dir einen guten Rat. Mach das nie, nie wieder! Merk es dir!«

»Ja, Klaus.«

»Schreib es dir auf!«

»Ja.«

»Hast du es dir aufgeschrieben?«

»Was?«

»Ob du es dir aufgeschrieben hast: Ich darf Klaus Oberkroner nie wieder bedrohen. Klar? Ich gebe dir zwei Tage, danach werde ich das selbst regeln. Was dann aus dir wird, geht mir am Arsch vorbei!«

»Ja, sicher Klaus.«

Oberkroner hatte aufgelegt.

Brandhasl hockte seit zwanzig Minuten an seinem Schreibtisch. Über den Telefonlautsprecher lauschte er der elektronischen Stimme, die ständig um Geduld bettelte. Dreimal war er durchgestellt worden und immer wieder in der Warteschleife gelandet. In dem Augenblick, in dem er auflegen wollte, meldete sich eine ältere Dame.

»Guten Tag, Herr Abteilungsinspektor. Bitte verzeihen Sie, dass ich Sie habe warten lassen. Mein Name ist Bertram, ich leite die Geschäftsstelle der Organisation ›Neubeginn‹ in Wien.«

»Kein Problem.« Brandhasl hatte den Hörer in die Hand genommen. »Ich wollte mit Frau Maria Kaiser sprechen. Sie hatte mir zugesagt, einige Unterlagen an mich zu schicken. Jeder, den ich am Apparat hatte, verwies mich an jemand anderen.«

»Ja, das stimmt. Ich weiß nicht, wie ich es sagen soll. Frau Kaiser hat sich gestern Abend das Leben genommen.«

Brandhasl war wie in Schockstarre.

»Sind Sie noch da, Herr Abteilungsinspektor? Hallo?«

»Ja, ich bin noch dran. Ich kann es nur nicht glauben. Gestern Morgen habe ich in Bad Ischl mit ihr gesprochen. Sie war zwar aufgewühlt, eine direkte Suizidgefahr habe ich aber nicht erkennen können. Wie hat sie es gemacht, wenn ich das fragen darf?«

»Sie ist mit dem Auto gegen einen Brückenpfeiler gefahren, nachdem sie die Autobahn verlassen hatte. Der Polizei zufolge mit einhundertdrei Stundenkilometer, es gab keine Bremsspuren. Frau Kaiser soll auf der Stelle tot gewesen sein. Sie hat sich per Telefon von einem Mitarbeiter verabschiedet. Das arme Ding! Sie war so jung.«

»Frau Bertram, hören Sie mir jetzt bitte genau zu! Es ist sehr wichtig! Sie hat sich umgebracht wegen zwei ihrer Schützlinge. Sie hat mir gestern alles erzählt. Sie wurde geschlagen, vergewaltigt und auf das Schlimmste gedemütigt. Sie hat Video- oder Audioaufnahmen auf ihrem Telefon, die alles beweisen. Sagen Sie das unbedingt den Kollegen in Wien! Die Daten sind auf dem Handy!

Bei den Vergewaltigern handelt es sich um zwei Schwerverbrecher. Platzek heißt der eine, Lechinger der andere. Sie sollten sich die Aufnahmen besser nicht selbst anhören, Frau Bertram. Es ist starker Tobak, wenn Sie verstehen, was ich meine.«

»Ja, ich verstehe. Weshalb haben Sie Frau Kaiser eigentlich befragt, Herr Abteilungsinspektor? Ist sie in eine schlimme Sache verstrickt gewesen?«

»Nein, es ging um die Alibis der beiden Straftäter, die von Ihrer Kollegin betreut wurden. Sie wollte mir eine Bescheinigung schicken, dass Platzek und Lechinger zum fraglichen Zeitpunkt bei einem Bewerbungsgespräch waren.«

»Gut. Dann gebe ich Sie an meinen Kollegen Steiner weiter. Er war ihr Abteilungsleiter. Ich rufe umgehend die

Polizei an, darf ich Ihre Nummer weiterleiten?«

»Ja, sicher, Frau Bertram. Haben Sie einen Stift zur Hand?«

»Ihre Rufnummer kann ich auf meinem Display ablesen, danke.«

»Ich gebe Ihnen zusätzlich meine Handynummer für die Kollegen.« Brandhasl diktierte ihr die Nummer.

»Vielen Dank, Herr Abteilungsinspektor. Ich stelle Sie durch zu Herrn Steiner, einen Moment bitte.«

Linz kam gut gelaunt zur Tür herein. Zur Abwechslung war sein Partner derjenige, der den Kopf hängen ließ. Er hatte Linz nach seinem Telefongespräch mit Frau Bertram per SMS informiert.

»Maria Kaiser war eine sehr nette Frau, weißt du? Das hat sie nicht verdient.« Brandhasl haderte mit sich selbst.

»Niemand hat das verdient, Hans. Doch Gewaltverbrechen sind unser beruflicher Alltag. Du musst es zur Seite schieben, sonst wirst du verrückt.«

»Schon klar, es geht mir trotzdem an die Nieren. Gestern erst habe ich mit ihr gesprochen, und heute ist sie tot.«

»Da kannst du nichts machen. Konzentriere dich auf unseren Fall, wir haben auch einen Toten. Zwei, wenn wir Herold mit einbeziehen. Wie gehen wir weiter vor?«

Brandhasl versuchte, sich zu beruhigen. »Wie ist die Anhörung gelaufen?«

»Tanzberger war nicht da. Der Richter hat mich an seiner statt auseinandergenommen. Graf ist frei, ist auch besser so. Ich habe mich bei ihm entschuldigt.«

»Feiner Zug von dir, Willi. Ich hoffe, das passiert uns nicht nochmal.«

»Hoffe ich auch. Was haben wir?« Linz stand auf. Er wischte die Tafel sauber, nahm den roten Stift zur Hand und zeichnete eine neue Tabelle. »Da wäre Frau Vogel. Was machen wir mit ihr? Soll ich Tuchler fragen, ob das mit dem Flug nach Berlin noch aktuell ist?«

»Ich würde gern fliegen«, sagte Brandhasl, »halte diese Spur aber für kalt. Soll ich bei Paul nachfragen?«

Linz nickte. »Besser wäre es. Ich glaube nicht an eine Familientragödie. Auf alle Fälle brauchen wir das Ergebnis für die Akten – der Vollständigkeit halber.«

»Hab ich mir notiert. Platzek und Lechinger fallen weg. Ich habe mit einem Herrn Steiner gesprochen, der ihre Alibis bestätigt hat«, berichtete Brandhasl.

»Der Jäger ist raus, genauso wie die Privatdetektivin.« Linz überlegte. »Bleiben die neue Spur zu Ö-Invest, dieser Sepp Berg und eine Menge unbeantworteter Fragen. Was ist mit dem Mercedes?«

»Frau Tanzberger hat mich informiert, dass der Wagen über Strobl entsorgt worden sein muss. Vogel ist bei der Fahrt zur Postalm an der Abtenauer Mautstelle gefilmt worden. Für den Rückweg gibt es weder eine Aufnahme von ihm noch von seinem Auto. Auf der Strobler Seite ist keine Kamera vorhanden, und die Mautkasse dort ist zwischen achtzehn Uhr abends und acht Uhr morgens unbesetzt.

Die Inspektorin hat vorgeschlagen, die Oberösterreicher Kollegen zu fragen, ob sie den ML beim zu schnellen Fahren geblitzt haben. Ich sehe allerdings schwarz. Wenn der Mörder von der Videoüberwachung der Abtenauer Mautstelle weiß, kennt er auch die stationären Geschwindigkeitskontrollen. Ich starte trotz allem eine Anfrage, kann nie verkehrt sein.«

»Die Sache mit dem Waffenforum ist auch noch offen. Aber Mónika hat gesagt, dass es eine Sackgasse ist. Der Eigentümer der Webseite wohnt in den USA«, erklärte Linz.

»Dann bleibt nur der Verrückte übrig, dieser Josef Berg. Willst du, dass ich ihn mir vornehme?«, fragte Brandhasl.

»Nein, ihm fehlt – genauso wie dem Jäger – Gelegenheit und Motiv. Außerdem haben wir seine Aussage, das muss vorerst reichen. Konzentrieren wir uns auf die Ö-Invest. Wir statten denen einen Besuch ab.«

»Gut, für wann soll ich uns anmelden, Willi?«

»Sagen wir für vierzehn Uhr. Ach, und versuche, Informationen über den dritten Investor, diesen Alois Herold, in Erfahrung zu bringen. Hat er Erben? Wissen die Nachbarn etwas oder der Bürgermeister? Die ganze Liste wie gewohnt.

Um zehn hole ich die Unterlagen bei Flöckner ab. Um zwölf Uhr gehe ich zu Unterkircher. Ich will ihn zu dem Unfall in der Klamm befragen. Es muss eine Autopsie bei ihm gegeben haben. Treffen wir uns hier um dreizehn Uhr?«

»Um eins ist prima, Willi. Dann hab ich Zeit zum Essen.« Ohne weiter auf Linz zu achten, der sich zum Gehen bereit machte, nahm Brandhasl das Telefon auf, wählte die Nummer von Ö-Invest und vereinbarte einen Termin für vierzehn Uhr.

Anschließend rief er Paul Gussmann an. »Hallo Paul. Hans hier, wie geht es bei euch? Hast du Ärger wegen der Pressekonferenz?«

Gussmann lachte laut auf. »Nein, nicht ich, unser Pressefuzzi hat richtig was auf den Deckel bekommen. Bei uns will jeder ein Foto mit deinem Kollegen. Meine Sekretärin ist ganz wild auf ihn. Bring ihn mit, wenn du nach Berlin kommen solltest.«

»Ja, ich sage es ihm. Hör mal, wisst ihr inzwischen, wo Frau Vogel ist?«

»Nein, sie ist wie vom Erdboden verschluckt. Warum? Verdächtigt ihr sie?«, hakte Gussmann nach.

»Nicht wirklich, ich bin bloß neugierig.«

»Na ja, sie ist nicht zu Hause, und das Hausmädchen spricht nur Spanisch oder Portugiesisch. Was weiß ich.«

»Was ist, wenn ich dir ihre Handynummer besorgen könnte, Paul?«

»Wie kommst du denn an die Nummer der Vogel?«, platzte Gussmann heraus.

»Ich habe sie nicht. Ich kenne aber jemanden, der sie hat.« Brandhasl gab ihm die Rufnummer von Dorothea

Patzke mit der Bitte, einen schönen Gruß auszurichten.

Sollte es Neuigkeiten geben, würde Gussmann ihn auf dem Laufenden halten.

Nachdem er aufgelegt hatte, musterte Brandhasl das Whiteboard. Als Nächstes stand ›Erben?‹ hinter dem Namen ›Alois Herold‹. Er suchte sich die Nummer der Gemeindeverwaltung aus dem Internet, wählte und hatte wenig später den Bürgermeister in der Leitung.

»Wurde auch Zeit, dass sich jemand mit dem Unfall beschäftigt, Herr Abteilungsinspektor! Keiner hier im Ort glaubt, dass Alois einfach in die Klamm gefahren ist.« Der Bürgermeister war erregt.

»Deshalb rufe ich an, Herr Bürgermeister. Gibt es jemanden, den ich zu dem Toten befragen kann? Nachbarn, Freunde oder Erben?«

»Ja, sicher gibt es eine Erbin, seine Tochter Luisa. Wenn Sie möchten, gebe ich Ihnen ihre Telefonnummer. Seit der furchtbaren Sache letzten Herbst wohnt sie in Salzburg. Ich kann Ihnen ein Dutzend anderer Namen von Freunden nennen, die Alois wirklich gut kannten. Schön, dass sich endlich jemand dieser Sache annimmt.«

Brandhasl notierte sich die Telefonnummer, versprach, sich zu melden, wenn er die Hilfe des Bürgermeisters benötigen sollte.

Zehn Minuten später hatte er mit der Tochter Herolds ein Treffen für elf Uhr im LKA abgesprochen.

Linz war pünktlich um zehn an der Hans-Webersdorfer-Straße 224 angekommen. Es war ein weiß getünchtes Mehrfamilienhaus mit hölzernen Balkonen. Genau, wie Flöckner es beschrieben hatte. Er wohne auf der ersten Etage, ganz rechts, hatte der alte Mann gesagt. Linz fiel auf, dass dort alle Rollläden herabgelassen waren.

Er klingelte ein paar Mal, doch niemand sperrte auf. Enttäuscht wandte er sich zum Gehen, als in der linken Nebenwohnung ein Fenster geöffnet wurde.

Eine alte Frau, er schätzte sie auf über achtzig, schaute

heraus: »Der Albert ist nicht da. Er ist zur Kur, ist ganz früh weg, gegen halb sieben etwa. Ich kann nicht mehr so lange schlafen. Das Alter, junger Mann. Da sind Sie wohl umsonst gekommen, das tut ihm sicher leid. Was wollten Sie denn, junger Mann?«

Linz antwortete nicht. Er ärgerte sich, dass er Flöckner am Vortag nicht nach Hause begleitet hatte. Nun stand er wieder mit leeren Händen da. Schlecht gelaunt drückte er auf die Fernbedienung seines Autos. Die Blinklichter leuchteten einmal auf.

»Sind Sie von der Polizei, junger Mann?«, hörte er die Frau fragen. Er stockte, sah zu ihr hoch.

»Der Albert hat mir gestern Abend einen Karton gegeben, feste zugeschnürt mit so einer Kordel. Alles streng geheim. Ist nichts Wichtiges drin, bloß Papier. Hatte ich vergessen zu sagen. Den soll ich Ihnen geben, wenn Sie kommen, nur Ihnen persönlich. Ich darf keinem ein Sterbenswörtchen davon erzählen. Nur dem Herrn von der Polizei, hat der Albert gesagt.« Mit einem schnellen Griff zur Seite beförderte sie ein buntes Kissen hervor. Sie faltete es einmal, legte es auf die Fensterbank, um sie für ihre Arme zu polstern.

*Das kann lange dauern!* Linz verdrehte innerlich die Augen.

Sie plapperte los: »Er kommt ja oft mit so besonders wichtigen Dingen zu mir. Er weiß, dass ich verlässlich bin. Ich habe früher in der Verwaltung der Gemeindebücherei in Bad Vigaun gearbeitet, habe die Strafgebühren einkassiert. Es war ein echter Vertrauensposten, das weiß der Albert. Darum kommt er zu mir und nicht zu der alten Schachtel über mir.

Die war immer bloß Putzfrau. Sie macht ihm ab und zu die Wohnung sauber. Nicht für Geld, für Sex, wissen Sie. Wenn man im Flur ein Glas gegen die Wand drückt, dann ist es unerträglich laut. Ja, bis in meine Wohnung kann man das hören. Die Alte ist nicht mehr so ganz klar im Kopf. Sie ist bald fünfundsechzig.

Nein, nein, wichtige Dinge gibt der Albert nur mir. Sind Sie wirklich von der Polizei? Sie sehen so ... normal aus. Wo ist Ihre Uniform? Ihr Haarschnitt, das hat es früher nicht gegeben. Was ist überhaupt mit Ihrem Wagen? Sie haben ja nicht einmal so ein blaues Hütchen auf dem Dach. Sie sind gar kein Polizist. Wie heißen Sie eigentlich? Wieso müssen Sie eine ältere Dame so ausfragen? Ich gehe jetzt rein. Guten Tag, der Herr.« Mit den letzten Worten schloss sie das Fenster, zog die Gardinen zu.

Das erinnerte Linz an ein Kasperletheater. Das Krokodil hatte gesprochen, dann kam die Pause. Er ging zur Tür, drückte zweimal die Klingel neben der des Herrn Flöckner.

Augenblicklich öffnete sich das Fenster der Frau. »Ach Herr Polizist, kommen Sie rauf! Ich drücke den Türöffner, erste Etage rechts, bei Bichelrider.«

Fenster zu, Vorhang zu, Applaus. Es brummte, Linz öffnete die Tür.

»Hier oben, Herr Polizist! Nehmen Sie die Treppe, wir haben keinen Aufzug. Ich lasse die Tür auf, das Kaffeewasser kocht gleich«, rief sie ins Treppenhaus hinunter.

Ihm grauste vor dem Krokodil. Es schwatzte pausenlos und machte nicht den Eindruck, dies ändern zu wollen.

Fünfundsechzig Minuten später saß Linz in seinem Auto. Er hatte einen neuen, mittelgroßen Umzugskarton im Kofferraum, dessen Paketschnur unweit des festen Knotens einmal durchschnitten worden war. Nun zierte eine kleine, unbeholfen gebundene Schleife das Paket exakt über der Stelle, über der auf einem angeklebten Briefumschlag ›An Herrn Linz – persönlich‹ stand.

Linz hatte drei Tassen sehr dünnen Kaffees trinken müssen. Dazu hatte ihm Frau Bichelrider ein Stück Torte aufgedrängt, das überraschenderweise ausgezeichnet schmeckte. Er war tatsächlich nicht zu Wort gekommen.

Sie hatte ihm den Karton ausgehändigt und flüchtig auf

seinen Dienstausweis geschaut, während sie: »Wo ist nur meine Brille«, vor sich hin gemurmelt hatte.

Er hatte erfahren, dass er ihrem Enkelsohn aufs Haar glich, dass sie 1956 Venedig besucht hatte und Mutter zweier Kinder war, ohne je geheiratet zu haben. Die alte Dame war einsam. Flöckner hatte ihr manchmal eine Aufgabe gegeben, etwas abholen oder bewahren, keine besonderen Dinge, nur für sie wichtig.

Am Präsidium angekommen nahm Linz den Brief aus dem Umschlag. Er schloss die Kofferraumabdeckung seines Kombis, ohne das Paket herauszunehmen. Statt ins Büro zu gehen, schlug er den Weg zur Josefiau ein. Er setzte sich auf eine leere Bank, dieselbe, die er sich gestern ausgesucht hatte.

Er öffnete den Umschlag und las: ›Sehr geehrter Herr Linz, ich habe es zu Hause nicht länger ausgehalten. Überall sehe ich die Gespenster, die ich mit der Annahme des Geldes heraufbeschworen habe. Wenn diese Leute wüssten, dass ich den Kontakt zu Ihnen gesucht habe, wäre ich meines Lebens nicht mehr sicher. Daher der Umstand, die Unterlagen bei meiner Nachbarin abzugeben. Sie wird sicher hineinschauen. Aber mit diesen Papieren kann sie nichts anfangen. Es sind praktisch alles Dokumente, die kein Laie verstehen wird. Sie eingeschlossen, befürchte ich.

Suchen Sie einen Steuerfachmann auf oder einen Kollegen von der Finanzpolizei. Nicht in Salzburg, das wäre zu gefährlich! Für uns beide.

Bitte, ich flehe Sie an, weihen Sie einzig Personen ein, denen Sie unbedingt vertrauen! Haben Sie Zweifel irgendwelcher Art, wählen Sie jemand anderen. Es ist besser für alle Beteiligten.

Ich kann Ihnen nur noch viel Glück und den Mut eines Löwen wünschen. Beides werden Sie brauchen. Ich melde mich in acht Wochen. Bis dahin verbleibe ich, mein ganzes Vertrauen in Ihre Hände legend, Ihr Albert Flöckner.‹

Brandhasl saß im Büro vor einer Tasse lauwarmen Automatenkaffees. Er hörte der Tochter und Erbin des verunglückten Alois Herold seit einer halben Stunde zu, hatte jedoch kaum ein Wort verstanden. Sie weinte, sie schluchzte, sie nuschelte unverständlich, dann wieder schnäuzte sie sich.

»Bitte Frau Herold, so beruhigen Sie sich doch. Es ist über ein halbes Jahr her.«

»Schooon eeeiiin haaalbes Jaaahr«, heulte sie, hielt sich das riesenhafte Taschentuch – wahrscheinlich ein Erinnerungsstück ihres Vaters – vors Gesicht.

Brandhasl entschied sich, den psychologischen Dienst zu rufen. Er war mit seinem Latein am Ende.

Als der Arzt das Büro betreten hatte, wies er den Abteilungsinspektor an, draußen zu warten.

»Kein Problem, Herr Doktor«, sagte der erleichtert, huschte durch die Tür, seine Pfeife in der linken Hand.

Vor dem Gebäude setzte sich Brandhasl auf eine Bank. Er stopfte eine weiße Lesepfeife mit ›Kentucky Bird‹, verschränkte die Arme vor der Brust und schloss die Augen. *Was für ein herrlicher Montag hätte das werden können*, dachte er. Er spürte, wie die Bank nachgab, jemand hatte sich neben ihn gesetzt.

»Servus, Willi«, begrüßte er Linz, ohne die Augen zu öffnen.

»Wie machst du das, Hans? Ist das ein Zaubertrick?«

»Nein, ich habe geblinzelt.«

»Wie war die Befragung der Herold Erbin?«

»Frag nicht! Ich habe nicht gewusst, was für eine Menge Wasser eine so zierliche Frau abgeben kann. Sie heult seit elf Uhr ununterbrochen. ›Guten Tag‹ war alles, was ich verstanden habe. Im Moment ist ein Arzt bei ihr. Das wird noch dauern. Wie war es bei dir?«

»Nicht viel besser, Flöckner war nicht da. Er hat einen Riesenberg Akten für mich bei seiner Nachbarin hinterlassen. Ich war eine Stunde in ihrer Wohnung, ohne einen Mucks von mir gegeben zu haben. Das war voll schräg! Mein Großvater hat mal gesagt, dass Männer im Schlaf reden, weil sie tagsüber nicht zu Wort kommen. Bisher hielt ich es für einen Scherz.«

»Oh nein, Willi! Bei meiner Michi war es genau dasselbe. Sei froh, dass du das Problem nicht hast, so als … na ja.«

»Danke, sehr mitfühlend, ich verstehe. Zur Information, Klobrille hochgeklappt lassen ist auch bei mir ein Tabu.«

»Danke für die Warnung«, meinte Brandhasl.

»Sagt dir der Doc Bescheid? Weiß er, wo du bist?«

»Ja, er kommt hierher, wenn es Neuigkeiten gibt.«

»Ich muss die nächsten Schritte planen. Hast du heute schon Zeitung gelesen? Haben sie über mich geschrieben?«

Brandhasl öffnete zum ersten Mal ein Auge. »Du machst Scherze, oder? Die haben Kritiken verteilt wie bei der Oscar-Verleihung. Du bist ein Star, Willi! Und der Alte ist bloß noch der Alte.«

»Du nimmst mich auf den Arm!«

Sein Partner machte keine Anstalten, sich zu äußern. Er griff neben sich in den Papierkorb, fischte nacheinander den ›Express‹, das ›Salzburger Tagesblatt‹ und von ganz unten den deutschen ›Blick‹ heraus.

Linz entfaltete zuerst den ›Blick‹. Er betrachtete ein Foto, das ihn mit einer abwehrenden Geste in Richtung seines Vorgesetzten zeigte. Die Überschrift lautete:

›ÖSI LEUTNANT ENTZAUBERT DEUTSCHES LKA‹.

Laut las er vor: »Richtigstellung im Fall Peter Vogel. Der Salzburger Leutnant Willi Linz widerlegte in erfrischender Art die falsche Darstellung des LKA Berlin. Die Aussagen seines zunehmend gereizten Vorgesetzten Justus Tanzberger, Direktor der Landespolizeidirektion Salzburg, konterte er mutig und schlagfertig.«

Die nächste Zeitung, das ›Salzburger Tagesblatt‹, titelte:

## ›RICHTUNGSWECHSEL BEIM LKA – DER FALL VOGEL WIRD ZUM WIRTSCHAFTSKRIMI.

Jetzt ist es raus: Im Fall des ermordeten Großinvestors Peter Vogel (Deutschland) hat es eine entscheidende Wendung gegeben. Erstmals werden Ermittlungen in Wirtschaftskreisen rund um die Investorenschlacht auf der Postalm nicht mehr ausgeschlossen. Leutnant Linz hat sich nicht aufhalten lassen, die Sachlage klar und deutlich darzustellen. Bei einer Blitzumfrage gestern Abend haben sich 81% der Befragten positiv über die neue Strategie des LKA Salzburg geäußert. (Lesen Sie hierzu das Interview mit Innenminister Rosinger auf Seite 3) ...‹

Willi blätterte zu Seite drei, fand den betreffenden Artikel.

›Herr Innenminister, waren Sie mit der Pressekonferenz zufrieden?

›Sie hat mir außerordentlich gut gefallen. Keiner hat sich mit Lorbeeren geschmückt, die er nicht verdient hat. Die Entscheidung des Leutnants, sich in dieser brisanten Situation spontan mit Berlin in Verbindung zu setzen, habe ich sehr begrüßt. Er hat uns die Defizite bei der grenzüberschreitenden Polizeiarbeit in Europa aufgezeigt. Linz ist mir übrigens schon vor längerer Zeit aufgefallen. Am Freitag werde ...‹

Er legte das Blatt beiseite und zögerte. Sollte er den ›Express‹ lesen? Seine Neugier siegte.

## ›LINZ FÜHRT SALZBURG ZUM ERFOLG ÜBER DEUTSCHLAND

Ein Ermittler zum Anfassen‹, stand auf Seite eins. ›Ben Salzinger, unser Reporter vor Ort, traf Leutnant Linz bereits am Samstagnachmittag. Auf seine Bitte hin hat die Redaktion kurzfristig beschlossen, den geplanten Artikel über den toten Investor um einen Tag zu verschieben. Die gestrige Pressekonferenz zeigte, warum. Geldwäsche, Korruption, Mord. Express berichtete im Oktober letzten Jahres über ...‹

Das verwunderte Linz. Salzinger hatte nichts Negatives über ihre Begegnung auf der Postalm geschrieben. Er musste wohl seine Meinung über den Reporter revidieren.

Er faltete alle Zeitungen, warf sie in den Papierkorb. »Was soll ich nur machen, Hans?«

»Dich erst einmal sonnen. Danach solltest du dein Augenmerk darauf richten, wie du Tanzberger weiterhin aus dem Weg gehen kannst. Wenn dir das nicht genügt, solltest du darüber nachdenken, was du die Leute von Ö-Invest fragen willst. Ich mache das schon die ganze Zeit, ohne Erfolg. Wir haben nichts und wissen nichts über das, was in der Firma abläuft. Wir wissen nicht einmal, ob dieser Oberkroner überhaupt anwesend sein wird. Ich finde, das reicht, um hier sitzen zu bleiben. Wann musst du zu Unterkircher?«

»In einer halben Stunde.«

»Dann haben wir genug Zeit. Meine Pfeife brennt noch. Was mir fehlt, ist ...«

»Herr Abteilungsinspektor?«, wurde er unterbrochen.

In der Tür stand ein junger, unrasierter Mann. Er trug einen weißen Kittel sowie ein Stethoskop, das er um den Hals gelegt hatte. Mit einer Hand hielt er die Tür auf, die andere steckte lässig in seiner Hosentasche.

»Ja, hier bin ich«, meldete sich Brandhasl.

»Ihre Zeugin – oder wie Sie das nennen – hat sich abgeregt. Ich habe ihr auf eigenes Bitten hin ein Beruhigungsmittel gespritzt. Eine gute Dosis. Sie können sich jetzt mit ihr unterhalten. Und bitte, Herr Abteilungsinspektor! Falls der Anfall wiederkehrt, rufen Sie den Notarzt. Zwei Depressionen an einem Tag halte ich nicht aus.«

»Mache ich. Danke, Doc«, erwiderte Brandhasl, obwohl er sicher war, dass der Dreitagebart seine Assistenzzeit noch nicht beendet hatte.

Wie vereinbart war Linz pünktlich um zwölf Uhr bei Professor Unterkircher. »Guten Tag, Herr Professor. Danke, dass Sie Zeit für mich haben.«

»Herr Leutnant, schön Sie zu sehen. Ich hatte bislang keine Gelegenheit, Ihnen zu gratulieren. Das gestern war eine wirklich reife Leistung. Prickelnd, würde ich sagen. Sie werden es weit bringen.«

»Danke, Herr Professor, das ist sehr freundlich.«

»Quatsch, freundlich! Sie waren gut, glauben Sie einem alten Akademiker!« Unterkircher machte eine Pause. Er blickte Linz mit zusammengekniffenen Augen an. »Sie sind nicht gekommen, um sich von mir beweihräuchern zu lassen, oder? Wie kann ich Ihnen helfen?«

»Stimmt, Herr Professor. Ich habe tatsächlich ein Anliegen. Im Oktober letztes Jahr ist ein gewisser Alois Herold in der Nähe der Postalm mit dem Auto in der Zinkenbachklamm tödlich verunglückt. Können Sie sich daran erinnern?«

»Ach, hören Sie mir damit auf!«, polterte Unterkircher los. »Ich erinnere mich ganz genau.« Er stand auf, ging zur gegenüberliegenden Seite seines Schreibtisches und stellte sich direkt vor Linz. »Mit dem Auto, über dreißig Meter in die Tiefe gestürzt, richtig?«

»Korrekt«, bestätigte Linz.

»Herzinfarkt, Kontrolle verloren, richtig?«

»Ja, das habe ich ebenfalls so gehört. Haben Sie den Toten untersucht?«

»Ich, nein. Ich war an jenem Tag nicht im Hause. Und bevor Sie fragen, ich bin fuchsteufelswild geworden! Der Leichnam hat für einen Zeitraum von unglaublichen fünf Minuten im Kühlraum gelegen, dann hat ihn irgendwer abgeholt. Keiner hat ihn untersucht, wenigstens nicht in dieser Rechtsmedizin.«

»Wissen Sie, wer Herold freigegeben hat, Herr Professor?«

»Das ist es ja, was mich so aufgeregt hat! Weder ich

noch einer meiner Kollegen. Weder Hoffmeier noch Schubert – meine Assistenten – waren zu dem Zeitpunkt, an dem die Leiche verschwand, anwesend. Es gibt keinen Eingangsvermerk für den Toten, ein Ausgangsvermerk existiert dementsprechend auch nicht. Es war so, als ob er nie hier gewesen wäre.«

»Was ist mit Herold passiert? Ist er zur Beerdigung freigegeben worden?«, hakte Linz nach.

»Das entzieht sich meiner Kenntnis. Wenn ich es richtig in Erinnerung habe, gab es eine Erbin. Ich denke, die sollten Sie fragen.«

»Das werde ich tun, Herr Professor, Danke! Es ist die Tochter des Verstorbenen. Sie sitzt gerade bei Abteilungsinspektor Brandhasl im Büro.«

»Das ist gut! Wenn Sie bitte für mich eine Frage klären könnten, Herr Leutnant? Warum wurde ihr Vater beerdigt, ohne obduziert worden zu sein?«

»Sie können sich auf mich verlassen, Herr Professor. Nochmals danke für Ihre Zeit.«

Linz öffnete die Tür, ohne anzuklopfen. Brandhasl saß am Schreibtisch, eine magere Frau Mitte Zwanzig in Trauerkleidung auf einem Stuhl daneben. Unter der Wirkung des Medikaments lallte sie beim Sprechen leicht. Das störte seinen Kollegen anscheinend nicht, er wirkte entspannt.

»Frau Herold?«, unterbrach Linz ohne Umschweife die Ausführungen der Frau zum frommen Leben ihres Vaters.

»Ich bin Leutnant Willi Linz. Ich hoffe, es geht Ihnen besser. Darf ich Sie etwas über die Beerdigung fragen? Es gibt ein paar Dinge, die wir nicht verstehen.«

»Ja, sicher, Herr Leutnant. Mir geht es bestens, fragen Sie.«

»Frau Herold, wann ist Ihr Vater beerdigt worden?«

»Das war morgens gegen zehn Uhr.«

»Danke.« Linz musste sich ein Grinsen verkneifen. »Erinnern Sie sich an das Datum?«

»Aber ja, das weiß ich genau«, erwiderte sie.

»Und?« Linz wartete.

»Und was?«, fragte sie.

»An welchem Datum wurde er beerdigt?«

»Am 17. Oktober 2013.«

»Danke, Frau Herold.«

»Bitte, habe ich gern gemacht.«

Linz sah seinen Kollegen fragend an.

»Das geht schon die ganze Zeit so«, kommentierte Brandhasl. »Ist echt lustig! Und wirklich informativ, wenn du deine Fragen richtig stellst.«

»Sollten wir die Befragung nicht ein anderes Mal fortsetzen? Sie ist doch high.«

»Nein, sie will es so.«

»Nein, ich will es so«, wiederholte die dürre Frau und schaute Linz an.

»Weiß sie denn, worum es geht, Hans?«

»Ja, das weiß sie ganz genau.«

»Ja, das weiß ich ganz genau«, echote Frau Herold.

»Mensch Willi, sie ist keine Verdächtige. Sie will bloß Licht in die Sache bringen. Dieses Beruhigungszeug wirkt super. Wir dürfen sie nur nicht so auf die Straße lassen, das wäre zu gefährlich.«

»Genau.« Sie nickte.

»Na gut, Frau Herold. Wann ist der Unfall passiert?«, setzte Linz die Befragung fort.

»Man sagte mir, gegen dreizehn Uhr dreißig.«

Brandhasl hatte große Mühe, ein Lachen zu unterdrücken.

»An welchem Tag, nein, an welchem Datum war das?«, verbesserte sich Linz.

»Am Dienstag, den 15. Oktober 2013.«

»Wie bitte? Am Dienstag ist Ihr Vater gestorben. Und schon am Donnerstag war das Begräbnis? Frau Herold, wer hat denn die Formalitäten erledigt? War es ein Beerdigungsinstitut?«

»Ja.«

»Gut zu wissen«, sagte Linz freundlich. »Welches Institut war es?«

»Das Bestattungsunternehmen Alpenrose aus Salzburg.«

»Alpenrose, aha. Wieso haben Sie nicht jemanden aus Flachau oder Umgebung beauftragt, Frau Herold? Warum gerade aus Salzburg?«

»Die waren einfach so da. Sie klingelten an der Haustür, haben mich ganz sanft über den Tod meines Vaters informiert. Als ich wieder zu mir gekommen war, brauchte ich nur noch zu unterschreiben. Sie haben alles geregelt.«

»Ist denn keiner von der Polizei bei Ihnen gewesen?«, mischte sich Brandhasl ein.

»Nein. Sie sind die ersten Polizisten, die mit mir darüber reden.«

Leise sprach Linz zu seinem Partner: »Such schon mal die Adresse oder Telefonnummer des Bestatters heraus. Wir müssen ihn befragen.«

»Die habe ich«, warf Frau Herold ein. Sie kramte in ihrer Tasche, hielt eine Visitenkarte in die Höhe. »Hier ist sie. Bestellen Sie bitte Herrn Krunkel schöne Grüße, ja?«

»Mach ich.« Brandhasl ging mit der Karte aus dem Büro, um ungestört telefonieren zu können.

»Frau Herold, darf ich fragen, wie viel Geld Sie geerbt haben?«, setzte Linz das Gespräch fort.

»Ja, dürfen Sie.«

»Danke. Welche Summe haben Sie geerbt?«

»9.821.207,87 Euro.«

»Danke, das ist sehr genau. Haben Sie noch anderes … Entschuldigung! Was haben Sie außer dem Geld noch geerbt, Frau Herold?«

»Das große Haus in Flachau, ein kleineres in Annaberg, die Wohnung in Salzburg, eine weitere in Wien und die alte verfallene Hütte auf dem Pitschenberg. Darüber hinaus den Mercedes, die Briefmarken, das …«

»Danke, das genügt. Wer hilft Ihnen, Frau Herold? Haben Sie Geschwister, Tanten, Onkel? Was ist mit Ihrer Mutter?«

»Nein, ich bin ganz allein«, antwortete sie traurig. Die Wirkung des Medikaments schien nachzulassen.

Brandhasl trat ein.

»Brauchst du Frau Herold noch?«, fragte ihn Linz.

»Nein, ich bin fertig.«

»Dann lassen wir Sie von einem Beamten nach Hause bringen. Vielen Dank für Ihre Zeit, Frau Herold. Sie haben uns sehr geholfen.«

Brandhasl telefonierte mit der Bereitschaft. Wenig später wurde die Frau abgeholt.

»Schieß los, Hans!«, forderte Linz, als sie allein waren. »Hast du jemanden erreichen können?«

»Ja, habe ich. Dieser Krunkel ist nicht mehr bei der Firma, ist seit Januar in Pension. Ich hatte den Chef an der Strippe. Ein Widerling, sage ich dir, so schleimig wie eine Schnecke! Er hat alles bestätigt, was Frau Herold gesagt hat. Wusstest du übrigens, dass es Särge für 25.000 Euro gibt?«

»Nein. Weiter«, drängte Linz.

»Er meinte, dass es seine teuerste Beerdigung war, mit großer Feier für über 200 Personen.«

»Hat er gesagt, wie er an den Auftrag gekommen ist?«

»Ja, das fand er sehr ungewöhnlich. Er wurde nicht von einem Hinterbliebenen angerufen, sondern vom Rechtsmediziner. Seine Firma sollte den Leichnam an der Rampe abholen, Punkt zwanzig Uhr. Außerdem hat man ihm die Adresse der Tochter durchgegeben.«

Linz stutzte: »An der Rampe hinter dem Gebäude? Welcher Rechtsmediziner war das?«

»Ich rufe nochmal an, warte.« Brandhasl drückte die Taste für die Wahlwiederholung. »Ja, hier Abteilungsinspektor Brandhasl. Entsinnen Sie sich an den Namen des Rechtsmediziners, der Sie beauftragt hat? Ja? Sicher? Entschuldigung, natürlich sind Sie sich sicher. Danke, Sie haben uns sehr geholfen.« Er sah Linz an. »Der Mann hat gesagt, es war ein Doktor Unterkircher. Er hat sich den Namen sogar auf den Auftragszettel geschrieben.«

»Das wird immer verworrener. Unterkircher sagte mir, er war es nicht. Er war nicht einmal im Haus.«

»Was nun, Willi?«

»Es ist eins durch. Lass uns nach Golling fahren.«

»Gute Idee! So können wir unterwegs essen gehen.« Brandhasl legte beide Hände auf den Bauch.

# Kapitel 14

Durch das Küchenfenster des Jagdhauses sah Anna ein Taxi auf den Parkplatz rollen. Sie erkannte den Fahrgast, noch bevor er ausstieg. »Lukas ist wieder da!«, rief sie Prinz freudig zu. »Komm, wir gehen ihn begrüßen.«

Der Hund rannte zur Haustür hinaus, bellte, jaulte und drehte sich wie ein Brummkreisel um seinen Herrn. Der Jäger hockte sich auf den Kies, streichelte ihn und redete sanft mit ihm.

Anna war an der Hausecke stehengeblieben, ließ sie das Wiedersehen feiern. Sowie Lukas die Inspektorin bemerkte, stand er auf und schickte Prinz ins Haus. Er schritt langsam auf sie zu, ihre Augen fest im Blick. Als er ganz dicht vor ihr stand, sagte er leise: »Danke.«

Dann küssten sie sich.

Während der Fahrt informierte Brandhasl seinen Kollegen über den Teil des Gesprächs mit Frau Herold, den er ohne ihn geführt hatte. Sie hatte bestätigt, dass ihr Vater das meiste Geld in das Almprojekt stecken wollte und erklärt, wie es realisiert werden sollte.

»Stell dir vor, er hatte alles mit seiner Tochter besprochen. Sie sollte eine Million als Erbe erhalten. Das übrige Vermögen, das heißt, der Erlös aus dem Verkauf seiner Immobilien und anderen Besitztümer, sollte in eine Stiftung zur Erhaltung der Natur im Postalmgebiet fließen.«

»Und wovon wollte er seinen Lebensunterhalt bestreiten?«

»Er hatte vor, eine alte Almhütte erneuern zu lassen und wie ein Einsiedler in ihr zu wohnen.«

»Hat Frau Herold seine Beweggründe angegeben? Für einen solch drastischen Entschluss muss es einen Anlass gegeben haben.«

»Du hast recht, Willi. Vor zwei Jahren ist Herolds Frau an Leukämie gestorben. Sie war Sennerin, ehe sie sich kennenlernten. Die alte Hütte gehörte wohl ihr. Sie hat ihm am Sterbebett gesagt, dass das Einzige, was sie in den letzten dreißig Jahren vermisst hat, ihre Zeit als Sennerin auf der Postalm war.«

»Ich verstehe. Was hält Frau Herold junior von der Idee?«

»Scheinbar sehr viel. Sie möchte an der nächsten Versammlung der Almbauern und Hüttenbetreiber teilnehmen, für die Ideen ihres Vaters werben und die Leute überzeugen, dass das der richtige Weg für Mensch und Natur ist.«

»Demnach steht, beziehungsweise stand Familie Herold im krassen Gegensatz zu den Herren, die wir gleich treffen werden, oder?«

»Sehr wahrscheinlich«, meinte Brandhasl. »Wir sollten allerdings vorsichtig mit unserem Urteil sein. Alles, was wir bislang über Ö-Invest gehört haben, ist emotional gefärbt. Niemand hat echte Fakten gesammelt. Was ist, wenn Oberkroner und Co. tatsächlich etwas bewegen wollen, Geschäft hin oder her? Wenn alle davon profitieren würden, was wäre so schlecht daran?«

»Warten wir den Termin ab. Ich bin für alles offen.«

»Schön, dann sei offen für eine kleine Pause. Ich brauche was zu essen. Bitte.«

Auf die Minute genau um vierzehn Uhr betraten die Kriminalbeamten die Entreehalle der Ö-Invest. Eine schöne, elegant gekleidete Frau Anfang dreißig begrüßte sie. Sie trug einen dezent in Firmenfarben gehaltenen Hosenanzug aus Rohseide. Ihre langen schwarzen Haare waren auf den letzten dreißig Zentimetern geflochten. Ihr Gang, das erhobene Kinn und die geraden Schultern verliehen ihr eine aristokratische Ausstrahlung.

»Wenn Sie hier bitte warten möchten, meine Herren. Man wird gleich Zeit für Sie haben.« Sie deutete auf eine holzgetäfelte Wand, in der ein unauffälliger Silbergriff eingearbeitet war. »Im Warteraum befinden sich ein Kühlschrank und Kaffee. Bitte bedienen Sie sich.«

Linz und Brandhasl bedankten sich.

Wortlos wandte sie sich von ihnen ab und verließ die Lobby durch eine in einer Glaswand eingelassene Tür.

»Tolles Weib!«, schwärmte Brandhasl. »Hast du ihre langen Fingernägel gesehen? Unglaublich! Kann man damit überhaupt auf einer Tastatur schreiben? Und was sagst du zu dem Hüftschwung? War der nicht irre?«

Sein Partner schwieg, musterte den riesigen Eingangsbereich. Der Raum war mindestens 300 Quadratmeter groß. Bei der Gestaltung hatte man nicht gegeizt. Weißer Marmor für den Fußboden, edles Zirbenholz für die Wände. Die Sitzmöbel waren allesamt mit weißem Leder bezogene Designerstücke. Gegenüber dem Eingang hing der Schriftzug ›Ö-Invest‹ in riesigen, von hinten beleuchteten, goldenen Buchstaben.

*Von der Ausstattung könnte man sich ein Einfamilienhaus kaufen*, vermutete Linz. »Ich sehe drei Kameras.« Er wies auf die Stellen, an denen sie montiert waren. »Da, dort und die dritte ist über der Glastür. Bei allen brennt ein rotes Lämpchen, wir werden beobachtet.«

»Oh, das ist mir entgangen«, gab Brandhasl zu.

Linz positionierte sich direkt vor einer der Linsen. »Guten Tag, Herr Oberkroner. Können wir die Prozedur abkürzen? Mein Kollege und ich werden uns hier nicht unterhalten und keinen Kaffee oder irgendetwas anderes trinken. Was Abteilungsinspektor Brandhasl von Ihrer Mitarbeiterin hält, wissen Sie nun. Bitte, Ihre und unsere Zeit ist zu kostbar für solche Spielchen.«

Die Glastür öffnete sich.

»Wenn Sie bitte mitkommen möchten«, forderte sie die schwarzhaarige Frau auf, »mein Mann hat jetzt Zeit für Sie.«

»Oh«, flüsterte Brandhasl, »sie muss nicht mehr tippen. Sie gehört dem Boss.«

Die Ermittler folgten Frau Oberkroner bis in die zweite Etage. Die gläserne Treppe führte in einer geraden Linie zum Büro des Chefs und wurde nur von einem kleinen Plateau, dem Eingang zum ersten Obergeschoss, unterbrochen.

*Schwindelerregend,* dachte Linz, *ist sicher Sinn und Zweck der Konstruktion.*

Oberkroner telefonierte – oder gab es zumindest vor. Sein Büro war genauso groß wie die Lobby, jedoch vollkommen anders eingerichtet. Stilvolle alte Möbel beherrschten den in Pastellfarben getünchten Raum. Alle, einschließlich der Billardtafel, stammten aus derselben Epoche. Ein hölzerner Tisch mit Intarsien und drei wuchtige Sofas bildeten die Besprechungsecke. In einem anderen Teil des Büros standen einige Stühle scheinbar wahllos durcheinander.

Schnell verwarf Linz diesen Gedanken. *Ein Mann wie Oberkroner macht nichts wahllos. Er weiß genau, wie er Menschen manipulieren kann.*

»Herr Leutnant«, säuselte der Chef von Ö-Invest, »ich wurde am Telefon aufgehalten. Entschuldigen Sie bitte.«

»Kein Problem, Herr Oberkroner. Vielen Dank, dass Sie sich die Zeit nehmen, mit uns zu sprechen.«

»Das ist doch selbstverständlich, Herr Linz. Ich bin ein pflichtbewusster Bürger und helfe gern, wenn ich kann. Kommen Sie, setzen wir uns auf die Sofas, dort ist es am gemütlichsten. Was möchten Sie trinken? Kaffee oder Tee?«

Brandhasl, den niemand zu beachten schien, antwortete: »Ein Wasser bitte.«

Frau Oberkroner sprach leise in einen kleinen schwarzen Knopf im Ohr, der unter dem Haar hervorlugte.

Linz sagte: »Das sind sehr schöne Möbel, Herr Oberkroner. Biedermeier?«

»Sie kennen sich aus, Herr Leutnant? Es ist tatsächlich

Biedermeier, aus der legendären Möbelfabrik Joseph Danhauser, 1827, mit Zertifikat. Das gesamte Mobiliar stammt aus dem Nachlass von Erzherzogin Sophie, der Mutter von Kaiser Franz Joseph, dem Ersten. Ich habe es auf einer Auktion erstanden. Gefällt es Ihnen?«

»Ja, sehr, wobei ich das Design der Neuen Wiener Werkstätte bevorzuge. Es ist schnörkellos und direkt, ohne auf Raffinesse zu verzichten.«

Oberkroner sah Linz mit versteinertem Gesicht an. »Na gut, dann sind die Fronten geklärt. Setzen Sie sich, meine Herren, Kaffee kommt gleich.«

Sie schritten zur Sitzgruppe hinüber. Die Ermittler nahmen auf der linken Seite Platz, das Ehepaar Oberkroner gegenüber.

»Sie wissen, warum wir hier sind?«, setzte Linz das Gespräch fort.

»Selbstverständlich«, erwiderte Frau Oberkroner. »Auch wir sehen gelegentlich fern. Wir haben die Pressekonferenz gestern mit großem Interesse verfolgt. Sie waren gut.«

»Danke. Dann stört es Sie sicher nicht, wenn ich ohne Umschweife zur Sache komme?«

»Nein, ganz im Gegenteil, Herr Leutnant. Wie Sie sagten, unser aller Zeit ist kostbar.«

»Kannten Sie Herrn Peter Vogel?«

»Nein«, übernahm Herr Oberkroner, »wir sind uns nie begegnet.«

»Wie sieht es damit bei Ihnen aus, Frau Oberkroner?«

»Vor einem Jahr habe ich auf einer Tagung des deutschen Unternehmerverbandes eine Rede gehalten. Ich weiß, dass Herr Vogel dort anwesend war, ebenso wie bei der anschließenden Gesellschaft. Wir sind uns nicht persönlich vorgestellt worden.«

Diese Information schien neu zu sein für Oberkroner. Er sah seine Frau mit hochgezogenen Augenbrauen an.

»Hat es Geschäftskontakte zwischen Ö-Invest und der Vogel AG Deutschland gegeben?«, fuhr Linz fort.

»Nein, wie gesagt, wir kannten uns weder privat noch

auf Firmenebene«, antwortete sie.

»Es gilt als hundert Prozent sicher, dass einer Ihrer Mitarbeiter mit Herrn Vogel in Kontakt getreten ist. Wissen Sie davon?«

Jetzt schauten sich beide an. Linz hatte den Eindruck, dass die Überraschung echt war. Oder sie waren verdammt gute Schauspieler.

Oberkroner ergriff das Wort: »Ich gehe davon aus, dass Sie keine unwahren Behauptungen in die Welt setzen, Herr Leutnant. Daher darf ich fragen, wer das war?«

»Haben Sie bitte Verständnis, Herr Oberkroner. Zum jetzigen Zeitpunkt kann ich keine Einzelheiten preisgeben.«

»Sollten wir uns Sorgen machen?«, fragte sie. »Brauchen wir einen Anwalt?«

»Bisher nicht, gnädige Frau, es geht ja nicht um Sie persönlich.«

»Das ist wahr. Müssten Sie uns nicht dennoch über unsere Rechte informieren, Herr Linz?«

»Nein, Frau Oberkroner. Erstens denke ich, dass sowohl Sie als auch Sie, Herr Oberkroner, Ihre Rechte genau kennen und zweitens ist dies kein Verhör. Unser Gespräch dient ausschließlich dazu, Verständnis und Einsicht in das, was auf der Postalm geschieht, zu erhalten. Von Beschuldigungen sind wir weit entfernt.«

Herr und Frau Oberkroner nickten sich wortlos zu.

»Wenn das so ist«, sie war aufgestanden, »werde ich Ihnen zeigen, worum es geht. Folgen Sie mir bitte.«

Sie schritt zu einer Wand aus Milchglas. Er drückte einen Knopf auf seinem Schreibtisch, das Glas wurde durchsichtig. Dahinter lag ein etwa zehn mal zehn Meter großer, absolut schmuckloser Raum, in dessen Decke enorme Lichtkuppeln eingelassen waren. Im Zentrum prangte ein Modell der Postalm von etwa dreißig Quadratmetern. Berge, Wald, Straßen und Skilifte, alles war wirklichkeitsgetreu nachgebildet.

»Das, meine Herren«, Herr Oberkroner wies auf das

Modell, »ist die Postalm, so wie sie heute vor sich hin dümpelt. Das«, er zeigte auf den linken Teil, »ist Voglau. Dort liegt Strobl, da ist Sankt Wolfgang und im Zentrum das gegenwärtige Almgebiet. Der Status quo ist folgender: keine Anbindung ans Kanalnetz, mindestens 300 Betten zu wenig, ein marodes Straßennetz, das im Winter schlecht oder gar nicht geräumt wird. Die Skilifte sind veraltet, die Pisten zu kurz, vom Schwierigkeitsgrad ganz zu schweigen. Im Sommer ist die Region nicht zu retten und als Skigebiet dem Untergang geweiht. Jedes Jahr müssen Hunderttausende Euro nachgeschossen werden, bloß, um eine ausweglose Situation künstlich in die Länge zu ziehen. In zwei, drei Jahren ist damit Schluss. Es werden keine Gäste mehr kommen, Insolvenz droht. Erst den kleinen Bauern, die haben am wenigsten Substanz. Dann den Hüttenbetreibern mit ihren Familienküchen, wo die Mutter noch Hausmannskost kocht. Stellen Sie sich das einmal vor! Wir sind im einundzwanzigsten Jahrhundert! Meist gibt es ein oder zwei Fremdenzimmer pro Hütte. Wovon sollen die Leute leben, wenn die Kundschaft ausbleibt? Haben Sie einmal darüber nachgedacht?«

Linz war klar, dass der Monolog einer Verkaufsveranstaltung gleichkam und dass sie bei weitem nicht die ersten Zuhörer waren. Einstudierte Phrasen, kleine Lampen, die aufleuchteten, wenn Oberkroner über das entsprechende Gebiet sprach. Gemeinsam mit seiner Frau, die eine Fernbedienung für die Beleuchtung in der Hand hielt, bildeten sie ein schier unschlagbares Team. Sie lächelten, gefielen sich sehr.

Oberkroner redete sich in Fahrt: »Was der Postalm fehlt, ist das Visionäre, das Utopische. Das können nur große, zukunftsorientierte Freigeister ändern. Hier könnte ein Projekt entstehen, das seinesgleichen sucht.« Er machte eine theatralische Pause, atmete tief ein.

*Das Finale muss unmittelbar bevorstehen*, dachte Linz.

»Ich«, Oberkroner öffnete seine Arme wie zu einem Willkommensgruß, »kann das vollbringen. Ich kann alles verändern, erneuern, eine schöne, glorreiche Postalm erschaffen, ich! Denn ich bin Go …«

»Klaus!«, unterbrach ihn seine Frau schroff.

Augenblicklich wurde er still. Sie hatte ihn in die Realität zurückgeholt. Während er aus seinem Wasserglas trank, übernahm sie das Reden.

»Was mein Mann sagen wollte, ist eigentlich ganz einfach. Überall in Österreich geht es mit dem Tourismus bergab. Die Menschen wollen nicht nur eine Piste hinunterfahren, sie wollen unvergessliche Erlebnisse und Entertainment. Was hat die Postalm denn zu bieten? Ein paar mickrige Abfahrten, Kinderbeschäftigung, mehr nicht. Selbst wenn sich die Betreibergesellschaft der Skilifte auf die Zielgruppe der Anfänger spezialisieren würde, wäre das keine Lösung. Diese Besucher wären einmal zu Gast und eventuell ein zweites Mal. Danach würden auch sie in die Skigebiete verschwinden, in denen es Herausforderungen und Abwechslung gibt, die hip sind und wo am Abend Partys steigen. Nach Schladming oder Kitzbühel, zum Beispiel.

Jedes Jahr wird Geld in die Postalm gesteckt, ohne dass jemand auf einen grünen Zweig kommt. Es ist ein langsames Sterben. Und ein sicheres, wenn sich nichts ändert. Was den Wintersport betrifft, ist unsere gesamte Region, der Wolfgangsee, Strobl, Golling, Abtenau, ein Entwicklungsland. Wir haben eine wunderbare, zentral zwischen den Gemeinden gelegene Alm, und nichts passiert. Das wollte mein Mann zum Ausdruck bringen.«

Oberkroner nickte heftig. »Danke Schatz, genau das wollte ich sagen! Unsere Firma will 190 Millionen Euro in dieses Gebiet investieren.« Erneut machte er eine Pause. Er wollte sehen, ob Linz sich beeindrucken ließ.

Der verzog keine Miene.

Frau Oberkroner betätigte die Fernbedienung. Wie bei einem Zauberwürfel löste sich die Platte mit der Landschaft der Postalm in viele gleich große Kuben auf. Alle drehten sich um einhundertachtzig Grad, so dass deren Unterseiten ein neues Modell formten. Die Konstruktion wäre der eines James Bond Filmes würdig gewesen.

Nun war Linz doch beeindruckt.

Als nach zwei Minuten alles zusammengesetzt war, war das Almgebiet nicht wiederzuerkennen. Berge waren abgetragen, ganze Waldgebiete verschwunden. Zwei gigantische Talstationen thronten in den sich gegenüberliegenden Orten Voglau und Strobl am Fuße des Almgebietes.

»Kommen Sie, meine Herren. Betrachten Sie alles in Ruhe.« Bei diesen Worten öffnete Oberkroner von seinem Schreibtisch aus eine bis dahin unsichtbare Tür in den Showroom, stand auf, winkte die Anwesenden hinein und schloss sich an.

Als sich alle um das Modell herum verteilt hatten, fragte er gönnerhaft: »Ist es nicht wahrlich schön? Haben Sie je zuvor derart Wundervolles erblickt?«

»Ich weiß nicht«, äußerte Brandhasl zum ersten Mal seine Meinung. »Mir macht es Angst.«

Das schien das erhoffte Stichwort zu sein.

Der Chef von Ö-Invest tönte: »Ja, man bekommt Angst, wenn man nicht großgeistig ist. Schauen Sie einmal hier, die Talstation in Strobl. Alle 20 Sekunden ist eine Gondel für bis zu 15 Personen verfügbar. Und da, in Voglau, können bis zu 50 Skifahrer pro Minute befördert werden. Alle Zimmer werden ausgelastet sein, neue Hotels werden folgen. Mindestens 5000 Betten in den ersten zwei Jahren. Von diesem Punkt aus«, er deutete auf einen Berg, der mit dem Schild ›Top‹ gekennzeichnet war, »bis hinunter an den Wolfgangsee, wird eine gigantische Abfahrt erschaffen. Hier will ich die Alpine Skiweltmeisterschaft 2019 stattfinden lassen. Die ganze Welt wird kommen und staunen!«

»Ich sehe, dass die gesamte Infrastruktur der Alm rigoros verändert werden soll«, bemerkte Linz. »Die Straße, der große Platz, alles ist weg oder an einer anderen

Stelle. Was ist mit den Eigentümern der Grundstücke? Was sagen die Gemeinden? Sind Entscheidungen getroffen worden?«

»Wir haben mit einem Großteil der Almbesitzer gesprochen«, antwortete Frau Oberkroner. »Einige sind nicht vollkommen überzeugt, die meisten aber schon. Es geht um allerhand Geld, für alle, auch für die Gemeinden.«

Brandhasl meldete sich vorsichtig zu Wort, als wolle er keinen stören: »Was ist das in der Mitte, das mit den Reklameschildern?«

»Das«, Herr Oberkroner war an der Reihe, »wird die neue Postalmarena. Sehen Sie hier, vier gigantische Halfpipes für die jungen Wintersportarten, Snowboarden und Freestyle-Skiing. Groß genug für Weltcups und Olympia. Curlingbahnen, gleich vier nebeneinander. Und hinter dieser Mehrzweckhalle werden wir Neuland betreten, den ersten europäischen Snowmobil Parcours anlegen. Was die Amis können, können wir schon lange! Sehen Sie, die Partymeile. Alles, was Rang und Namen hat, ist vertreten. Pepsi, Coca-Cola, eine beheizbare Halle von Red Bull für 4000 Besucher. Der Betrieb läuft mindestens 200 Tage pro Jahr. Hier, da und dort sind riesige Beschneiungsanlagen installiert, die von Mitte Oktober bis Mitte Mai rund um die Uhr arbeiten. Ein Mekka für Wintersportler.«

»Und was ist mit den Sommermonaten? Haben Sie dafür ein Konzept?«

»Was soll die Frage, Herr Linz?« Frau Oberkroner reagierte ungehalten. »Mein Mann sagte bereits, es wird ein El Dorado für den Wintersport. Der Rest ist uns egal. Das wird ohnehin unter den Gemeinden ausgemacht. Die paar hundert Übernachtungen weniger im Sommer machen wir mit unserer neuen Arena allemal wett. Jeder wird zufrieden sein.«

»Es tut mir leid«, unterbrach Brandhasl. »Eine Frage habe ich noch, Herr Oberkroner. Was ist mit den jetzigen Restaurants? Ich sehe, dass einige der alten Almhütten verschwunden sind, zum Beispiel die Schnitzhofer und die Strobler Hütte. Andere haben das gelbe M auf dem Dach. Sie wollen Fastfood ansiedeln?«

»Selbstverständlich! Denken Sie, dass ein Snowboard Champion Kaiserschmarrn isst? Oder Frittatensuppe? Was die wollen, sind McDonalds, Burger King und KFC! Diese hinterwäldlerischen Kneipen haben in unserer Zeit keine Existenzberechtigung. Alles muss weg, alles!«, schwadronierte Oberkroner, als wolle er zum totalen Krieg aufrufen.

Brandhasl blieb ruhig. »So einfach wird das wohl nicht gehen. Soweit ich gelesen habe, gehört eine der Hütten, die Schnitzhofer, zu den ältesten Erbhöfen Salzburgs. Wie wollen Sie das regeln? Die darf nicht einmal verkauft werden.«

»Tun Sie nicht so, als ob Sie keine Ahnung hätten, wie das abläuft, Herr Abteilungsinspektor«, erwiderte Frau Oberkroner genervt. »Wenn das Allgemeinwohl einer Gemeinde oder einer ganzen Region gefährdet ist, sind Enteignungen ein legitimes Mittel. Schließlich geht es um die Zukunft des Salzburger Landes! Was bedeuten schon ein paar Einsiedler, die sich dem Fortschritt in den Weg stellen wollen. Wir werden die Zeitenwende einläuten. Jetzt wird sich zeigen, wer ein ewig Gestriger ist, und wer gemeinsam mit uns in eine glorreiche Zukunft blickt.«

Linz hatte sich aus dem Gespräch zurückgezogen, eine Stelle des Modells genauer betrachtet. Nun fragte er: »Frau und Herr Oberkroner, verzeihen Sie, wenn ich Sie in Ihren Ausführungen unterbreche. Wie heißt dieser Berg da, der mit der Skipiste, die bis hinunter nach Abtenau reicht?«

»Das ist nicht Abtenau, das ist Voglau. Ist Ihnen das nicht klar?« Oberkroner schien von Linz enttäuscht zu sein. »Und überhaupt, wie soll der Berg schon heißen, ›Berg‹ natürlich. Ich nenne es ›Piste 3‹ zu ›Talstation 1‹. Namen sind etwas für Wanderer. Hier haben Sie Skier an den Füßen und keine Zeit für Namen.«

Brandhasl beugte sich vor, betrachtete die Talstation

genauer. »Steht da wirklich ›Oberkroner Arena‹? Wollen Sie sogar den Namen ändern?«

»Unbedingt! Neuer Name, neues Spiel, neues Glück. Niemand kommt zurück, wenn der Name einmal dahin ist.

Sehen Sie sich doch die Bewertungen von Hotels an, vor und nach einem Umbau. Nichts ändert sich. Schreiben Sie, dass das Hotel Löwe nun Hotel Schlosspark heißt, brauchen Sie nicht einmal zu renovieren. Die Gäste kommen wieder. Dabei spielt die Qualität des Namens eine größere Rolle als das Hotel selbst. Niemand informiert seine Freunde über die sozialen Medien, dass er in einem beschissenen Hotel garni gewesen ist. ›Ich war im Hotel Schlosspark‹, will er posten. Darum geht es.

Die Postalm hat ausgedient. Ihre Bedeutung ist hin. Post-Alm!«, zerstückelte Oberkroner das Wort. »Die Kids wissen nicht einmal mehr, was Post ist. Nennen Sie es E-Mail-Alm oder SMS-Alm, dann steigen die Besucherzahlen! Fortschritt mein Lieber, stets die Zukunft im Blick!«

Jemand räusperte sich hinter ihnen. Die Oberkroners drehten sich irritiert um. Ein hagerer Mann – Linz schätzte ihn auf Mitte vierzig und eins neunzig groß – hatte unbemerkt den Ausstellungsraum betreten. Seine Kleidung war schlicht und adrett. Hemd und Hose hatten Bügelfalten, die Schuhe waren glänzend gebürstet. Er stand nach vorn geneigt und sah keinen direkt an.

»Kann ich dich sprechen, Klaus? Es ist wichtig.«

»Darf ich vorstellen, meine Herren«, sagte Oberkroner zu den beiden Polizisten, »das ist Bernhard, meine rechte Hand. Wir kennen uns, seit ich ihm im Sandkasten die Schaufel weggenommen habe. Wenn er sagt, es ist wichtig, dann ist es das. Bitte entschuldigen Sie mich für einen Augenblick.«

Beide Männer gingen aus dem verglasten Raum hinüber zu der Ecke mit den verschiedenen Stühlen. Der Unternehmer mit weit ausholenden Armbewegungen, sein Adlatus tänzelnd hinter ihm her.

Linz und Brandhasl hatten das Projekt betreffend keine weiteren Fragen. Frau Oberkroner geleitete die Gäste zu den Sofas.

Nachdem sie Platz genommen hatten, fragte Brandhasl: »Dieser Bernhard, was hat er mit Ihrem Mann zu tun?«

»Klaus kennt ihn seit Kindertagen. Bernhard wohnte schon bei ihm, lange bevor wir geheiratet haben.«

»Das ist sehr großzügig von Ihrem Mann«, bemerkte Linz.

»Mag sein. Ich bin darüber nicht glücklich. Bernhard ist ein wenig zurückgeblieben. Er sieht mir nicht in die Augen, ist unterwürfig und schleicht durch das Haus wie eine Katze. Alles Eigenschaften, die ich verachte.«

Linz sah sie überrascht an.

»Ich bitte Sie, Herr Leutnant, genauso ist es. Klaus weiß, wie ich darüber denke. Und ich pflege, meine Meinung zu äußern. Schockiert Sie das?«

»Nein, nicht im Geringsten, Frau Oberkroner. Ich bin jedoch verwundert, dass der Jugendfreund Ihres Mannes so immensen Einfluss auf ihn hat. Sie sind eine sehr starke Frau. Haben Sie sich nicht durchsetzen können?«

»Touché, Herr Linz! Sie haben recht, ich konnte mich in dieser Sache nicht behaupten. Aber seien Sie versichert, Klaus hat dafür an zehn anderen Stellen bezahlen müssen. Wenigstens hat Bernhard seit einigen Monaten ein eigenes Haus. Das ist ein Teilsieg.«

Linz glaubte ihr. Frau Oberkroner war ein harter Gegner. »Wie haben Sie sich eigentlich kennengelernt? Ihr Mann ist – hoffentlich liege ich nicht zu viel daneben – dreißig Jahre älter als Sie?«

»Sie schätzen gut, Herr Linz. Es sind dreiunddreißig. Ich bin gerade einunddreißig geworden, mein Mann ist vierundsechzig. Klaus und ich haben uns vor langer Zeit kennengelernt. Er hat 1992 meinen Vater vor der völligen Verarmung gerettet. Da war ich gerade erst elf Jahre alt.

Ich bin eine Geborene von Schönenberg, stamme aus

Mecklenburg. Adel hatte es schwer in der ehemaligen DDR. Ein Stammbaum war ein Brandmal. Wir waren fünfhundert Jahre vor den Ratzeburgern in jenem Gebiet ansässig. Im Jahre 1701 wurde uns vom Kaiser zum ersten Mal ein Teil der Besitzungen weggenommen. 1945 kamen die Russen, 1949 der Arbeiter- und Bauernstaat. Und was zum Schluss übrig war, hat uns 1991 die Treuhandgesellschaft der BRD gestohlen.

Das Haus, in dem ich aufgewachsen bin, glich einem Kuhstall. Wenn ich daran zurückdenke, wird mir übel. Zumindest war es unser eigenes Haus auf eigenem Grund und Boden. Wir haben uns trotz allem nicht brechen lassen. Mein Vater wohnt jetzt in einem kleinen Appartement in Sankt Wolfgang mit Blick auf den See. Mein Bruder ist Anwalt in Amerika, Sacramento, wenn Ihnen das etwas sagt.«

»Die Hauptstadt von Kalifornien.« Linz war von ihrer Geschichte unbeeindruckt. »Ich habe eine weitere Frage zu Ihrem Bauvorhaben. Sie gehen davon aus, in Kürze von den Almbesitzern, sowie den Gemeinden das OK zu bekommen. Für wann ist der Beginn der ersten Bauphase geplant, noch in 2014?«

»Selbstverständlich, Herr Leutnant. Ich rechne fest damit, im Juli mit den Rodungen zu beginnen. Vor Wintereinbruch soll in dem Bereich, in dem nächstes Jahr die Pisten angelegt werden, alles kahl sein. Die kommende Wintersaison wird ausfallen, das ist klar. Ein Architektenbüro aus Amsterdam hat die Entwürfe für die Seilbahnstationen gemacht. Sie wollen im Oktober in Strobl und höchstwahrscheinlich in Voglau die Bodenplatten gießen lassen. Wenn es so weit ist, werden Sie es in der Zeitung lesen können.«

»Werden Sie bei Ihrem Vorhaben vom Land unterstützt?«, setzte Linz nach.

»Das kann ich bejahen, es ist kein Geheimnis. Der Staat, das Land Salzburg, die Gemeinden und die Tourismusbank steuern 140 Millionen bei, wovon 70

Millionen bei der Unterzeichnung fällig sind. Die Sponsoren stehen für 55 Millionen gerade. Sie haben mit ihrer Unterschrift ebenfalls die Hälfte der Summe sofort zu leisten. Wir schützen uns auf diese Weise vor Rückziehern.«

»Eine derart hohe Subventionssumme erscheint mir bei den notorisch klammen Kassen der Kommunen und Länder ausgeschlossen. Aber gut. Der Anteil des Fremdkapitals beläuft sich also auf 195 Millionen von insgesamt 385 Millionen Euro. Rechnet sich das überhaupt? Wann denken Sie, werden Sie den Break Even erreicht haben?«

»Das ist eine Frage des Geschäftssinnes, Herr Leutnant. Die neue Postalm wird ein Tourismus-Magnet für Besucher aus aller Welt werden. Die Einnahmen werden sprudeln wie eine Ölquelle, vertrauen Sie mir. Gehen Sie davon aus, dass wir die Entscheidungsträger von der Wichtigkeit des Projektes und der Einmaligkeit der gegebenen Chance überzeugen konnten. Und was die Gewinnschwelle angeht, das sind Betriebsgeheimnisse, die ich nicht mit Ihnen besprechen will.«

Frau Oberkroner sah Linz fest in die Augen. Er wusste, dass das Gespräch hiermit beendet war.

»Danke für Ihre Zeit, gnädige Frau. Es war sehr aufschlussreich. Richten Sie Ihrem Mann bitte unsere Grüße aus. Er scheint länger als erwartet beschäftigt zu sein.«

Linz stand auf, ging um den Tisch, um ihr die Hand zu reichen.

»Eins sollten Sie noch wissen, Herr Leutnant«, sagte Frau Oberkroner, während sie sich von ihrem Platz erhob. »Was auch immer Sie für Gerüchte über meinen Mann oder mich gehört haben, dieses Projekt kann viel Gutes tun.«

»Gerüchte? Was meinen Sie?«

»Herr Linz, stellen Sie sich nicht dumm! Wo gehobelt wird, fallen Späne. Wir haben wahrlich mehr Neider als

Befürworter. Wenn Sie jemanden sprechen, der sich auf das Projekt freut, haben Sie zuvor schon zwanzig Leute gehört, die es ablehnen. Von denen glaubt jeder, Dinge zu wissen, die er unter dem Mantel der Verschwiegenheit jedem, der es nicht hören will, erzählen muss.«

Ihre Haltung veränderte sich, sie streckte ihren durchtrainierten Körper noch mehr, hielt die Schultern noch gerader. Mit heruntergezogenen Mundwinkeln fuhr sie fort: »Es beginnt ganz klein, bei angeblichen Schönheits-OPs an meinem Gesicht oder meinen Titten. Gerede von Geldheirat, Schwarzer Witwe. Mein Mann sei ein impotenter alter Sack, die Firma seit Jahren bankrott, das Übliche halt. So ist das Geschäftsleben, wenn man oder gerade, weil man nicht jeden mitmachen lässt.«

»Ist denn da was Wahres dran?«

Sie sah Linz verächtlich an.

»Ich verstehe. Danke, Frau Oberkroner«, sagte er.

Auf ihrem Weg über die gläserne Treppe hinunter in die Lobby beobachtete Linz, wie die Überwachungskameras auf sie ausgerichtet wurden und sich mit ihnen mitdrehten. Auf dem Parkplatz stiegen sie ins Auto und fuhren los, ohne ein Wort gewechselt zu haben.

»Was war das denn«, begann Brandhasl, sobald sie außer Sichtweite waren. »Das war ja wie im Kino. Wollten die Eindruck schinden?«

»Ich weiß es nicht, Hans. Wenn sie ihr Projekt wirklich umsetzen wollen, ist ein guter Eindruck nicht genug. Sie werden alle Entscheidungsträger, die sie sich greifen können, schmieren und jeden, der Dreck am Stecken hat, erpressen müssen. Politiker, Funktionäre, das ganze Spektrum. Es wird dennoch nicht reichen. Wenn die Bauern nicht verkaufen, passiert gar nichts. Und Enteignung? Damit werden sie nicht durchkommen.«

»Was ist mit dem Allgemeinwohl? Oberkroner hat doch gesagt, dass Enteignung eine legitime Lösung ist.«

»Nicht in Österreich, Hans. Wenn mal ein Grundstück nationalisiert wird, dann ist es wegen der Infrastruktur oder des Katastrophenschutzes. Bloß weil einer ein Skiresort bauen will, kann man nicht von Allgemeinwohl sprechen. Hinzu kommt, dass neben den Gemeinden und dem Staatsforst dutzende Almbauern um ihren Lebensunterhalt bangen müssten. Was die Oberkroners wollen, ist nicht die Verstaatlichung der Grundfläche für eine Mobilfunkantenne oder einen Strommast. Es würde eine gigantische Entmündigung sein. Daraus wird sicher nichts.«

»Weshalb dann das ganze Trara, wozu dieses riesige Modell? Wo ist die Verbindung zu den Informationen deines Steuerfahnders? Was rechtfertigt einen oder sogar zwei Morde? Verstehe nur ich das nicht, oder geht es dir genauso, Willi?«

»Tja, ich werde auch nicht schlau aus der Sache. Die aufwendige Konstruktion, die Inszenierung, das Vorher und Nachher derart zu präsentieren, ist tatsächlich gelungen. Ich war schwer beeindruckt. Dazu die Zahlen, 385 Millionen Euro. Ich denke, es ist das größte Tourismusprojekt der letzten zwanzig Jahre. Warum das alles, wenn keinerlei Genehmigungen vorliegen? Rechnen die Oberkroners damit, dass sich das Blatt innerhalb weniger Wochen wendet? Geht es um persönlichen Profit, um Macht oder Status?«

»Glaub ich kaum. Bis deren eigene Investitionen zurückverdient sind, vergehen mindestens zwanzig Jahre – wenn das reicht. Die Oberkroners könnten sich stattdessen in der Karibik ein tolles Leben machen. Ich würde das jedenfalls tun«, meinte Brandhasl.

»Hast du für heute Abend schon Pläne?« Linz wechselte unvermittelt das Thema.

»Nein. Hast du was vor?«

»Ja, ich habe eine Verabredung. Wie wäre es, wenn du in eine der Hütten oben auf der Alm essen gehen würdest? Möglicherweise bringt das Licht in die Sache.«

»Kann ich machen. Aber du schreibst meinen Bericht, wenn wir im Büro sind. Dann schnapp ich mir mein Auto und fahr rauf.«

Die Terrasse vor der Gastwirtschaft war leer. Es war zu kalt, um draußen zu sitzen. Brandhasl betrat die Schnitzhofer Hütte durch den kleinen Verkaufsraum. Rechts in einer Kühltheke lagen luftgetrocknete Würste, hausgemachter Speck und Almkäse verschiedener Sorten. Auf der linken Seite standen mehrere Kuchen unter Glasglocken auf einem Tisch. Er nahm sich vor, mindestens einen zu probieren, wenn er schon einmal hier war. Er schob die Tür zum Schankraum zur Seite.

Sofort umfing ihn die wohlige Wärme des holzbefeuerten Kachelofens, der genau wie der Kamin rechts an die Wand gemauert war. Wände, Decke und Fußboden waren aus dicken Holzbalken gezimmert, die Dielen blank gelaufen.

Brandhasl hatte gelesen, dass diese Almwirtschaft über 400 Jahre alt war. Urig und heimelig wirkte der knapp sechzig Quadratmeter große Raum. Der Geruch des alten Holzes, gemischt mit dem Duft von frischem Brot und Käse erinnerten ihn an seine Zeit auf dem Bauernhof der Großeltern.

Links entlang der Außenwand standen vier große Tische mit Holzbänken. Rechterhand war der Ausschank und dahinter eine Treppe, der Aufgang zur Küche. Brandhasl hörte Geschirr klappern.

Am letzten Tisch auf der rechten Seite saßen vier junge Burschen, alle in Tracht – Cumberland-Hüte inbegriffen.

Ein breiter Gang in der Mitte des Gastraumes führte als schneller und komfortabler Weg zu den Toiletten. Man war ja praktisch auf der Alm.

Am Tisch links neben dem Eingang unterhielten sich zwei Frauen bei einem Glas Wein, drei Männer ließen sich ihr Essen schmecken.

Brandhasl sagte freundlich: »Grüß Gott, zusammen«,

woraufhin alle mit »Griaß di« oder »Servus« antworteten. Er setzte sich auf die Bank am benachbarten Tisch.

»Was willst du trinken«, fragte die junge Kellnerin, die gerade die Treppe herunter kam.

Er schätzte, dass sie nicht älter als zweiundzwanzig Jahre war. Sie war hübsch, mit langen, geflochtenen Haaren, am Hinterkopf zu einem Kranz gesteckt. Ihre schlanken Beine steckten in einer kurzen Lederhose, die schon viel mitgemacht hatte, ihre nackten Füße in bequemen Clogs aus braunem Leder mit Holzsohle. Sie trug eine rotweiß-karierte Bluse über einem blauen T-Shirt.

»Haben Sie Buttermilch?«, fragte er.

»Nein, die Kühe werden erst im Juni auf die Alm getrieben. Solange gibt es bei uns keine Buttermilch.« Sie schmunzelte.

»Dann ein Radler bitte!«

»Gerne. Möchtest du auch etwas essen?«

»Haben Sie Kaiserschmarrn?«

Sie schüttelte den Kopf. »Nein, auch nicht. Weißt du was? Ich hol dir das Radler und du kannst inzwischen einen Blick auf die Karte werfen, gut?«

Er nickte und wollte gerade nach der Karte greifen, da sprach ihn eine der Frauen vom Nebentisch an. »Die Kaspressknödelsuppe schmeckt ausgezeichnet, kann ich dir sehr empfehlen«, sagte sie lächelnd. Sie war in den Siebzigern, hatte nur wenige Falten im Gesicht. Ihr graues, volles Haar trug sie kunstvoll hochgesteckt.

»Danke, gnädige Frau.« Brandhasl nickte ihr freundlich zu.

»Wir sagen hier oben ›du‹. Auf über tausend Meter ist das üblich. Ich heiße Marianne und das ist meine Freundin Annie.« Die Frauen reichten ihm die Hand.

»Ich bin Hans, sehr angenehm. Ich hatte keinen Schimmer, dass das Duzen der Normalfall ist.«

»Kein Problem«, meinte Annie.

Er legte die Karte auf den Tisch. »Gut, dann wird es wohl die Suppe.« Er schaute sich weiter um. An den

Wänden hingen – typisch für diese Gegend – auf weißem Leinen gestickte Weisheiten: ›Beginne den Tag mit Gott‹ oder ›Wer trinkt, um zu vergessen, sollte im Voraus bezahlen‹.

»Bist du zum ersten Mal hier?«, sprach ihn Marianne an.

»Ja, woran hast du das erkannt?«

»Du siehst dich um, als ob du noch nie in einer Almwirtschaft gewesen wärst.«

»Schon, ist aber lange her.«

»Und ist es so wie in deiner Erinnerung?«, fragte Annie.

»Nein.« Er brauchte einen Moment, um die richtigen Worte zu finden. »Es ist viel schöner. Die guten Erinnerungen von damals haben sich im Laufe von vierzig Jahren mit schlechten vermischt. In meinem Kopf ist eigentlich kein Platz für Romantik, leider.«

»Das ist schade. Romantik hält die Seele warm bis ins hohe Alter!«

»Schön gesagt, gnädige Frau – Marianne, meine ich natürlich.«

»Ohne gemütliche Orte wie diesen, ohne die Schönheit der Natur und die Menschen auf der Alm würde sich ein so langes Leben wie meines nicht lohnen.«

»Wahrscheinlich hast du recht. Ich lebe und arbeite in der Stadt, ich bin Polizist.«

»Das tut mir leid, Hans«, sagte Annie mitfühlend. »Alle Tage nur mit den schlechten Seiten der Menschen zu tun zu haben, ist sicher nicht einfach.«

»Bist du verheiratet?«, fragte Marianne wie selbstverständlich.

»Du gehst aber ran!«

»In meinem Alter darf man keine Zeit verlieren. Ich werde im August siebenundsiebzig Jahre jung.« Sie lachte herzlich.

»Jetzt bin ich überrascht. Ich hätte dich nicht älter als sechzig geschätzt, meinen Respekt!«

»Doch so alt? Die meisten sagen höchstens acht- oder neunundfünfzig. Keinesfalls älter!«

Nun lachten die drei Männer, die mit am Tisch der Frauen saßen.

»Sie macht das immer so und schleppt hier die meisten Kerle ab«, sagte der Mann mit Bürstenhaarschnitt neben ihr. »Ich bin der Hans Einbergler.« Er beugte sich vor, begrüßte Brandhasl mit Handschlag.

»Das ist Hanspeter, der Fechtner.« Er zeigte auf sein Gegenüber, einen rundlichen, weißhaarigen Mann Anfang sechzig.

»Und er«, Hans Einbergler deutete auf den dritten Mann, der gegenüber von Marianne saß, »ist Josef Pichler, ein Auswärtiger. Sepp kommt aus Hallein.« Einbergler grinste.

Brandhasl erhob sich, reichte jedem die Hand. »Ich heiße Hans, Hans Brandhasl. Der Vorname scheint mir sehr verbreitet zu sein.«

»Ja«, antwortete Hanspeter, »Ich bin froh, dass ich nicht so heiße.« Alle lachten außer Hanspeter.

»Du bist Polizist, habe ich gehört. Müssen wir nun alle ins Röhrchen blasen? Ich kann nämlich gar nicht mehr laufen«, fragte Josef gefolgt von einem Hick.

»Nein, nein, ich bin bei der Kripo. Die Alkoholkontrolle machen die Kollegen von den Inspektionen.«

»Na dann«, sagte Hans Einbergler, »Katrin, bitte nochmal das Gleiche für uns. Und für den Hans von der Staatsgewalt bitte ein echtes Bier.«

»Nein danke, ich muss noch fahren.«

»Müssen wir alle«, sagte Marianne lakonisch. »Wo kein Kläger, da kein Richter.«

»Na gut, eins, aber wirklich bloß eins. Ich muss nach Salzburg zurück.«

»Katrin, ein Stiegl für den neuen Hans«, rief Hanspeter, sah Brandhasl an und fragte: »Und was machst du auf der Alm? Geht es um den Toten vor Josis Hütte?«

»Du hast davon gehört, Hanspeter?« Brandhasl war nicht wirklich überrascht.

»Na klar, seit Samstagabend ist es das Gesprächsthema

Nummer eins. Wenn die Polizei das weiß, wissen wirs auch. So ist das eben.«

»Ja, das hat mir schon mal jemand gesagt«, meinte Brandhasl. »Wisst ihr etwas, das wir Polizisten noch nicht wissen?«

»Mich würde es nicht wundern, wenn es Selbstmord war«, lallte Josef. »Wie heißt das Sprichwort nochmal: Erst wenn der letzte Baum gefällt ist und der letzte Hirsch geschossen, werdet ihr merken, dass ihr für euer Geld nur zu Essen kaufen könnt und das zu Trinken alle ist. Der war sicher depressiv deswegen, wegen seinem Vermögen.«

»Bei mir vor der Panoramahütte«, meldete sich Hans Einbergler zu Wort, »weiter oben links den Berg rauf, steht seit über vier Wochen ein dunkelgrüner Kia Cee'd. Möglich, dass der von dem Toten ist.«

»Nein«, erwiderte Brandhasl, »der fuhr einen Mercedes ML, das wissen wir. Wo sein Wagen geblieben ist, ist allerdings ein Rätsel.«

»Na ja, ich dachte, weil das Auto da schon seit Anfang März steht und sich anscheinend keiner drum kümmert.«

»Danke, Hans. Ich werde morgen die Kollegen hinschicken. Kann ja nicht schaden.«

»Ja, gut. Kommst du mit, Hans? Bei mir gibts richtig guten Kaffee.« Hans Einbergler legte beide Hände wie einen Trichter an den Mund und wurde deutlich lauter. »Mit aufgeschäumter Milch!«, rief er in Richtung Küche.

»Ja, ja, Latte macchiato hast du auch, Hans«, schallte es zurück. Katrin kam grinsend mit einem Tablett in den Gastraum.

Sie stellte jedem sein Getränk auf den Tisch, Marianne und Annie Rotwein, Hans, Hans, Hanspeter und Josef je ein Bier.

»Hast du was gefunden auf der Karte?«, fragte sie Brandhasl.

»Marianne sagt, ich soll die Kaspressknödelsuppe versuchen, es würde sich lohnen.«

»Passt, hab ich gerade frisch gemacht. Einen oder zwei

Knödel in die Suppe?«

Alle verstummten und sahen Brandhasl an. Wie würde er sich entscheiden? Er kam sich vor, als ob jemand: ›Tor eins, zwei oder drei, wo steckt der Hauptgewinn?‹ gerufen hätte.

»Zwei, ich nehme Tor zwei.«

»Was sagst du?« Katrin sah ihn verständnislos an.

»Ich ... zwei Knödel bitte«, verbesserte er sich.

»Kommt sofort«, sagte sie keck, drehte sich auf dem Absatz um, wobei sie sich mit einem Blick vergewisserte, dass die vier jungen Männer versorgt waren.

Wenige Minuten später brachte sie eine große Schüssel Suppe mit zwei knusprigen, sich über den Rand hinaus türmenden Knödeln. »Bitte, für den großen Hunger.«

Brandhasl bedankte sich.

Alle wünschten: »Mahlzeit!«

Er nahm sich einen Löffel aus dem Holztiegel mit Besteck, der auf dem Tisch stand, und aß. Mit vollem Mund fragte er in die Runde: »Wie seht ihr das eigentlich mit den Ideen der Ö-Invest? Wollt ihr das oder soll es bleiben, wie es ist?« Er löffelte an seiner Suppe.

»Tja«, antwortete Hans Einbergler, »wir nehmen das eher gelassen. In den letzten fünfzehn Jahren wurden so oft Dinge entworfen, beschlossen und doch nicht umgesetzt.«

»Genau«, unterbrach ihn Hanspeter. »Wir sollten vor zwölf Jahren einen Teich bekommen, für die Schneekanonen, weißt du. Wenn ich das richtig in Erinnerung habe, hat bis jetzt niemand mit dem Bau begonnen.«

»Hier oben geht alles langsamer«, gab Annie dazu. »Es sollte schon so viel passieren, und selten sind wir überhaupt gefragt worden. Aber ohne uns geht gar nichts. Die Wintersaison ist wichtig, in dem Punkt sind wir uns alle einig. Die Hotels hingegen, die seit Jahren gebaut werden sollen, bringen uns nichts oder nur wenig.«

Hans Einbergler ergänzte: »Wenn Hotels gebaut

werden, erhöht es die Anzahl der Gäste, die aber im Hause essen und nicht in den Almwirtschaften, wie bisher. Dadurch verlieren wir unsere Geschäftsgrundlage. Die Skilifte runter nach Strobl oder Voglau sind von der Idee her gut, bloß nicht realisierbar. Es müsste jede Menge verschwinden, Wald, Häuser, Almen und nicht zuletzt zwei große Jagdgebiete. Das ist alles Wunschdenken, das kommt nie.«

»Richtig«, stimmte Marianne ein. »Auf dem Verlauf der geplanten Abfahrt nach Voglau liegen vier große Gehöfte mit Vieh und Milchwirtschaft. Die kannst du nicht so einfach wegrationalisieren.«

»Wie man so hört, soll alles beschlossene Sache sein.« Brandhasl wollte es wissen.

»Nur in den Köpfen derer, die sich wichtigmachen«, warf Josef ein, obwohl er den Bierkrug am Mund angesetzt hatte.

»Weiß du, Hans«, Marianne sah Brandhasl an, »von der Postalm würde nichts übrig bleiben. Ich habe gehört, dass die Hütten verschwinden und großen Fastfood-Ketten Platz machen sollen. Jemand hat mir vor Kurzem im Vertrauen gesagt, dass die Alm einen neuen Namen bekommen soll. Das ist doch Wahnsinn!«

»Allerdings«, Josef nickte heftig, »und der hat Methode. Das ist alles die EU schuld!«

»So ein Quatsch, Josef! Die EU hat nichts damit zu tun«, widersprach Hans Einbergler. »Wir bereiten uns unsere Probleme selbst. Vor zwanzig Jahren waren wir zufriedener. Heutzutage muss immer eine Steigerung da sein. Mehr Umsatz, mehr Vieh, mehr Touristen. Es geht nur noch um Zahlen, nicht mehr um die Menschen. Wenn du zu deiner Bank gehst und sagst: Mir geht es genauso gut wie die letzten Jahre, stehst du sofort auf einer schwarzen Liste. Da kannst du froh sein, wenn sie dir die Kontoauszüge noch nach Hause schicken!«

Hanspeter wollte gerade etwas zum Gespräch beisteuern, als Musik vom Tisch der vier jungen Männer

285

ertönte. Einer hatte sich ein Akkordeon umgeschnallt. Die drei anderen sangen in verschiedenen Stimmen zur Musik. Wenn gerade nicht gesungen wurde, heizten die Sänger stehend dem Akkordeonspieler durch rhythmisches Klatschen ein. Immer im Takt, einer auf eins und drei, die anderen auf zwei und vier.

Brandhasl war begeistert. Das hatte er schon seit Jahren nicht miterleben dürfen. Er beugte sich zu Marianne: »Ist es hier andauernd so?«

»Nein, nur ab und zu. Zu selten für meine Begriffe. Sie treffen sich einfach in dieser Hütte oder im Lienbachhof am großen Parkplatz zum Üben.«

Annie, Marianne, Hans, Hans, Hanspeter und Josef applaudierten begeistert.

»Du machst das gut mit deiner Ziach«, rief Marianne anerkennend.

Der junge Mann bedankte sich lachend. »Ich nenne sie liebevoll meinen Heimatluftkompressor.«

Für einen Augenblick verstummte das Gespräch, alle lauschten der Volksmusik.

Josef nutzte die Gelegenheit, seinen Einwand doch noch zu bringen. »Ich denke trotzdem, dass die EU schuld ist, die wollen alles angleichen. Sogar das Wetter ist anders als vor Jahren. Die machen was mit Strahlung in Alaska und Chemie aus Flugzeugen, glaube ich. Die EU wird …«

»Ach, gib endlich Ruhe, Sepp«, meinte Hanspeter.

»Ja, ja, ich sag nichts mehr. Ich hab euch gewarnt«, maulte Josef, zog ein langes Gesicht und verschränkte demonstrativ die Arme vor der Brust.

Katrin kam die Treppe hinab, drückte nebenbei einen Knopf an der Kaffeemaschine und brachte den Musikern vier neue Bier. Mit ihrer eigenen Tasse schwarzen Kaffees setzte sie sich zu Brandhasl. »Hats geschmeckt?«, fragte sie ihn.

»Ja, sehr, danke.«

»Das freut mich. Möchtest du einen Kuchen? Ich habe Sacher, Linzer und«, sie sah auf ihre Armbanduhr, »in fünf

Minuten Apfelstrudel frisch aus dem Backofen. Alles selbstgemacht.«

Brandhasl blickte Marianne an.

»Apfelstrudel«, sagte sie und nickte.

»Gut, ich nehme den Strudel.«

»Mit Schlag oder heißer Vanillesoße?«, fragte Katrin.

»Oh ja, mit heißer Vanillesoße, danke! Nun möchte ich dich mal was fragen. Bei dir kommen allerhand Gäste durch. Hast du was gehört über den Mord oder was auf der Postalm geplant ist?«

Die junge Frau sah Brandhasl einen Moment lang schweigend an. »Dafür bin ich nicht die Richtige. Ich höre so viel, ich kann das gar nicht filtern. Für mich ist jeder ein Gast, nicht mehr und nicht weniger. Tut mir leid.« Sie stand auf, ging in die Küche, der Kuchen war fertig.

»Aus ihr wirst du nichts herausbekommen, sie ist verschwiegen«, bemerkte Annie. »Das muss man als Bedienung sein. Mit der Katrin kannst du Pferde stehlen. Und wenn du zu Hause keinen Platz hast für das Tier, versteckt sie obendrein den Gaul für dich.«

»Ich verstehe. Einen Versuch war es wert.«

»Du hast meine Frage nicht beantwortet, Hans. Bist du verheiratet?«, kam Marianne auf das Thema zurück.

»Ja, bin ich, seit dreiundzwanzig Jahren.«

»Ich verstehe. Einen Versuch war es wert.« Marianne verzog keine Miene. Annie kicherte vergnügt.

# Kapitel 15

Das eindringliche Klingeln des Handys weckte Linz. Auf dem Display las er: ›Anonym‹, nahm das Gespräch trotzdem an. »Linz«, sagte er verschlafen mit geschlossenen Augen.

»Es ist jetzt fünf Uhr dreiundvierzig, Punkt halb sieben sind Sie in meinem Büro!« Der Anrufer brauchte sich nicht vorzustellen.

Linz saß im Bett. »Jawohl, Herr Direktor, halb sieben.«

Tanzberger unterbrach die Verbindung. Er hatte ihn eiskalt erwischt.

Der Leutnant hatte nicht einmal fragen können, warum er so früh erscheinen sollte, ahnte den Grund jedoch. Der gestrige Termin bei Ö-Invest hatte vermutlich Staub aufgewirbelt. Durch die Aufnahmen der Berliner Privatdetektivin wusste er, dass sein Oberboss und Oberkroner sich kannten. Und der wiederum wird sich beschwert haben. Weder Brandhasl noch er hatten ihre Skepsis gegenüber dem Projekt verbergen können.

Der Besuch seines Partners auf der Postalm hatte bestätigt, dass die Pläne der Oberkroners utopisch waren und das mit hoher Wahrscheinlichkeit auch bleiben würden. Die Almbauern und Hüttenbesitzer hatten bis zum heutigen Tag ihr Einverständnis verweigert. Die Gemeinden hingegen hatten die Witterung des großen Geldes aufgenommen. Bei dem neuen Bürgermeister von Abtenau würde Ö-Invest allerdings auf taube Ohren stoßen.

Linz saß fünf nach sechs in seinem Auto. Er hatte geduscht, einen Becher Kaffee getrunken, dazu schnell ein belegtes Brot gegessen.

Ihm war bewusst, dass er auf der Hut sein musste. Oberkroner wollte seinen Kopf auf einem Silbertablett, und Tanzberger schien ihm diesen Gefallen tun zu wollen.

Um halb sieben traf Linz am Büro des Direktors ein. Die Tür stand offen.

»Kommen Sie rein, machen Sie hinter sich zu!«

Er wollte auf einem der freien Stühle vor dem Schreibtisch Platz nehmen, doch Tanzberger knurrte: »Ich habe nicht gesagt, dass Sie sich setzen sollen.«

»Verzeihung, Herr Direktor.«

»Was Sie gestern abgezogen haben, Linz, war gelinde gesagt eine Sauerei! Wollen Sie das kommentieren?«

»Mit Verlaub, ich habe lediglich meine Arbeit getan.«

Tanzberger blickte erstmals vom Schreibtisch auf, wirkte überrascht. »Wie meinen?«

»Ich habe eine im Rahmen der Untersuchungen dringend notwendige Befragung durchgeführt. Sonst nichts.« Linz blieb ruhig, den Wutausbruch seines Direktors hatte er erwartet.

»Wovon reden Sie, Mann? Ich meine Ihr Interview mit dem ›Express‹, Sie Schlaumeier! Was haben Sie sich dabei gedacht? Wollen Sie das gesamte LKA in den Schmutz ziehen?«, fragte Tanzberger angeekelt.

»Ich hatte keine Gelegenheit, zu lesen, wovon Sie sprechen. Aber es stimmt, ich habe gestern das Interview gegeben, um das mich die Redaktion der Zeitung gebeten hatte.«

Mit voller Wucht schmiss Tanzberger ihm die neue Ausgabe des ›Express‹ entgegen. »Dann lesen Sie mal, Sie Superbulle! Was haben Sie sich nur dabei gedacht? Wahrscheinlich wieder einmal gar nichts!«

Linz hob die Zeitung auf und begann, stehend zu lesen.

## ›SALZBURGER SUPERERMITTLER OUTET SICH ALS HOMOSEXUELL‹

war die Überschrift auf dem Titelblatt. Darunter stand: ›Mehr auf Seite 28/29.‹ Er blätterte weiter. ›Ben Salzinger im Exklusivinterview mit dem neuen Stern am Himmel des LKA Salzburg. LIVE bei Express Radio News.

SALZINGER: Schön, dass Sie sich die Zeit genommen haben und meiner Einladung gefolgt sind, Herr Linz. Ich weiß, dass Sie genug um die Ohren haben. Der Fall Peter Vogel ist allgegenwärtig. Freilich ist Mord heute nicht unser Thema. Unsere Leser wollen mehr über die Person Willi Linz erfahren. Sind Sie verheiratet? Seit wann sind Sie bei der Polizei? Wie haben Sie die letzten Jahre verbracht? Erzählen Sie einfach frei heraus.

LINZ: Guten Abend, Herr Salzinger. Danke für die Einladung. Es ist mein erstes Interview. Ich bin ein bisschen unbeholfen in diesen Dingen.

SALZINGER: So unbeholfen sahen Sie gestern Nachmittag gar nicht aus. Sie wirkten sehr souverän.

LINZ: Das täuscht, ich hatte gewaltiges Lampenfieber.

SALZINGER: Es ist Ihnen hervorragend gelungen, das zu überspielen. Ihre frische, neue Art hat jedem gefallen.

LINZ: Danke. Wir versuchen alle, unser Bestes zu geben. Und gerade dieser Fall braucht Offenheit. Dabei geht es nicht um ein Verkehrsdelikt, es ist ein Fall mit Tragweite.

SALZINGER: Ja, das haben wir gemerkt. Aber nun möchte ich über Sie sprechen. Sind Sie verheiratet?

LINZ: Nein, das ist in Österreich noch nicht möglich. Ich bin homosexuell.‹

Linz brauchte nicht weiter zu lesen, er kannte den Text, legte die Zeitung auf den Tisch.

»Was haben Sie zu Ihrer Verteidigung zu sagen, Linz?«

»Bin ich denn angeklagt, Herr Direktor?«

Die beiden Männer beäugten sich abschätzend. Linz wusste, dass er nicht nachgeben durfte, zu viel stand auf dem Spiel. Ein kleines Zeichen der Schwäche, und der Direktor würde ihn in der Luft zerreißen.

Tanzberger lehnte sich nach hinten, spielte mit einem Bleistift. »Warum waren Sie gestern bei Ö-Invest, ohne mich zu informieren? Ist das Ihre Art von

Zusammenarbeit? Ich hatte Ihnen gesagt, dass Sie Ihre Schritte mit mir abzustimmen haben!«

»Herr Direktor, ich erledige bloß meinen Job. Wenn ich den Innenminister befragen müsste, würde ich das auch tun. Vor allem jetzt, wo wir den Mediendruck deutlich im Nacken spüren. Wenn Sie schnell den Täter präsentieren wollen, sollten Sie mich und meine Leute arbeiten lassen. Wenn es wichtige Neuigkeiten zu berichten gibt, werden Sie es als Erster erfahren.«

»Sie haben meine Frage nicht beantwortet, Linz! Weshalb waren Sie bei Ö-Invest?«

»Die Firma von Herrn Oberkroner könnte mit dem Mord an Investor Vogel in Verbindung stehen, das dürfte klar sein. Beide haben um dasselbe Gebiet konkurriert. Darf ich Sie im Gegenzug fragen, wie Sie davon erfahren haben? Kennen Sie Herrn Oberkroner persönlich? Hat er Sie angerufen?«

Außer sich vor Wut sprang Tanzberger auf. Er beugte sich vor und stützte sich mit den Fäusten auf der Schreibtischplatte auf. Sein Gesicht wurde zur Fratze. Ganz langsam, jedes einzelne Wort betonend sprach er: »Sie sollten sofort verschwinden oder ich vergesse mich!«

Linz hatte die Tür hinter sich geschlossen, verharrte einen Augenblick. Er konnte nicht glauben, dass er seinem Oberboss diese Fragen gestellt hatte. Er grinste triumphierend, der Tag hätte nicht besser beginnen können.

Doktor Brenninger saß im Büro der Ermittler auf einem der Besucherstühle, die Füße auf dem Tisch. Sein Kopf war auf die Brust gesunken. Vorsichtig schloss Linz die Tür hinter sich.

»Ich schlafe nicht, ich ruhe mich aus«, sagte Brenninger, ohne seine Sitzposition zu ändern.

»Servus, Georg! Was machst du so früh hier? Hast du wieder eine Nacht durchgemacht?«

»Nein, ich konnte gestern nicht schlafen. Also habe ich

das Radio eingeschaltet und dir bei deinem Interview zugehört.«

Linz atmete tief durch. »War es schlimm? Bist du von mir enttäuscht?«

Brenninger ließ seine Füße auf den Boden fallen, stand auf und ging einen Schritt auf Linz zu. Mit einer schnellen Bewegung, so als wollte er einer Verteidigung zuvorkommen, umarmte er seinen Kollegen.

»Du bist ein toller Kerl!«, sagte er, beide Arme um ihn geschlungen. »Das war mutig, verrückt und ungeschminkt ehrlich. Ich bin total stolz auf dich.«

Linz musste an sich halten. Diese Reaktion hatte er nicht erwartet. Er hatte mit Ablehnung gerechnet, mit Ausgrenzung.

»Gut, dass wir Freunde sind, Willi. Das wollte ich dir sagen. Nun muss ich weg, die Arbeit wartet.«

»Danke, Georg! Das bedeutet mir sehr viel.«

»Lass gut sein. Der Alltag ruft.« Brenninger wandte sich zum Gehen.

»Apropos Alltag. Hast du eine Minute? Ich möchte etwas mit dir besprechen«, hielt Linz ihn auf.

»Sicher, was gibt es?«

»Ich habe ein Problem mit einem angeblichen Unfall im letzten Herbst. Damals ist ein anderer Unternehmer, der in die Postalm investieren wollte, mit seinem Auto in die Zinkenbachklamm gestürzt, über dreißig Meter tief. Er hat es nicht überlebt. Demnach ist Peter Vogel bereits der zweite Investor, der durch Tod aus dem Rennen geschieden ist. Ich halte nichts von Zufällen und will deshalb dem ersten Unglück nachgehen.«

»Das ist wirklich seltsam. Wer hat ermittelt?«

»Das ist es ja gerade. Anscheinend keiner. Der Rechtsmediziner, der den Toten untersucht haben soll, soll Unterkircher gewesen sein. Aber er war gar nicht anwesend. Er hat mir berichtet, dass die Leiche ganz kurz in der Rechtsmedizin gewesen ist und – ohne obduziert worden zu sein – abgeholt wurde. Er ist richtig sauer darüber. Und mir ist gerade klar geworden, dass deine Abteilung ebenfalls ein Problem hat. Ihr habt keine Spuren am Unfallort oder am Opfer gesichert.«

»Stimmt, sehr eigenartig. Was willst du nun von mir, Willi?«

»Würdest du dir einmal die Stelle bei der Klamm anschauen, wenn du Zeit hast? Inoffiziell, meine ich.«

Brenninger bluffte: »Ich fürchte, ich muss dich enttäuschen. Dieses Jahr wird nichts mehr daraus, ich bin komplett ausgelastet.« Doch er konnte Linz nicht lange zappeln lassen. »Ich werde sehen, was ich tun kann. Dass eines klar ist: Du kommst in jedem Falle mit. Du musst mir assistieren. Ich werde keinen meiner Kollegen in eine inoffizielle Sache hineinziehen.«

»Geht klar, Georg, danke!« Linz war erleichtert.

Sowie er am Schreibtisch Platz genommen hatte, schwang die Tür auf. Brandhasl grinste über das ganze Gesicht, ging auf ihn zu und legte ihm die Zeitung auf den Tisch. »Toll gemacht, Willi, ein echtes Glanzstück! So hast du dem Alten komplett den Wind aus den Segeln genommen. Besser hättest du es nicht tun können. Meinen Glückwunsch!«

»Danke Hans, ich wusste nicht, wie es mit Tanzberger weitergehen sollte. Da kam mir die Einladung für das Interview wirklich gelegen.«

»Dass du dich geoutet hast, ist schon ein Ding! Es verlangt Mut und den Willen, zu kämpfen. Dass du uns, deine Kollegen, nicht vergessen hast und die Art, wie du unsere Zusammenarbeit gelobt hast, hat bei uns noch keiner erlebt. Du wirst es weit bringen! Wenn du nicht aufpasst, bist du eines Tages Direktor.«

Linz wurde sichtlich von Emotionen übermannt. Das war das zweite Lob von einem Freund. Durch das Gespräch mit dem Direktor hatte er diesen Teil des Interviews völlig verdrängt. ›Es ist die beste Truppe, mit der ich je gearbeitet habe. Jeder für sich ist einer der

Besten in ganz Österreich, und gemeinsam sind wir unschlagbar«, hatte er seine ehrliche Meinung kundgetan. »Ich habe bloß gesagt, wie es ist. Ich bin sehr stolz, mit euch arbeiten zu dürfen.«

»Trotzdem nobel von dir. Ausgesprochen hat das noch keiner in dieser Behörde.« Brandhasl wurde sachlich. »Genug mit Nettigkeiten. Wie war dein Termin bei Tanzberger? Als ich heute Morgen deine SMS bekommen habe, dachte ich schon, er würde dich rausschmeißen. Hat es Stunk gegeben?«

»Sagen wir so, wir haben die Fronten neu abgesteckt. Zu meiner Überraschung war unser Besuch bei Ö-Invest bloß ein Thema am Rande. In erster Linie ging es um dieses Interview. Ich glaube, meine Beweggründe sind ihm voll bewusst. Ich nehme allerdings an, dass der Eintrag in meiner Akte damit nicht vom Tisch ist. Nun du. Gibt es etwas Neues?«

»Seit gestern Abend? Nein.«

»Das heißt, wir sind genauso schlau wie vorher. Ich fahre gleich nach Zell am See, treffe mich mit einem Herrn von der Finanzpolizei. Diese Abteilung ist nicht für den Salzburger Bereich zuständig und somit hoffentlich nicht in die Sache involviert.«

»Na dann, viel Erfolg, Willi. Ich werde die Inspektion in Abtenau informieren, dass bei der ... Wie heißt sie noch?«, Brandhasl überlegte, »ach ja, Panoramahütte, seit Wochen ein Auto steht. Möglich, dass es nichts mit unserem Fall zu tun hat. Dennoch sollten wir dem nachgehen.«

»In Ordnung. Ich bin jetzt weg. Bis dann.«


Eine Viertelstunde später läutete Linz' Telefon. Brandhasl nahm das Gespräch an: »Anschluss Linz, Brandhasl am Apparat.«

»Guten Morgen, Herr Abteilungsinspektor.« Es war Major Tuchler. »Ist Ihr Kollege unterwegs?«

»Ja, Herr Major, er ist auf dem Weg nach Zell am See.«

»Meidet er den Kontakt mit mir, oder geht es um den

Fall Vogel?«

»Nein, Herr Major, und ja, es betrifft die Sache Vogel. Darüber hinaus glaube ich nicht, dass Willi irgendjemandem aus dem Weg gehen muss. Sie vermuten das wegen des Interviews?«

»In der Tat, deswegen rufe ich an. Übermitteln Sie ihm bitte, er soll sich noch heute bei mir einfinden. Ich bin bis nach achtzehn Uhr im Büro. Er braucht sich weder anzumelden noch vorher seinen Bericht zu verfassen.«

»Werde ich ihm ausrichten, Herr Major.« Brandhasl war beunruhigt.

»Gibt es neue Fakten zu Ihrem Fall?«, fragte Tuchler nach. »Dass mit der Pressekonferenz ist ja nicht so gelaufen, wie es sich unser Herr Direktor vorgestellt haben wird. Wenn wir nicht alle in seine Mühlen geraten wollen, sollten wir ganz schnell Ergebnisse vorweisen.«

»Es gibt ein paar interessante Ansätze. Dessen ungeachtet sollten wir den heutigen Tag abwarten. Willi will etwas überprüfen, das dem Fall eine komplett neue Richtung geben würde.«

»Gut. Aber vergessen Sie nicht meine Bitte, es ist dringend.«

»Jawohl Herr Major, ich werde es Willi ans Herz legen.«


Anna und Lukas saßen vor dem Jagdhaus. Sie trank Tee, er einen starken Kaffee. Seit einer Weile hatten sie kein Wort gewechselt, den Geräuschen der Alm gelauscht. Über ihnen kreisten zwei Raben mit dem unverwechselbaren Geräusch ihrer Schwingen.

Er hielt die Augen geschlossen, sog tief den frischen Duft der Alm in die Lungen. Seine Hände lagen offen neben ihm, als würde er die Sonne einfangen. Er seufzte. »Es war furchtbar. Noch nie habe ich mich so ausgegrenzt, entwurzelt gefühlt. Ich will das nie wieder erleben.«

Der Kies neben dem Haus knirschte. Sie setzten sich auf, warteten auf den Besucher.

»Grüß Gott, ihr zwei.« Mannbarth ließ sich neben der

Inspektorin auf der Bank nieder.

»Guten Morgen, Herr Kontrollinspektor«, erwiderte Lukas den Gruß.

»Servus, Chef«, begrüßte ihn Anna. »So früh schon unterwegs?«

»Abteilungsinspektor Brandhasl hat von Salzburg aus angerufen. Oben auf dem Parkplatz bei der Panoramahütte steht seit Wochen ein Auto. Wir sollen es überprüfen. Ich dachte mir, wenn es dort schon so lange ausharrt, kann es auch noch zehn Minuten länger warten. Wenn ich einen Kaffee bekommen könnte, wäre ich dir sehr dankbar, Anna.«

»Gern. Kommt gleich.« Sie ging ins Haus.

Mannbarth sah Lukas an: »Es tut mir sehr leid, dass du das mitmachen musstest. Ich kenne dich, seit du ein kleiner Bub warst. Ich habe dir damals dein erstes Gewehr weggenommen und es deinem Vater übergeben. Ich weiß, dass du nicht der Mörder bist. Ich wünschte, ich hätte die Haft verhindern können.«

»Danke, ich habe es überstanden.«

»Kann ich etwas für dich tun?«

»Nein danke, Herr Kontrollinspektor, es geht mir gut.«

»Dann hoffen wir mal, dass die Salzburger den Fall fix lösen können. Je schneller hier Ruhe einkehrt, je besser.«

Lukas nickte.

Die Männer beobachteten Prinz, der bis zur Steinleit Hütte hinunter langsam seine Kreise zog. Er markierte sein Revier an den am höchsten gelegenen Stellen im Gelände – hier an einem Pfahl, dort an einem aus dem Schnee ragenden Stein – hob die Nase und scharrte Schnee zur Seite.

Als Anna mit dem Kaffee zurückkam, war der Hund hinter der Hütte verschwunden. Ehe sie sich setzen konnte, bellte er.

»Nein, nicht schon wieder!«, stöhnte Lukas, begrub das Gesicht in seinen großen Händen.

»Was meinst du mit ›schon wieder?‹«, fragte Anna

verwundert.

»Der Hund hat etwas gefunden«, beantworte Mannbarth die Frage. »So bellt ein Jagdhund nur bei totem Wild.«

»Ihr meint …«

»Ich gehe nicht dorthin«, presste der Jäger heraus. Sein ganzer Körper versteifte sich aus Abscheu vor dem, was er vorfinden würde.

»Ich gehe schon. Ihr beiden bleibt hier«, bestimmte Mannbarth.

»Das geht nicht«, widersprach Lukas, »Prinz lässt niemanden an seine Beute, wenn ich nicht dabei bin. Ich hole meine Stiefel.«

Wenig später standen alle drei auf der Nordseite von Josis Hütte. Sie sahen auf eine durch das Tauwetter freigelegte tote weibliche Person herab, die auf dem Bauch lag, als ob sie schlafen würde.

»Nimm bitte deinen Hund, Lukas, und geh hinauf zum Telefon. Hast du die Nummer der Kripo in Salzburg?«

»Ja, aber ich möchte nicht mit denen sprechen. Kann das nicht einer von euch tun?«

»Gut, ich übernehme es«, sagte Anna ruhig.

Kurz vor neun hatte Linz die Bruckner Bundesstraße 13 in Zell am See erreicht. Er meldete sich bei der Rezeption und bekam einen Besucherausweis angehängt.

»Nehmen Sie bitte im Warteraum Platz, Herr Leutnant. Sie werden abgeholt.«

Nach ein paar Augenblicken erschien eine junge Frau im klassischen Sekretärinnen-Look. Sie begrüßte und geleitete ihn über einen Korridor in einen Besprechungsraum.

»Die Herren sind auf dem Weg. Möchten Sie in der Zwischenzeit einen Kaffee oder Tee?«

»Danke«, sagte Linz. »Ein Kaffee wäre gut. Mit Milch und Zucker bitte.«

Sie nickte, trat auf den Flur hinaus und hielt dabei die

Tür auf. Zwei Männer kamen herein.

»Servus, Petra. Für uns bitte wie immer«, sagte der Ältere im Vorbeigehen. Er schritt zu seinem Platz am Kopfende des großen rechteckigen Glastisches, ohne auf den Besucher zu achten. Der Zweite, wesentlich jüngere begrüßte ihn mit Handschlag.

»Guten Morgen, Herr Leutnant. Mein Name ist Sebering. Wir haben gestern telefoniert. Setzen Sie sich bitte.«

»Ich bin Hauptmann Herzog. Grüß Gott, Herr Leutnant«, stellte sich der Mann am Kopfende vor, während er seine Unterlagen ordnete. »Was haben Sie für uns?«

»Guten Morgen, die Herren«, entgegnete Linz. »Ich bin mir nicht sicher. Bevor wir beginnen, möchte ich einiges klarstellen, wenn es Ihnen recht ist.«

Herzog blickte von seinen Papieren auf. »Klarstellen?«

»Ja. Ich habe Dokumente von einem Steuerfahnder, der mit dieser Angelegenheit betraut war, zugespielt bekommen. Wo es ging, wurden ihm Steine in den Weg gelegt. Man machte auch vor seinem Privatleben nicht halt. Könnte es für ihn strafrechtliche Folgen haben, wenn ich Ihnen die Unterlagen aushändige?«

Hauptmann Herzog lehnte sich in seinem Stuhl so weit zurück, dass Linz glaubte, er würde jeden Moment nach hinten kippen. »Sagen wir so, Herr Leutnant: Sollte sich ein Verdacht erhärten, das heißt ein Steuerbetrug nachweisen lassen, wäre er nicht zu belangen. Wir, die Finanzpolizei, sind eine exekutive Behörde und folglich quasi Kollegen der Steuerfahndung. Wenn Ihr – nennen wir ihn Informant – Missstände aufdecken wollte, jedoch daran gehindert wurde, war es richtig von ihm, sich an die Kriminalpolizei zu wenden.« Herzog richtete sich auf.

»Und was passiert, wenn sich der Verdacht nicht erhärten lässt?«, fragte Linz.

»Das würde schwieriger werden. Es ginge um Entwendung von Dienstunterlagen, Eigentum der

Republik. Ist sich Ihr Informant denn ganz sicher, was den Vorgang betrifft?«

»Ja, absolut, Herr Hauptmann.«

»Dann sollten Sie nicht lange nachdenken. Falls Dinge im Argen sind, findet sie mein Kollege.«

Linz zögerte. Dann übergab er Flöckners Akten an Sebering, der ihn fragte: »Um welche Person, Firma oder Firmen geht es denn überhaupt?«

»Es handelt sich um das Unternehmen Ö-Invest aus Golling.«

Die Tür wurde geöffnet, Petra brachte den Kaffee.

»Jetzt nicht, raus! Ich will unter keinen Umständen gestört werden!«, schnauzte Herzog die junge Frau an. »Geben Sie Brandner Bescheid, er soll alles stehen und liegen lassen. Ich brauche ihn hier. Sofort!«

»Jawohl, Herr Hauptmann, sofort.« Sie drehte sich mit dem Tablett in den Händen um und eilte aus dem Raum.

»Ehe mein Kollege kommt: Woher haben Sie die Dokumente und was haben Sie mit der Firma Ö-Invest zu tun?«, fragte Herzog barsch.

Linz konnte den Stimmungswandel des Mannes nicht nachvollziehen, ließ sich aber nicht einschüchtern. »Der Steuerfahnder ist ein Herr Flöckner aus Salzburg. Er bearbeitet den Fall der Firma Ö-Invest schon seit Jahren ohne Erfolg, wie er mir mitteilte. Ich bin eher durch einen Zufall an den Mann geraten. Sie haben sicher von dem Mord auf der Postalm gehört. Es ist nicht auszuschließen, dass Ö-Invest darin verwickelt ist.«

»Inwieweit verwickelt?«

»Drei Investoren machen sich das Postalmgebiet gegenseitig streitig. Zwei davon sind tot, einer ermordet und einer unter dubiosen Umständen verunglückt. Das hat mein Interesse geweckt.«

»Zum einen: Ich kann Sie beruhigen, Ihr Herr Flöckner hat nichts zu befürchten. Zum anderen: Was Ihre weitere Vorgehensweise betrifft, Herr Leutnant, werden wir uns wohl abstimmen müssen.«

Die Tür wurde aufgerissen, ein Mann in einem eleganten grauen Anzug betrat hastig den Raum. Linz schätzte ihn auf Mitte dreißig. Er hatte grau meliertes schwarzes Haar, war durchtrainiert wie ein Leistungssportler.

Herzog erläuterte seinem Kollegen: »Das ist Leutnant Linz vom LKA Salzburg. Er ermittelt in einem Mordfall, in dem die Firma Ö-Invest involviert sein könnte. In diesem Zusammenhang hat er von einem Herrn Flöckner von der Steuerfahndung Salzburg Unterlagen erhalten. Herr Linz fragt, ob wir daran interessiert sind, die Akten einzusehen und nach Unregelmäßigkeiten zu durchsuchen. Das ist Ihr Fall, Herr Oberstleutnant. Was denken Sie?«

Der Mann setzte sich neben Linz, sprach ihn an: »Grüß Gott, Herr Linz. Mein Name ist Brandner. Wie weit sind Sie mit dem Fall? Sind Sie der leitende Ermittler?«

»Ja, das bin ich. Mit den Ermittlungen stehe ich erst am Anfang.«

»Wie sind Sie an die Papiere gekommen, Herr Linz?«, fragte er weiter.

»Am Sonntag habe ich an einer Pressekonferenz teilgenommen ...«

»Ah, daher kenne ich Sie! Meine Hochachtung, das war gut«, unterbrach ihn Brandner.

»Danke. Anschließend – ich hatte das Gebäude gerade verlassen – hat mich ein älterer Mann, Herr Flöckner, angesprochen. Wir haben uns eine halbe Stunde in der Josefiau auf eine Parkbank gesetzt. So konnte er mir ungestört von seinem Anliegen berichten. Und von den Problemen, die man ihm innerhalb seiner Behörde und im Privatleben bereitet hatte. Er wirkte verzweifelt, aber authentisch. Darum bin ich gestern Morgen bei ihm zu Hause gewesen und habe die Dokumente abgeholt.«

»Wo befindet sich Flöckner derzeit?«, fragte Sebering, der sich unentwegt Notizen machte.

»Er ist zu einer Kur in Davos für mindestens vier Wochen.«

»Das ist gut, sehr gut.« Brandner sah zu Herzog hinüber, der mit einem Nicken antwortete.

»Was ich Ihnen jetzt sage, Herr Linz, muss unter allen Umständen vertraulich behandelt werden. Es darf weder in Ihren Berichten erscheinen, noch dürfen Sie Außenstehende einweihen. Bloß im äußersten Notfall, am besten nach Rücksprache mit mir, können Sie Kollegen oder Vorgesetzte in Kenntnis setzen. Sind Sie einverstanden?«

»Ja, natürlich. Ich werde, wenigstens teilweise, zwei meiner Kollegen informieren müssen. Abteilungsinspektor Brandhasl, mit dem ich diesen Fall gemeinsam bearbeite. Für ihn würde ich meine Hand ins Feuer legen. Der zweite ist mein Vorgesetzter Major Tuchler. Er ist ebenfalls über jeden Zweifel erhaben. Wenn sie nicht infrage kommen sollten, widme ich mich meinen anderen Aufgaben. Ich suche immerhin einen Mörder.«

»Geben Sie uns fünf Minuten. Wir klären das unverzüglich.« Brandner forderte Sebering auf: »Gehen Sie nach oben, jagen Sie beide Namen durch den Computer! Am besten den von Flöckner auch. Ich will wissen, ob das in Ordnung geht. Sofort!« Er drückte auf die Taste eines Tischtelefons: »Petra, könnten wir nun bitte vier Kaffee bekommen, danke.«

Herzog hatte die Ellbogen auf den Armlehnen aufgestützt, tippte die Fingerkuppen beider Hände aneinander. Er hatte sich ganz in seinen Stuhl gelehnt und betrachtete die Zimmerdecke aus weißgestrichenem Kiefernholz. »Wie steht es denn mit Ihren Ermittlungen, Herr Leutnant?«, startete er den Small Talk. »Haben Sie eine heiße Spur?«

»Nein, leider, Herr Hauptmann. Wir verfolgen mehrere vielversprechende Ansätze.«

»Es hat dem Tanzberger nicht gefallen, was Sie auf der Pressekonferenz gesagt haben. Ist er sehr wütend auf Sie?«

»Ich denke schon.«

»Es war mutig von Ihnen, ihm zu widersprechen, hätte

aber ins Auge gehen können.«

»Ich war mir dessen nicht bewusst. Ich wollte nur nicht, dass ein Unschuldiger an den Pranger gestellt wird.«

»Das ehrt und stempelt Sie zugleich als leicht verrückt ab, Herr Leutnant. Und Ihre Aktion von gestern Abend kann im Nu nach hinten losgehen. Es gibt genügend Intoleranz und Neid. Wenn ich Ihnen einen Rat geben darf: Werden Sie vorsichtiger, passen Sie auf sich auf.«

Die Sekretärin kam mit einem Tablett Kaffee und Sebering im Schlepptau herein. »Keine Einträge, alle vier«, informierte er seinen Chef und setzte sich.

»Wir sind einverstanden, Herr Linz. Ihre Kollegen sind sauber«, bestätigte Brandner, der sich mit seinem Blackberry beschäftigt hatte.

»Was meinen Sie mit ›sauber‹?« Linz zog eine Augenbraue hoch.

»Die Finanzpolizei führt eine Liste verdächtiger Amtspersonen. Der Abgleich dauert Sekunden.«

»Ah, und ›alle vier‹ schließt mich ein, oder?«

»Absolut. Wir können Ihnen keine Einzelheiten anvertrauen, ohne Sie vorher überprüft zu haben. Das ist doch verständlich, Herr Linz?«

»Genug geplaudert«, unterbrach Herzog. »Fangen Sie an, Herr Oberstleutnant! Sonst sitzen wir noch morgen hier.«

Anna rief Brandhasl an. Sie berichtete in knappen Sätzen über den zweiten Leichenfund und wer von der Inspektion in Abtenau verständigt worden war. »Ich selbst habe die ganze Woche Urlaub. Es war Zufall, dass ich zur Alm hinaufgefahren bin«, ergänzte sie.

»Wer war alles dabei, als Sie das Opfer entdeckt haben?«

»Kontrollinspektor Mannbarth, Herr Graf und ich.«

»Dann bleiben Sie bitte alle an Ort und Stelle! Ich schicke ein Team von der Tatortgruppe los. Ich komme nach, zusammen mit Leutnant Linz. Das wird allerdings noch zwei Stunden dauern.«

»Geht in Ordnung, ich melde es meinem Vorgesetzten.«

Lukas und Mannbarth kamen mit Prinz, der angeleint war, den Berg hinauf zur Terrasse.

»Was haben die Salzburger gesagt?«, fragte der Kontrollinspektor.

»Sie schicken Tatortbeamte. Wir sollen uns alle zur Verfügung halten, bis die Kollegen eintreffen. Das wird gegen elf Uhr dreißig sein.«

»Dann habe ich ja Zeit, zum Parkplatz hochzufahren, um die Sache mit dem Auto zu überprüfen. Ich bin in einer Viertelstunde zurück. Anna, würdest du dann bitte einen Kaffee für mich brühen?«

»Geht klar«, sagte sie.

Mannbarth brach auf.

Lukas fuhr sich mit beiden Händen durch die Haare und fluchte leise vor sich hin: »Jetzt geht der Scheiß von vorne los!«

Brandhasl stand auf der Treppe des LKA, wollte zu seinem Wagen gehen. In dem Moment fuhr Linz vor, öffnete das Fenster.

»Wo warst du denn so lange, Willi? Es ist schon halb zwölf! Warum steht dein Handy auf still? Ich wäre beinahe ohne dich gefahren!«

Überrascht griff Linz nach seinem Telefon in der Jackentasche. »Mist, verdammter! Ich habe ganz vergessen, es einzuschalten. Du hast sieben Mal angerufen? Was ist denn los?«

»Wir haben eine zweite Leiche auf der Postalm. Ich warte seit halb elf auf dich.«

»Tut mir wirklich leid, Hans! Ich durfte bei meinem Termin nicht telefonieren. Steig ein, wir fahren! Ich informiere dich unterwegs.«

Kaum saß Brandhasl, nörgelte er weiter: »Ich habe keinen Schimmer, was du die ganze Zeit getrieben hast. Ich hoffe, es war wichtig!«

»Ich werde dir gleich alles berichten. Es war zumindest sehr aufschlussreich. Zuvor will ich wissen, was es mit der zweiten Leiche auf sich hat.«

»Ich weiß auch nicht mehr als du. Gegen zehn hat mir Kollegin Tanzberger telefonisch mitgeteilt, dass es bei dieser Hütte einen zweiten Fund gegeben hat. Wieder war es der Hund des Jägers, der das Opfer entdeckt hat. Zum Glück war dieses Mal der Kontrollinspektor zugegen.«

»Und Graf?«

»Natürlich, ist schließlich sein Hund.«

Brandhasl hatte das Blaulicht mit dem Magnetfuß auf das Autodach gestellt. Sie fuhren mit hoher Geschwindigkeit auf der Alpenstraße Richtung A 10. Mehrmals mussten sie Fahrern, die ihre Vorfahrt erzwingen wollten, ausweichen.

»Die sollte man alle anzeigen!«, schimpfte Linz. »Man kann doch wohl davon ausgehen, dass sie in der Fahrschule gelernt haben, wie sie sich verhalten müssen, wenn ein Auto mit Blaulicht kommt.«

»Reg dich nicht auf, Willi. In drei Minuten sind wir auf der Autobahn. Da kannst du Gas geben. Inzwischen erzähle ich dir, was ich heute früh erledigen konnte.

Als Erstes habe ich mit Frau Herold telefoniert. Ich wollte sie davon abbringen, an der nächsten Versammlung der Almbauern teilzunehmen. Wollte sie davon überzeugen, dass es sicherer ist, zu warten, bis die Morde aufgeklärt sind. Aber sie ist der Meinung, keine Zeit verlieren zu dürfen. Wenn Ö-Invest weiter so agiere und die Werbetrommel schlage, bräuchte sie jeden Tag, um dem Wunsch ihres Vaters entsprechen zu können. Ich möchte Tuchler fragen, ob wir einen Beamten zu ihrem Schutz abstellen können.

Zweitens habe ich einen Anruf aus Wien bekommen. Die beiden Schwerverbrecher Platzek und Lechinger wurden festgenommen. Du wirst es nicht glauben, mitten in einem bizarren Schäferstündchen mit einer Prostituierten. Sie haben sie grün und blau geschlagen. Es sei das erste Mal gewesen, meinte der Kollege, dass eine aus dem horizontalen Gewerbe so redselig war. Ich hoffe, die beiden bekommen, was sie verdienen.

Drittens hat sich Paul für meinen Tipp mit Doro bedankt. Er hat Frau Vogel gefunden, die sich – ohne jemanden einzuweihen – in eines ihrer Wochenendhäuser im Harz zurückgezogen hat. Sie wollte dem Presserummel entgehen.

Ach ja, Tuchler hat angerufen. Du sollst heute unbedingt zu ihm ins Büro kommen, bevor du deinen Schreibkram erledigst. Es wäre dringend.«

»Hm. Hoffentlich reißt er mir wegen des Interviews nicht den Kopf ab. Mit ihm hätte ich wirklich vorher sprechen sollen.«

»Du vertust dich, Willi, er ist in Ordnung. Und jetzt bist du dran.«

»Was ich dir nun erzähle, muss unter uns bleiben. Die Informationen, die man mir gegeben hat, sind hoch brisant. Ich darf sie ausschließlich an dich und den Major weitergeben. Wir sind alle überprüft worden, ob gegen uns wegen Korruption ermittelt wurde oder wird. Wir dürfen weder Informationen zu Ö-Invest schriftlich festhalten, noch mit anderen Personen darüber sprechen. Das vorab. Denk daran!«

Linz bog mit hohem Tempo in die Autobahnauffahrt ein. Blaulicht und Martinshorn machten die Spur vor ihnen frei. Sobald sie ungehindert fahren konnten, setzte er seinen Bericht fort: »Das mit Ö-Invest ist scheinbar eine große Sache. Die Firma ist einer der ganz dicken Fische, gegen den seit nunmehr sechs Jahren ermittelt wird. Ihr Kapital steigt in gleichem Maße wie Investitionen durch Land und Gemeinden abgerufen werden. Demzufolge ist anzunehmen, dass die Gelder nie verwendet werden, wofür sie geplant sind. Sie wandern stattdessen in die Taschen von Oberkroner.

Er hat zum Beispiel in 2010 angegeben, rund 250 schwer vermittelbare Arbeitslose, hauptsächlich ältere und

Menschen mit Migrationshintergrund, fest angestellt zu haben. Für diesen Schwindel hat er allein in dem Jahr 8,5 Millionen Euro Fördergelder erhalten. Neue Arbeitsplätze schaffen, Sozialabgaben, Aus- und Weiterbildung, Unterbringung in eigenen Wohnheimen. Die ganze Palette. Diese Subvention wird für neun Monate gewährt. Danach muss ein Unternehmen alles selber zahlen. Aus diesem Grund ließ Oberkroner seine extra für diesen Zweck gegründete ÖIHR GmbH nach sechs Monaten in den Konkurs gehen und hat seine Angestellten natürlich entlassen. In der folgenden Saison fing das Spiel von vorne an.

Zudem – so die Finanzpolizei – feuert er die Leute jedes Mal mit dem Versprechen, sie das folgende Jahr wieder einzustellen, falls sie sich umgehend arbeitslos melden würden. Die Herren aus Zell am See gehen davon aus, dass er seit seinem ersten Skiresort in 2006 stets dieselbe Masche abzieht. Alles in allem hat er außer für seine fest angestellten Mitarbeiter in Graz und Golling für Gehälter keinen einzigen Euro aus eigener Tasche gezahlt.

Darüber hinaus liegen Aussagen von ehemaligen Hilfskräften vor, dass ihr Lohn weit unter dem lag, was Oberkroner an Unterstützung vom Staat erhalten hat. Eine junge Frau aus Rumänien soll ausgesagt haben, dass sie für fünf Euro die Stunde arbeiten und sogar ihr Trinkgeld abgeben musste.

In einem anderen Fall sind laut Ö-Invest 40 Schneekanonen zum Teil mit über 50% an Landesgeldern angeschafft worden. Die Dinger kosten 80.000 Euro pro Stück. Eine anschließende Überprüfung hat ergeben, dass überhaupt nur 18 dieser Geräte gekauft wurden.

Die Krönung hat sich Oberkroner vor zwei Jahren geleistet. Er hat für ein Hotel in Tirol 6 Millionen Subventionen erhalten. Da die Ö-Invest zu diesem Zeitpunkt schon unter Beobachtung stand, hat sich das Bundesland absichern wollen und von Oberkroner 6 Millionen Eigenkapital bestätigen lassen. Hat er auch gemacht. Noch vor der Fertigstellung des Hotels waren die Fördergelder verbraucht und das Projekt wegen Pfusch am Bau gestorben. Anschließend hat eine seiner Strohfirmen den Rohbau für 650.000 Euro aufgekauft.

Aus den Unterlagen von Flöckner geht hervor, dass Ö-Invest ganze 135.000 Euro aus eigenen Mitteln bereitgestellt hat. Die Subunternehmer, Baufirmen, Tischler, Heizungsmonteure und Möbelbauer haben ihr Geld nie bekommen. Die offenen Forderungen dieser Firmen liegen bei über 4,5 Millionen! Oberkroner ist mit allen Wassern gewaschen. Er schafft es immer wieder, dem Staat, den Ländern und Gemeinden Geld aus den Rippen zu leiern.«

Linz musste stark abbremsen. Ein holländisches Fahrzeug mit Wohnanhänger war fünfzig Meter vor ihm auf die linke Fahrspur gefahren, ohne zu blinken. »Müssen die in Holland nicht in den Spiegel schauen? Und 120 auf dem Tacho, Wahnsinn!

Aber weiter. Die Finanzpolizei glaubt, dass der Mann mit der Postalm seinen größten Coup landen will. Er besitzt in einigen Ländern, die kein Auslieferungsabkommen mit Österreich haben, größere Anwesen. Sie geht davon aus, dass er an dem Tag verschwinden will, an dem das Land Salzburg bezahlt. Das große Problem ist: Solange Oberkroner das Geld nicht bekommen hat, bleiben für eine Anklage lediglich die alten Fälle. Die Kollegen möchten ihn gern auf frischer Tat ertappen, sozusagen mit der Hand in der Kasse.«

»Willst du damit andeuten«, fragte Brandhasl ungläubig, »dass das Land ihm diese Subvention tatsächlich überweisen wird?«

Mit quietschenden Rädern fuhr Linz in die Ausfahrt Golling. Die Kurve wurde enger, er musste richtig arbeiten, um nicht in der Leitplanke zu enden. »Mist, das passiert mir jedes Mal! Die Kurve hat es echt in sich.«

Kommentarlos wartete Brandhasl auf die Antwort seines Partners.

»Ja, man will ihm das Geld überweisen. In dem Moment werden alle Computerfreaks der Finanzbehörden jede Transaktion auf den Konten der Ö-Invest im Auge behalten. Kein Cent wird Österreich verlassen können.«

Brandhasl machte ein besorgtes Gesicht. Ihm wurde die Tragweite dieser Aussage bewusst. »Wenn ich das richtig verstehe, steht dieser wahnwitzige Deal kurz vor der Unterzeichnung. Stimmt das?«

»Ja, innerhalb der nächsten Woche ist es so weit.«

»Das heißt, dass Oberkroners Postalmprojekt ein gigantischer Schwindel ist?«

»Ja, so siehts aus.«

»Das bedeutet dann aber ...«, Brandhasl stockte mitten im Satz. Er sah seinen Kollegen mit weit aufgerissenen Augen an. »Kreizsakra! Uns bleiben nur noch wenige Tage zur Aufklärung des Mordes. Danach schwirren dutzende Anwälte um Oberkroner herum. Und wir können unseren Fall vergessen!«

Linz antwortete nicht, ihm war während der Rückfahrt nach Salzburg dasselbe durch den Kopf gegangen. Bislang gab es keinen Beweis für einen Zusammenhang mit dem Mord. Wenn sie den nachweisen wollten, blieb ihnen kaum Zeit.

Für den Rest des Weges bis zur Mautstelle auf der Postalmstraße herrschte Schweigen.

Vor der Schranke diskutierte ein älterer Herr wild gestikulierend mit Matthias, der den Polizeiwagen als Erster bemerkte. Er machte eine Handbewegung, als wolle er »Schluss!« zu dem Fremden sagen, und lief zu den Salzburgern hinüber.

»Gut, euch zu sehen. Der Herr ist Belgier und versucht seit zehn Minuten, verbilligten Zugang zur Alm zu bekommen, weil er Rentner ist. Das wäre in Belgien überall so. Er nannte mich fremdenfeindlich, könnt ihr euch das vorstellen!«

Alle drei beobachteten den Mann, der nicht aufhörte,

vor sich hin zu fluchen. Er stieg in seinen nagelneuen Mercedes, wendete und fuhr viel zu schnell in Richtung Abtenau.

»Er wird es in Strobl probieren«, meinte Matthias, lächelte die beiden Polizisten an und drückte einen Knopf. Die Schranke öffnete sich. »Ihr seid sicher wegen der neuen Leiche gekommen. Eure Kollegen sind vor einer ganzen Weile hochgefahren. Schönen Tag noch«, fügte er hinzu und verschwand in seinem Schrankenwärterhäuschen.

Linz gab Gas.

An der Steinleit Hütte packten die Tatortbeamten zusammen. Der Leichentransportwagen stand abfahrbereit.

»Glück gehabt!« Brenninger kam auf Linz und Brandhasl zu. »In zehn Minuten wären wir weg gewesen. Warum kommt ihr so spät?«

»Ich hatte einen Termin, der sehr wichtig war«, erwiderte Linz harsch. Er wollte jede Nachfrage im Keim ersticken.

»Wie du meinst.« Sein Freund war verwundert. »Wenn ihr einen Blick auf die Tote werfen wollt, solltet ihr euch beeilen. Die Kollegen warten.«

Sie liefen zum Transporter, öffneten die Hintertür und stiegen ein.

Brenninger deckte die Leiche auf. »Eine Frau Mitte zwanzig, mit einer Schusswunde im Rücken und Genickbruch. Unterkircher ist schon fort. Ich soll euch ausrichten, dass der einzelne Schuss wahrscheinlich die Todesursache war und dass dieses Opfer vermutlich ebenso lange wie Vogel hier lag. Sobald sie in der Rechtsmedizin ist, wird der Professor mit der Obduktion beginnen. Spätestens morgen früh habt ihr alles auf dem Tisch.

Ihre Kleidung ist an der Vorderseite gefroren, deshalb konnten die Taschen nicht kontrolliert werden. Meinen

Teil der Arbeit sollten wir besser am Fundort besprechen.«
Brenninger ging vor zur Hausecke, zeigte den beiden die
Stelle.

»Sie lag mit dem Gesicht zur Seite auf dem Boden, die
Arme rechts und links entlang des Körpers ausgestreckt.
Sie wird einfach nach vorn gekippt sein, nachdem sie von
dem Projektil getroffen wurde, das zeigen die
Verletzungen an ihrer Nase. Die Frau ist – genau wie
Vogel – durch das Eis sehr gut konserviert. Allerdings gibt
es bei ihr keine Austrittswunde.« Er grinste über das ganze
Gesicht. »Ergo haben wir mit etwas Glück ein
vollständiges Projektil. Mónika ist schon verständigt.«

»Sonst noch was, Georg? Spuren oder eine versteckte
dritte Leiche?«, fragte Brandhasl mit einem breiten
Lächeln.

»Danke! Wie konnten wir wissen, dass sich hinter der
Hütte ein zweites Opfer befindet? Am Freitag lag hier der
Schnee noch einen ganzen Meter hoch. Dieses Mal haben
wir zur Sicherheit alles im Umkreis von 150 Metern
abgesucht. Mit dünnen Stöcken, wie bei Lawinenabgängen.
Wir haben keinen weiteren Toten entdeckt.«

»Danke, Georg«, meinte Linz versöhnlich, »saubere
Arbeit!«

»Schon gut. Ich habe übrigens zwei Kletterausrüstungen
mit. Wenn du willst, können wir sofort zur
Zinkenbachklamm fahren. Die Jungs machen den Rest
ohne mich.«

Linz stutzte. »Ja, das ist toll. Aber warum zwei
Ausrüstungen?«

»Na ja, ich nahm an, du gehst mit runter, Willi.«

»Was, ich? Niemals! Ich habe Höhenangst.« Er hob
abwehrend die Hände.

»Egal. Wenn du willst, dass ich in die Klamm absteige,
um festzustellen, ob dieser Herold ermordet wurde oder
doch einen Unfall hatte, musst du mitkommen.«

»Georg, ich kann das wirklich nicht! Wenn ich im
dritten Stock aus dem Fenster schaue, wird mir schlecht.«

»Oje, der Superermittler und sein Kryptonit!«, frotzelte Brandhasl. »Ich sollte das Ereignis filmen. Wäre bestimmt der Hit auf YouTube.«

»Danke, sehr nett!«

Brenninger ging zu seinen Kollegen, erteilte letzte Anweisungen.

Linz instruierte seinen Partner in der Zwischenzeit: »Wenn die Tatortleute eingepackt haben, gehst du zum Jagdhaus und befragst Inspektorin Tanzberger und Kontrollinspektor Mannbarth. Vom Jäger wird es wohl nichts Neues geben. Frag ihn trotzdem, wie genau der Leichenfund abgelaufen ist. Ich möchte das lieber nicht tun. Du weißt schon, wegen meiner voreiligen Verhaftung. Es wäre mir sehr unangenehm.«

»Kein Problem, Boss.«

Brenninger kam zurück. »Wir können, Willi. Meine Leute wissen, was sie zu tun haben. Wir haben Zeit.«

Linz nickte Brandhasl zu und ging mit Brenninger zum weißen Tuareg der Spurensicherung.

Sie fuhren auf der alten Postalmstraße entlang des Ruhegebietes für das Rotwild, vorbei am kleinen Wasserfall bis zur Zinkenbachklamm. Auf der linken Seite am Rande der Schlucht parkten sie das Auto und stiegen aus. Linz drehte sich auf der alten Brücke über dem Zinkenbach mit dem Rücken zum Geländer, Brenninger blickte in die Klamm hinunter.

»Ist gar nicht so tief«, wollte er Linz trösten, »knappe dreißig oder fünfunddreißig Meter. Nach spätestens fünf Minuten sind wir unten.«

Linz antwortete nicht, er zitterte.

»Komm, stell dich nicht so an. Das geht ganz schnell, und am Ende wird es dir gefallen«, spottete Brenninger.

Wie in Trance lief Linz hinter ihm her zum Tuareg und ließ sich das Klettergeschirr anlegen. Erst die Beine, dann die Arme, vorn durch Karabiner gesichert.

Brenninger öffnete eine Klappe in der vorderen

Stoßstange seines Wagens. Er drehte die Abschleppöse hinein und befestigte routiniert zwei rote 9,8 mm SmartLite-Seile daran. »Fertig! Wir können«, sagte er, offensichtlich zufrieden mit seiner Arbeit.

»Muss das wirklich sein?« Linz versuchte, sich zu drücken. Als er den Blick des Forensikers auffing, wusste er, dass er keine Chance zu kneifen hatte.

»Pass gut auf!«, startete Brenninger die Sicherheitsbelehrung. »Nie nach unten blicken, wenn es nicht unbedingt nötig ist. Vermeide ich auch. Das hier«, er zeigte auf ein Teil, das seine Ausrüstung mit dem Seil verband, »ist ein Smart-Sicherungsgerät von Mammut. Schweizer Wertarbeit. Einfach wie ein Taschenmesser, sicher wie eine Bank. Je weniger du den Hebel zu dir hindrückst, umso langsamer geht es nach unten. Wenn du loslässt, bleibst du stehen, ganz simpel. Setz deinen Helm auf und ab gehts. Das wird ein Spaß!«

Linz traute sich nicht zu fragen, wann denn der Spaß kommen würde. Sie stellten sich mit dem Rücken zum Abhang, stemmten sich ins Seil.

»Immer das Seil belasten, ein wenig nach hinten lehnen. Warte ab, es ist ein Kinderspiel«, beruhigte ihn Brenninger.

»Ich hasse Kinderspiele!«

Der Forensiker konnte ihn nicht mehr hören, er war schon ein Stück weit abgeseilt. Als er das erste Drittel hinter sich hatte, sah er seinen Freund verkrampft am oberen Rand der Klamm stehen. »Los jetzt, Superbulle! Oder soll ich Hans anrufen? Dein Image wäre für ewig dahin.«

»Mein Ruf ist mir egal!«, rief Linz nach unten. »Lieber ein lebender Feigling als ein toter Held.«

»Angsthase! Dann drehe ich um. Schade um diesen Herold. Wir werden wohl nie erfahren, was wirklich mit ihm passiert ist.«

Linz atmete zwei Mal tief durch. »Schon gut, ich komme.« Er lehnte sich zurück, zog vorsichtig den Hebel zu sich, flüsterte vor sich hin: »Beruhige dich, das musstest du auf der Polizeischule auch machen. Einen Schritt rückwärts, dann den nächsten. Den Hebel auf Spannung halten, nicht zu weit nach vorn beugen. Alles geht gut.«

»Sehr gut, Willi, du machst das wie ein Profi. Pass auf, dein linker Fuß ...«

Zu spät, Linz rutschte über einen nassen Felsvorsprung ab, konnte sich mit seinem rechten Fuß gerade so halten. Er hatte instinktiv den Hebel losgelassen, was seinen Abstieg auf Anhieb gestoppt hatte. Die Technik hatte funktioniert, gab ihm die nötige Sicherheit. Er war erleichtert und schloss auf.

Sie hatten über die Hälfte geschafft, als ein starker Ruck durch die Seile ging.

»Was war das?«, fragte Linz verunsichert.

»Keine Ahnung, gehen wir weiter runter. Es sind noch fünfzehn Meter.«

Als sie Seil nachließen, spürten sie erneut einen Ruck und hörten zugleich einen lauten Knall. Die Alarmanlage des schweren Geländewagens begann zu hupen.

»Scheiße!«, rief Brenninger aus. »Jemand ist gegen mein Auto gefahren. Ist der denn verrückt?«

Er wollte gerade den Aufstieg beginnen, da gab das Seil nach. Ein Quietschen von Metall auf Metall, verstärkt durch die Felswände, ließ beiden das Blut in den Adern gefrieren. Der Alarm kam näher.

Linz sprach aus, was sie dachten: »Der versucht, den Tuareg in die Schlucht zu stürzen! Beeilung, wir müssen runter! Wenn wir hier warten, wird uns dein Wagen zerquetschen!«

Mit großen Sprüngen seilten sie sich ab. Nun war Linz der Schnellere. Wieder krachte es, gefolgt von unheilvollem Kreischen. Die Nase des Fahrzeugs wurde sichtbar, die Vorderachse ragte über den Abgrund hinaus. Der Warnblinker flackerte drohend über ihnen.

Linz erreichte den glitschigen Boden der Schlucht keine Sekunde zu früh. Er machte einen Satz zur Seite und griff im Laufen das Kletterseil, an dem Brenninger vier Meter über dem rettenden Grund schwebte. Mit aller Kraft zog er es von der Stelle weg, an der das Auto jeden Moment aufschlagen würde.

Zwei Schritte, dann noch einen. Brenninger rutschte nahezu waagerecht.

Der Tuareg wurde über den Abhang gedrückt und verlor den Halt. Er schlug mit einem explosionsartigen Krachen neben ihnen auf. Das Geräusch des Aufpralls brach sich, vervielfältigte sich und hallte durch das Tal. Die Hupe des Wagens gab den Rhythmus vor. Die Airbags entfalteten sich, Glas splitterte. Eine Tür wurde aufgerissen und klatschte hart auf einem Felsen auf.

Linz wurde beinahe ohnmächtig, seine Trommelfelle drohten zu zerreißen. Brenninger lag einen halben Meter neben dem Wrack auf dem Rücken.

»Das war knapp«, schrie Linz. Er blickte nach oben und nahm für eine Sekunde ein Gesicht wahr. »Wir brauchen Deckung, bevor der Wahnsinnige einen zweiten Versuch startet.« Er suchte das Gelände ab und entdeckte einen Felsvorsprung. »Komm, schnell, Georg!«

Brenninger rührte sich nicht. Linz lief zu ihm, beugte sich über ihn. Sein Freund war so schwer auf den Rücken gefallen, dass er keine Luft holen konnte.

»Georg, nicht falsch verstehen.« Linz gab ihm eine schallende Ohrfeige.

Augenblicklich schnappte Brenninger nach Luft. »Musste das sein?«, fragte er, während er aufstand.

»Wäre dir eine Mund-zu-Mund-Beatmung lieber gewesen?«

»Schon gut, Willi! Wo willst du hin?«

»Wir sollten unter dem Vorsprung in Deckung gehen. Möglicherweise hat er oder sie es noch nicht aufgegeben.« Linz sah hinauf. »Zur Sicherheit werden wir einige Zeit stillhalten müssen. Hier sind wir eine perfekte Zielscheibe für einen Schützen.«

»Hast du ihn erkannt?«

»Nein, leider nicht.« Plötzlich lachte Linz. »Und es hatte

gerade begonnen, Spaß zu machen!«

»Du hast mir das Leben gerettet, Mann! Danke«, sagte Brenninger.

»Hättest du auch gemacht. Ich bin halt der bessere Kletterer, das ist mein Schicksal.«

Ihr Lachen nahm ihnen einiges von dem Druck, der auf ihnen lastete. Für die Person am Abgrund musste die Situation unheimlich wirken. Wurde sie ausgelacht? Waren ihre Opfer durchgedreht? Die zwei konnten einfach nicht aufhören. Sie waren gerade dem Tod von der Schippe gesprungen.

»Hast du dein Handy dabei?«, fragte Brenninger, als er sich beruhigt hatte.

»Nein, leider. Ist in meinem Auto am Auflader.«

»Dann warten wir, bis wir in meine Schrottkarre können. Das Telefon müsste irgendwo im Fußraum liegen.«

Linz deutete auf die gegenüberliegende Seite der Klamm. Er hatte den ehemals blauen, vom Niederschlag und dem Wasser des Zinkenbachs angerosteten BMW X5 des verunglückten Alois Herold entdeckt. Ähnlich wie Brenningers Tuareg war das Fahrzeug mit dem Motor zuerst aufgeschlagen. Und – sein Heck war eingedrückt.

»Ich denke«, sinnierte der Forensiker, »den brauche ich nicht einmal besonders gründlich zu untersuchen. Er sieht aus wie meiner.«

»Demnach hatte Flöckner recht mit Herold. Es war tatsächlich Mord«, meinte Linz.

»Wer ist Flöckner?«

»Ein Mann von der Steuerfahndung. Er hat mich nach der Pressekonferenz am Sonntag auf dem Parkplatz angesprochen. Er war sich sicher, dass Herold ermordet wurde.«

»Ich nun auch«, stimmte Brenninger zu.

Das Hupen hatte inzwischen aufgehört, das Blinken noch nicht. Sie warteten zwanzig Minuten ab. Die unmittelbare Gefahr schien vorbei zu sein.

»Ich gehe das Handy holen.« Linz stand auf. Darauf bedacht, die Deckung so wenig wie möglich zu verlassen, erreichte er den Geländewagen ohne Probleme.

Die Beifahrertür stand offen. Weil sich das Auto jedoch genau in diese Richtung neigte, beschloss er, es auf der anderen Seite zu versuchen. Es hatte keinen Zweck, der Rahmen war zu stark verzogen, um eine der Türen öffnen zu können.

»Was soll ich tun, Georg?«, rief er. »Von dieser Seite geht nichts.«

Brenninger antwortete nicht, schaute ängstlich nach oben. Linz folgte seinem Blick. Kleine Steinchen rieselten von einer Stelle am oberen Ende des Abgrunds herab.

Mehrere Personen und ein bremsendes Fahrzeug waren zu hören. Die beiden Freunde drückten sich fest an den Fels. Die Stimmen wurden deutlicher.

»Hallo, Chef! Herr Linz, sind Sie da unten?«

»Willi, ist euch was passiert? Wir haben den Krach bis zum Jagdhaus gehört.« Das war Brandhasl.

*Gott sei Dank! Es sind unsere Jungs*, dachte Linz, *wir sind gerettet.* Er trat unter dem Vorsprung hervor, drehte sich herum und winkte mit beiden Armen. Jetzt traute sich auch Brenninger aus seinem Versteck.

»Hier sind wir!«, riefen sie ihren Helfern entgegen, die ihnen Seile hinunterwarfen.

Eine Stimme, die Linz nicht kannte, fragte, ob er zu ihnen absteigen sollte und ob jemand verletzt ist.

»Nicht nötig, Wolfgang«, antwortete Brenninger. »Wir sind unverletzt. Wir schaffen es allein hinauf.«

# Kapitel 16

Mitarbeiter der Tatortgruppe kümmerten sich um die Bergung der beiden Fahrzeuge. Linz und Brenninger wurden ins Präsidium gebracht. Ihre Kleidung war durchnässt und verdreckt. Sie hatten einige Schürfwunden, die vom Polizeiarzt behandelt wurden. Danach konnten sie ausgiebig duschen und sich umziehen.

Mit Trainingsanzügen bekleidet trafen sie sich am Kaffeeautomaten. Erschöpft von der Anstrengung und der Gefahr saßen sie nebeneinander, jeder einen Kaffee in der Hand.

»Ich bin heilfroh, dass du deine Höhenangst überwunden hast, Willi. Wärst du nicht dabei gewesen, hätte ich unter dem Auto gelegen. Wenn du dich nicht so schnell abgeseilt und mich weggerissen hättest ... Ich will gar nicht daran denken.«

»Mach nicht so eine große Sache daraus, Georg. Lass es gut sein.«

»Nein, das kann ich nicht. Du hast mir das Leben gerettet. Ohne dich wäre ich platt wie eine Wanze.«

»Möglich. Du vergisst allerdings, dass ich dich erst in diese Situation gebracht habe. Die Schuld liegt bei mir. Dich zu fragen war unverzeihlich.«

»Ach, halt den Mund, Superbulle! Wir leben noch, alles andere ist egal.«

»Wir müssen trotzdem Meldung machen. Ich werde einiges zu erklären haben.« Linz trank seinen Kaffeebecher in einem Zug leer.

Brenninger nickte schweigend.

»Georg, ich will es hinter mich bringen. Ich gehe sofort zu Tuchler. Er wird mir den Kopf abreißen, falls Tanzberger es nicht vor ihm tut.«

»Was hast du nur mit dem Direktor? Seid ihr auf dem Kriegspfad?«, fragte Brenninger.

»So kann man es auch nennen. Seit der Pressekonferenz will Tanzberger meinen Kopf. Sein vorerst letzter Feldzug war, mich heute Morgen um Viertel vor sechs aus dem Bett zu klingeln. Eine Dreiviertelstunde später musste ich wegen des Interviews bei ihm im Büro antanzen. Er wartet bloß darauf, dass ich Mist baue und er mich abschießen kann.«

»Du denkst, dass du ihm mit unserer Aktion nun den Grund geliefert hast?«

»Oh, ja, das habe ich.« Linz stand auf, warf den leeren Becher in den Abfalleimer und verabschiedete sich.

»Kommen Sie!«, rief Tuchler, bat ihn in sein Büro. Mit Herzklopfen trat Linz ein.

»Guten Tag Herr Major, Sie wollten mich sprechen?«

»Ja, schön, dass Sie da sind, Herr Leutnant. Setzen Sie sich bitte.«

Linz nahm ihm gegenüber am Schreibtisch Platz. Sein Chef schien gut gelaunt, lächelte ihn an.

»Wie ist das alles passiert? Haben Sie sich verletzt?«, fragte er fürsorglich. »Und geht es Doktor Brenninger gut?«

»Woher ... Sie wissen es schon?« Linz war verdutzt.

»Natürlich, ich bin Ihr Chef! Zumindest sollte ich auf dem Laufenden sein.«

Linz schüttelte den Kopf. »Nein, wir beide haben bloß ein paar kleine Schrammen. Georgs Dienstwagen ist allerdings nicht zu retten.«

»Das werde ich schon irgendwie regeln. Es war immerhin ein Anschlag auf das Leben zweier meiner besten Leute. Was haben Sie dort eigentlich gesucht? Sie waren in einer Schlucht, habe ich gehört.«

»Ja, in der Zinkenbachklamm.« Linz raffte allen Mut zusammen, holte tief Luft. »Alles hat am Sonntagmorgen mit einem Anruf von Direktor Tanzberger angefangen.«

Er berichtete über den Eintrag in seiner Personalakte, warum er bei der Pressekonferenz den Jäger nicht als

Mörder vorgeführt hatte, vom Kontakt zu Flöckner und der Sache Herold, die so gut wie bewiesen war. Er beschrieb das Foto der Privatdetektivin, auf dem der Direktor mit Oberkroner abgelichtet war, seinen Besuch bei Ö-Invest und den Termin in Zell am See.

»Ich wurde von den Kollegen der Finanzpolizei verpflichtet, Sie zu informieren, dass wir über den Fall Ö-Invest nichts in schriftlicher Form festhalten dürfen. Sie, Brandhasl und ich sind die einzigen Eingeweihten. Und das muss auch so bleiben.«

Tuchler hatte die ganze Zeit zugehört, keine Reaktion erkennen lassen. »Das war ja fast schon eine Beichte, Herr Linz. Geht es Ihnen besser?« Er stand auf, ohne eine Antwort abzuwarten, ging um den Schreibtisch herum und setzte sich neben seinen Untergebenen auf den zweiten Besucherstuhl.

»Ich sage das nur ein Mal: Pass auf, Willi! Tanzberger will dich brechen. Wahrscheinlich bist du zurzeit der Einzige, der ihm gefährlich werden kann.

In drei Wochen habe ich Urlaub. Im Juli will ich einen Antrag stellen, frühzeitig in Pension zu gehen. Ich will dich als meinen Nachfolger vorschlagen und Himmel und Hölle in Bewegung setzen, um das durchzuboxen. Ich will den Besten an meinem Schreibtisch, nicht irgendeinen Sesselfurzer, der noch nie eine Verhaftung vorgenommen hat.«

»Aber …«

»Sei ruhig, hör zu. Das ist wichtig! Ich kenne deine Akte in- und auswendig. Darin steht nichts von einem – wie hat er es genannt – homosexuellen Übergriff. Das ist purer Unsinn. Deine Personalakte ist makellos.«

Tränen der Erleichterung liefen Linz über das Gesicht. Er brachte kein Wort heraus.

»Hast du diesem Brandner von der Finanzpolizei das mit Tanzberger erzählt?«

»Nein, in dem Moment habe ich nicht daran gedacht.«

Tuchler stand auf und öffnete die Tür zum

Nebenzimmer. »Nina, wie sieht es heute mit Terminen für mich aus? Keine? Dann trag bitte ein, dass Leutnant Linz und ich für den Rest des Tages unterwegs sind. Wie bitte? Nein. Sag, dass wir außer Haus sind, mehr nicht.« Bei diesen Worten holte er seine Jacke von der Garderobe. »Wir treffen uns in zwei Minuten an deinem Auto, Willi. Hol den Memorystick mit den Fotos. Zuerst fahren wir zu dir nach Hause, damit du dich umziehen kannst. Dann gehts nach Zell am See. Wir rufen die Beamten vom Auto aus an, in unserem Haus muss das keiner wissen.«

Das Handy meldete sich in Lukas Hosentasche. Am Klingelton erkannte er den Anrufer.

»Was ist, Sepp?«, fragte er. »Kommst du auf ein Bier vorbei?«

Anna sah, wie sich sein Gesicht verfinsterte. Gerade noch gelassen verwandelte er sich in ein sprungbereites Raubtier.

»Wo? Wann genau? Wo bist du jetzt? Bleib, ich komme sofort!«

Er rannte ins Jagdhaus. Mit seinem Gewehr und einer großen Schachtel Munition stand er im Nu im Türrahmen.

»Was ist los?«, fragte sie. »Ist etwas passiert?«

»Der Wilderer ist wieder da. Sepp hat ihn unterhalb des Hohen Zinken gesehen. Der Geschwärzte ist auf der Jagd und hat nicht mitbekommen, dass er beobachtet wird.«

»Was hast du vor, Lukas?«

»Ich mach ihn kalt, den Sauhund! Komm Prinz, wir fahren.«

»Ich komme mit!«, sagte sie in einem Ton, der keine Widerrede zuließ. »Ich bin Polizistin, vergiss das nicht!«

Der Jäger sah sie misstrauisch an. Dann lenkte er ein. »Na gut, hol dir hinten aus meinem Büro ein Gewehr, Patronen habe ich genug. Schließ das Haus ab, der Schlüssel steckt.«

Sie lief los, öffnete die Tür zum Arbeitsraum. Der Waffenschrank war verschlossen. Sie wollte ihn gerade rufen, als der Toyota mit Vollgas am Haus vorbei die kleine Straße hinunter ins Tal jagte. Der Jäger hatte sie ausgetrickst.

Lukas gab gerade so viel Gas wie möglich. Der Land Cruiser ratterte über die grobe Schotterstraße. Er fuhr am eingezäunten Ruhegebiet vorbei, weiter auf den Forststraßen und Waldwegen, bis er das Tal am Hohen Zinken erreicht hatte.

Er stoppte, holte das Telefon heraus und wählte Sepps Nummer. »Wo bist du, wo ist der Geschwärzte?«, fragte er angespannt.

»Er ist links oben auf der Ebene. Ich sitze hinter einem Baum, keine hundert Meter weg von ihm«, sprach Sepp leise ins Telefon. »Scheiße! Ich glaube, er hat das Klingeln des Handys gehört, er sieht in meine Richtung.«

Lukas hörte den Schuss. *Linke Seite auf halber Höhe,* dachte er. »Ist dir was passiert?«

»Nein, das war wohl ein Schuss ins Blaue. Gesehen hat er mich nicht, nur gehört«, keuchte der Holzknecht.

Ein zweiter Schuss fiel, gefolgt von einem dritten. Ganz dicht neben dem Toyota wurde Erde aufgewirbelt. Dann ein vierter Schuss, glatt durch die Frontscheibe und die Sitzlehne des Beifahrersitzes.

»Jetzt wärst du tot, Anna«, stellte der Jäger fest. Er griff nach seinem Gewehr, steckte blitzschnell Munition in die Jacke und öffnete die Wagentür. Während er sich seitlich herausfallen ließ, sah er im Augenwinkel ein Projektil in seine Kopfstütze einschlagen. Der Wilderer hatte ihn um Zentimeter verfehlt.

Lukas kroch unters Auto, versuchte, sich zu orientieren. Die Schüsse kamen von vorn, von der Anhöhe. Sehen konnte er den Angreifer nicht. Wieder schlug eine Kugel in den Wagen ein, diesmal frontal. Der Kühler war getroffen, heißer Wasserdampf trat aus.

»Dieser Mistkerl!«, fluchte er. »Jetzt kann ich ihn nicht mehr verfolgen.« Er blickte durch das Zielfernrohr, versuchte, seinen Gegner aufzuspüren.

Erneut hallte ein Schuss durch das Tal. Das Projektil durchschlug den vorderen linken Reifen. Direkt vor ihm stieg Staub auf. So nah, dass er für kurze Zeit nichts sehen konnte.

»Bist du noch da?«, drang Sepps Stimme aus dem Handy.

Lukas hatte es in dem Moment fallen lassen, in dem er in Deckung gegangen war. Ein schneller Griff, er war wieder am Telefon. »Mir ist nichts passiert. Was ist mit dir?«

»Alles OK, aber er ist noch nicht weg.«

»Kannst du den Kerl erkennen, Sepp?«

»Nein, von Kopf bis Fuß schwarz, auch das Gesicht.«

»Ich sehe ihn nicht. Wo steckt er?«

Abermals wurde das Fahrzeug von einem Schuss getroffen.

»Da sind drei Baumstümpfe, hinter dem Mittleren sitzt er im Anschlag«, flüsterte der Holzknecht.

Der Jäger suchte mit dem Zielfernrohr das Gelände ab, konnte jedoch niemanden entdecken. Sowie er unter dem Auto hervorkriechen wollte, traf eine weitere Kugel das rechte Vorderrad. Er musste sich etwas einfallen lassen, hier lag er wie auf dem Präsentierteller. Unter dem Auto hindurch auf die andere Seite zu kriechen, war die einzige Lösung.

Der platte Reifen neigte das Auto stärker, als er erwartet hatte. Er blieb mit seiner Jacke am Unterboden hängen, war an Ärmel und Rücken eingeklemmt. Er konnte weder vor noch zurück.

»Siehst du ihn?«, fragte Sepp.

Lukas' Handy lag unerreichbar weit weg. Er hatte keine Chance, danach zu greifen.

»Lukas«, hörte er den Holzknecht rufen, »bist du getroffen?«

»Nein, nichts passiert. Aber ich bin eingeklemmt.«

»Lukas? Bist du noch da?« Sepp konnte ihn nicht hören.

Der Jäger wusste, dass er nicht laut rufen durfte. Wenn der Schütze hören würde, dass er eingekeilt unter dem Auto lag, würde er kommen und ihn erschießen. Ihm blieb nichts anderes übrig, als zu warten.

»Scheiße, Lukas, melde dich!«, hörte er seinen Freund fluchen.

Dann wurde es still. Der Jäger verharrte bewegungslos unter dem Toyota, versuchte, sich auf Geräusche zu konzentrieren.

Schritte näherten sich schnell. Sein Herz raste, sein Verstand suchte nach einem Ausweg. Er konnte die Waffe greifen, drückte den Sicherungshebel herunter. *Erst schieß ich dir in den Fuß, dann mach ich dich alle*, dachte er und zielte, so gut es ging, in Richtung der herannahenden Person.

»Lukas?« Es war Sepp.

»Gott sei Dank! Du bists.« Der Jäger ließ die Waffe sinken, legte seinen Kopf im Staub ab. »Ich bin unterm Auto, ich sitze fest. Ich hätte dir beinahe in die Schuhe geschossen.«

»Da hab ich ja Glück, dass die Stahlkappen haben. Bist du verletzt?«

»Nein, aber ich komme hier nicht raus. Kannst du bitte nach Prinz schauen? Er ist so still.«

Der Holzknecht öffnete die Wagentür. »Oh, Scheiße, Lukas, den hats erwischt! Der ist hin. Da kommt jede Hilfe zu spät.«

Lukas antwortete nicht. Eingeklemmt, hilflos, mit dem Gesicht im Dreck weinte er.

Sepp kniete sich hin, lugte unter den Land Cruiser. »Tut mir echt leid, er war ein guter Hund.«

Der Jäger sah ihn nicht an. Er sammelte all seine Kraft, zerrte an seiner Kleidung. Die Jacke riss. Ein großer Fetzen blieb an der Kardanwelle hängen, ein kleiner schmolz stinkend am Auspuff. Mit einem Schrei tief aus dem Inneren seiner Seele befreite er sich, kam unter dem Auto hervor und öffnete die Tür hinter dem Fahrer.

Ohne Sepp zu beachten, beugte er sich über die

Rückbank, schob die Arme unter seinen toten Hund und holte ihn behutsam heraus. Er legte Prinz' Kopf sanft auf seine Schulter, ging einige Schritte, drehte sich um. »Danke Sepp, das werde ich dir nie vergessen.«

Ohne ein weiteres Wort machte er sich auf den Weg zum Jagdhaus, sein Gewehr über der Schulter, den Hund in seinen Armen.

Sepp rief ihm nach: »Ich kann dich mitnehmen! Sei vernünftig! Das dauert mehr als drei Stunden, bis du oben ankommst!«

Lukas reagierte nicht. Er wollte allein sein mit seinem Freund, der jahrelang sein Begleiter gewesen war.

Eine Stunde später hatte der Jäger den kleinen Wasserfall erreicht, vor dem Neue und Krispler standen. Sobald sie ihn erkannt hatten, rannten sie zu ihm.

Lukas war totenbleich im Gesicht. Die Schießerei und die Anstrengung hatten ihn gezeichnet. Seine Kleidung war zerfetzt, er war am ganzen Körper blutverschmiert. Für die Beamten war es unmöglich zu erkennen, wessen Blut es war.

»Um Gottes willen, Herr Graf! Sind Sie verletzt?«, rief ihm Krispler entgegen. »Brauchen Sie einen Arzt?«

»Nein danke, mir fehlt nichts. Es ist Prinz. Der Geschwärzte hat ihn erschossen.«

»Das tut mir sehr leid«, sagte Neue mitfühlend.

»Ich habe eine Bitte an Sie, falls es Ihre Zeit erlaubt. Wenn Sie diesem Weg ins Tal folgen, treffen Sie nach ungefähr zwei Kilometern auf eine Gabelung. Dort müssen Sie nach rechts. Etwa fünfhundert Meter weiter steht mein Toyota. Er hat mehrere Einschusslöcher. In den Sitzen, im Kühler, im Reifen und vorn rechts. Der Wilderer hat neun Schüsse abgefeuert. Acht der Projektile müssten stecken.«

»Machen wir, Herr Graf«, antwortete Krispler. »Ich rufe einen dritten Abschleppwagen. Waren andere Personen bei Ihnen? Ist jemand verletzt?«

»Nein, niemand außer Prinz. Josef Berg war ganz in der Nähe, hat alles mitbekommen. Er wird Ihnen mehr über den Schützen sagen können. Ich muss, danke.«

Schatten hatte sich über das Tal gelegt, als Lukas das Jagdhaus erreichte. Unterwegs waren ihm ein Kranfahrzeug und zwei Abschleppwagen begegnet, doch keiner hatte Notiz von ihm genommen.

Er lief zum Eingang und legte das tote Tier vor die Bank.

Anna, die auf ihn gewartet hatte, hielt sich beide Hände vor den Mund, brachte kein Wort heraus.

Nach einer langen Pause sagte Lukas leise: »Wenn du mitgefahren wärst, hätte diese Kugel dich getroffen. Sie ist glatt durch den Beifahrersitz gegangen. Prinz hatte keine Chance. Ich bin um Haaresbreite aus dem Wagen gekommen. Der Wilderer hat es auf mich abgesehen.«

Sie kam auf ihn zu, wollte ihn in die Arme nehmen.

»Nein, bitte nicht, Anna. Ich möchte jetzt gern allein sein.«

»Ich verstehe.« Sie ging ins Haus.

Lukas kniete sich neben seinen Hund.

Anna hob den Telefonhörer ab, wählte die Nummer ihres Vorgesetzten. »Anna Tanzberger hier. Es tut mir leid, dass ich Sie stören muss, Herr Mannbarth. Auf Lukas ist geschossen worden. Nein, er ist nicht verletzt. Prinz ist tot. Nein … ich weiß nicht, wo das passiert ist. Er wollte nicht reden. Gut … Ich warte.«

Sie legte auf, sah durch das Seitenfenster, wie er neben seinem Hund saß. Sie ging in die Küche, setzte einen Tee an und goss Wasser in die Kaffeemaschine. Dann lief sie nach draußen, um ihn hereinzubitten.

Lukas und Prinz waren verschwunden. Panik ergriff sie: *Was ist, wenn er den Schützen jagt? Wenn er am Ende selbst erschossen wird?* Sie rannte ums Haus, rief laut seinen

Namen. Schließlich sah sie, wie er im Garten mit dem Spaten ein Loch aushob. Sie war so erleichtert, dass sie lachen und weinen musste. Ihre Beine gaben nach, sie sank ins Gras.

Wie lange sie so dagesessen hatte, wusste sie nicht. Der Jäger berührte sanft ihre Schulter und hockte sich neben sie. Er hielt ihr seine blutige Hand hin, in der ein Geschoss lag. »Eine Zweiundzwanziger, Anna. Ich habe sie aus seinem Körper geholt, bevor ich ihn begraben habe. Gut, dass du nicht mitgekommen bist. Es wäre sonst deine gewesen.«

»Ach Lukas, es tut mir unendlich leid! Ich war so in Sorge um dich, dass dir etwas zustoßen könnte. Und nun hat es Prinz erwischt. Er war sehr lieb. Während du in der Untersuchungshaft warst, hat er auf mich aufgepasst, als ob wir uns schon Jahre gekannt hätten.«

»Schon gut, lass uns nicht mehr darüber reden. Das Leben geht weiter.«

In der Zwischenzeit waren Mannbarth und Brandhasl eingetroffen, hatten gewartet, bis Lukas und Anna so weit waren.

»Gehts wieder?«, fragte der Kontrollinspektor.

»Ja, danke. Auch dafür, dass Sie gewartet haben«, sagte der Jäger.

Mannbarth winkte ab. »Bist du so weit, mir zu erklären, was passiert ist?« Er versuchte, sich eine Pfeife zu stopfen.

Anna meinte, ein kleines Zittern wahrzunehmen.

Lukas setzte sich ihnen gegenüber auf den Rand des Wassertrogs, atmete hörbar durch. Dann schilderte er das Geschehen.

»Dieses Mal war es anders«, beendete er seine Ausführungen. »Der Wilderer hat gezielt auf mich geschossen. Ich bin ihm schon einige Male begegnet, habe ihn meistens verscheucht. Bis auf das eine Mal, an dem er mich ins Bein geschossen hat, ist er stets einer direkten Konfrontation aus dem Weg gegangen.«

»Glauben Sie, er hat Ihnen aufgelauert?«, fragte Brandhasl.

Lukas überlegte sich den nächsten Satz sehr genau. »Wenn man davon absieht, dass mich Sepp erst auf ihn aufmerksam gemacht hat, ja. Es war, als ob der Geschwärzte auf mich gewartet hätte. Noch ehe ich den Wagen verlassen konnte, hat er geschossen.«

»Haben Sie ihn erkannt?«, wollte Brandhasl wissen.

»Nein, ich habe unter dem Auto Deckung gesucht. Immer, wenn ich hervorkommen wollte, hat er geschossen. Insgesamt neunmal. Ich habe nicht einmal seinen Standort ausmachen können. Das habe ich auch Neuer und Krispler gesagt, die ich unterwegs getroffen habe. Sie wissen, wo der Toyota steht, und wollen ihn abschleppen lassen.«

»Ich kann nicht verstehen«, warf Mannbarth ein, »dass er dich mit einem Gewehr angegriffen hat. Leutnant Linz und Doktor Brenninger wollte er in der Schlucht zerquetschen. Das macht absolut keinen Sinn.«

Lukas sah den Kontrollinspektor lange an. »Meiner Meinung nach sind der Geschwärzte und der Täter von der Klamm nicht ein und dieselbe Person. Der Wilderer ist keine neue Erscheinung. Er treibt hier schon zwei, drei Jahre sein Unwesen. Damals gab es noch keinen Wirbel um die Postalm.«

»Eine gute Überlegung«, meinte Brandhasl, der in seinem Handy nach einer Nummer suchte. »Aber wieso der Investor und die zweite Leiche?«

»Das weiß ich nicht. Das zu klären, ist Ihre Aufgabe. Meine wird sein, den Wilddieb zur Strecke zu bringen, denn heute ist er persönlich geworden.«

»Nein!«, widersprach Anna so laut, dass alle zusammenzuckten. »Das wirst du nicht! Wenn du Jagd auf ihn machst, ihn womöglich erschießt, ist das Mord. Das kannst und darfst du nicht tun!«

»Sie hat recht«, stimmte Mannbarth ein. Er steckte sich die Pfeife in den Mund, hielt das Feuer daran, paffte ein paar Rauchwolken vor sich hin. »Kollege Brandhasl wird deinen Wagen abholen lassen. Sie werden ihn untersuchen, die Projektile herausholen und sie mit denen der zwei Morde vergleichen. Wenn es Übereinstimmungen gibt, wird jeder Polizist zwischen Abtenau und Strobl nach dem Mann suchen. Wir werden ihn finden. Verlass dich drauf!«

»In Ordnung.« Lukas klang wenig überzeugend.

Linz hatte auf demselben Stuhl wie heute Morgen Platz genommen, Tuchler neben ihm. Er berichtete den Zeller Kollegen vom Mordversuch in der Zinkenbachklamm. Anschließend übergab er den Memorystick an Brandner.

»Warum haben Sie uns die Fotos nicht beim ersten Termin gezeigt, Herr Leutnant?«, fragte ihn der Finanzpolizist und klickte dabei durch die Bilder auf dem Computer. »Wo haben Sie die her?«

Linz antwortete: »Peter Vogels Frau hatte den Verdacht, dass er fremdgeht. Sie hat eine Privatdetektivin engagiert. Von ihr sind die Bilder. Sie hat sie uns freiwillig überlassen. Ihr Auftrag war erfüllt.«

»Es ist alles da, inklusive Metadaten, Herr Hauptmann. Wir haben Datum und Uhrzeit, sogar die Koordinaten«, informierte ihn Brandner.

»Sind alle Personen eindeutig zu erkennen?«, fragte Herzog.

»Ja, gestochen scharfe Bilder. Die Frau ist gut.«

Herzog wandte sich an Tuchler: »Haben Sie irgendjemand anderem diese Bilder gezeigt, Herr Major?«

»Nein, bloß Abteilungsinspektor Brandhasl kennt sie noch. Und den haben Sie überprüft, wie ich hörte«, erwiderte Tuchler mit fester Stimme. Er blinzelte, das Licht im Raum machte ihm schwer zu schaffen.

Sie tranken ihren Kaffee, hörten das Ticken der Pfeiltasten.

»Wer ist die Person neben Vogel?«, fragte Brandner, drehte den Computer so, dass Linz den Bildschirm einsehen konnte.

»Keine Ahnung. Nein, warten Sie …«, er lehnte sich mit dem ganzen Oberkörper über den Tisch, drückte auf die Taste für vor, dann die für zurück. »Das ist unsere Tote von heute Morgen.«

»Sicher?«, wollte Tuchler wissen.

»Ganz sicher, Chef. Kein Zweifel.«

»Sie heißt Rosie Meierhofer und war die Privatsekretärin von Oberkroner«, sagte Sebering in die Runde.

»Rosie Meierhofer, irren Sie sich auch nicht?« Herzog tauschte einen Blick mit Brandner, der ebenfalls überrascht war.

Sebering nickte.

»Das ist nicht gut, wirklich nicht«, meinte Herzog.

»Was ist nicht gut?« Nun war auch Tuchler beunruhigt.

Brandner erklärte: »Frau Meierhofer war seit zwei Jahren unsere Informantin. Wir haben vor ungefähr einem Monat das letzte Mal von ihr gehört. Ich kannte sie nicht persönlich, sie hat ausnahmslos an meinen Kollegen berichtet.«

»Sie ist aus freien Stücken zu uns gekommen«, ergänzte Herzog, »wollte die krummen Touren ihres Chefs nicht mitmachen. Von ihr kam der entscheidende Tipp mit den Angestellten, die zu Saisonende entlassen wurden.«

Linz unterbrach: »Tut mir leid, ich muss telefonieren. Abteilungsinspektor Brandhasl ist am Tatort, ich sollte ihn informieren. Darf ich Ihr Handy benutzen, Herr Major? Meines liegt im Auto auf der Postalm.«

»Ja, sicher.« Tuchler nickte, reichte ihm sein Telefon. »Rufen Sie auch Professor Unterkircher an. Sagen Sie ihm, ich will seinen Autopsiebericht noch heute auf meinem Schreibtisch. Es ist dringend.«

Linz schaute Herzog fragend an.

»Meinetwegen. Rufen Sie von hier aus an. Ich wäre gern dabei.«

Zuerst informierte Linz den Rechtsmediziner. Der obduzierte momentan Frau Meierhofer, hatte das tödliche Projektil isoliert und zur Spurensicherung geschickt.

Danach rief er seinen Kollegen an. »Hallo Hans, die zweite Leiche ist diese Rosie Meierhofer von Ö-Invest. Sammelt alles zusammen, was ihr am Tatort finden könnt. Staubsaugt die ganze Alm, wenn nötig. Wir brauchen jedes Detail«

»Rosie Meierhofer, hab ich notiert«, antwortete Brandhasl sachlich.

»Wer?«, fiel ihm Mannbarth ins Wort. »Rosie Meierhofer aus Sankt Wolfgang? Ihr gehört der Kia, den ich auf dem oberen Parkplatz untersuchen sollte.«

»Konntest du das hören, Willi? Das Auto bei der Panoramahütte ist ihr Wagen. Ich werde einen vierten Abschleppwagen anfordern müssen. Das hört ja gar nicht auf!«

»Einen vierten?«, fragte Linz.

»Ja, auf den Jäger sind neun Schüsse abgefeuert worden. Sein Hund ist tot, sein Toyota mehrmals getroffen. Wir haben ein Kleinkalibergeschoss sichergestellt. Ich gebe es der KPU mit.«

»Gut. Lass das Auto der Toten aufbrechen. Kann sein, dass ihr Dinge findet, die uns weiterhelfen können. Halt mich auf dem Laufenden. Mein Telefon ist im Octavia. Du erreichst mich über die Nummer von Major Tuchler.« Ohne Gruß unterbrach er die Verbindung.

»Das Fahrzeug von Frau Meierhofer steht seit Wochen auf der Postalm. Es wird heute abgeholt. Ich gebe Ihnen Bescheid, sobald wir relevante Spuren finden.

Der Jäger wurde heute Mittag ebenfalls beschossen, mit einem Kleinkaliber, wie bei Vogel. In ein paar Stunden wissen wir mehr.«

»Na schön, machen wir es kurz«, übernahm Brandner. »Ich habe mir die Fotos kopiert. Sie können den Stick mitnehmen, danke.

Zu Ihrem Verdacht gegen Direktor Tanzberger nur so viel: Er steht bei uns auf der Liste. Mehr darf ich Ihnen nicht verraten, noch nicht. Geben Sie keine Informationen weiter, schreiben Sie keine Berichte. Sein Sie kreativ, zu viel Arbeit, Termine, Befragungen, irgendetwas Glaubhaftes. Meiden Sie den Kontakt mit ihm. Gehen Sie nicht ans Telefon, wenigstens bis morgen Nachmittag. Um vierzehn Uhr kommt der Vertrag mit Oberkroner zur Unterzeichnung. Damit hängt er am Haken.«

»Morgen schon?«, fragte Linz ungläubig.

»Ja, mit enormem Medienwirbel. Wenn ich richtig informiert bin, im großen Saal der Festung Hohensalzburg unweit Ihrer Dienststelle.«

»Dann muss ich leider gehen.« Linz erhob sich. »Wir haben keine vierundzwanzig Stunden mehr. Wenn wir die Morde und Mordversuche aufklären wollen, brauchen wir jede Minute.«

»In Ordnung, Herr Leutnant«, sagte Herzog. »Sie waren eine große Hilfe, ehrlich. Das mit den Fotos ist der i-Punkt auf unseren Ermittlungen. Vielen Dank!« Er erhob sich, reichte ihm und Major Tuchler die Hand.

*Das ist das erste Mal*, dachte Linz.


Es war nach zwanzig Uhr. Linz saß im Büro über den Akten. Das Diensttelefon klingelte, Brenninger war am Apparat. »Hi, komm bitte runter zu mir! Ich habe Neuigkeiten für dich.«


Linz betrat die Räumlichkeiten der KPU. Die gesamte Belegschaft war anwesend. Jeder arbeitete an diesem Fall. Einige nickten zum Gruß, andere hoben eine Hand. Er ging sofort in Brenningers Büro.

Der stand mit einer riesigen Tasse Kaffee an einem Computerbildschirm, sah sich ein paar Statistiken an. »Danke, dass du so schnell gekommen bist, Willi. Ich habe eine schlechte und eine gute Nachricht. Die schlechte zuerst: Der Laptop von diesem Herrn Vogel ist bis jetzt nicht zu knacken gewesen. Das wird Tage dauern, sagt mein Mitarbeiter. Für die Gute gehen wir rüber in unsere Garage.«

»In welche Garage?«

»Was meinst du denn, wo wir die zu untersuchenden Fahrzeuge unterbringen? Die an unseren Gebäudeteil angrenzende Halle habe ich kurzerhand für die Autos von der Postalm umfunktioniert. Der Toyota vom Jäger und der Kia von Frau Meierhofer sind schon da. Die anderen beiden Fahrzeuge kommen in einer Stunde. Wolfgang hat mich angerufen, sie sind seit zehn Minuten unterwegs.«

»Ist ja toll, Georg! So schnell habe ich nicht damit gerechnet.«

»Danke für die Lorbeeren! Spar dir das besser auf, bis du alles gesehen hast.«

Brenninger ging voraus, öffnete eine Brandschutztür und lief einen Gang entlang, der in eine etwa sechshundert Quadratmeter große Halle mündete. An ihren Wänden hatte man Aluminiumkisten gestapelt, die Schränke zur Seite geschoben. Auf dem Boden waren mehrere blaue Planen ausgebreitet und mit breitem silbernen Panzerband aneinandergeklebt worden. Darauf standen links der Land Cruiser und der Kleinwagen der Sekretärin. Alle Türen, auch die Heckklappen waren geöffnet.

»Das muss so sein«, erklärte Brenninger seinem Freund. »Ich will ausschließlich Spuren von den Fahrzeugen. Auf diese Weise fällt alles auf die Folien. Die Kollegen werden mir dankbar sein.«

»Unfassbar«, rief Linz aus, »der Toyota sieht mitgenommen aus!«

»Ja, er hat fünf Treffer abbekommen.«

»Warum ist so viel Blut im Innenraum?«

»Der Schütze hat Grafs Hund getroffen, der es nicht überlebt hat.«

»Und der Jäger selbst?«

»Ist unverletzt geblieben, was ehrlich gesagt ein wahres Wunder ist. Die Frontscheibe wurde zweimal getroffen. Einmal in die Sitzlehne des Beifahrers, ein zweites Mal in die Kopfstütze des Fahrers. Er hatte echt Glück!«

Linz sah sich den Wagen genauer an. »Was hängt da

unter dem Unterboden?«

»Stoffreste von Grafs Jacke. Darunter war die einzige Deckung, die er hatte. Hans hat ihn befragt. Was aber wirklich wichtig ist: Wir haben drei unversehrte Projektile aus den Sitzen und dem Reifen bergen können. Und nun kommts …«

»Sie stimmen überein mit dem Geschoss aus Frau Meierhofer«, ergänzte Linz.

»Genau, Spielverderber! Es ist dieselbe Waffe. Durch die Spektralanalyse, die Mónika unverzüglich durchgeführt hat, wissen wir, dass es die Munition ist, die auch Vogel getroffen hat.«

Erst jetzt nahm Linz bewusst wahr, dass Brenninger außerordentlich nervös wirkte, die ganze Zeit einen leeren Kaffeebecher mit sich herumtrug. Anscheinend brauchte er etwas, woran er sich festhalten konnte. Die Geschehnisse zu Mittag hatten ihn mehr mitgenommen, als Linz angenommen hatte.

»Das ist noch nicht alles. Komm mal mit zum Kia. Unter dem Sitz haben wir das gefunden.« Brenninger hielt vier Briefumschläge hoch. »Jeder war mit Geld gefüllt. Zwei mit 10.000, einer mit 15.000 und der oberste sogar mit 50.000 Euro. Der Wagen war ihr Sparschwein. Hätte er in Salzburg gestanden, wäre er längst geknackt worden.«

»Habt ihr die Scheine …«

»Na klar, die Überprüfung der Nummern läuft. Kann sich nur um Stunden handeln«, fiel ihm Brenninger ins Wort. Plötzlich stockte er mitten in seiner Bewegung und starrte ziellos vor sich hin.

Linz bemerkte, wie sein Freund zitterte. Er ging zu ihm, hielt ihn am Arm fest. »Was ist mit dir, Georg? Geht es dir nicht gut?«

Der Forensiker sah ihn mit wässrigen Augen an. »Wieso hat er auf den Jäger geschossen und nicht auf uns?«

»Das frage ich mich auch, seitdem ich hier bin.«

»Der Schütze ist ein Meister. Wir hätten nicht die geringste Chance gehabt. Er hätte uns eiskalt abknallen können. Wir …«

»Lass gut sein, Georg. Wir hatten riesiges Glück.«

»Ja …, Glück …, ja«, stotterte Brenninger. Dann fiel er um. Linz konnte in letzter Sekunde verhindern, dass er auf dem Boden aufschlug. Mit leichtem Klopfen auf die Wangen holte er ihn ins Bewusstsein zurück.

Brenninger schaute Linz mit großen Augen an und fragte: »Bin ich etwa umgekippt?«

»Ja, aber niemand hat es gesehen. Allmählich glaube ich, du willst doch eine Mund-zu-Mund-Beatmung von mir.«

»Danke, dass es eine Ohrfeige war.« Brenninger versuchte zu grinsen, rappelte sich auf. »Lass uns ins Büro gehen.«

Sie besprachen die Ergebnisse der übrigen Untersuchungen.

Beiläufig meinte Brenninger: »Ich bin froh, dass ich in meinem Büro sitzen bleiben darf. Das eine Mal Action reicht mir für den Rest meines Lebens. Ich glaube, ich gehe lieber Bungeespringen.«

Die Tür öffnete sich, jemand sagte: »Nur zur Info, Chef. Alle Geldscheine sind von der Berliner Landesbank ausgegeben worden.« Dann schloss sich die Tür.

Die Gegensprechanlage rauschte, eine Frauenstimme fragte: »Die zwei SUVs kommen gerade an. Sollen sie in die Halle gebracht werden?«

Brenninger drückte eine Taste und sprach: »Ja, bitte.« Er wandte sich an Linz. »Das wird mich noch eine Weile beschäftigen, denke ich. Hoffentlich kann ich irgendwann wieder normal schlafen.«

»Das wird schon, Georg. Wenn wir den Kerl geschnappt haben, darfst du ihn, so lange du willst, durch die Spiegelscheibe betrachten. Das hat mir immer geholfen. Die Typen sind dann so klein, dass du dir nicht einmal vorstellen kannst, dass es Verbrecher sind.«

Brenninger nickte. Er schien nicht daran zu glauben. Erneut klingelte sein Diensttelefon. Er hob ab und hörte zu. Nach zwanzig Sekunden war das Gespräch beendet.

»Jetzt kommt Bewegung in die Sache. Das war der Professor. Frau Meierhofer wurde durch den Schuss in den Rücken getötet, nicht durch den Genickbruch. Die Tote hat vom Sturz nach vorn Abschürfungen im Gesicht. Der Mörder muss ihrem Kopf post mortem verdreht haben. Er hat Sperma im Mund des Opfers und Hautreste am Reisverschluss der Jacke hinterlassen.«

Obwohl ihm sich die Bilder des Tathergangs aufdrängten, war Linz erfreut. »Das ist doch mal was, endlich ein Lichtblick. Wie lange wird es dauern, bis wir sicher sind?«

»Bis morgen Mittag. Vorausgesetzt, es ist genug Material zur DNA-Bestimmung vorhanden. Die Tote lag lange im Eis, das müsste die Spuren konserviert haben. Fließendes Wasser ist Gift für die Doppelhelix.«

Vier Männer in ÖAMTC-Overalls standen zusammen mit Brandhasl vor dem geöffneten Tor der Halle. Sie diskutierten, schüttelten die Köpfe und gestikulierten wie italienische Großmütter, die sich streiten, wie man Pasta zubereitet.

Brandhasl rief laut: »Schluss!«, und seine Hände zeigten: Basta! »Wie ihr das macht, ist mir – gelinde gesagt – scheißegal. Die Autos müssen rein. Der Volkswagen zuerst, der BMW daneben.«

»Und bitte schnell«, rief ein Kriminaltechniker aus dem hinteren Teil der Garage. »Es wird kalt, wenn das Tor so lange offen steht.«

Dem hatte Brandhasl nichts hinzuzufügen. Er ließ die vier Herren von der Straßenwacht stehen und gesellte sich zu Linz und Brenninger, die das Treiben von drinnen beobachtet hatten.

»Das geht schon eine Viertelstunde so«, Brandhasl äffte die Männer nach, »das passt nicht, der Kran ist zu hoch, ich habe seit einer Stunde Feierabend. Ich könnte kotzen!«

Für einen Moment waren alle drei ernst, dann lachten

sie laut. Die Anspannung hatte sich gelöst, jeder war wohlbehalten zurück.

»Hier, Willi, dein Telefon.« Brandhasl gab ihm das Handy. »Ich gehe den Süßigkeitenautomat knacken. Ich habe Hunger, als ob ich seit Tagen nichts gegessen hätte.«

Brenninger meinte: »Im Aufenthaltsraum neben meinem Büro sind belegte Brote. Die habe ich für die Nachtschicht bestellt. Es sind sicher ein paar für dich übrig, Hans.«

Brandhasls Gesicht begann zu leuchten. Er hob grüßend die Hand und verschwand im Gang.

»Was hoffst du, an den Wracks zu finden, Georg?«, fragte Linz.

»Farbreste von dem Auto, das auf den Tuareg geprallt ist, zum Beispiel. Anhand des Lackes können wir den Fahrzeugtyp, sogar das Baujahr ermitteln. Ebenso bei dem BMW. Den werde ich komplett auseinandernehmen. Wer weiß, vielleicht finde ich noch ein paar verwertbare Spuren.«

Mit lautem Getöse wurde der VW am Kran des Abschleppwagens hängend in die Halle gebracht. Das, was eben unmöglich schien, sah nun sehr einfach aus: Der Geländewagen wurde wenige Zentimeter angehoben, schwebte am Ausleger bis über die Plane und wurde abgesetzt. Er stand nicht genau dort, wo er hinsollte, aber Brenninger war zufrieden.

»Gut, dass wir nicht dringesessen haben, als er abgestürzt ist«, murmelte er, während er um sein ehemaliges Dienstfahrzeug herumlief.

Der erste Eindruck war für ihn stets wichtig. Die Nase des Tuareg war um einen halben Meter nach hinten verschoben. Der halbe Motorblock und das Getriebe waren nach innen gedrückt. Die Vorderachse war krumm, ein Rad fehlte. Ein paar Tropfen des Zinkenbachs liefen aus dem verbeulten Radkasten. Der Rahmen war komplett verzogen, alle Airbags aufgegangen. Die Frontscheibe hing an der unteren Klebestelle. Scheibenwischer gab es nicht mehr.

»Was ist das?« Linz zeigte auf ein graues Teil, das auf dem Armaturenbrett montiert war.

»Das ist eine Dashcam«, antwortete Brenninger abwesend, »haben neuerdings alle Dienstwagen. Hast du noch keine?«

»Nein. Was macht denn so ein Ding?«

»Das Ding ist eine Kamera. Sie zeichnet zum Beispiel nach einem Unfall für eine Viertelstunde alles auf. Stoppt automatisch, bevor sich die Dateien überschreiben können.«

Wie elektrisiert blieben beide in ihren Bewegungen stehen.

»Glaubst du …?«, fragte Brenninger.

»Verdammt, ja!«, rief Linz aus. »Wie funktioniert sie?«

Der Forensiker wurde ganz zappelig. »Alles wird auf einer Speicherkarte aufgenommen, auch Stimmen. Fünfzehn Minuten nachdem die Zündung ausgeschaltet ist, hört die Kamera auf zu arbeiten. Wegen Kidnapping und so. Oder bei einem Unfall. Sobald die Zündung eingeschaltet wird, wird sie neu gestartet.«

»Beim ersten Rucken am Seil waren keine fünfzehn Minuten vergangen«, meinte Linz. »Was ist, wenn sie etwas aufgezeichnet hat?«

Brenninger hastete zu einem der rollbaren Werkzeugkästen, holte einen stabilen Schraubendreher heraus. Mit einem festen Ruck löste er die Kamera vom Armaturenbrett. Er hatte die angeklebte Halterung abgebrochen.

»Musste sowieso ab.« Er hielt das Gerät hoch, suchte nach dem Schlitz, in dem die SD-Karte eingesteckt war. »Hier ist sie!«, rief er triumphierend, warf die Kamera ins Auto. »Hast du Zeit für eine Filmvorführung, Willi?«

Linz nickte voller Erwartung. Sollte das der Durchbruch sein? Durch ein kleines Aufnahmegerät hinter der Windschutzscheibe?

Sie rannten förmlich ins Büro.

Brenninger steckte den Chip seitlich in seinen Laptop. »Bereit?«

»Ja«, sagte Linz. »Leg schon los!«

Es war unheimlich, zu verfolgen, wie die Dashcam alles aufgezeichnet hatte. In voller HD Qualität sahen sich die beiden auf den Wagen zulaufen, die Ausrüstung anlegen. Wie Brenninger die Seile befestigte und das bleiche Gesicht von Linz bei den ersten Schritten Richtung Abhang. Dann blieb nur noch die gegenüberliegende Seite der Klamm im Blick.

»Wäre auch zu schön gewesen.« Brenninger war enttäuscht, wollte die Übertragung abbrechen. Doch Linz hielt ihn auf. »Warte! Dort, hast du das gesehen? Dieser Schatten rechts, da ist jemand!«

Sie blickten gespannt auf den Monitor. Mit einem Mal kam eine Gestalt ins Bild. Die Person war deutlich zu erkennen. Sie beugte sich über den Abgrund, fluchte offensichtlich. Ihr Gesicht war für wenige Augenblicke sichtbar. Dann verschwand der Mann. Kurz darauf kam der erste Knall. Das andere Fahrzeug war auf den SUV aufgefahren.

Brenninger stoppte die Aufzeichnung. »Entschuldige, Willi, das muss ich mir nicht antun. Ich denke, wir haben unseren Mörder.«

Linz sprang auf, warf seinem Freund einen vielsagenden Blick zu. »Ich muss telefonieren, Georg, allein. Ich bin gleich zurück.« Er rannte hinaus, stoppte, drehte um. »Du bist der Beste!«, sagte er und eilte aus dem Büro.

Oberkroner saß an seinem Biedermeierschreibtisch, studierte Akten.

Seine Frau stand mitten im Raum, ein Glas Rotwein in der Hand. »Ist alles bereit für morgen, Klaus?« Sie nippte an dem schweren Kristallglas. »Hast du nochmal mit Tanzberger telefoniert?«

»Ja, habe ich. Er sagte, er würde für die Beschlagnahme

der Grundstücke grünes Licht bekommen. Als Begründung hätte er ›nationaler Belang‹ angegeben. Wie er das machen will, hat er nicht erwähnt. Allerdings interessiert mich das auch nicht.

Morgen werden wir das größte Tourismusprojekt aller Zeiten starten und damit steinreich werden. Du und ich werden überall zu Gast sein. Auf dem Opernball, den Festspielen, beim Bundeskanzler. Sie werden uns feiern, wohin wir auch gehen.«

»Schön zu hören, Liebster.« Diana Oberkroner trank das Glas in einem Zug leer, schmiss den teuren Kelch gegen die Wand. »Und jetzt fick mich, so hart, wie du es noch nie zuvor mit einer Frau getan hast. Hier, auf deinem Tisch, sofort!«, schrie sie ihn an, riss ihre Bluse auf.

Knöpfe sprangen ab, fielen auf den kostbaren Teppich. Die graue Seidenbluse stand weit offen, gab den Blick auf ihre Brüste frei. Sie hatte auf Unterwäsche verzichtet. Mit einer schwungvollen Bewegung räumte sie einen Teil des Schreibtisches ab.

Sie raffte den ohnehin schon kurzen Rock hoch, legte den Oberkörper bäuchlings auf die verzierte Holzplatte. »Los! Von hinten, wie ein Hund! Komm, mach endlich, Klaus! Das wolltest du doch, seitdem wir geheiratet haben. Nun darfst du.«

Oberkroner wurde dunkelrot im Gesicht. Er schien vor Erregung schier zu platzen. Keuchend, den Blick auf ihre kleinen, festen Brüste gerichtet, stand er auf. Mühsam öffnete er zuerst den Gürtel, dann den Hosenbund. Er ging mit kurzen Schritten, geradeso wie es seine heruntergelassene Hose erlaubte, an der Tischkante entlang und stellte sich schließlich hinter sie. Vorsichtig fasste er ihre Hüften an, schob seine Daumen unter die Bluse, zog sie nach oben. Berauschte sich am Anblick ihrer glänzenden schwarzen Haare.

Diana Oberkroner fühlte, wie er zitterte, vor Geilheit japste. Sabber tropfte auf ihren nackten Po. Sie schloss die Augen, wartete, dass er sich nahm, was er zum ersten Mal von ihr bekam. Sie spürte, wie er in sie eindrang, sich unbeholfen vor und zurück bewegte. Seine Hände fest wie ein Schraubstock an ihrer Taille, sein Atem in ihrem Nacken. Keine zehn Sekunden hatte es gedauert, bis er so weit war.

Ohne Vorwarnung verwandelte sich das Japsen in ein Röcheln. Sein Körper zuckte unrhythmisch, verkrampfte sich. Oberkroner löste die Hände von ihr, fasste sich an die Brust. Mit einem langen Seufzer glitt er zu Boden. Die Augen weit aufgerissen, atmete er zum letzten Mal aus. Er war tot.

Bar jeder Gefühlsregung richtete sich Frau Oberkroner auf. »Du Idiot! Du hattest keinen Schimmer, was um dich herum passiert. Das hast du davon, die Situation meiner Familie ausgenutzt zu haben. Meinst du, eine Wohnung für meinen Vater sei genug? Ich bin eine von Schönenberg! Wir sind nicht käuflich, wir kaufen.

Eine Stunde nach der Unterzeichnung starte ich von Salzburg aus mit dem Learjet. Die Koffer sind in meinem Auto. Alles ist vorbereitet. Und du hast überhaupt nichts mitbekommen!«

Sie zog ihren Rock zurecht, ordnete die Bluse. Zur Sicherheit trat sie ihrem Mann ein, zwei Mal mit ihren hochhackigen Schuhen in die Seite. Er reagierte nicht.

Sie ging auf die andere Seite des Tisches, hob den Telefonhörer ab, wählte eine Nummer aus dem Gedächtnis. »Diana hier. Komm her, sofort! Ich brauche Sex, jetzt!«

»Was ist mit deinem Mann?«, fragte die Stimme am anderen Ende der Leitung.

»Der ist hin, Herzinfarkt. Wenn du willst, kannst du mich festbinden und peitschen. Oder wir können es in seinem Büro treiben, auf seinen scheißteuren Möbeln!«

»Ich komme zu dir nach Hause.«

Linz lief in seinem Büro auf und ab, Tuchler ging nicht ans Telefon. Dem Verzweifeln nahe durchsuchte er die

Kontakte in seinem Handy, fand Brandners Nummer und wählte.

»Leutnant Linz hier«, sagte er, als sich der Finanzpolizist meldete. »Es tut mir leid, wenn ich Sie störe, Herr Oberstleutnant. Aber es ist sehr wichtig!«

»Moment, Herr Leutnant, ich liege im Bett. Kann ich Sie in fünf Minuten zurückrufen?«

»Ja, danke. Ich warte.«

Alle paar Sekunden schaute Linz auf die Uhr. Die Zeit wollte nicht vergehen.

Nach drei Minuten kam der ersehnte Rückruf. »Ja, Herr Linz, was ist denn so wichtig?«

»Wir haben den Mann identifizieren können, der meinen Kollegen und mich umbringen wollte. Es ist die rechte Hand von Oberkroner. Was soll ich tun? Ich will Ihre Operation nicht gefährden, aber ich muss ihn festnehmen.«

»Was sagen Sie? Ist das sicher?«

»Ja, wir haben ihn auf Video, wie er zu uns in die Klamm hinunterschaut. Kein Zweifel.«

»Ich rufe Herzog an, melde mich direkt. Können Sie so lange warten?«

»Ja, mache ich. Bis gleich.«

Linz tigerte durchs Büro. »Komm, mach schon, beeil dich!«, redete er mit sich selbst.

Die Tür ging auf, er erschrak bis ins Mark.

»Was ist denn mit dir los?«, fragte Brandhasl.

»Sei still, mach die Tür zu und setz dich! Wir haben den Kerl, der uns in der Klamm zerquetschen wollte. Es ist das Faktotum von Oberkroner. Du weißt schon, der Dünne, der die Befragung gestört hat.«

»Du meinst diesen Bernhard?«

»Genau den. Ich habe soeben mit Zell am See gesprochen und erhalte gleich einen Rückruf. Ich muss wissen, ob wir ihn verhaften können oder warten müssen.«

»Was sagt Tuchler?«

»Der ist nicht erreichbar.«

»Er sitzt unten im Aufenthaltsraum, wir haben gemeinsam gegessen. Soll ich ihn holen?«

Linz nickte dankbar.

Brandhasl kam mit dem Major zurück.

Linz telefonierte: »… gut, ich bespreche das mit meinem Chef. Wenn ich mich nicht melde, bleibt es dabei. Gute Nacht.« Er steckte das Handy weg. »Das war Brandner, Herr Major. Wir sollen vorsichtig sein. Um sechs Uhr morgen früh gibt er mir den vollständigen Namen und die Adresse von unserem Verdächtigen durch. Er meinte, das müsste sich in Flöckners Unterlagen finden. Dieser Mann ist immerhin bei Ö-Invest angestellt. Sobald wir die Daten haben, nehmen wir ihn fest. Hans und ich, dazu eventuell ein oder zwei Kollegen.«

»Nun mal langsam, Willi. Wen möchtest du verhaften?«, wollte Tuchler wissen.

»Ach ja, habe ich ganz vergessen. In Georgs Tuareg war eine dieser neumodischen Kameras auf dem Armaturenbrett installiert. Sie hat den Sturz überstanden. Ich habe den Mitarbeiter von Oberkroner auf der Videoaufnahme zweifelsfrei identifiziert. Er hat den Wagen in die Klamm gestoßen. Er ist unser Mörder.«

»Bist du dir sicher?«, fragte Tuchler.

»Absolut, er sieht direkt in die Linse. Der Film ist bei Georg, sehen Sie ihn sich am besten selbst an.«

Tuchler ging auf die andere Seite des Schreibtisches, setzte sich auf Brandhasls Platz. »Würden Sie bitte das Licht abdunkeln, meine Kopfschmerzen«, bat er seine Untergebenen.

Brandhasl schaltete das Licht an der Tür aus, Linz die Tischlampe an, den Reflektor drehte er zur Wand.

»Was haben wir?«, resümierte Tuchler. »Erstens: Die Projektile stammen anscheinend alle aus derselben Waffe. Zweitens: drei Tote, zwei Investoren und eine Sekretärin der Firma Ö-Invest mit einem Haufen Geld unterm Autositz. Drittens: Wir haben einen dringend

Tatverdächtigen für die Morde und Mordversuche, einen Mitarbeiter der Ö-Invest. Seinen vollständigen Namen und die Adresse bekommen wir von Brandner. Was noch? Ach ja, wir haben DNA. Unterkircher meint, es reicht für eine Bestimmung. Als Letztes die Aktion morgen von der Finanzpolizei. Denen dürfen wir nicht in die Quere kommen. Das hat Priorität. Habe ich ein Detail vergessen?«

»Nein, Chef«, antwortete Linz. »Ich glaube nicht.«

»Was ist mit Frau Herold, braucht sie Schutz?«, gab Brandhasl zu bedenken. »Wenn wir diesen Bernhard hopsnehmen, ist die Gefahr vorüber, denke ich.«

»Dem stimme ich zu«, sagte Tuchler matt. Er litt, war sichtlich geschafft. »Dann sollten wir jetzt alle schlafen gehen.«

»Ja, eine Mütze Schlaf würde mir guttun.« Brandhasl gähnte. »Ich bin um sechs Uhr einsatzbereit zur Stelle.«

»Bis morgen, meine Herren.« Der Major erhob sich schwerfällig und ging.


Anna, Sepp und Lukas saßen in der Küche des Jagdhauses. Der Holzknecht trank Bier, der Jäger Kaffee, sie einen Kräutertee.

»Ich verstehe das nicht«, sagte Sepp, »als ob er auf dich gewartet hätte. Der war ja ganz wild darauf, dich zu erschießen!«

»Hast du ihn wirklich nicht erkannt?«, fragte Anna.

»Nein, der war von Kopf bis Fuß schwarz. Wie der Teufel persönlich. Der hat mir Angst gemacht, wie er so dasaß, hinter dem Baumstumpf.«

»Warum hast du ihn nicht verfolgt, als er weggelaufen ist?«, bohrte sie.

»Wie soll ich denn das machen? Ich bin Holzknecht! Soll ich mit der Motorsäge hinter ihm herschleichen? Was ist, wenn er sich umgedreht hätte? Der hätte mich bei eins über den Haufen geschossen!«

»Er hat recht«, pflichtete Lukas ihm bei. »Wenn er

versucht hätte, ihn zu stellen, wäre er erschossen worden. Ich habe gesehen, wie gut er schießen kann. Sepp hätte keine Chance gehabt.«

»Siehst du Miss Juni, keine Chance. Ich bin zwar besonders mutig, aber dort hatte ich die Hosen randvoll. Wenn ich nicht beobachtet hätte, wie er sich aus dem Staub gemacht hat, wäre ich nicht einmal zu Lukas den Hügel runtergegangen. Ich bin doch nicht lebensmüde! Nein, ganz sicher nicht.« Er trank einen großen Schluck Bier. »Das mit deinem Hund tut mir leid, Lukas. Ich mochte ihn sehr.« Dabei fixierte er Annas Augen.

Sie schüttelte kaum merklich mit dem Kopf, hatte nichts erzählt.

»Danke«, antwortete der Jäger. »Lass uns bitte nicht mehr von Prinz reden.«

»Na gut.« Sepp zuckte mit den Schultern, nahm einen tiefen Zug aus der Flasche. »Was machst du morgen Abend, Lukas? Ich treffe mich um halb sieben mit deiner Erika auf der Moosbergalm. Deine Ex, meine ich. Ihre Eltern haben da oben eine Hütte. Wir wollen den Sonnenuntergang genießen. Und danach, du weißt schon. Wird sicher ein toller Abend.«

»Nein danke, Sepp, mach das mal allein. Das kannst du sicher. Oder brauchst du Hilfe?« Ein erstes Lächeln huschte über Lukas' Gesicht. »Ich geh ins Bett, gute Nacht ihr zwei.« Er stand auf und ging zu seinem Zimmer.

»Und was machst du jetzt, Miss Juni?«, fragte der Holzknecht, sobald sie ungestört waren. »Gehst du zum kleinen Jäger kuscheln? Musst du ihn trösten?«

»Ach, halt dein dreckiges Mundwerk, Sepp! Dass ich nicht erzählt habe, was vorgefallen ist, heißt nicht, dass ich das nicht nachholen kann. Du solltest schleunigst verschwinden, sonst überlege ich es mir anders!«

»Ist ja gut, Schönheit. Ich bin gleich weg. Ich gehe zur Erika, stelle eine Leiter ans Fenster. Hole mir dann das, was ich bei dir nicht bekomme. Emanze!«

Anna stand auf. Sie war knapp davor, ihm wieder eine

Ohrfeige zu verpassen.

Ohne sie eines weiteren Blickes zu würdigen, verließ Sepp das Jagdhaus. Vorsichtshalber schloss Anna hinter ihm ab. Sie ging in die Wohnstube, setzte sich auf den Schaukelstuhl.

»Was mache ich hier eigentlich?«, fragte sie sich laut. Langsam schaukelte sie vor und zurück, das beruhigte sie. Sie dachte an die Angst, die sie um Lukas gehabt hatte. *Erst die Nacht im Gefängnis, dann der Anschlag auf sein Leben.* Sie war zutiefst betrübt gewesen, als sie ihn mit Prinz auf den Armen gesehen hatte. Liebte sie ihn oder war es Mitleid? Die Geschehnisse der vergangenen Tage hatten ihre Gefühlswelt durcheinandergewirbelt. Sie grübelte. *Sollte ich nach Hause fahren? Was würde Lukas wohl sagen, wenn ich bliebe?*

Letztes Jahr in Salzburg war alles so klar gewesen. Sie hatte sich für die Stelle in Abtenau entschieden, wollte raus aus der Großstadt. Dabei hatte sie mit Verkehrsdelikten gerechnet, Radarkontrollen, mal einen Streit in einer Gastwirtschaft. Dass sie so schnell in eine Serie von Morden hineinschlittern würde, hätte sie nie vermutet.

Sie überlegte, warum sie eigentlich Polizistin geworden war. Um ihren Vater zu ärgern? *Vielleicht.* Um von ihrer trinksüchtigen Mutter wegzukommen. *Ganz sicher.* Seit ihre Mutter vor acht Jahren betrunken ein kleines Kind angefahren hatte, war die Familie zerbrochen. Na klar, ihr Vater hatte alles unter Kontrolle gehabt, das Mädchen großzügig entschädigt, die Eltern der Kleinen ruhig gehalten. Ihre Mutter hatte sich nie davon erholt. Der Vater hoher Polizeibeamter in Salzburg, die Mutter mit Johnnie Walker als ständigen Begleiter.

Anna verdrängte die trüben Gedanken, hatte eine Entscheidung getroffen. Sie zog ihre Bluse aus, hängte sie über die Stuhllehne. Die Hose legte sie auf die Sitzfläche, behielt Slip und Spaghettitop an. Sie betrat leise Lukas' Zimmer und schlüpfte zu ihm ins Bett. Sie kuschelte sich an seinen Rücken, umarmte ihn und war wenig später eingeschlafen.

Diana Oberkroner lag mit dem Bauch auf der roten Satinbettwäsche des ehelichen Bettes. Halterlose Strümpfe, eine Korsage aus glänzendem Leder um ihre schmale Taille. Ansonsten war sie nackt. Auf ihrem Hinterteil hatten sich dicke, rote Striemen gebildet.

Sie drückte ihre Zigarette auf der Marmorplatte des Nachttisches aus. »Du bist gut mit der Reitgerte, Justus! Du hast genau den richtigen Schwung zwischen Schmerz und Geilheit. Es macht dir Spaß, nicht wahr?«

»Mit dir, ja. Dass dein Mann das nie getan hat?«

»Machst du Witze? Heute war das erste Mal, dass er meinen Arsch erblickt hat. Ich hatte nie was mit ihm. Das war der Deal. Finger weg oder Scheidung. Er hat sich für das schöne Anhängsel entschieden. Ob er in den Puff gegangen ist, weiß ich nicht. War mir auch egal. Von mir aus hätte ihm sein Ding auch abfallen können, dem feisten Sack! Ich bin froh, dass er tot ist.«

»Mit uns bleibt alles wie besprochen?«

»Natürlich. Nachdem ich morgen als Geschäftsführerin der Ö-Invest die Verträge unterschrieben habe, fahren du und ich zum Flughafen. Unterwegs transferiere ich die 200 Millionen auf die Kaiman-Inseln. Wenn wir in Brasilien gelandet sind, warten Champagner und Kaviar in unserer Luxussuite. Dann will ich eine ganze Woche nicht aus dem Bett.«

Tanzberger beugte sich zu ihr hinüber, küsste sie auf die Striemen ihrer Kehrseite. Ein lustvoller Schauer lief über ihren Rücken.

»Oh, du willst nochmal? Na gut, aber diesmal binde ich dich fest, du Lustmolch! Ich werde den kleinen Justus fertigmachen.«

# Kapitel 17

Der Wecker klingelte um fünf Uhr. Linz hatte unruhig geschlafen, die Ereignisse des Vortages ließen ihn einfach nicht los. Wenn er die Augen schloss, sah er das herabstürzende Auto und wie Brenninger in Ohnmacht fiel. Er fühlte sich schuldig, hatte kaum Erleichterung empfunden, als sie den Mörder identifiziert hatten.

Zeit zum Aufstehen. Zu viel hing davon ab, dass er heute funktionierte. Dieser Tag würde der wichtigste in seiner Karriere werden. Er duschte, zog einen Anzug an und saß um halb sechs im Auto. Er stoppte an einer Tankstelle, kaufte eine belegte Semmel mit einen großen Becher Café Latte. Den hatte er dringend nötig.

Als Linz sein Fahrzeug auf dem Parkplatz hinter dem Gebäude des LKA abstellte, fielen ihm die Autos von seinem Partner und seinem Chef auf. Er blickte am Gebäude hinauf, registrierte einen schwachen Lichtschein in seinem Büro.

In dem überfüllten Raum war eine lebhafte Unterhaltung im Gange. Außer Brandhasl und Tuchler waren Brenninger, Mónika Duna und der Professor anwesend. Auf seinem eigenen Stuhl saß Brandner.

»Guten Morgen zusammen! Habe ich ein Meeting verpasst?«, fragte Linz sichtlich erfreut.

»Wir konnten anscheinend alle nicht richtig schlafen«, erwiderte Tuchler, »bis auf unseren Chefforensiker. Der hat es erst gar nicht versucht.«

»Und ich habe Ihre Unterlagen lieber persönlich vorbeigebracht, Herr Linz«, schloss sich der Finanzpolizist an. »Per E-Mail oder Fax war es mir zu unsicher. Wir dürfen uns keine Fehler erlauben.«

»Danke, Herr Brandner. Ist telefonieren denn auch

problematisch?« Mit einem Mal zweifelte Linz an der Richtigkeit seiner nächtlichen Anrufe.

»Ich denke nicht. Nachdem Sie gestern zweimal in meiner Dienststelle erschienen sind, war ich der Meinung, ich könnte einmal bei Ihnen vorbeischauen. Ich hoffe, Sie haben nichts dagegen.«

»Nein überhaupt nicht, ganz im Gegenteil!«

Brandhasl stupste Brenninger an, flüsterte ihm ins Ohr: »Ich glaube, da haben sich zwei gefunden. Was denkst du, Georg?«

Brenninger lächelte still.

Tuchler klopfte auf den Tisch und bat um Ruhe. »Herr Brandner hat die Adresse des Mannes mitgebracht, der versucht hat, unsere beiden Kollegen zu ermorden. Es ist Bernhard Czech, Egelseestraße 81b in Golling. Wer fährt hin?«

Linz und Brandhasl hoben die Hände.

»Gut, aber Vorsicht! Vier uniformierte Kollegen werden Sie begleiten. Sie sind in fünfzehn Minuten hier. Sie, Herr Brandner, kommen bitte mit in mein Büro. Ich möchte Ihnen offiziell das Geld übergeben, das wir unter dem Sitz des Autos von Frau Meierhofer sichergestellt haben. Dann ist das endlich von meinem Schreibtisch. Herr Professor Unterkircher, vielen Dank für Ihren Bericht! Gute Arbeit! Herr Doktor Brenninger, Sie legen sich im Ruheraum aufs Ohr. Wenn ich Sie brauche, klopfe ich. Frau Duna, halten Sie sich bitte zur Verfügung. Wenn wir diesen Czech haben, werden die Inspektoren sein Haus auf den Kopf stellen. Sollten wir ein Gewehr finden, bitte ich Sie um sofortige Überprüfung.«

Alle nickten wortlos.

»Los gehts!«

Drei Polizeiwagen bogen um sechs Uhr zweiundfünfzig in die Egelseestraße ein. Es war still. In einigen Häusern brannte Licht, auf der Straße war niemand zu sehen. Zu dieser Stunde waren die meisten Anwohner zur Arbeit gegangen oder schliefen noch.

Die Beamten parkten die Fahrzeuge fünfzig Meter von 81b entfernt, näherten sich leise dem Eingang über die lange Einfahrt. Das Haus war groß und modern, mit üppiger Verglasung. Kunstvolle Blumenrabatten zierten den Rasen.

Zwei Inspektoren postierten sich links, zwei rechts von der Vordertür. Hans lief zur Rückseite. Linz drückte fest auf den Klingelknopf. Ein einfaches Schellen ertönte. Er hatte einen eleganteren Klingelton erwartet, Big Ben oder einen Gong.

Nach dem zweiten Klingeln wurde es drinnen hell. Jemand rief: »Ich komme ja, Moment!« Der Schlüssel wurde im Schloss gedreht, eine Kette zur Seite geschoben. Die Tür öffnete sich. Als Czech begriff, wer sein Besuch war, war es zu spät.

Mit lauten Kommandos: »Hinlegen, Arme auf den Rücken!«, wurde er von zwei kräftigen Polizisten auf den glänzenden Parkettboden gedrückt, Handschellen klickten. Er wehrte sich nicht. Er wusste, dass er verloren hatte.

»Herr Bernhard Czech, ich nehme Sie vorläufig fest unter dem dringenden Tatverdacht, drei Menschen ermordet zu haben sowie wegen zweifachen Mordversuchs an Exekutivbeamten«, trug Linz routiniert vor. »Sie haben das Recht ...«

»Was?«, schrie Czech dazwischen, »drei Menschen? Nein, das war ich nicht! Es war nur einer! Und der war ein Unfall. Das müssen Sie mir glauben! Ich bin kein Mörder! Bitte, das müssen Sie mir glauben!«

Ungerührt fuhr Linz fort: »Sie werden Gelegenheit erhalten, sich zu den gegen Sie erhobenen Vorwürfen zu äußern. Wenn Sie diese nicht nutzen, sondern schweigen, nehmen Sie sich die Möglichkeit, die Dinge aus Ihrer Sicht darzustellen und sich zu verteidigen. Sie haben das Recht auf einen Anwalt. Sollten Sie sich ...«

»Ich bin kein gemeiner Mörder! Ich wurde gezwungen! Glauben Sie mir, ich bin unschuldig!« Der Mann war außer sich.

»Wenn Sie sich keinen Anwalt leisten können, kann Ihnen einer gestellt werden. Sie haben das Recht zu schweigen. Alles, was Sie sagen, kann vor Gericht gegen Sie verwendet werden«, vollendete Linz die Belehrung des Verdächtigen. Dann winkte er seinen Partner zu sich. »Bring ihn zum Auto, Hans. Ich erkläre den Tatortleuten noch, worauf sie bei der Durchsuchung besonders achten sollen. Ich komme gleich nach.«

Brandhasl lief mit dem Verhafteten die Einfahrt hinunter auf die Straße.

Linz sah sich in Ruhe im Haus um. Die Einrichtung war geschmacklos, nichts passte zusammen. Im Wohnzimmer standen Ikea Möbel neben einer Rolf Benz Designercouch. An der Wand hing ein Kunstdruck aus den Siebzigern, das Bild einer spanischen Tänzerin. Es gab keine Bücher, kein Radio, bloß ein riesiges Fernsehgerät. *Mindestens fünfundsechzig Zoll groß,* schätzte er. Daneben stand eine PlayStation, darunter ein Videogerät.

Die Küche war einfach eingerichtet. Weiße Arbeitsplatte, Schränke aus dem Discounter. Der klägliche Inhalt des Kühlschrankes – ein amerikanisches Modell mit Doppeltüren – bestand aus einem Glas Marillenmarmelade, einem Stück Butter, einem Rest Saft. In den Vorratsschränken fanden sich einzig und allein Nudeln. Er dachte: *Wer so wohnt, ist einsam oder nie zu Hause.*

Linz stieg die Treppe hinauf, bog links ins Schlafzimmer ab. Ein Bett, ein Schrank, alt und verschlissen, wie in einem billigen Motel. Überall auf dem Boden lagen einzelne, zerknüllte Blätter einer Küchenpapierrolle. An der Wand hing ein weiterer Großbildfernseher. Er war eingeschaltet, grauer Schnee flimmerte. Ein DVD-Gerät stand auf dem Fußboden.

Er suchte nach der Fernbedienung, fand sie auf dem Bett. Er drückte auf ›Play‹. Das Gerät spielte den Film ab.

»Na, gefällt dir das?«, gurrte eine zuckersüße Stimme aus

dem Lautsprecher. Das Bild zeigte eine Frau, die ihr wohlgeformtes Hinterteil lasziv vor der Kamera hin und her schwenkte. Eine schwarze Korsage, dazu halterlose Strümpfe, ein makelloser Körper.

In dem Augenblick, in dem er ausschalten wollte, sprach die Frau weiter: »Wie gefallen dir meine Haare, Bernhard?«

*Hatte sie ihn beim Namen genannt? War das eine private Vorstellung?* Nun bewegten sich lange schwarze, am Ende zu einem kleinen Zopf geflochtene Haare ins Bild.

Linz war perplex.

Frau Oberkroner drehte sich in die Kamera, blickte genau in die Linse. »Willst du mal anfassen? Zwischen meine Beine? Sieh, was meine Finger machen.«

Er hatte den Film gerade rechtzeitig angehalten. Zwei der Inspektoren schauten ins Zimmer. »Was ist denn hier los?«, fragte der Erste, »Ein Porno?«, der Zweite.

Linz holte die DVD aus dem Player. »Der Film ist Beweismaterial, meine Herren. Ich nehme ihn vorsichtshalber direkt mit«, erwiderte er. »Tut mir echt leid«, fügte er grinsend hinzu. »Mit den Papiertüchern sollten Sie vorsichtig sein. Ich empfehle Handschuhe.«

Er setzte seinen Rundgang fort. Zwei weitere Räume waren leer, das Badezimmer wirkte unbenutzt. Ihm fiel auf, dass es praktisch keine Schränke oder eine Kommode gab. Keinen Ort, an dem man ein Gewehr verstecken konnte. Die Kellerräume, eine Ölheizung, ein Raum mit einer unbenutzten Sauna, ein Fahrrad.

Zum Schluss ging er hinaus in den Garten. Auch hier nichts, keine Laube, kein Schuppen. Er zweifelte allmählich, ob Czech tatsächlich an diesem Ort wohnte. Er würde ihn danach fragen müssen.

Linz holte das Telefon aus seiner Jackentasche, drückte auf die Kurzwahl für seinen Chef. »Ja, Linz hier, alles ist glattgegangen. Czech sitzt mit Kollege Brandhasl im Wagen. Sollen wir nach Salzburg kommen? Ich meine wegen Tanzberger. Was ist, wenn er uns sieht? Er wird Czech womöglich erkennen.«

»Moment.« Tuchler besprach sich mit jemandem. Dann instruierte er Linz: »Fahren Sie nach Abtenau. Ich informiere den Kontrollinspektor. Brandner und ich kommen zu Ihnen. Wir sind in vierzig Minuten da. Bis gleich.«

Linz lief zu Brandhasl. Der hatte den Verdächtigen auf dem Rücksitz Platz nehmen lassen. Er selbst stand mit dem Rücken an den Wagen gelehnt.

»Mir war es drinnen zu stressig. Er brüllt die ganze Zeit, dass er unschuldig ist, noch dazu so früh am Morgen. Das geht mir auf die Nerven.«

Linz nickte verständnisvoll.

»Wohin bringen wir ihn?«, fragte Brandhasl.

»Nach Abtenau.«


Anna wurde nur mühsam wach. Sie hatte schlecht geträumt, von Wilderern, ihrer Mutter, den Bergen und Lukas. Sie öffnete die Augen, der Platz neben ihr war leer. Durch die dünnen Gardinen fielen die ersten Sonnenstrahlen.

Sie zog sich ihre Bluse über und suchte Lukas – ohne Erfolg. Enttäuscht ging sie ins Bad duschen. Ihre Haare wehrten sich, fühlten sich rau an und fitzten.

*Ohne mein eigenes Shampoo und meinen Conditioner bin ich aufgeschmissen,* dachte sie. Sie vermisste das seidige Gefühl ihrer Body Lotion und ihr Parfüm. Der Duft von ›Chanel Chance‹ stand ihr gut.

Angekleidet setzte sie sich mit einem heißen Tee nach draußen in die Morgensonne. Es war still. *Wie immer,* ging es ihr durch den Kopf. Irgendwo, weit entfernt, war ein Auto zu hören, das Rauschen des Baches im Tal.

»Wie kann man das auf längere Zeit aushalten?«, fragte sie sich laut. »Hier ist ja der Hund begraben.« Sofort schämte sie sich dafür, dachte an Prinz, der über sie gewacht hatte.

Sie schluchzte leise. So hatte sie sich ihre Arbeit in Abtenau nicht vorgestellt. War sie bereit für das

Landleben? War ihr der Gestank der Stadt lieber als der der gemisteten Weiden im Herbst? Wog der Blick auf die Berge mit ihren schneebedeckten Spitzen den Prater, den Naschmarkt und das Bermudadreieck in Wien auf? War sie einsam?

Vor einem Jahr auf Bali, in den Diskotheken in New York oder Sankt Moritz hatte sie im Mittelpunkt gestanden. Sie, die schönste Frau von Österreich, ein ›Player's Model‹. Jetzt war sie Polizistin mit Aussicht auf einen Büroposten in der Einöde. Sie musste weg. Sofort.

Anna stand ruckartig auf, eilte ins Haus, packte hastig ihre Sachen. Sie schrieb eine Nachricht für den Jäger: ›Danke, Lukas, wir sehen uns‹, schloss die Haustür ab, legte den Schlüssel unter einen Stein. Im Auto öffnete sie das Verdeck, stellte das Radio so laut, wie es eben noch zu ertragen war, ›Thunderstruck‹ von ›AC/DC‹. Nachdem sie die Mautschranke passiert hatte, atmete sie tief durch. Es kam ihr wie eine Befreiung vor.


In ihrer Wohnung ging Anna geradewegs ins Bad, ließ Wasser in die Wanne, streute teures Badesalz hinein. Sie zündete einige Kerzen an, ließ die Rollläden herab, schaltete ihr Telefon auf still. So hatte sie es oft getan, sich Zeit nur für sich genommen.

Sie zog den Kopf unter Wasser. Während sie die Luft anhielt, spürte sie ihren Herzschlag. Ihr war nicht klar, warum sie diese Art von Stille mochte. Ihre Hände glitten über ihren Körper, fühlten die Narbe, die wie ein Fremdkörper aus der glatten Haut hervortrat. Sie tauchte auf, schob die Haare mit ihren Händen nach hinten und lehnte ihren Kopf an das zusammengerollte Handtuch. Allmählich entspannte sie sich.


Lukas war morgens um fünf mit einem Rucksack und seinem Gewehr aufgebrochen. Ohne Fahrzeug musste er den Weg zur Fütterungsstelle zu Fuß zurücklegen. Nachdem die Arbeit dort erledigt war, wanderte er weiter in Richtung Hoher Zinken. Er wollte sich den Ort, an dem er beschossen worden war, mit eigenen Augen ansehen. Die Leute von der Spurensicherung leisteten ganze Arbeit, aber er war im Revier zu Hause, kannte sich aus wie kein anderer.

Schnell fand er den Platz, an dem der Wilderer gesessen hatte. Sepp hatte ihn gut beschrieben. Drei Baumstümpfe, der mittlere ein wenig größer. Gras und Büsche waren von den Beamten platt getreten worden, die genaue Position des Schützen nicht mehr auszumachen. Er blickte hinunter zu der Stelle, an der sein Wagen gestanden hatte.

*Ein guter Schütze*, dachte Lukas. Er lief nach links in die kleine Baumgruppe hinein, von der aus Sepp angerufen hatte. Der Holzknecht hatte deutliche Spuren in seinem Versteck hinterlassen. Es war eine dicke Fichte, von der Position des Wilderes aus schlecht einzusehen. Lukas wollte gerade den Heimweg antreten, als ihm ein Nagel im Baum in achtzig Zentimeter Höhe auffiel.

*Ganz neu, eben erst eingeschlagen.* Er ging in die Knie, legte sein Gewehr auf das Metall. *Eine Auflage für den Geschwärzten*, überlegte er, *aber warum hier? – Perfekte Sicht, freies Schussfeld.* Er sah sich weiter um, berührte das Gras, schob altes Laub beiseite. Nichts zu finden.

»Du hast viel Glück gehabt, Sepp mein Freund«, sagte er zu sich selbst. »Der Schütze hätte auch hier sitzen können.«

Bernhard Czech befand sich seit einer halben Stunde im provisorischen Vernehmungszimmer der Abtenauer Inspektion. In nunmehr gedämpfter Lautstärke beteuerte er fortwährend seine Unschuld.

Inzwischen waren Tuchler und Brandner im Dienstwagen des Finanzpolizisten eingetroffen. Obwohl das rote Logo der BMF mit dem Staatswappen unübersehbar war, hatte sich der Major für diese Mitfahrgelegenheit entschieden. Keiner würde sich fragen, wo er sei, stand sein Auto doch beim LKA.

354

»Ich denke«, sagte er zu Linz und Brandner, »Sie führen die Vernehmung gemeinsam durch. Möglich, dass wir neben der Mordsache auch Erkenntnisse für Ihre Ermittlungen erhalten, Herr Brandner. Sie, Herr Linz, leiten das Verhör. Da es weder eine Mithöreinrichtung noch einen Einwegspiegel gibt, legen Sie Ihr Telefon auf den Tisch mit einer aktiven Verbindung zu mir. Auf diese Weise können Herr Brandhasl und ich mithören.«

»Gut, Chef.«

»Einverstanden«, entgegnete Brandner. »Ich werde mit meinem Handy ein Gespräch zu Hauptmann Herzog offenhalten.«

Am Vernehmungsraum ließ Linz dem Finanzpolizisten den Vortritt. Czech jammerte vor sich hin, hatte aufgegeben. Er hatte sich anziehen dürfen, die Kollegen von der Spurensicherung hatten ihm einen Sportanzug mitgebracht. Seine Hände fixiert, saß er unruhig auf einem einzelnen Stuhl aus Kunststoff, sah ängstlich zu den beiden Männern auf.

Sie nahmen ihm gegenüber auf zwei Metallstühlen Platz und legten ihre Mobiltelefone auf den Tisch.

»Herr Czech, mein Name ist Leutnant Linz. Mich kennen Sie bereits. Das ist Oberstleutnant Brandner. Wir werden Ihnen einige Fragen stellen. Bleiben Sie ruhig, antworten Sie wahrheitsgetreu. Ich werde Ihnen die Handschellen abnehmen. Haben Sie das verstanden?«

Bernhard Czech nickte, seine Augen wanderten zwischen den beiden Polizisten hin und her. »Ich bin unschuldig, Herr Leutnant Linz. Ich habe nichts getan.«

»Langsam, Herr Czech, eins nach dem anderen. Sie heißen Bernhard Czech, geboren am 21. März 1963 in Ulrichsberg, Oberösterreich. Sie sind österreichischer Staatsbürger, ledig und haben keine Kinder. Ist das soweit korrekt?«

»Jawohl, Herr Leutnant Linz, das stimmt.« Czech nickte heftig.

»Sie sind bei der Firma Ö-Invest in Golling beschäftigt. Trifft das zu?«

»Jawohl, Herr Leutnant Linz, das stimmt.« Wieder nickte er.

»Was ist Ihre Aufgabe bei der Firma Ö-Invest?«, fragte Brandner.

»Ich mache alles, was Klaus sagt, Herr ...«

»Sagen Sie bitte einfach nur Brandner.«

»Jawohl, Herr Brandner.«

»Können Sie uns ein Beispiel nennen?«

»Alles eben, Herr Brandner. Ich kaufe ein, fahre ihn zu seinen Terminen. Ab und zu darf ich sogar mit hinein, wenn er ein Geschäftsessen hat. Ich darf nicht mit ihm am selben Tisch sitzen, aber manchmal im selben Raum.«

»Wie lange kennen Sie Klaus Oberkroner?«, fragte Linz.

»Seit ich ein kleiner Junge war, Herr Leutnant Linz.«

»Herr Oberkroner ist fünfzehn Jahre älter als Sie.«

»Das stimmt, Herr Leutnant Linz. Als ich in die Schule kam, war Klaus in der neunten Klasse. Eigentlich sind wir Geschwister, irgendwie. Sein Vater hat meiner Mutter ein Kind gemacht. Mich.«

»Wenn Sie Geschwister sind, wie können Sie Herrn Oberkroner erst in der Schule kennengelernt haben?«

»Das war so, Herr Leutnant Linz. Meine Mama war die Magd von seinen Eltern. Klaus und ich haben das erst viel später erfahren. Als ich schon ein Mann war.«

»Wie haben Sie sich kennengelernt?«, wollte Linz wissen.

Bernhard Czech wurde unruhig. Er legte seine Hände flach auf den Tisch, wippte vor und zurück. Sein Blick wanderte ziellos durch den Raum.

»Herr Czech, bitte«, sagte Brandner ungeduldig. Für ihn ging die Befragung nicht schnell genug.

»Klaus hat mich im Schulgarten mit dem Spaten geschlagen, Herr Brandner.«

»Er hat Sie ... was?« Linz meinte, sich verhört zu haben.

»Er hat mich geschlagen, mit dem Spaten, Herr

Leutnant Linz. Hier drauf«, antwortete Czech, klopfte sich mit der linken Hand mehrmals gegen die Schläfe. Seine Finger hielt er merkwürdig gestreckt, durchgedrückt, so dass bloß die Handfläche seinen Kopf berührte.

»Ich war dann lange krank. Mir fehlt nämlich ein Stück vom Kopf. Jahre später habe ich Klaus zufällig in meiner Lieblingseisdiele getroffen. Ich hatte dreimal Nuss und ein Bällchen Amarena in einem Becher. Ich gehe immer in dieselbe Eisdiele, nehme immer Nuss und Amarena in einem Becher. Stanitzel mag ich nicht. Dann saß er da, aß Eis mit Früchten. Klaus hat kein Lieblingseis. Er war ganz traurig, als er hörte, was mit mir passiert war. Dann hat er mich unter seine Fittiche genommen. Das sagt er immer. Ich finde das sehr nett.«

»Seitdem arbeiten Sie für ihn?«

»Nein, Herr Leutnant Linz. Ich arbeite nicht für ihn, ich bin seine rechte Hand. Sagt er auch immer. Ich mache, was er will. Das ist für mich keine Arbeit. Ich mache das gern. Rechte Hand zu sein, bedeutet Verantwortung. Ich bin die wichtigste Person in seinem Leben. Das sagt er auch immer. Zumindest, bis er Diana geheiratet hat.«

»Diana?«, fragte Linz. »Ist das Frau Oberkroner?«

»Ja, Herr Leutnant Linz.«

»Was hat sich dann für Sie verändert?«, mischte sich Brandner ein.

»Erst nichts, Herr Brandner. Dann, letzten Jänner, habe ich ein eigenes Haus bekommen. In Golling. Fünf Zimmer, ein Sofa, meine eigene PlayStation. Er hat mir das alles geschenkt, damit ich auf eigenen Füßen stehen lerne. Das gefällt mir gar nicht.«

»Das Haus gefällt Ihnen nicht?«

»Nein, das meine ich nicht, Herr Brandner. Ich mag das Alleinsein nicht. Wenn Klaus nicht aufpasst, schlafe ich in seiner Garage hinter dem Oldtimer. Manchmal auch darin. Ich bin gerne, wo Klaus ist.« Seine Augen wurden ganz groß, er strahlte förmlich. »Als rechte Hand muss ich auf ihn aufpassen, das ist meine Pflicht. Hat auch Diana gesagt. Sie sagt, dass Klaus immer nach mir fragt, wenn er sich bedroht fühlt. Sie erklärt mir dann, wie ich ihm helfen kann. Er selber ist zu stolz, mich wegen Kleinigkeiten zu stören. Mich, seine rechte Hand!«

»Frau Oberkroner hat sie darum gebeten?«, unterbrach ihn Brandner.

»Jawohl, Herr Brandner. In letzter Zeit bekomme ich meine Anweisungen meistens von ihr.«

»Als ich am Montag mit Abteilungsinspektor Brandhasl bei Ö-Invest war, sind Sie zu Herrn Oberkroner gekommen. Wenn seine Frau die Befehle gibt, warum haben Sie nicht mit ihr gesprochen?«, fragte Linz.

Czech senkte den Blick. Sein Rücken wurde krumm, sein Kopf landete sanft auf dem Tisch. Er saß da wie eine aufblasbare Puppe, die undicht geworden war. Er brabbelte, war nicht zu verstehen.

Brandner stand auf und öffnete die Tür. »Kann uns bitte jemand Wasser bringen? Danke.«

Nachdem Czech sein Wasser zur Hälfte ausgetrunken hatte, versuchte es Linz erneut. »Sie haben mit Herrn Oberkroner gesprochen und nicht mit seiner Frau.«

»Ich habe ihm nur gesagt, dass …« Czech stockte, irgendetwas machte ihm zu schaffen.

»Was, Herr Czech?«, herrschte ihn Brandner an, probierte eine neue Taktik aus. Sie funktionierte. Czech erschrak, schaute zu den Beamten auf.

»Das war wegen dem Sender! Ich habe einen Sender an das Auto von Herrn Leutnant Linz geklebt! Hinten, unter die Stoßstange!«, schrie er ängstlich. »Ich kann nichts dafür! Ich muss ihn beschützen, hat Diana gesagt.«

Linz wusste, dass seine Kollegen mitgehört hatten. Brandhasl war wie von der Tarantel gestochen aus der Inspektion gerannt, hatte den Dienstwagen seines Kollegen untersucht. Sowie er zurück war, klopfte er an die Tür, öffnete sie einen Spalt. Er zeigte eine kleine, schwarze Box vor und schloss die Tür. Sie wurden von Oberkroner überwacht.

Linz stand abrupt auf, beugte sich zu Bernhard Czech hinunter. »Gibt es noch andere Sender?«

»Ja, drei, Herr Leutnant Linz. Einen bei dem Mann von der Steuer. Den habe ich fest eingebaut, als sein Auto in der Werkstatt war.« Er strahlte wieder, war sichtlich stolz auf seine Arbeit. »Einen bei Klaus seinem Freund von der Polizei ...«

Brandner beugte sich zu Linz, flüsterte ihm ins Ohr. »Sicher Flöckner und Justus Tanzberger.«

»Der dritte ist bei Diana am Auto. Ich glaube, Klaus macht sich Sorgen, dass was mit ihr passieren könnte.«

»Wir müssen für einen Augenblick unterbrechen, Herr Czech«, sagte Brandner.

Die Beamten verließen den Vernehmungsraum. Ein uniformierter Kollege stellte sich hinter Czech.

»Das ist der Super-GAU!«, sagte Brandner halb zu Linz, halb ins Telefon zu seinem Chef. »Wenn Oberkroner weiß, wo Sie heute Morgen waren, wird er zwei und zwei zusammenzählen und verschwinden!«

»Wird er möglicherweise nicht«, warf Brandhasl ein. Er hatte gerade ein Telefonat beendet. »Ich habe mit Georg gesprochen, der natürlich nicht schläft. Er sagt, er kennt die Dinger. Sie haben einen Akku für etwa zehn Tage mit einer SIM-Karte, die jederzeit abgerufen werden kann. Sie zeigt genau an, wo man im Moment ist oder gewesen ist. Das kleine Kästchen hat allerdings eine Schwachstelle. Entfernt man den Akku oder die Telefonkarte, sind die Informationen nicht verfügbar. Das heißt, wenn er heute noch nicht online war, um dich zu überprüfen, Willi, hat er nur die Daten, die er zuletzt abgerufen hat.«

Brandhasl öffnete seine Handfläche. Darin lagen ein kleines, schwarzes Bauteil, ein Akku, und eine SIM-Karte.

Linz lächelte erst, dann verfinsterte sich sein Gesicht. Er ging zum Vernehmungsraum, riss die Tür auf. »Ist Herr Oberkroner Frühaufsteher?«, fragte er den verdutzt dreinschauenden Czech barsch.

»Wer, Klaus? Nein! Er steht nie vor zehn Uhr auf, Herr Leutnant Linz. Diana ist der Frühaufsteher. Sie geht um Punkt sechs Uhr eine Stunde im Wald joggen. Dann geht sie schwimmen. Montag, Mittwoch und Freitag geht sie anschließend zur Massage nach Kuchl. Sie kehrt meistens heim, wenn er gerade aufsteht.«

»Danke«, sagte Linz, schloss die Tür hinter sich.

»Wir haben mitgehört«, sagte Tuchler. »Wenn Oberkroner nicht ausgerechnet heute seine Gewohnheiten geändert hat, haben wir Glück. Damit müssen wir leben. Was meinen Sie, Herr Hauptmann?«

»Ich denke, Sie haben recht, Herr Major«, kam es aus dem kleinen Lautsprecher von Brandners Telefon. »Es müsste mit dem Teufel zugehen, wenn er gerade jetzt von seinem Tagesrhythmus abweicht.«

»Hans, können wir die Wanzen orten?«, fragte Linz.

»Schon, ist aber aufwendig, meinte Georg. Dafür müsste ich nach Salzburg. Außer wenn Czech die Nummern kennt.«

»OK, machen wir weiter?«, schlug Linz vor. Brandner nickte.

Im Vernehmungszimmer setzten sie sich auf ihre Stühle, der uniformierte Kollege entfernte sich.

»Kennen Sie die Rufnummern der Sender, Herr Czech?« Linz behielt den strengen Ton bei.

»Welche Rufnummern, Herr Leutnant Linz? Ich habe bloß die Sender eingebaut.«

Linz hörte ein leises »Verdammt!« aus seinem Telefon. Brandhasl war enttäuscht.

»Gut. Was wissen Sie über Alois Herold?«

Czech wich den Blicken der Polizisten aus. Langsam wippte er vor und zurück, den Kopf zur Seite geneigt, summte ein Kinderlied. Im Rhythmus seiner Bewegungen sang er leise:

»Ich habe nichts gemacht.
Wer hätte das gedacht.
Ich tu nur, was man sagt.
Ich bin der, der niemals fragt.

Der Klaus sagt, tu doch was,
Dann mach ich den Aloisius nass,
Tief hinein in die Klamm,
Da freut sich die Madam.

Da sagt die schöne Frau,
Das war ja wirklich schlau,
Mach das nochmal mit Linz,
Und dann wirst du mein Prinz.«

Dabei zog er sich die Trainingsjacke aus. Er schwitzte, schien seine Umwelt nicht mehr wahrzunehmen.

Die Polizisten sahen sich an. Hier war ein Psychologe nötig. Sie standen auf und gingen hinaus.

»Ich weiß nicht genau, was das war, meine Herren«, meldete sich Herzog übers Telefon. »Für mich klang es wie ein Geständnis. Ich befürchte, wir haben nicht genug auf Frau Oberkroner geachtet. Kann es sein, dass sie die Morde in Auftrag gegeben hat?«

»Ich werde nochmals zu Czech gehen«, erwiderte Linz. »Lassen Sie mich allein mit ihm sprechen. Vielleicht sind zwei Polizisten zu viel für ihn.«

Linz betrat das Vernehmungszimmer. »Herr Czech, bitte, sehen Sie mich an. Ja, gut so. Ich habe ein paar kleine Fragen. Dann lasse ich Sie in Ruhe. Wer hat Ihnen gesagt, Sie sollen Alois Herold in die Klamm stoßen? War es Frau Oberkroner?«

»Jawohl, Herr Leutnant Linz, das war Diana. Sie hat gesagt, Klaus hat meine Hilfe nötig. Wenn ich das nicht tun würde, würde er in großer Gefahr sein!«

»Haben Sie es genauso gemacht wie gestern mit uns? Ich meine, haben Sie den Wagen von Herrn Herold von hinten in die Klamm geschoben?«

Czech wurde rot, schien sich für die Aktion zu schämen. »Ja, Herr Leutnant Linz. Von hinten. Mit meinem Auto. War ganz leicht. Er saß drin, hat zwei Stunden um Hilfe gerufen. Dann war er still.«

Linz würgte seinen Ekel hinunter. Am liebsten hätte er Czech gepackt, geschüttelt und angeschrien. Aber er musste professionell bleiben. »Was haben Sie danach getan, Herr Czech?«

»Dann bin ich zu Diana, Herr Leutnant Linz.«

»Und dann?«

»Dann hat sie mir gesagt, dass Klaus ganz stolz auf mich ist, aber nicht darüber reden möchte. Er schämt sich. Dann hat sie mich gestreichelt, hier, an den …« Er schaute nach unten, traute sich nicht, das Wort auszusprechen.

»Ich habe in Ihrem Haus ein Video von Frau Oberkroner gesehen. Sie tanzt nackt vor der Kamera. Hat Sie Ihnen das Video gegeben?«

»Jawohl, Herr Leutnant Linz. Sie hat mir öfters mal ein Video gegeben. Sie ist sehr schön.«

»Wann haben Sie die Filme von ihr bekommen? Immer, wenn Sie jemanden für Klaus beseitigt haben?«

Czech sprang auf, machte drei Schritte rückwärts, drückte sich mit dem Rücken an die Wand. »Das war ich nicht! Ich bin kein Mörder! Diana hat gesagt, Herold muss weg. Ich habe ihn auch ganz bestimmt nicht angefasst. Er ist ganz von alleine gestorben, unten in der Schlucht!«

»Herr Czech, Bernhard, bitte, setzen Sie sich.«

»Nein, ich habe keinen ermordet, ich bin seine rechte Hand!« Er presste sich mit aller Kraft gegen die Mauer.

»Was ist mit den beiden Toten auf der Alm? Mussten die auch weg? Gab es dafür neue Filme?«

Linz sah Czech in die Augen, sie glänzten. Er weinte. Sein Mund war so fest verschlossen, dass die Lippen weiß wurden.

Auf einmal rutschte er an der Wand hinab. Er legte seine Arme um die Knie, wiegte sich nach vorn und nach hinten. »Sie ist so schön, so unbeschreiblich schön. Sie ist mein Engel«, sagte er, »mein Engel.«

Linz sprach in sein Handy: »Ende der Vernehmung. Es ist jetzt genau neun Uhr einundzwanzig.«

Seit einer halben Stunde ließ sich Diana Oberkroner von ihrem Masseur durchwalken, genoss das warme Öl auf ihrer nackten Haut. Wie jedes Mal fühlte sie, dass der Mann unter das Handtuch, das auf ihrem Po lag, greifen wollte, tiefer in den Schritt. Und wie jedes Mal hob sie nur den Kopf, sagte: »Vorsicht!« Sie wusste, dass das genügte.

Bei der ersten Massage hatte sie ihm ganz ruhig zu verstehen gegeben, dass sie ihm jeden einzelnen Finger brechen würde, falls er das jemals wieder versuchen sollte.

Als Masseur war er ausgezeichnet, als Mann abstoßend. Er war dick, beinahe fett, mit fleischigen Händen. Seine Glatze schwitzte stark. Wenn er massierte, lief ihm regelmäßig der Schweiß über die Stirn, tropfte auf ihren Rücken. Dennoch war er ein Meister seines Faches, wusste genau, was er tat. Er brachte sie regelmäßig an den Rand des Erträglichen, sorgte gleichermaßen für Erregung und Entspannung.

»Das ist vorläufig das letzte Mal, Guido. Ich bin einige Zeit im Ausland. Mach es heute extra stark, bitte«, gurrte sie.

»Gern, Frau Oberkroner. Wohin geht es denn? In den Urlaub?«

»So etwas Ähnliches. Ich werde es genießen, wie … uaaah, das war gut!«, ächzte sie unter dem Druck des Handballens neben ihrer Wirbelsäule. »Es geht nach Südamerika. Ich werde Sie vermissen, Guido.«

»Ich denke, das war es mit dem Verdächtigen«, sagte Major Tuchler in die Runde. »Mehr werden wir nicht aus ihm herausbekommen. Er sollte von einem Arzt untersucht werden. Wahrscheinlich ist er gar nicht zurechnungsfähig.«

»Einverstanden. Brechen wir ab«, krächzte Herzogs Stimme aus dem Lautsprecher von Brandners Handy. »Ich fahre in wenigen Minuten mit einer Einsatztruppe nach Salzburg, die große Show vorbereiten. Wo können wir uns treffen? Kennen Sie einen Ort, an dem wir uns ungestört unterhalten können? Ich würde ungern im LKA erscheinen.«

»Ja, sicher«, bestätigte Linz. »Das Café Indigo, Alpen-, Ecke Friedensstraße. Es ist ab zehn geöffnet und hat sehr guten Kaffee.«

»In Ordnung, ich werde etwa um elf Uhr dort sein. Brandner?«

»Ja, ich höre.«

»Begleiten Sie die Herren, am besten auf direktem Weg zum Café. Ich will nicht, dass Ihr Auto auf dem Parkplatz des LKA bemerkt wird. Wir wollen keine unnötige Aufmerksamkeit erregen.«

»Sehe ich auch so«, antwortete Tuchler an Brandners Stelle. »Dann bis später.« Er gab einige Anweisungen. Wer den Verdächtigen mitnehmen, wer mit wem fahren soll. Er entschuldigte sich bei Kontrollinspektor Mannbarth für die Umstände, bedankte sich für die gute Zusammenarbeit. »Was ist eigentlich mit Frau Tanzberger? Wo ist sie?«, fragte er.

»Sie hat diese Woche Urlaub, ist entweder zu Hause oder oben auf der Alm. Möchten Sie mit ihr sprechen?«

»Nein, war nur eine Frage. Wie ist sie denn so?«

»An sich eine gute Polizistin. Sie hat ein Gespür für Menschen, wäre eine echte Bereicherung für meinen Haufen. Ich denke aber nicht, dass sie bleibt.«

»Sie will weg?« Tuchler war erstaunt.

»Gesagt hat sie es nicht, noch nicht. Sie ist keine vom Land, ihr fehlt die Ruhe. Sie will mit dem Kopf durch die Wand, und das sofort. Ich denke, sie hat mehr vor, will Karriere machen. Das funktioniert in der Provinz nicht.«

»Danke, Kontrollinspektor«, sagte Tuchler, »für alles.«

»Einen Moment bitte!« Brandner verschwand im Vernehmungsraum und kehrte mit der Wasserflasche, die er an der Verschlusskappe festhielt, zurück. »Würde die bitte einer von Ihnen verpacken und zur KPU mitnehmen?«

»Clever«, meinte Brandhasl, wobei er eine Plastiktüte zur Beweissicherung aus seiner Jackentasche zog.

Sie verabschiedeten sich von den Abtenauer Kollegen und liefen zu ihren Fahrzeugen.

Bernhard Czech würde nach Salzburg gebracht werden. Gegen zehn hatte sich ein Psychologe angemeldet. Der Verdächtige musste erst untersucht werden.

Tuchler fuhr mit Brandhasl voraus.

Linz wartete neben dem Wagen der Finanzpolizei. Brandner telefonierte.

Beim Einsteigen informierte er ihn, was ihm sein Chef berichtet hatte. »Sebering und seine Leute haben die ganze Nacht Flöckners Unterlagen nach Unregelmäßigkeiten durchforstet. Sie sind fündig geworden, ein uns bis dato unbekanntes Investitionskonto in Liechtenstein. Die Kontonummer gehört einer kleinen Firma, deren Inhaber Justus Tanzberger ist. 800.000 Euro sind in den letzten drei Jahren geflossen. Das Geld wurde größtenteils von Tanzberger selbst bar abgehoben. Die Daten der Abhebungen decken sich mit seinen Auslandsaufenthalten. Der Mann ist vorsichtig, aber nicht vorsichtig genug.«

»Das bedeutet, ihr verhaftet ihn gleich mit?«

»Sicher, und dank der Fotos dieser Privatdetektivin auch einige andere. Das ist ein Abwasch.«

»Was ist mit seiner Tochter? Hängt sie mit drin?«, fragte Linz.

»Nein, sieht so aus, als ob er allein gehandelt hat. Die Tanzbergers haben Geld genug. Sie haben das eigentlich nicht nötig. Aber«, Brandner machte eine Pause, »es ist das Vermögen seiner Frau. Seit der Trennung vor zwei Jahren hat er nichts mehr von ihr bekommen.«

»Warum tut er das? Will er aus seinem bisherigen Leben ausbrechen?«

»Da seine Ehe kaputt ist, muss er irgendwann mit Scheidung rechnen. Dann verliert er alles, das Haus in Salzburg, in dem er der einzige Bewohner ist, seinen Privatwagen, das Winterdomizil in Kitzbühel.«

Linz grübelte, während er auf die Fahrbahn starrte. Inspektorin Tanzberger war anscheinend nicht in die Sache verwickelt. Ihr Nachname würde für sie zu einer Last werden. Er nahm sich vor, mit ihr zu reden.

Vierzig Minuten später setzte Brandner Linz am Café Indigo ab, sagte: »Cappuccino bitte und einen Muffin, wenn sie haben«, und parkte sein Dienstfahrzeug außer Sicht.

Linz war der einzige Gast. Er bestellte zwei Cappuccino und zwei Muffins. Als der Finanzpolizist am Tisch Platz genommen hatte, frühstückten sie. Den Rest der Fahrt über hatten sie geschwiegen. Umso mehr war Linz von Brandners erster Frage überrascht.

»Du hattest vorgestern dein Coming-out?«

Es verschlug ihm die Sprache. Stocksteif saß er auf dem Rattanstuhl. Nicht nur, dass die Frage privat war, Brandner hatte ihn geduzt. »Ich …«, zitternd griff er nach seiner Tasse. »Ich …«

»Schon gut. Es ist schwer, ich weiß. Ich habe mich an meinem dreiundzwanzigsten Geburtstag geoutet. Damals war ich sogar verlobt. Meine Eltern hatten den Kontakt zu mir abgebrochen. Oh Gott, diese Schande! Mittlerweile können wir wieder gemeinsam lachen. Es geht vorbei.«

Linz musste sich zusammenreißen.

»Willi, wenn die Sache hinter uns liegt, würde ich mich freuen, wenn wir uns einmal privat treffen könnten.«

»Ja, ich mich auch …«, er hielt inne, »Rudolf.«

»Warum hast du das so öffentlich gemacht?«

»Tanzberger hat mich erpresst. Er wollte einen

schnellen Schuldigen, sonst hätte er mich bloßgestellt. Deswegen habe ich die Flucht nach vorn angetreten.«

»Mutig, wirklich.«

»Danke, ich hatte was gut bei dem Reporter vom ›Express‹. Ich habe ihn bei der Pressekonferenz zu Wort kommen lassen. Er hat das richtig toll gemacht. Ich habe mich bei dem Interview nicht einmal unwohl gefühlt.«

»Wie hat der Direktor von deiner – sagen wir – Neigung erfahren?«

»Keine Ahnung. Er behauptete, es würde in meiner Akte stehen. Das ist aber nicht so, hat mir Tuchler versichert.«

»Kann es sein, dass er dich mit einem Mann beobachtet hat?«

»Nein, ich glaube kaum. Ein Gerücht vielleicht. Oder er hat geraten.«

»Soll ich ihn fragen, wenn ich ihn vernehme?« Brandner vermied es, Linz in die Augen zu sehen, wollte distanziert wirken. Doch es gelang ihm nicht.

Linz lächelte. »Nein, Rudolf, ich will es nicht wissen. Jetzt ist es raus, ich kann mich frei bewegen. Er dagegen bald nicht mehr.«

Brandner erwiderte nichts, teils aus Verständnis, teils aus Anerkennung. Genauso schnell, wie er das Thema angeschnitten hatte, machte er einen Schwenk zum Fall.

»Um halb zwölf werde ich mit meinen Kollegen Stellung beziehen. Wir werden PCs aufbauen, Internetverbindungen prüfen und abwarten, bis der Zauber losgeht. Wenn wir einen Fehler machen, rollt ein Dutzend Köpfe. Das darf keinesfalls passieren. Was macht ihr? Hat euch Tuchler schon angewiesen?«

»Nein, ich hoffe, ich erfahre gleich mehr. Er will um elf hier sein, gemeinsam mit deinem Chef.«

»Herzog ist nicht mein Vorgesetzter. Mein Dienstgrad ist höher als seiner, aber ich mag ihn. Er hat einen Überblick, um den ich ihn wirklich beneide.«

Bevor Linz eine weitere Frage stellen konnte, erschien

Brandhasl mit Herzog und Tuchler. Sie gaben ihre Bestellung auf.

»Herr Linz«, eröffnete Tuchler, »und Sie, Herr Brandhasl leiten die Operation ›Torwächter‹. Um zwölf Uhr werden Herr und Frau Oberkroner in der Festung erwartet. Die Unterzeichnung der Verträge mit den Subinvestoren, McDonald's, Burger King, Coca-Cola, Red Bull und so weiter findet als Erstes statt. Um dreizehn Uhr …« Er unterbrach seine Ausführungen.

Die Kellnerin stellte die Getränke und ein belegtes Baguette ab.

»Um dreizehn Uhr«, fuhr er fort, nachdem sie gegangen war, »hält erst der Obmann für Tourismus in Salzburg, danach Herr Oberkroner eine Rede. Sie werden sich beweihräuchern, Glückwünsche austauschen und sich die Schultern klopfen. Um vierzehn Uhr ist die feierliche Unterzeichnung. Ab vierzehn Uhr dreißig muss jeder Schritt der Oberkroners überwacht werden. Wenn das Geld geflossen ist, machen sie die Tore dicht. Keiner darf den Saal verlassen, auch die Journalisten nicht.«

»Wir gehen davon aus«, übernahm Herzog, »dass Oberkroner die Transaktion persönlich durchführen wird. Wenn er einen Computer berührt, sind wir dabei.«

»Was ist«, warf Linz ein, »wenn die Oberkroners gar nicht sofort flüchten wollen? Was ist, wenn sie abwarten, bis alles Geld auf dem Konto eingegangen ist? Das Land wird sicher in Tranchen bezahlen.«

»Das haben wir bereits durchgespielt«, erläuterte Brandner. »Wenn die Verträge unterzeichnet sind, muss auch Oberkroner seinen Teil zu den Investitionen beisteuern. Ich kann mir nicht vorstellen, dass er das will.«

Herzog ergänzte: »Wenn wir das OK geben – das ist, sobald die Oberkroners aufkreuzen – werden in Scheffau, Golling und weiteren Standorten zeitgleich Hausdurchsuchungen gestartet. Unsere Leute sind vor Ort. Privathäuser, Büros, Autos, alles wo man belastendes Material verstecken kann. Jedes Stück Papier, jeder

Datenträger wird mitgenommen. Dieses Mal werden sie nicht entkommen.«

»Aber«, nuschelte Brandhasl mit vollem Mund. Ein Blatt Salat hing ihm aus dem Mundwinkel. »Was ist mit dem Direktor? Wird er auch überwacht?«

Betrübt sagte Tuchler: »Das wird schwierig. Tanzberger ist heute Morgen nicht zum Dienst erschienen. Zu Hause ist er auch nicht gewesen. Es besteht die Gefahr, dass er sich aus dem Staub gemacht hat.«

»Wir haben den Zoll informiert«, ergänzte Herzog. »Die Grenzen zur Schweiz und Liechtenstein sind für ihn dicht. Eine landesweite Fahndung wollten wir nicht riskieren. Zu auffällig.«

Brandhasl legte sein Brot auf den Teller, räusperte sich. »Können wir nicht sein Handy orten? Hier ist Gefahr in Verzug. Dafür brauchen wir keinen richterlichen Beschluss.«

Tuchler und Herzog sahen sich überrascht an.

»Wer von unseren Leuten kann das?«, wollte Tuchler wissen.

»Na, Georg. Er hat sicher jemanden in seiner Abteilung, der was davon versteht.«

Herzog erhob sich. »Bitte veranlassen Sie das, Herr Kollege. Es wäre nicht gut, wenn uns der Direktor entwischen würde. Weihen Sie diesen Georg in das Nötigste ein. Er wird vermutlich misstrauisch, wenn er einen seiner Vorgesetzten orten muss. Tanzberger darf nicht entkommen! Das wäre eine große Blamage für uns.« Er nickte seinem Kollegen zu, sagte: »Wir müssen los!«, und zog sein Portemonnaie aus der Jacketttasche.

»Ich erledige das«, wehrte Linz ab. »Viel Erfolg!«

»Für uns alle«, ergänzte Brandner im Gehen.

Tuchler nahm das Auto, Linz und Brandhasl wollten zu Fuß zum LKA.

Diana Oberkroner stand nackt vor der großen Spiegelwand in ihrem Schlafzimmer. Sie drehte sich mal links-, mal rechtsherum, bewunderte ihren straffen Körper. Sie kniff sich in die Oberschenkel, legte beide Hände an die Brüste, wippte sie ein paar Mal auf und ab. Sie war zufrieden mit dem, was sie sah.

»Nicht schlecht für einunddreißig«, sagte sie kokett, »nicht wahr, Schatz?« Sie sah im Spiegel zu Justus Tanzberger, der auf dem Bett lag.

Er war nackt an die Bettpfosten gefesselt, sah glücklich aus. Nur der Seidenstrumpf, den sie gestern für ihn ausgezogen hatte, störte die Szene. Er war so fest um seinen Hals gebunden, dass sein Gesicht bläulich schimmerte.

»Du bist genauso ein Idiot wie Klaus! Du als Polizist müsstest am besten wissen, dass Teilen die Freude halbiert.«

Sie zog ein rotes Abendkleid aus dem Schrank, hielt es vor sich, betrachtete ihr Spiegelbild. Sie begann zu tanzen, sang »Das Girl von Ipanema« und wiegte ihren Körper gekonnt im Rhythmus.

»Ihr Männer habt alle nur das eine im Kopf!« Sie lachte. »Richtig dosiert bekommt man als Frau alles. Spaß und Geld!«

Sie knüllte das Kleid zusammen, bewarf damit Tanzbergers Leiche.

»Du bist so grottenschlecht im Bett! Rein, raus, andauernd das gleiche. Ungewaschen, nach billigem Parfüm stinkend. Du hast keine Vorstellung, was du mich an Überwindung gekostet hast!«

Sie griff erneut in den Schrank, brachte ein durchscheinendes blaues Cocktailkleid zum Vorschein, musterte sich im Spiegel.

»Was sagst du, Liebling? Ich hätte was sagen können? Nein, das hättest du mir von den Augen ablesen müssen! Meine Wünsche erahnen, noch bevor ich daran denke. Ein Mann von Welt werden. Tanzen, essen gehen in Paris oder Rom. Sich die Zeit nehmen, mit mir Schuhe zu kaufen in New York. Dann würdest du noch leben und in mir stecken. Du hättest alles bekommen, mich ganz und gar!«

Wieder tanzte sie, griff weitere fünf, sechs Kleider, warf sie aufs Bett. Sie summte immerzu das Lied vom Mädchen an Ipanemas Küste in Rio de Janeiro. Am Ende entschied sie sich für eine enge schwarze Seidenhose von Dior und eine transparente Bluse mit floralem Print von Roberto Cavalli.

»Siehst du, wie schön ich bin, Justus? Klaus war wenigstens spendabel. In diesem Schrank hängen über hunderttausend Euro. Mein Schmuck ist sicher eine Million wert. Du warst ein Meister im Peitschen, aber ein Versager im Bett!«

Sie betrachtete den Toten abschätzig. »Ja, ich glaube, ich mache ein paar Fotos von dir. Nackt mit deinem Schwänzchen und dem Strumpf um den Hals. Die stelle ich ins Internet. Alle sollen erfahren, was du für ein Waschlappen bist!«

Ein letzter Check im Spiegel. Mit einer Handtasche und einem weiten Sonnenhut in der Hand posierte sie wie bei einem Modefotografen, machte etliche Selfies. Dann schritt sie zum Bett, drückte ihm die knallroten Lippen auf die Wange, sagte: »Adieu, mein kleiner Gardeoffizier«, und machte sich auf den Weg zur Garage.

Die alte Standuhr im Wohnzimmer schlug elfmal.

Unterwegs zum Präsidium vibrierte Linz' Telefon, er hatte eine SMS bekommen. ›Melde dich sofort, wenn du kannst. Gr. G.‹, stand auf dem Display.

Er rief direkt zurück. »Was gibt es denn, Georg? Willi hier.«

»Das sehe ich an deiner Nummer. Danke für den Rückruf. Ich habe Tanzberger. Wolfgang – du kennst ihn von der Klamm – hat sein Handy geortet. Rate mal, wo er ist!«

»Weiß nicht, in Zürich?«

»Nein.«

»Wo denn?«, fragte Linz ungeduldig.

»Dreimal darfst du raten.«

»Georg, lass den Unsinn! Wo ist er?«

»Du bist ein Spielverderber, das hättest du nie erraten.«

»Bei Oberkroner?«

Die Leitung wurde still.

»Woher weißt du das denn schon wieder? Wie kriegst du das andauernd hin?«

»Ehrlich, er ist bei Oberkroner?«

»Ja, du Spaßbremse! Da ist noch was. Frau Oberkroner ist auf dem Weg nach Salzburg, wir können sie eindeutig orten. Ihr Mann ist in seinem Büro, das ist auch sicher. Nur Tanzberger passt nicht richtig ins Bild, er ist bei denen zu Hause. Kannst du dir einen Reim daraus machen?«

»Nein, trotzdem danke. Schon etwas Neues von der DNA?«

»Nein, leider. Ein bis zwei Stunden dauert es noch. Dann muss verglichen werden, ob wir einen Treffer haben. Von Czech habe ich eine Speichelprobe. Toller Trick mit der Wasserflasche, wie originell.«

»Haha, danke. Ich werde es Brandner ausrichten.«

»Na gut, bis dann, Willi. Ich halte dich auf dem Laufenden.«

Linz unterbrach die Verbindung, wählte Brandners Telefonnummer. Er hatte sie inzwischen als Direktwahl gespeichert. »Willi hier. Wir wissen, wo Tanzberger ist. Er ist im Privathaus der Oberkroners.«

»Gott sei Dank! Ich habe mir die ganze Zeit überlegt, was wir der Presse erzählen sollen, falls er uns entwischt.«

»Warte! Klaus Oberkroner ist in seinem Büro bei Ö-Invest. Nur Frau Oberkroner ist unterwegs. Sie fährt scheinbar allein in Richtung Salzburg.«

»Was ist, wenn er sein Handy vergessen hat? Oder vielleicht sogar beide, Oberkroner und Tanzberger?«

»Das wäre Pech, aber unwahrscheinlich. Es sei denn, sie haben Wind von der Aktion bekommen und benutzen andere Telefone. Das würde zumindest zu Tanzberger passen.«

»Sobald sie aufkreuzen, werden wir es sehen. Danke für die Info, Willi.«

»Irgendwie ist das alles sehr verworren«, meinte Brandhasl, als Linz sein Handy weggesteckt hatte. »Der Chef als Mittäter? Schwer vorstellbar.«

»Rudolf hat mir gesagt ...«

»Oh, du sagst Rudolf!«

»Ach, lass den Quatsch! Er hat gesagt, dass eindeutige Beweise vorliegen. Der Direktor hat über eine Dreiviertelmillion Euro erhalten, hat jahrelang kräftig die Hand aufgehalten.«

»Und ich warte seit Jahren auf meine Beförderung inklusive Gehaltserhöhung!«, echauffierte sich Brandhasl. »Aber irgendwas an der Geschichte passt nicht. Was an Tanzberger ist so viel Geld wert? Der verheimlichte Mord an Herold ist noch nicht so lange her. Ich finde das seltsam.«

»Mich würde es nicht wundern, wenn es darüber hinaus Vertuschungen gegeben hat«, meinte Linz. »Einen hohen Beamten in der Tasche zu haben, ist sehr nützlich. Er kann Informationen über Razzien und Ermittlungen liefern und so größeren Verlusten vorbeugen.«

Sie waren die neunhundert Meter bis zur Dienststelle gelaufen. Als sie vor dem ›Mikado-Denkmal‹ – wie Brandhasl es nannte – standen, rief Brandner an. »Wo bist du, Willi?« Er klang gehetzt.

»Vor dem Präsidium, warum?«

»Die Sache läuft gewaltig aus dem Ruder! Kannst du deinen Georg anrufen und fragen, wo Oberkroner jetzt ist?«

»Na klar. Was ist denn?«, Linz war besorgt.

»Das Geld der Oberkroners ist verschwunden. Alle Konten sind leer. Es waren über 200 Millionen Euro. Sie wurden um 11:51 Uhr auf die Kaiman-Inseln transferiert, dann weiter nach Mexiko und Belize. Dort verliert sich die Spur im Augenblick.«

»Das verstehe ich nicht! Wollen sie auf Nummer sicher

gehen?«

»Keine Ahnung! Frag bitte Georg, wo die Oberkroners sind! Sie hätten schon längst vor Ort sein sollen. Die Presse und der Chef von Burger King werden ungeduldig.«

»OK, ich melde mich.«

Brandhasl hatte mitbekommen, was passiert war. Die beiden rannten das letzte Stück bis zu Brenningers Büro, rissen die Tür auf.

Vier Leute standen vor einem großen TV-Gerät, das als Monitor für eine digitale Landkarte diente.

Brenninger kam auf sie zu. »Gut, dass ihr kommt! Irgendwas stinkt an der Sache. Frau Oberkroner, zumindest ihr Handy, ist durchgefahren. Es bewegt sich auf dem Zubringer zur A 1. Ich glaube, sie will zum Flughafen.«

»Mist!«, fluchte Linz. Er machte auf dem Absatz kehrt, rief Brandner an.

»Rudolf, hör zu! Er, sie oder alle drei sind nicht auf dem Weg zu euch. Georg sagt, sie sind in wenigen Minuten am Flughafen Salzburg.«

»Verdammt, sie haben uns verarscht! Wir müssen schnell handeln! Ich informiere Herzog und ordne den Zugriff bei Ö-Invest an. Wie lange braucht ihr zum Flughafen?«

»Maximal zwanzig Minuten. Ich habe so ein blaues Ding auf dem Dach.«

»Gut, ich komme, so schnell ich kann, zu euch ins Präsidium.«

»Ich werde die Oberkroners zur Sicherheit verhaften, wegen Anstiftung zum Mord in drei Fällen und zweifachem Mordversuch. Das gibt euch die Zeit, das Geld zu suchen.«

»Du bist klasse, Willi!« Brandner hatte aufgelegt.

Linz lächelte.

Die beiden Ermittler sprinteten zum Auto. Sie

schalteten Blaulicht und Martinshorn ein, rasten los in Richtung Friedensstraße.

Linz preschte mit neunzig Sachen über die Sinnhubstraße. Um die Zeit war dieser Weg schneller als der auf der Autobahn. Er gab Gas. Innsbrucker Bundesstraße, wenden auf der Loigerstraße. Nur noch ein paar hundert Meter.

Tuchler rief bei Brandhasl an: »Brenninger sagt, die Flüchtigen sind am Privatterminal. Ich hatte die Flughafenleitung am Telefon. Sie verzögern die Abflüge der Privatflugzeuge um einige Minuten. Beeilt euch! Ihr werdet an Tor 5 erwartet.«

Brandhasl lotste Linz zu diesem Tor. Es war geöffnet. Ein ziviler Wachmann zeigte die Richtung zu den privaten Maschinen an. Von Weitem konnten sie den kleinen Jet erkennen. Seine Positionslichter blinkten, ein silbernes Mercedes Cabrio fuhr weg. Die Oberkroners und Justus Tanzberger mussten an Bord sein.

Als das Flugzeug anrollen wollte, waren sie mit ihrem Dienstfahrzeug auf gleicher Höhe. Linz holte das Letzte aus dem Wagen heraus, bis er vor dem Fahrwerk des Jets scharf einlenken und stoppen konnte. Sie sprangen aus dem Wagen, ignorierten die eindeutige Handbewegung des Piloten und klopften gegen den Einstieg.

Eine Stewardess, nicht wesentlich älter als achtzehn Jahre, öffnete mit einem einstudierten Lächeln die Tür, die gleichzeitig die Treppe war. »Kann ich Ihnen helfen, meine Herren?«

»Ja«, antwortete Brandhasl. »Sie können uns aus dem Weg gehen.«

»Aber, aber …«, stotterte sie. Dann war Linz an ihr vorbei.

»Oha, Herr Leutnant!« Es war Frau Oberkroner. »Sie möchten mich begleiten?« Sie war allein.

»Nein, Frau Oberkroner, Sie begleiten mich.«

Brandhasl wies das Flugpersonal an, zu warten, bis die Kollegen das Gepäck abholten. Bevor er zum Auto ging, hörte er noch, wie der Pilot die blutjunge Flugbegleiterin aufklärte: »Nein, Dummerchen, der Flug nach Rio ist gecancelt.«

Linz stand am Dienstwagen, telefonierte mit Tuchler. »Alles ist gut gegangen, Herr Major. Wir waren gerade noch rechtzeitig. Frau Oberkroner war die Einzige in der Maschine. Die ...«

»Schon gut, Willi«, unterbrach ihn Tuchler. »Alles ist geklärt. Herzog hat angerufen. Alle Hausdurchsuchungen sind angelaufen. Klaus Oberkroner und Justus Tanzberger sind tot. Der Direktor wurde in Oberkroners Wohnhaus gefunden, Oberkroner selbst liegt halbnackt in seinem Büro. Bringt die Schwarze Witwe hierher, ich möchte sie kennenlernen.«

»Jawohl, Chef!«

# Kapitel 18

Linz und Brandhasl hielten sich an die Tempolimits. Sie hatten den Dreifachmörder der Postalm gefasst und eine Doppelmörderin im Auto, die zudem die Auftraggeberin der drei anderen Morde war. Die Ermittlungen hatten nicht einmal fünf Tage gedauert.

Sie passierten die Alpenstraße Nummer 50, als die ersten Fahrzeuge der Medienvertreter sichtbar wurden. Linz stoppte am Straßenrand.

Brandhasl rief Tuchler an. »Hier ist die Hölle los, Chef! Da kommen wir nie durch.«

»Ich weiß. Seit einer Viertelstunde geht es vor dem Präsidium zu wie im Irrenhaus. Brandner hat die Presse und die anderen Vertragspartner von Ö-Invest informiert – sehr souverän übrigens. Deshalb stehen sie alle vor dem LKA.«

»Was machen wir nun?«

»Fahren Sie am Sportplatz vorbei zu Doktor Brenningers Halle. Dort können Sie ungesehen ins Gebäude gelangen.«

»Danke, Herr Major!« Brandhasl beendete das Gespräch. »Willi, fahr den Weg, den die ÖAMTC-Trucks gestern genommen haben. Wir wollen der Dame nicht das Publikum bieten, das sie gern hätte.«

Durch die Garage vorbei an Brenningers leerem Büro gingen sie hinauf in den ersten Stock. Linz begleitete Diana Oberkroner in den Vernehmungsraum.

»Setzen Sie sich, Frau Oberkroner, es wird einen Moment dauern.«

»Ich wünsche, von Ihnen mit meinem richtigen Namen angesprochen zu werden. Ich bin Diana Freifrau von Schönenberg und Tramitz.«

»Sicher, Frau Oberkroner, setzen Sie sich bitte.« Er

verließ den Raum mit einem Grinsen.

»Wenigstens hat sie einen großen Spiegel«, spöttelte Brandhasl.

Beide betraten den schalldichten Observationsraum, in dem Herzog, Brandner und Tuchler auf sie warteten.

»Sie ist wunderschön, ihr schwarzes Haar«, schwärmte Brandhasl. »Ich hoffe, Tanzberger hat es genossen, bevor sie ihm die Luft abgedreht hat.«

»Na, na mehr Respekt bitte«, forderte Tuchler. »Es heißt Direktor Tanzberger.«

Alle lachten, der Stress fiel nach und nach von ihnen ab.

»Wer führt die Vernehmung durch?«, fragte Herzog.

»Ich würde gern«, antwortete Brandner. »Ich weiß auch schon, wie ich sie knacken kann.«

»Na dann, viel Erfolg, Herr Oberstleutnant!«

Brandner schüttete sich Wasser aus einer Flasche Selters auf die Hände, machte sich die Haare nass. Er kämmte sie streng nach hinten, zog seine Jacke aus und krempelte die Ärmel so hoch wie möglich. Zum Schluss ließ er einen Zipfel seines Hemdes aus der Hose hängen. Er sah aus wie ein Buchhalter mit Pomade im Haar.

Brandhasl musste kichern.

Die Beamten beobachteten durch den Einwegspiegel, wie Brandner gegenüber von Diana Oberkroner Platz nahm. Er öffnete eine Akte. Dann blickte er zum ersten Mal auf.

»Also, mein ...«, stammelte Brandner, »ich bin Rudolf Brandner von der ... Steuer. Guten Tag Frau ...« Er sah in seine Akte, als wüsste er nicht, wen er vor sich hatte.

»Freifrau von Schönenberg und Tramitz«, ergänzte sie arrogant.

»Ach ja, hier steht es, Frau Oberkroner. Sie wissen, warum Sie hier sind?« Rudolf tat, als ob er nicht zugehört hätte.

»Keine Ahnung«, antwortete sie schnippisch, »der Herr

Leutnant bat mich lediglich, ihn zu begleiten.«

Brandner schaute sie verwundert an. Er drehte sich zum Spiegel um, zuckte mit den Schultern. »Also hier steht, Sie haben Steuern hinterzogen. Nicht wenig, aber …«

Erneut wandte er sich hilfesuchend um, wartete. Als keiner kam, um ihm beim Verhör zu unterstützen, fuhr er fort: »Also, wie ich das sehe, kommt so einiges zusammen. Möchten Sie sich dazu äußern? Es geht schließlich um rund 200.000 Euro!« Er klang empört.

»Sie kleiner Spinner, Sie Würstchen! Sie haben keine Vorstellung, wen Sie vor sich haben! Hat man Ihnen erzählt, ich hätte Steuern hinterzogen?« Sie lachte plötzlich laut und schrill. Ihre Augen funkelten vor Abscheu.

»Aber hier steht: 35 Parkquittungen nicht akzeptiert, drei Essen von privater Natur, ein Urlaub in der Karibik, bezahlt von Ihrer Firma Ö-Invest«, zitierte Brandner unbeirrt aus der Akte. »Dafür werden Sie sich verantworten müssen.«

»Sind Sie noch ganz bei Trost, Parkquittungen?! Denken Sie, ich habe derartige Nichtigkeiten beim Finanzamt eingereicht?«

»Aber hier steht, dass die Firma Ihnen gehört. Oder sind Sie bloß die Marionette Ihres Mannes?«

»Was, Marionette?!«, schrie sie ihn an. »Ich habe den größten Coup seit dem Postraub in England eingefädelt! Ich habe alle reingelegt, Sie Wicht! Marionette, pah! Mein Mann hatte null Ahnung. Er liegt mit heruntergelassener Hose in seinem Büro.«

»Dann sind die Quittungen also doch von Ihnen?«, fragte der Finanzpolizist beharrlich.

»Mensch, hören Sie auf mit dem Quatsch! Habt ihr keine richtigen Polizisten? Muss ich mich von einem Bürohengst beleidigen lassen? Einem Quittungsprüfer?«, fragte sie in Richtung Spiegel. Sie war wütend, wollte Respekt. »Jetzt hören Sie mir mal zu, Sie Steuerfuzzi! Holen Sie mir einen echten Bullen! Ich habe Justus Tanzberger mit meinem Seidenstrumpf die Luft abgedreht, während er in mir war. Ich habe ihn geritten, bis er nicht mehr gezappelt hat. Sein Ding wurde ganz klein, so klein wie Sie.«

»Aber hier steht …«

»Ach, scheiß drauf, was da steht! Ich will jetzt einen Anwalt!«

Brandner begann, sich zu verwandeln. Er streckte seinen gekrümmten Rücken, entfaltete die nach vorn gezogenen Schultern wie Flügel.

Er sah ihr fest in die Augen. »Für einen Anwalt bei einem Tatbestand von Doppelmord, dreifacher Anstiftung zum Mord, sowie zweifachem versuchten Mord an Exekutivbeamten, Steuerhinterziehung in besonders schwerem Fall, Subventionsbetrug in besonders schwerem Fall und Beamtenbestechung wird Ihnen Ihr Anwalt viel Geld berechnen. Sehr viel Geld. Und das sollten Sie schleunigst aus dem Ausland zurückholen. Oder soll es ein Pflichtverteidiger werden?«

»Was?« Ihr schöner Mund öffnete sich verblüfft, Angst stand in ihren Augen.

Die Tür ging auf, Linz und Brandhasl traten ein.

»Vielen Dank, Herr Oberstleutnant, das ging schnell! Das erste Geständnis in kaum fünf Minuten«, sagte Linz anerkennend, sprach sie dann lächelnd an: »Freifrau von Schönenberg und Tramitz, wollen Sie nun Ihren Anwalt anrufen?«


Anna wurde von ihrem schlechten Gewissen geplagt. Sie war weggelaufen, hatte Lukas im Stich gelassen. Nachdem sie sich gepflegt und die Haare gemacht hatte, zog sie ihre Lieblingsunterwäsche von Victoria's Secrets an, eine einfache weiße Bluse und Hilfiger-Jeans. Dazu legte sie den feinen, unaufdringlichen Schmuck, den sie von ihrer Großmutter geerbt hatte, und eine Uhr an.

Sie fühlte sich wie neu geboren, hatte eine Entscheidung gefällt. Sie holte ihre Handtasche, den Autoschlüssel und fuhr zur Alm. Obgleich es ein Abschied werden würde, freute sie sich auf den Jäger.

Um halb vier kam Anna am Jagdhaus an. Der Passat ihres Chefs stand auf dem Platz, auf dem gewöhnlich der Toyota parkte. Eigentlich hatte sie mit Lukas sprechen wollen. Doch weil ihr Vorgesetzter nun einmal da war, würde sie es auch ihm sagen.

Sie lief um das Haus herum. Kontrollinspektor Stefan Mannbarth saß auf der Bank, paffte gemütlich seine Pfeife. »Komm her Anna, setz dich, es ist so schön hier oben. Suchst du Lukas?«

»Ja, ist er nicht da?«

»Noch nicht, er hat ja kein Auto. Ich denke aber, er wird gleich kommen.«

»Soll ich ihn abholen?«

»Ach Kind, du musst lernen, deine Zeit zu genießen. Er ist bald hier. Obendrein würde dein Schlitten die Tour durchs Revier nicht überstehen. Warum, denkst du, fährt jeder auf der Alm einen Geländewagen?«

Sie zögerte. Seine väterliche Art machte es ihr schwer. »Mit Ihnen wollte ich ebenfalls reden, Chef. Allerdings können wir das auf morgen verschieben, falls es Ihnen lieber ist.«

»Nein. Jetzt ist ein genauso guter Zeitpunkt. Was ist denn? Willst du uns verlassen?«

»Woher …«, war alles, was sie herausbrachte.

»Liebe Anna, du bist ein tolles Mädchen. Du setzt dich für die Gerechtigkeit ein, weißt, wie du mit Journalisten umgehen musst. Und was du für Lukas getan hast, reicht weit über das normale Maß an Polizeiarbeit hinaus. Aber du bist hier fehl am Platz. Die Stille, das Leben auf dem Lande, das ist nichts für dich. Oder?«

Sie war den Tränen nahe. Mannbarth war so, wie sie sich ihren Vater wünschte: fürsorglich und offen, bereit ein Gespräch zu führen, statt nur Befehle zu erteilen. Es brach ihr fast das Herz. »Ja, ich möchte weg, halte es hier nicht aus. Ich werde versuchen, in Salzburg oder Wien einen Job zu finden, in der Pressestelle vielleicht. Oder ich studiere noch einmal. Ich brauche den Trubel, Freunde, das Nachtleben. Das vermisse ich so sehr.«

Mannbarth legte ihr eine Hand aufs Bein, versuchte, sie zu beruhigen. »Schon gut, Kind. Das ist in Ordnung. Alles wird gut, du wirst sehn.« Er holte ein Streichholz aus der Hosentasche, zündete wiederum seine Pfeife an. »Und was ist mit Lukas?«, fragte er beiläufig.

»Tja, was ist mit ihm? Er ist charmant, höflich, zuvorkommend, ein echter Kavalier. Doch gestern – ich lag neben ihm im Bett – hat er im Schlaf ein paar Mal den Namen ›Katrin‹ gemurmelt. Sieht aus, als ob ich keine Chance hätte.«

»Habt ihr ...?«

»Nein, natürlich nicht! Ich habe mich bloß zu ihm gelegt. Ich wollte ihn wegen Prinz trösten.«

»Auch das ist bei uns anders als in der Stadt. Leben und Tod gehören zueinander, erst recht bei einem Jäger. Natürlich wird er traurig sein, umhauen wird es ihn jedoch nicht. Er sucht sicher schon nach einem neuen Hund.«

»Ja, ich muss eine Menge lernen, wenn ich euch wirklich verstehen will.«

»Wann willst du in die Stadt wechseln?«

»Ich werde mich gleich morgen darum kümmern. Ich hoffe, es klappt schnell.«

»Du bekommst eine gute Beurteilung von mir. Das wird helfen.«

»Danke, Chef.« Eine Träne lief ihr über das Gesicht.

Als Lukas kam, lachten die beiden Polizisten über die Geschichte mit dem völlig verdreckten Kollegen Neue.

»Servus, zusammen!« Er setzte sich neben Anna, holte seine Zigaretten aus der Jacke. »Ich glaube, ich brauche ganz fix ein Auto. So viel wie in den letzten vierundzwanzig Stunden bin ich seit der Schulzeit nicht mehr gelaufen.«

»Ist zumindest gesund.« Der Kontrollinspektor

schmunzelte. Sein Handy klingelte. »Mannbarth«, meldete er sich, wurde ernst, hörte zu. »Ja«, sagte er nach einer Weile, »er ist hier. Ja, sie auch. Einen Moment, ich frage nach.« Er sah den Jäger an. »Lukas, Leutnant Linz ist am Apparat. Der Fall ist aufgeklärt, die Schuldigen sind verhaftet. Er möchte hierherkommen und dir erklären, warum er dich fälschlicherweise verhaftet hat. Darf er?«

Der Jäger überlegte. Er nickte.

Mannbarth nahm das Telefon ans Ohr, sprach: »Geht in Ordnung, bis gleich.« Dann widmete er sich wieder seiner Pfeife.

»Wieso hat er nach mir gefragt?«, wollte Anna wissen.

»Er will auch mit dir sprechen. Es ist anscheinend sehr wichtig.«


Linz unterhielt sich mit seinem Chef. Der Fall ging ihnen an die Nieren.

»Was machst du jetzt, Willi, fährst du nach Hause?«, fragte Tuchler.

»Nein, ich werde mit Inspektorin Tanzberger sprechen.«

»Hast du über mein Angebot nachgedacht?«

»Ja, habe ich. Es ist nicht das, was ich im Moment möchte. Durch den Fall ist mir klar geworden, dass ich noch für einige Zeit im Außendienst arbeiten, mehr Erfahrungen sammeln will.«

»Ich verstehe. Du bist ein sehr guter Polizist. Ich freilich bin schwer unter Druck, brauche einen Nachfolger. Ohne ihn ist der Vorruhestand für mich passé.«

»Haben Sie schon einmal an Hans gedacht, Herr Major? Meiner Meinung nach ist er bestens geeignet. Er ist sorgfältig, ein Arbeitstier und hat eine langjährige Berufspraxis. Er bewahrt die Ruhe und den Überblick, hat das Herz auf dem richtigen Fleck. Wäre er kein Kandidat?«

»Nein. Laut Stellenbeschreibung muss man für diesen Posten mindestens ein Leutnant sein.«

»Ja, und? Dann schicken Sie ihn doch zur Ausbildung! Ist sowieso schon seit Jahren überfällig.«

»Danke für deine Offenheit, Willi. Ich werde darüber nachdenken.« Tuchler hatte die Augen geschlossen. Seine Migräne quälte ihn. »Mach dich auf den Weg. Frau Tanzberger sollte die Wahrheit von uns erfahren und nicht aus der Klatschpresse!«

»Danke, Chef. Servus.«

Die Szene, die sich Linz am Jagdhaus bot, war ein wenig merkwürdig. Mannbarth saß Pfeife rauchend auf der Bank, Anna und Lukas standen abseits, sprachen leise miteinander und hielten sich an den Händen. Sie machten einen sehr vertrauten Eindruck.

Linz setzte sich neben den Kontrollinspektor, gab ihm die Hand, ohne das Paar aus den Augen zu lassen. »Zwischen den beiden läuft doch etwas!«

»Nein, Herr Leutnant, sie haben nichts miteinander. Sie mögen sich nur.«

Linz nickte, kam auf ein anderes Thema zu sprechen: »Was denken Sie über die Sache mit dem Direktor, Herr Kontrollinspektor?«

»Das wird Anna sicher schwer treffen. Als Sie mich eben am Telefon unterrichtet haben, konnte ich es gar nicht glauben. Ist er wirklich tot?«

»Ja. Er wurde in einer verfänglichen Situation gefunden. Gefesselt auf dem Ehebett der Oberkroners, mit einem Damenstrumpf erdrosselt.«

»Gehörte er zu den Bösen?«

»Das kann man so sagen. Er hat sich über mehrere Jahre großzügig bestechen lassen.«

»Sie sollten ihr das vorsichtig beibringen, Herr Leutnant. Sie ist nicht so stark, wie sie rüberkommt.« Mannbarth nippte an einem alkoholfreien Bier.

Nachdem sich Anna und Lukas ausgesprochen hatten, gesellten sie sich zu ihnen, sahen zufrieden aus, lächelten.

Dann verfinsterte sich die Miene des Jägers. »Herr Leutnant«, sagte er ruhig, »ich habe mir gut vorstellen können, unter welchem Druck Sie standen. Hätten Sie mir aber die Gelegenheit gegeben, Ihre Fragen zu beantworten, hätten wir beide uns das ersparen können.«

Mannbarth konnte sich ein Schmunzeln nicht verkneifen. Lukas war direkt und frei heraus.

»Sie haben absolut recht, Herr Graf«, gestand Linz ein. Er reichte ihm nochmals die Hand zur Versöhnung. »Ich entschuldige mich aufrichtig bei Ihnen für mein Versagen.«

Diesmal brauchte es keinen Schubs vom Anwalt. Der Jäger schlug ein.

Linz wandte sich an Anna: »Auch Ihnen habe ich Unrecht getan. Dass Sie den Anwalt für Herrn Graf organisiert haben, war mutig und das einzig Richtige in dieser Situation. Sie haben sich nicht von mir einschüchtern lassen. Es tut mir sehr leid, dass ich meinen Frust an Ihnen ausgelassen habe.«

Sie ergriff seine vorgestreckte Hand, akzeptierte seine Entschuldigung.

»Anna«, Mannbarth klang bedrückt, »der Leutnant ist noch nicht fertig. Ich denke, es ist besser, wenn ihr ins Haus geht. Dort könnt ihr ungestört reden.«

Ihr Blick wanderte erst zu Lukas, dann zu Linz. »Was ist denn, habe ich etwas verbrochen?«

»Nein, absolut nicht«, antwortete Linz. »Gehen wir, bitte.«

Hilfesuchend sah sie ihren Vorgesetzten an.

»Geh ruhig, Kind, er tut dir nichts.«

Verunsichert folgte sie Linz in die Wohnstube.

Sie nahmen am großen Tisch Platz.

Er rang nach angemessenen Worten. »Vor fünf Tagen haben wir hier zum ersten Mal beieinandergesessen, wissen Sie noch? Als Herr Graf den Toten identifiziert hatte.«

Anna nickte.

»Was ich Ihnen nun sagen werde, fällt mir schwer. Ich denke aber, dass Sie es von mir erfahren sollten, bevor es in der Zeitung steht.«

Sie wurde unruhig, rutschte auf dem Stuhl hin und her.

»Frau Tanzberger, Ihr Vater wurde heute Mittag tot aufgefunden. Er wurde ermordet.«

Sie erschrak bis ins Mark. Ihr Gesicht erstarrte. »Das ist nicht wahr«, flüsterte sie. »Er kann nicht tot sein. Nicht jetzt!«

Linz ließ ihr Zeit. Sie atmete einige Male tief durch.

Er fragte: »Was meinen Sie mit ›nicht jetzt‹, Frau Inspektorin?«

»Ich wollte mich mit ihm aussprechen, ihm sagen, was ich von ihm halte. Dass er meine Mutter und mich im Stich gelassen hat. Dass er …« Sie brach in Tränen aus, legte die Arme auf den Tisch, verbarg ihren Kopf darin. Unter heftigem Schütteln weinte sie sich den Schmerz und ihre Enttäuschung aus der Seele.

Linz wartete. Er konnte ihr nicht helfen. Nach einer Weile wurden ihre Schluchzer weniger, die Atmung gleichmäßiger. Sie hob langsam den Kopf. Ihr Gesicht war von den Tränen gerötet und von der herabgelaufenen Wimperntusche verschmiert. Trotzdem war sie schön, sah aus wie eines dieser Fotos, die in großen Galerien hängen oder für Werbeplakate benutzt werden. Ihre Natürlichkeit berührte ihn.

*Wie?*, fragte sie mit ihren großen blauen Augen. Sprechen konnte sie nicht.

»Ihr Vater wurde erdrosselt. Wenn Sie möchten, erzähle ich Ihnen alles. Falls Sie sich nicht dazu im Stande fühlen, können wir das ein anderes Mal tun.«

Mit erstaunlicher Kraft richtete sie sich auf, fuhr mit dem Handrücken über ihre Nase, verschmierte die Schminke noch mehr. »Nein«, sagte sie mit fester Stimme. »Ich will es gleich hören!«

»Gut. Ihr Vater hatte ein Verhältnis mit Frau Diana Oberkroner, der Chefin von Ö-Invest. Sie hat ihn ans Bett gefesselt und mit einem Strumpf erwürgt. Das hat sie auch gestanden.«

»Sieht ihm ähnlich«, kommentierte Anna, wischte sich die letzten Tränen ab, »lässt uns in Wien sitzen und vergnügt sich mit einer reichen Tusse! Das hat er nun davon.«

»Leider ist das noch nicht alles, Frau Tanzberger. Ihr Vater hat sich korrumpieren lassen. Er hat jahrelang Informationen an Ö-Invest weitergegeben und einen Mord vertuscht. Über ein Konto in Liechtenstein hat er insgesamt 800.000 Euro Schmiergeld erhalten.«

Sie sah Linz in die Augen. Der überraschte Blick war verschwunden. »Darauf hätte ich wetten können. Das Schwein! Meine Mutter hat ihm den Geldhahn abgedreht, nachdem er gegangen war. Trotzdem blieb sein Lebensstil protzig. Das Haus, in dem er wohnt oder wohnte, habe ich geerbt. Es ist meins. Nur die Möbel sind von ihm, allesamt superteuer. Ich habe mich schon oft gefragt, wie er sich das leisten konnte. So viel verdient man nicht bei der Polizei.«

»Frau Tanzberger, wir werden versuchen, das nicht an die große Glocke zu hängen. Damit wäre keinem gedient. Der Mord wird sich nicht verheimlichen lassen. Es wird Zeitungen geben, die eine Verbindung suchen werden. Seine Leiche lag immerhin im Wohnhaus der Oberkroners. Es wird für Sie in den nächsten Monaten sehr unangenehm werden.«

»Danke für Ihre Offenheit«, erwiderte sie. »Das rechne ich Ihnen hoch an.«

»Es war das Mindeste, das ich für Sie tun konnte.«

Sein Handy klingelte. In Gedanken verfluchte er das kleine Ding. Nie war man allein. »Ja, was ist?«

Brenninger war am Telefon. »Hi! Du wolltest, dass ich dich informiere. Die DNA von Frau Meierhofers Reißverschluss und dem bei ihr gefundenen Sperma stimmen nicht überein mit der von Bernhard Czech, leider. Aber wenigstens haben wir eine Übereinstimmung mit dem Erbrochenen, das neben der Leiche von Peter Vogel sichergestellt wurde.«

»Danke, Georg.« Er seufzte. »Und ich glaubte, es wäre vorbei.«

»Nein, tut mir leid.«

Linz unterbrach die Verbindung. Nachdenklich schob er sein Handy in die Jacke.

Sie gingen gemeinsam nach draußen.

Anna nahm zwischen Mannbarth und Lukas Platz. Sie weinte wieder.

»Ich muss los«, sagte Linz zu den Dreien. »Es hat sich soeben herausgestellt, dass der Fall noch nicht komplett aufgeklärt ist.«

»Ich dachte, Sie haben den Mörder?«, fragte der Jäger überrascht.

»Dachte ich auch. Doch die DNA an der zweiten Leiche stimmt nicht überein mit der unseres Verdächtigen. Er hat zwar Alois Herold ermordet, aber nicht die beiden an der Hütte. Damit stehen wir wieder am Anfang.«

Linz sah hinunter zur Steinleitalm. Sie lag friedlich im Licht der untergehenden Sonne. Es war unvorstellbar, dass dort zwei Morde begangen worden waren.

Gedankenverloren fuhr er fort: »Zumindest sind wir auf eine andere Übereinstimmung gestoßen. Nämlich mit der DNA, die wir aus dem Erbrochenen neben der Leiche extrahiert haben. Das wiederum hilft uns nicht weiter, solange wir nicht wissen, von wem es stammt.«

Die Gesichtszüge des Jägers froren ein. Der Schock war ihm anzusehen.

»Sie brauchen keine Angst zu haben, Herr Graf. Sie gehören endgültig nicht zu den Verdächtigen«, beruhigte ihn Linz, der die Reaktion missdeutete.

»Wie spät ist es?«, fragte Lukas. »Ich muss noch einmal weg.«

Mannbarth schaute auf seine Uhr. »Zehn nach sechs. Wo willst du denn hin?«

»Eine Sache erledigen«, wich er aus, erhob sich, schulterte sein Gewehr und ging grußlos.

Sepp und Erika saßen auf der hölzernen Bank vor der

Hütte auf der Moosbergalm, um den bevorstehenden Sonnenuntergang zu genießen. Er hatte seine Hände in ihrem Ausschnitt. Es war klar, was er sich für diesen Abend vorgenommen hatte. Als er herannahende Schritte hörte, drehte er sich um. Lukas war außer Atem, war fast den ganzen Weg gerannt.

»Servus, was machst du denn hier?« Der Holzknecht ärgerte sich über die späte Störung.

»Erika, geh bitte. Ich muss mit ihm allein sprechen«, forderte Lukas die junge Frau auf.

Sie erhob sich, zupfte den Ausschnitt ihres rosa Dirndls zurecht, machte jedoch keine Anstalten zu gehen.

»Nein, bleib hier!«, herrschte Sepp sie an. »Wir beide haben heute Abend was vor.«

»Bitte geh, Erika!«, wiederholte Lukas eindringlich, nahm langsam sein Gewehr von der Schulter.

Unschlüssig verharrte sie, bekam Angst. Ihr Ex-Freund und ihr jetziger standen sich wie Duellanten gegenüber. Keine fünf Meter auseinander.

»Bitte«, sagte der Jäger bestimmt, »jetzt!«

Sie rannte, so schnell sie konnte, weg von der Hütte ihrer Eltern. Noch nie hatte sie Lukas so erlebt.

»Ah, du weißt es«, sagte Sepp gedehnt. »Hat ja lange gedauert.« Seine Hand wanderte langsam zur Hosennaht, an der sein Jagdmesser in einer Lederscheide steckte.

»Nicht, Sepp, lass es!«

»Wie bist du drauf gekommen?«

»Deine DNA. Du hast Sperma in der Frauenleiche hinterlassen.«

»Ach ja, ein Missgeschick. Kaum hatte ich ihn reingesteckt, war es auch schon vorbei. Keine Angst, es war nicht gegen ihren Willen. Da war sie schon tot.«

Lukas schauderte. »Warum?«, fragte er.

»Warum was? Die beiden vor der Hütte? Oder meinst du das mit dir?«

Der Jäger schluckte seine Wut hinunter. Er wusste, sie würde ihm nicht helfen. Im Gegenteil, er musste Ruhe bewahren. »Beides«, erwiderte er, hielt sein Gewehr bereit.

»Ach weißt du …«, sagte Sepp schleppend. Er machte mit dem linken Bein einen Schritt nach vorn, brachte seinen rechten Arm aus dem Sichtfeld. Plötzlich hielt er sein Messer in der Hand. Er rannte auf Lukas zu, streckte den Arm mit der Klinge aus und sprang den letzten Meter durch die Luft.

Lukas hatte den Griff zum Messer wahrgenommen. Er machte einen Ausfallschritt nach rechts, schlug mit dem hölzernen Kolben seines Gewehrs gegen Sepps Kopf. Benommen blieb der Holzknecht zwischen zwei großen Steinen im Gras liegen.

Der Jäger richtete die Mündung des Gewehrs auf die Brust seines Freundes. »Warum nur, Sepp? Was habe ich dir getan?«

»Was du mir getan hast, du Arsch?! Du hast mir alle Frauen ausgespannt, alle! Ich habe immer bloß deine abgelegten Schlampen bekommen. Und das nur, weil sie dir so näher sein konnten. Du hast ja keinen Schimmer, wie das ist, wenn man klein und mickrig ist. Dir läuft doch alles hinterher. Wenn ich eine im Bett hatte, wie die Erika letzte Nacht, was hat sie gefragt?« Er zog eine verächtliche Fratze. »›Wie geht es Lukas? Fragt er ab und zu nach mir?‹ – Keine zehn Sekunden, nachdem ich fertig war! Das ist erniedrigend. Das tust du mir jeden Tag an!«

Er wollte aufstehen, worauf Lukas mit dem Kopf schüttelte. »Bleib liegen! Erst beantwortest du mir ein paar Fragen. Warum hast du mich letztes Jahr angeschossen?«

»Was heißt angeschossen? Meinst du, ich wollte dein Bein treffen? Ich hatte zwei Rehe erlegt. Du warst einfach zum falschen Zeitpunkt am falschen Ort.«

»Du wolltest mich also erschießen? Warum hast du mich dann zum Jagdhaus gebracht?«

»Ich wusste nicht, wie sehr du verletzt warst. Es hätte ja nur eine kleine Fleischwunde sein können. Ich wollte wissen, wie gut ich getroffen hatte. Dass ich dich gerettet habe, Schwamm drüber. Sag einfach: Danke!«

Lukas fühlte Wut in sich aufsteigen. Er musste sich beherrschen. Sepps Arroganz ließ ihn zittern. »Und warum das gestern? Du hättest mich einfach töten können, nachdem du entdeckt hattest, dass ich unter dem Auto feststeckte.«

»Ich wollte dich eigentlich gar nicht treffen. Ich wollte Prinz eine verpassen. Er hat mich gebissen! Hier, siehst du?«, rief Sepp voller Verachtung. Er zog vorsichtig sein Hosenbein hoch, zeigte ihm die verbundene Stelle. »Der Köter musste weg, er war gemeingefährlich!«

»Wie ist das passiert?«, presste Lukas heraus.

»Ich wollte einmal eine Frau vor dir haben, nur ein einziges Mal! Da habe ich versucht, Miss Juni an die Wäsche zu gehen. Prinz, das Mistvieh, ist dazwischen gegangen und hat mich gebissen. Ich habe mir geschworen, ihm den Garaus zu machen!«

»Und warum nicht mir?«

»Ich wollte genießen, wie du leidest. So wie ich. Ich wollte zuschauen, wie Miss Juni dich verlässt.«

Die Beherrschung des Jägers ließ allmählich nach. Er stellte ein Bein auf einen Felsen, kam ganz nah an Sepp heran. »Wieso die beiden vor Josis Hütte? Was haben sie mit mir zu tun?«

»Mit dir?«, fragte Sepp verwundert, hielt die Hände schützend vor sich. »Nichts. Der alte Mann wollte mich beim Bürgermeister anschwärzen. Er hatte mich beim Wildern erwischt. Die Frau war eine Zugabe. Es war so einfach.«

Lukas legte an. In Sepps Gesicht machte sich Panik breit. Er scharrte mit den Beinen, wollte weg von der drohenden Gefahr.

Der Jäger behielt das Herz des Holzknechtes im Visier. »Ich habe dich in mein Haus gelassen, Sepp, dich überall mit hingenommen. Du warst mein bester Freund. Dass gerade du mich töten wolltest!«

Obwohl er aus dieser Distanz unmöglich vorbeischießen konnte, legte er seine Wange auf den

Schaft, zielte über Kimme und Korn und entsicherte die Waffe.

»Tu es nicht, Lukas!«, dröhnte die tiefe Stimme Mannbarths hinter ihm. »Er hat nicht verdient, dass du dafür ins Gefängnis gehen musst.«

»Doch!«, rief Sepp. »Schieß! Feigling! Schieß endlich, du Sau! Du triffst ja nicht mal aus dieser Entfernung. Hast mich gestern nicht gesehen, als ich deinen Hund abgemurkst habe. Du Memme!«

Langsam krümmte sich der Finger des Jägers. »Wilderer gehören nicht vor Gericht, sie gehören erschossen.« Er zog den Abzugshahn durch.

Der Knall war ohrenbetäubend. Sepp schrie. Das Projektil war nur Zentimeter neben seinem Kopf in das moosige Gras eingeschlagen. Es hatte Dreck hochgewirbelt, der nun auf seinem Gesicht lag.

Lukas sicherte die Waffe, richtete sich auf.

»Du Schweinehund!«, brüllte der Holzknecht, griff nach seinem Messer. Blitzartig kam er auf die Knie, wollte zustechen.

Der Jäger hatte ihn im Auge behalten. Noch einmal schlug er mit dem Schaft zu. Ohnmächtig brach Sepp Berg zusammen.

Lukas sah zu Mannbarth hinüber. Neben ihm stand Anna. Sie hatte beide Hände vor dem Mund gelegt, hatte nicht gewagt, zu sprechen.

»Habt ihr alles mitbekommen?«, fragte er.

»Das Meiste«, bestätigte der Kontrollinspektor.

»Das Geständnis?«

»Ja, Lukas. Du wusstest, dass wir hier waren?«

»Sicher. Ihr wart nicht besonders leise. Wie habt ihr mich so schnell gefunden?«

»Die Abtenauer Inspektion hat einen Notruf von einer Erika bekommen«, erklärte Mannbarth. »Sie haben mich sofort verständigt. Anna wusste dann, wo ihr sein würdet. Und im Gegensatz zu dir hatten wir ein Auto. Sie ist wirklich eine gute Polizistin. Ein echter Verlust für uns.«

»Ich danke euch!«, sagte Lukas aufrichtig. »Ich hätte um ein Haar mein Leben weggeworfen.«

Anna lief auf ihn zu und umarmte ihn, so fest sie konnte.

Krispler und Neue hatten Sepp abgeholt, brachten ihn nach Salzburg. Linz erwartete Anna, Lukas und Mannbarth am Jagdhaus. Ihm war die Erleichterung anzusehen, für diesen Moment war die Welt in Ordnung.

»Schön, dass wir endlich alle Täter erwischt haben!«, meinte er. »Ich hatte schon befürchtet, ich müsste mir eine Jahreskarte für die Mautschranke kaufen.«

»Waren Sie denn nicht schon auf dem Rückweg nach Salzburg?«, fragte Anna.

»Ich bin nicht weit gekommen. Der Herr von der Maut hat mich zurückgeschickt. Es ist schon unglaublich, wie gut der Buschfunk funktioniert!« Linz lächelte.

»Sie werden sicher das letzte Mal auf der Postalm gewesen sein«, bemerkte Lukas.

»Bestimmt nicht, Herr Graf. Freilich werden meine zukünftigen Besuche ausschließlich privater Natur sein. Dieses schöne Fleckchen Erde ist kein Ort für Verbrechen. Ich glaube, dass sich so etwas hier nicht wiederholen wird.«

»Was wird aus dem Tourismusprojekt?«, fragte Mannbarth. »Ö-Invest hat ja einen sehr kurzen Strohhalm gezogen.«

»Wenn ich das richtig in Erinnerung habe«, antwortete Linz, »ist am Freitag eine Sitzung der Almbauern und Hütteneigentümer. An diesem Termin möchte auch Frau Herold teilnehmen. Sie hat vor, das Vermächtnis ihres Vaters umzusetzen.«

»Na dann kehrt endlich wieder Ruhe ein«, bemerkte Anna.

»Nein«, widersprach Lukas mit schelmischem Grinsen. »Josi hat angerufen. Am Sonntag kommen neue Gäste, Holländer mit zwei Hunden. Sie bleiben vier Wochen.«

»Darauf stoßen wir an!« Mannbarth hob die Flasche

ENDE


Bitte bewerten Sie jetzt das Buch.

Danke

# Danksagung

In vielen der Bücher, die ich lese, bedankt sich der Autor beim Ehepartner, den Lektoren, anderen Helfern und für das Vertrauen des Verlegers.

Beim Schreiben dieses Buches waren mir die Menschen, die mich inspiriert, mir neue Ideen geliefert haben, die größte Hilfe, ob bewusst oder unbewusst.

Deshalb erzähle ich hier eine kleine Geschichte: Im Herbst 2013 verbrachte ich mit meiner Frau und unseren beiden Hunden den ersten Urlaub auf der Postalm. Nach so einigen Reisen in die Metropolen der Welt wollten wir einmal etwas anderes tun, Ruhe tanken.

So fuhren wir mit unserem Auto auf die Alm. Josis Selbstversorgerhütte war groß, eingerichtet mit dem, was man braucht, sauber und heimelig. Strom gab es über die Solaranlage, Warmwasser von einem Durchlauferhitzer, gespeist mit Gasflaschen. Geheizt wurde mit Holz. Die Landschaft war atemberaubend, das Wetter überraschend schön und die Leute gastfreundlich und kontaktfreudig.

Eines Abends, es war der 1. November 2013, saßen meine Frau und ich in geselliger Runde mit vier Leuten von der Postalm in unserer Lieblingswirtschaft. Es war der letzte Öffnungstag der Schnitzhofer Hütte vor dem nächsten Frühjahr.

Meine Frau sagte zur Bedienung: »Katrin, was sollen wir morgen nur essen? Ihr habt ja geschlossen.«

Darauf meinte Lukas, der Jäger: »Ich habe ein zerlegtes Reh im Jagdhaus.«

Ich kaufte es, um es für alle Anwesenden in unserer Hütte zuzubereiten. Die beiden älteren Damen der Runde, Annie und Marianne, erklärten sich bereit, Blaukraut zu kochen. Katrin wollte die Semmelknödel beisteuern. Gesagt, getan. Am nächsten Abend aßen wir gemeinsam bei uns, Josi hatten wir natürlich auch eingeladen.

Im Laufe des Abends wurde ich gefragt, was ich denn in meinem Leben noch so machen wolle.

Wie aus der Pistole geschossen antwortete ich: »Ein Buch schreiben! Wollte ich schon immer.«

Das war das Stichwort. Wir spannen gemeinsam Netze aus Verbrechen, Bösewichten und witzigen Situationen. Es war ein toller Abend.

Anfang April 2014 waren wir wieder zu Gast in Josis Hütte. Bei einem Spaziergang auf der Alm trafen wir Marianne.

»Na, wie weit ist dein Buch?«, fragte sie mich wie selbstverständlich. Ich war beschämt, hatte ich doch keinen einzigen Gedanken mehr daran verschwendet.

Am selben Abend habe ich begonnen. Ich habe dreimal den Anfang neu geschrieben, Personen hinzugefügt und herausgenommen, stundenlang vor der Hütte gesessen und in meinen kleinen Apple Computer getippt. Nach drei Wochen hatte ich die ersten hundertfünfzig Seiten beisammen.

Zuhause angekommen, versuchte ich, zu meinem Schreibfluss zurückzufinden. Aus, nichts ging mehr. Ich war verzweifelt. So buchte ich einen neuen Urlaub bei Josi.

Inzwischen waren wir fünfmal hier in den Bergen, das Buch ist fertig. Die Herzlichkeit, mit der wir jedes Mal aufs Neue aufgenommen wurden, die Almluft und nicht zuletzt die Ruhe, haben die Geschichte erst möglich gemacht. Auch wenn sie nur wenig mit ihren Anfängen beim Essen gemein hat, so hat jener Abend doch den Grundstein gelegt.

Liebe Menschen haben einen großen Anteil an dem Ergebnis. Zum Beispiel Josi und Stefan. Ich habe mich nirgendwo so wohl gefühlt wie bei euch. Eure Freundschaft bedeutet mir viel. Karin und Hanspeter, danke für die tolle Freizeitgestaltung, euer Lachen und unsere Gespräche. Danke, Karin, du warst meine erste Leserin und Kritikerin! Du hast mir sehr geholfen. Anna, es war so schön, zu sehen, wie du gelacht hast, als ich die Blinddarmnarbe im Manuskript auf der linken Körperseite wähnte. Du bist großartig, bleib so. Katrin und Lukas, heute ein Paar. Ihr gehört zu den tollsten jungen Leuten, die ich je kennengelernt habe. Trotz Winterpause und Urlaub hast du, Katrin, uns rundum versorgt mit deinen selbst gemachten Leckereien, Taxifahrten und vielem mehr. Lukas, du hast uns den Weg freigemacht, zurückgebracht, was uns verloren gegangen war. In deinem Revier fühlen wir uns sicher. Bleibt so, ihr beiden, lasst euch nicht verbiegen.

Es gibt noch mehr Menschen von der Postalm, die ich nennen möchte. Hans von der Panoramahütte. Du Hans, der du mit Wissen und Liebe den Blumenweg auf der Alm pflegst. Martina und Hans von der Schnitzhofer Hütte, euer Brot und Käse sind eine Sensation! Danke, dass wir immer willkommen waren. Nicht zu vergessen, Matthias, die gute Seele der Mautstelle.

Zu guter Letzt meine Frau. Sie hat alles Korrektur gelesen. Meine Fehler, vor allem diejenigen, die aus meinem Dialekt resultieren, hat sie oft lachend verbessert. Sie hat mich auf Gedankenfehler hingewiesen und hatte unendlich viel Geduld mit mir, ILYD.

Sie sind herzlich eingeladen, Fan meiner Facebook-Seite www.facebook.com/postalmkrimi zu werden und meine Webseite www.vankeulencrime.com zu besuchen. Auch einem persönlichen Feedback steht nichts im Wege – meine E-Mail-Adresse lautet info@vankeulencrime.com.

Auch würde ich mich sehr freuen, wenn Sie sich die Zeit nehmen, Ihre ehrliche Meinung, ob gut oder schlecht, in Form einer Rezension kund zu tun. Kurz und knackig – also 1 bis 3 Sätze – sind hierfür völlig ausreichend.

Ihr Karel van Keulen